metro

Petra Ivanov
Stille Lügen

metro wurde begründet
von Thomas Wörtche

Zu diesem Buch

Die Entwicklungsorganisation »Teamwork« steht kurz vor der Zertifizierung durch die ZEWO. Da verschwindet Projektleiterin Isabelle Jenny, zuständig für Georgien. Und Philippe Knecht, der für »Teamwork« die Buchhaltung führt, wird tot zu Hause aufgefunden. Selbstmord? Staatsanwältin Regina Flint nutzt ihre Ferien im Südkaukasus, um nach ihrer ehemaligen Schulfreundin zu suchen. Warum verkehrt Isabelle in Kreisen, die sie früher gemieden hat: mit Auslandschweizern, der georgischen Oberschicht, Gewerkschaftsleuten? Der Aufenthalt wird für Regina Flint und den rekonvaleszenten Kriminalpolizisten Bruno Cavalli zum Albtraum, als die georgische Polizei sie in Untersuchungshaft nimmt.

Die Autorin

Petra Ivanov verbrachte ihre Kindheit in New York. Nach ihrer Rückkehr in die Schweiz absolvierte sie die Dolmetscherschule und arbeitete als Übersetzerin, Sprachlehrerin und Journalistin. Heute ist sie als Autorin tätig und gibt Schreibkurse an Schulen und anderen Institutionen. Ihr Debütroman *Fremde Hände* erschien 2005. Ihr Werk umfasst Kriminalromane, Jugendbücher und Kurzgeschichten. Petra Ivanov hat zahlreiche Auszeichnungen erhalten, u. a. zweimal den Zürcher Krimipreis (2010 und 2022).

Im Unionsverlag sind außerdem lieferbar: *Fremde Hände; Tote Träume; Kalte Schüsse; Tiefe Narben; Leere Gräber; Heiße Eisen; Alte Feinde; Stumme Schreie; Erster Funke; Das Geständnis; Tatverdacht; Hafturlaub; Täuschung; Entführung; Geballte Wut* und *Schockfrost* (gemeinsam mit Mitra Devi).

Mehr über Buch und Autorin im Anhang
und auf *www.unionsverlag.com*

Petra Ivanov

Stille Lügen

Ein Fall für Flint und Cavalli

Kriminalroman

Unionsverlag

Die Originalausgabe erschien 2008
im Appenzeller Verlag, Schwellbrunn.

Die Autorin dankt der Außerrhodischen Kulturstiftung
und der Stadt Dübendorf für die Werkbeiträge.

Im Internet
Aktuelle Informationen, Dokumente und Materialien
zu Petra Ivanov und diesem Buch
www.unionsverlag.com

Unionsverlag Taschenbuch 526

Neptunstrasse 20, CH-8032 Zürich
Telefon +41 44 283 20 00
mail@unionsverlag.ch

Reihengestaltung: Heinz Unternährer
Umschlaggestaltung: Peter Löffelholz
Umschlagfoto: Izabela Habur
Druck und Bindung: CPI – Clausen & Bosse, Leck
ISBN 978-3-293-20526-0
8. Auflage, Juni 2022

Der Unionsverlag wird vom Bundesamt für Kultur mit einem
Verlagsförderungs-Strukturbeitrag für die Jahre 2021–2024 unterstützt.

Auch als E-Book erhältlich

Für Sabine

»Kein Mensch kann etwas verändern,
wenn er nur ans Überleben denkt.
Zuerst muss man ihm auf die Beine helfen.«

Entwicklungshelfer in Georgien,
April 2005

1

Als die Sonne hinter den Gipfeln des Südkaukasus unterging, breiteten sich die Schatten wie Totenflecken über der Schlucht aus. Obwohl das Gebirge die Stadt Bordschomi vor extremen Temperaturen schützte, fröstelte Frank Bolay. Das Hotel Zar Franco lag oberhalb der Stadt, umgeben von Orientfichten und Rhododendren. Von seinem Platz auf der Terrasse aus sah Bolay auf die Parkanlage entlang des Flusses Mtkwari, wo sich die Heilquellen mit ihrem natürlichen Mineralwasser befanden. Diesen Quellen verdankte Bordschomi seine Berühmtheit und Frank Bolay seinen Reichtum. Westeuropäer, und immer öfter auch Russen, die den Ort zu Badekuren aufsuchten, schätzten die gehobene Atmosphäre des Zar Franco und waren bereit, für den Luxus zu zahlen. Sie glaubten an die Heilkraft des Mineralwassers, das Bolay den Hotelgästen in Halbliterflaschen anbot.

Frank Bolay selbst trank Evian. Jetzt füllte er sein Glas nach und sah sich nach der Bedienung um. Tanja Begiaschwili schnitt hinter der Bar Zitronen. Als sie in seine Richtung blickte, tippte Bolay mit dem Zeigefinger auf die Evianflasche, als Hinweis darauf, dass sie leer war. Tanja Begiaschwili bemerkte die Geste nicht. Eine dunkle Haarsträhne hatte sich aus dem engen Knoten gelöst, den sie vorschriftsgemäß trug. Sie leckte sich den Saft vom Finger und griff nach der nächsten Zitrone.

Bolay packte seine leere Evianflasche, durchquerte die Hotelbar und stellte die Flasche auf Tanja Begiaschwilis Schneidebrett. Die junge Frau sah überrascht auf. Bolay wusste, dass er mit seiner Größe von 1,72 Metern und seinem schmächtigen

Körperbau niemanden beeindruckte. Umso stärker achtete er darauf, dass seine Hemden tadellos gebügelt waren und seine Anzüge perfekt saßen.

Er befahl Tanja Begiaschwili, mit ihm zu kommen. Sie legte ihr Messer auf die Ablage und ließ sich in die Küche führen. Dort bedeutete ihr Bolay, ihm in die Vorratskammer zu folgen. Die junge Frau schüttelte den Kopf. Sie wollte sich nicht allein in einen Raum mit ihm begeben. Bolay packte sie am Arm und schob sie vor sich durch die Tür. Der armenische Hilfskoch wandte sich ab und widmete sich seinen Kräutern.

Bolay schloss die Tür. »Wie oft habe ich Sie auf die Hygienevorschriften aufmerksam gemacht?«

Tanja Begiaschwili starrte auf ihre Füße.

»Antworten Sie!«

»Oft«, flüsterte Tanja Begiaschwili.

Bolay nickte. »Kommen Sie nach Ihrer Schicht zu mir ins Büro. Ich werde Ihren Austritt vorbereiten.«

Tanja Begiaschwilis dunkle Augen füllten sich mit Tränen. Bolay spürte, wie ihm das Blut durch den Körper schoss. Tanja Begiaschwili war am schönsten, wenn sie weinte. Georgische Frauen, sinnierte er, waren dafür geboren zu weinen. Er fuhr Tanja Begiaschwili mit dem Daumen über die nasse Wange und legte seine Hand auf ihren Nacken. Ihre Unterlippe zitterte, und sie versuchte kaum merklich zurückzuweichen.

Mit der anderen Hand strich Bolay über ihren Arm. Als er bei ihren Fingerspitzen ankam, hörte er, wie sie den Atem anhielt. Er ließ sich Zeit, um den Moment voll auszukosten. Er erinnerte sich daran, wie ihm im vergangenen Herbst eine Rothirschkuh am Eingang des Bordschomi Kharagauli Nationalparks vors Auto gesprungen war. Das Tier hatte ins Licht seiner Scheinwerfer gestarrt, bockstill bis auf seinen Schwanz, der zuckte, als wolle er ohne Körper fliehen. Das Bellen der Hirschkuh beim Aufprall hatte die Nacht zum Leben erweckt.

»Irgendwo muss noch Salz sein, verdammt!« Die Stimme des Kochs erfüllte die Vorratskammer. »Ich habe selber …« Matthieu Junod verstummte, als er seinen Chef sah. Über sein Gesicht huschte ein Ausdruck von Ekel, den er zu verbergen versuchte.

Bolay wischte eine weitere Träne von Tanja Begiaschwilis Wange und wandte sich an Junod. »Frau Begiaschwili geht es heute nicht besonders gut.« Dann drehte er sich wieder zu Tanja Begiaschwili. »Kommen Sie nach der Arbeit bei mir im Büro vorbei. Ich werde sehen, was ich tun kann.«

Als das Taxi vor der Schweizer Botschaft hielt, trat Pierre-Richard von Arburg einen Schritt vom Fenster zurück. Er griff sich an den Krawattenknoten, ließ seine Hand aber wieder fallen, ohne ihn zu lockern. Unten auf der Straße stiegen die Fahrgäste aus. Die Wache vor dem Tor zeigte zum Eingang. Kurz darauf klingelte das Telefon. Bevor von Arburg sein Büro verließ, sprühte er sich Mundspray auf die Zunge.

Von Arburg deutete eine Verbeugung an und hieß die Besucher in Tiflis willkommen. Er hatte sich Regina Flint kräftiger vorgestellt. Laut den Erkundigungen, die er über sie eingezogen hatte, war sie eine unbeugsame Staatsanwältin, standhaft, ehrlich und geradlinig. Die Gestalt, die vor ihm stand, erschien ihm zu zerbrechlich, um Gewaltdelikte zu verfolgen.

Regina Flint erwiderte seinen Händedruck. »Danke, dass Sie sich für uns Zeit nehmen.«

»Selbstverständlich«, lächelte von Arburg. Er wandte sich an den Polizisten, der Regina Flint begleitete, und bat ihn, Platz zu nehmen. Auch Bruno Cavalli sah weniger bedrohlich aus, als von Arburg aufgrund seines Rufes vermutet hatte. Seine matten Augen starrten an von Arburg vorbei, als er sich auf den Stuhl fallen ließ.

»Kann ich Ihnen etwas anbieten? Kaffee? Orangensaft?«, fragte von Arburg.

»Wasser bitte«, antwortete Regina Flint.

»Herr Cavalli?«

»Kaffee.«

Nachdem von Arburg die Bestellung weitergeleitet hatte, nahm er am Kopf des Besprechungstisches Platz und fragte nach ihrem Hotel. Regina beschrieb den Neubau, bis die Getränke gebracht wurden.

»Herr von Arburg, ich habe Ihnen am Telefon angedeutet, weshalb wir hier sind.«

Pierre-Richard von Arburg bemerkte die Veränderung in Regina Flints Stimme. Sie wurde sachlich. Zwischen ihren Augenbrauen bildete sich eine kleine Falte. Als sie sich nach vorn beugte, griff von Arburg automatisch zum Mundspray in seiner Tasche. Er zwang sich, seine Hand wieder auf den Tisch zu legen. »Ich erinnere mich. Sie suchen eine vermisste Person.«

»Isabelle Jenny. Sie arbeitet für das Hilfswerk Teamwork. Kennen Sie die Organisation?«

Von Arburg nickte. »Ein kleines Schweizer Hilfswerk, das hauptsächlich in Osteuropa tätig ist.«

»Ausschließlich. Es wurde 1989 von Schweizer Slawistikstudenten gegründet, die sich für den Frieden in Osteuropa einsetzen wollten. Die Friedensarbeit ging immer mehr in Entwicklungszusammenarbeit über. Seit fünf Jahren ist Teamwork hauptsächlich im Südkaukasus tätig. Isabelle Jenny hat das Programm in Georgien aufgebaut.«

Von Arburg nahm einen Schluck Kaffee. »Eine noble Aufgabe.«

»Isabelle Jenny flog am 28. April von Zürich nach Tiflis, seither hat niemand sie gesehen.«

»Darf ich fragen, warum Sie sich als Zürcher Staatsanwältin mit diesem Fall beschäftigen? In der Regel werden Vermisstmeldungen über die Sektion für konsularischen Schutz des EDA an uns weitergeleitet.«

»Wir sind privat hier. Es gibt bis jetzt keinen Hinweis darauf, dass Isabelle Jenny etwas zugestoßen ist. Doch ihre Mutter ist besorgt. Angeblich telefoniert Isabelle jeden Sonntagabend nach Hause. Der 28. April war ein Donnerstag. Sie hat sich weder am 1. Mai noch gestern gemeldet.«

»Dann hat die Mutter der vermissten Frau Sie also privat engagiert? Zusammen mit Herrn Cavalli?« Von Arburg blickte zum Polizisten, der aufsah, als er seinen Namen hörte.

»Isabelle Jenny ist eine alte Schulkollegin von mir«, erklärte Regina Flint. »Als ihre Mutter von unseren Ferienplänen erfuhr, bat sie mich, Isabelle aufzusuchen.«

Von Arburg wandte sich an Bruno Cavalli. »Ist etwas außergewöhnlich an Isabelle Jennys Verschwinden?«

»Möglicherweise.«

»Haben Sie schon mit den georgischen Behörden Kontakt aufgenommen?«

»Nein, noch nicht«, erwiderte Regina Flint. »Sind sie kooperativ?«

»Die Zusammenarbeit ist manchmal schwierig«, antwortete von Arburg. »Aber ich werde schauen, was ich für Sie tun kann. Wie lange sind Sie in Tiflis?«

»Noch zwei Tage. Anschließend fahren wir nach Batumi ans Meer.«

»Ein wunderschöner Ferienort.« Von Arburg stand auf und nahm die Visitenkarte, die Regina Flint ihm reichte. Er versprach, sich so bald als möglich zu melden. Dann begleitete er sie zum Ausgang. Als er die Tür hinter ihnen zustieß, holte er seinen Mundspray hervor.

Im Hotel legte sich Cavalli hin. Sobald er die Augen schloss, befand er sich in Gedanken wieder im Taxi. Der Lada war im Zickzackkurs durch Tiflis gerast, um Schlaglöchern und Autofahrern auszuweichen. Regina hatte ihn vor der Reise gewarnt, doch er hatte nicht auf sie gehört. Zu verlockend war die Vorstellung gewesen, der Untätigkeit zu entfliehen. Wochenlang hatte er nichts anderes getan, als zu schlafen und zu spazieren. Sein Arzt hatte ihn nach der Schussverletzung drei Monate krankgeschrieben. Als Reginas Freundin Leonor wegen eines Krankheitsfalls in der Familie ihre Reise absagte, ergriff Cavalli die Gelegenheit und begleitete Regina an Leonors Stelle nach Georgien. Seine Kräfte ließen jedoch schneller nach, als er sich eingestehen wollte.

Cavalli presste den rechten Arm gegen seine Brust und rutschte zur Bettkante. Das Hämmern in seinem Kopf setzte wieder ein. Neben dem Bett waren Medikamente aufgereiht, doch er würde die Schmerzmittel nicht schlucken. Die Angst, dass ihm sein Körper noch fremder würde, war zu groß. 41 Jahre bei bester Gesundheit und dann, auf einen Schlag, war alles vorbei. Würde er seine Ferien in Zukunft im Sanatorium statt im Kaukasus verbringen? Die Vorstellung gab ihm die Kraft, sich aufzusetzen und die Füße auf den Boden zu stellen.

Wieder hämmerte es, diesmal nicht in seinem Kopf, sondern draußen.

»Cava? Ist alles in Ordnung?« Reginas Stimme.

Cavalli öffnete die Augen. Er saß immer noch auf der Bettkante, aber inzwischen war es dunkel. Seine Zunge klebte am Gaumen, als er zu antworten versuchte.

»Cava? Mach auf!«

»Bin gleich so weit.«

»Brauchst du Hilfe?«

Cavalli zwang sich aufzustehen. Seine operierte Lunge füllte sich mit Luft und drückte auf die gebrochenen Rippen. Er ignorierte Regina und konzentrierte sich auf die vier Meter bis zum Badezimmer.

Regina berichtete, dass sie mit Lili Tsagareschwili telefoniert habe. Sie würde sie am nächsten Tag um neun Uhr vor dem Hotel abholen. Als Cavalli nicht reagierte, erklärte Regina, dass Lili Tsagareschwili die engste Mitarbeiterin von Isabelle sei. Sie leite das Büro von Teamwork in Georgien. Cavalli rührte mit dem Löffel in der Linsensuppe.

»Hat sich Isabelle immer noch nicht gemeldet?«, fragte er.

»Nein. Langsam kommt mir die Geschichte seltsam vor. Auch Lili Tsagareschwili hat gesagt, das sehe Isabelle nicht ähnlich. Dass sie über Ostern wegfahre, habe sie erwartet. Isabelle landete am 28. April in Tiflis, der 29. April war bereits Karfreitag. Georgien feiert nach dem orthodoxen Kalender.«

»Ich weiß«, sagte Cavalli. »Die Kugel hat mich nicht am Kopf getroffen.«

Regina betrachtete ihn. Sie wusste genug über posttraumatische Belastungsstörungen, um zu erkennen, dass Cavalli akute Reaktionen zeigte. Obwohl ihm »Cop Shock« ein Begriff war, bestritt er, darunter zu leiden. Aber sein Gefühl, unverletzbar zu sein, war erschüttert worden, und damit auch ein Teil seines Selbstbildes. Hilfe anzunehmen bedeutete für ihn Schwäche und Kontrollverlust, das würde er nie zulassen. Deshalb ging sie nicht auf seine Bemerkung ein und erzählte, dass Isabelle laut Lili Tsagareschwili eine begeisterte Wanderin sei.

»Es wird nicht einfach sein, sie im Kaukasus zu finden«, stellte Cavalli fest.

»Ich habe ihrer Mutter nur versprochen, mich zu erkundigen. Lili Tsagareschwili zeigt mir morgen Isabelles Arbeitsplatz und ihre Wohnung. Ich glaube zwar nicht, dass es uns weiterhilft, aber damit habe ich mein Versprechen eingelöst. Der Rest ist Sache der georgischen Polizei.«

»Die Botschaft hat die Zusammenarbeit nicht gerade gelobt.«

Regina schob Cavalli ihre Suppe weg. »Dass Herr von Arburg sich negativ über die Polizei geäußert hat, hat mich erstaunt. Ich dachte, Saakaschwilis Reformen greifen. Er hat 15 000 Polizisten entlassen.«

»Ich frage mich, was aus ihnen geworden ist.«

»Vielleicht kann uns Lili Tsagareschwili mehr darüber erzählen. Ich möchte auch Genaueres über die Justizreform erfahren. Ich werde aus der Presse nicht schlau. Manchmal glaube ich, dass Saakaschwili und seine Nationalen wirklich etwas verändern wollen. Wenn ich dann aber lese, dass …« Regina lehnte sich vor. »Cava? Bist du noch da?«

»Was?« Cavalli sah sie an. »Siehst du eine Verbindung zu Isabelle? Denkst du, sie war politisch aktiv?«

»Nein. Ich rede einfach vor mich hin.« Regina musterte Cavallis Augenringe. »Ich bin müde«, log sie. »Gehen wir zu Bett?«

Cavalli lächelte. »Wir?«

»Ja, du in deines und ich in meines.«

Er war doch noch der Alte.

2

Obwohl aus einigen Büros Licht drang, wirkte der fünfte Stock des Kripo-Gebäudes leer. Seit Cavalli krankgeschrieben war, fehlte der Abteilung Kapitalverbrechen etwas. Nicht einfach etwas, dachte Tobias Fahrni, sondern das Zentrum. Das Herz. Warum, fragte er sich und griff sich an die Brust, warum lag das Herz nicht im Zentrum des Körpers?

Bülent Karan runzelte die Stirn und fragte, ob alles in Ordnung sei.

»Ich dachte nur gerade daran, dass das KV ohne den Häuptling leer ist. Eigentlich suche ich meinen Schirm.« Fahrni zeigte zum Fenster, vor dem der Regen niederfiel, als fände auf dem Dach des Kripo-Gebäudes eine Löschübung der Feuerwehr statt.

»Hast du es eilig?«

»Nein, Christina hat Spätdienst.«

Karan blicke ihn seltsam an. »Aleyna schwärmt von ihr.«

Als Fahrni den Namen von Karans ältester Tochter hörte, trübte sich sein Blick. Aleyna litt am unheilbaren Bardet-Biedl-Syndrom und stand kurz davor zu erblinden. Fahrni hatte sie kennengelernt, als er Christina von der Arbeit abholte.

»Wie geht es ihr?«

»Die Thalassotherapie war ein Erfolg. Kannst du dir den Rapport des AGT in Wiedikon anschauen?«

Fahrnis Gedanken verharrten bei Aleyna. Ihr Tod, der in den nächsten Jahren mit Sicherheit eintreten würde, fiele nicht unter den Begriff »Außergewöhnlicher Todesfall« oder AGT, obwohl er alles andere als gewöhnlich sein würde.

Karan reichte ihm den Rapport. »Stefan Mullis war dabei, als man ihn herunterholte.«

»Weiß man, warum er sich erhängt hat?«

»Eben nicht. Seine Frau behauptet, er hätte das nie freiwillig getan. Sie haben zwei Kinder im Alter von sechs und acht Jahren.«

»Das behaupten sie alle. Ein Suizid ist immer ein Schock. Und wenn man zu graben beginnt, kommen Tragödien zum Vorschein.«

Karan schwieg. Auf der Straße fuhr ein Fahrzeug durch eine Wasserlache, Fahrni fröstelte. Er versprach, die Sache anzuschauen.

»Rapport von Det Wm Stephan Mullis. Dienststelle: Kriminaldienstkreis Sihl. Betrifft: Suizid durch Erhängen. Tatbestand: Außergewöhnlicher Todesfall. Ort: 8003 Zürich. Örtlichkeit: Mehrfamilienhaus, Estrich. Zeit: Dienstag, 3. Mai, ca. 03.00 Uhr. Name: Knecht. Vorname: Philippe. Geboren: 9. Oktober 1968.« Fahrni legte die Seiten aus der Hand.

Philippe Knecht war 37 Jahre alt gewesen, als er sich das Leben genommen hatte. Nur zwei Jahre älter als er selbst, dachte Fahrni und drehte sich zum Fenster. Als er genug hatte vom Grau, holte er seinen Regenschirm hervor und ließ ihn aufspringen. Er hielt ihn unter die Neonröhre an der Decke, so dass das Licht über ihm blau schimmerte. Dunkelblau zwar, aber immerhin, sagte er sich und las weiter.

»Leichenidentifikation: Die Identifizierung der Leiche erfolgte am Sterbeort durch die Ehefrau des Verstorbenen (Viola Knecht). Leichenschau: Doktor med. Uwe Hahn, IRM Zürich, ca. 09.30 Uhr am Wohnort des Verstorbenen. Verfügung Leiche: Durch STA lic. iur. Ruedi Ochsenknecht, Staatsanwaltschaft Zürich-Sihl, Zürich. Zuletzt lebend gesehen: Montag, 2. Mai, 07.45 Uhr, durch Viola Knecht, als Philippe Knecht die Wohnung verließ, um zur Arbeit zu gehen.«

»Haben wir ein Leck in der Decke?« Jasmin Meyer ließ ihre Tasche fallen und schüttelte ihr Haar.

Fahrni schloss den Schirm. Während sich Meyer aus der nassen Lederjacke schälte, erzählte Fahrni vom Fall. Dann fragte er, wie es bei den Grenadieren gewesen sei. Er liebte Meyers Erzählungen über die Einsatzgruppe Diamant.

»Nass. Unsere Übung …« Sie verstummte, als Fahrnis Telefon klingelte.

Fahrni meldete sich ungeduldig.

»Tobias?«

»Regina! Entschuldige, ich … rufst du aus Georgien an? Wie geht es dem Häuptling?«

»Schwer zu sagen. Frag ihn lieber selber. Wie kommt ihr ohne ihn zurecht?«

»Jasmin hat alles im Griff. Ehrlich gesagt, es läuft nicht viel.«

»Umso besser. Ich habe eine Bitte.« Regina berichtete von ihrer Suche nach Isabelle Jenny. Sie bat Fahrni, Isabelles Mutter aufzusuchen, da sie sie nicht am Telefon befragen wollte. Fahrni sagte sofort zu und bot an, Nachforschungen über das Hilfswerk Teamwork anzustellen.

»Nur, wenn du nichts Wichtigeres zu tun hast«, wandte Regina ein.

Fahrni erinnerte sich daran, dass er beim Schießen durchgefallen war. Er sollte dringend für die Wiederholung üben. Ohne Meyer anzusehen, fragte er Regina nach der Adresse von Isabelles Familie. Nachdem er aufgelegt hatte, schaute er auf die Uhr. Es war erst halb sieben.

»Hat Christina schon wieder Spätdienst?«, fragte Meyer. »Bist du deswegen noch hier?«

Fahrni nickte. »Kennst du das Hilfswerk Teamwork?«

»Noch nie gehört.« Meyer nahm ihre Post aus dem Fach.

Während Fahrni im Feierabendverkehr die Birmensdorferstraße hinaufkroch, legte er eine CD von Kenny Rogers ein und ließ seine Gedanken zu seinen bevorstehenden Ferien wandern. Christina und er planten, mit den Pferden zwei Wochen lang durch die Steppen der Causse Méjean zu reiten. Fahrni stellte sich die Thymianwiesen und Kastanienwälder vor und hätte am liebsten gleich die Satteltaschen gepackt. Auf der Waldegg bog er nach Ringlikon ab und suchte die Adresse der Jennys hervor. Die Husacherstraße lag fast am Waldrand.

Barbara Jenny war eine hochgewachsene Frau. Trotzdem wirkte sie zierlich, bis auf die Hände, die Fahrni an die Plastikrechen erinnerten, mit denen er als Kind im Sandkasten gespielt hatte. Als er ihr erklärte, dass er keine Neuigkeiten über Isabelle hatte, fiel sie in sich zusammen. Sie war sicher, dass ihrer Tochter etwas zugestoßen war.

»Stehen Sie sich nahe?«, fragte er.

»Sehr. Isabelle ist ein Einzelkind. Wir hätten gern weitere Kinder gehabt, aber es sollte nicht sein. Isabelle hat sich immer für andere Menschen eingesetzt, schon als Kind. Sie fühlt sich zu Schwächeren hingezogen. Sie findet es nicht gerecht, dass es uns so gut geht.«

Fahrni nickte.

»Was ist schon gerecht?«, fuhr Barbara Jenny fort. »Isabelle und mein Mann gerieten sich manchmal deswegen in die Haare. Sie stellte unseren Wohlstand in Frage und erwartete, dass wir ein schlechtes Gewissen haben. Edi arbeitet hart, in seiner Freizeit will er das Leben genießen.«

»Was macht Ihr Mann beruflich?«

»Er hat das Malergeschäft seines Vaters übernommen und ausgebaut. Er verbringt den größten Teil seines Lebens im Betrieb.«

Fahrni ließ seinen Blick durch das Wohnzimmer der Jennys schweifen. Ein bescheidener Luxus, stellte er fest, wie er in vielen Schweizer Wohnzimmern zu finden war. Nicht einmal der Flachbildfernseher konnte als extravagant bezeichnet werden.

Barbara Jenny folgte seinem Blick. »Edi liebt Fußball. Er schaut sich alle Übertragungen an.«

»Was wissen Sie über das Leben Ihrer Tochter in Georgien?«

»Wir haben Isabelle letzten Sommer in Tiflis besucht. Wir können uns in der Schweiz gar nicht vorstellen, unter welchen Bedingungen die Menschen dort leben. Wenn Sie möchten, kann ich Ihnen Fotos zeigen.« Sie holte ein Album.

Fahrnis Magen knurrte, und er fragte, ob er das Album mitnehmen dürfe. Er versprach, es in einigen Tagen zurückzubringen. Nach kurzem Zögern stimmte Barbara Jenny zu. Fahrni hätte noch weitere Fragen gehabt, doch sein Hunger war auf einmal überwältigend. Er würde sich zu Hause die Fotos ansehen und das Gespräch fortsetzen, wenn er das Album zurückbrachte.

Der Verkehr hatte inzwischen nachgelassen, und die Fahrt nach Affoltern am Albis dauerte lediglich zwanzig Minuten. Die neue Wohnung, die Fahrni vor vier Monaten mit Christina bezogen hatte, war ihm immer noch fremd. Er fragte sich, was Isabelle zum Neubau sagen würde. War sie wirklich so bescheiden, wie ihre Mutter sie darstellte?

Aus dem Kühlschrank holte er den Rest des Hackbratens, den ihm seine Mutter am Vortag mitgegeben hatte. Er schob ihn in den Mikrowellenherd und beobachtete, wie sich der Teller im Kreis drehte.

Sie musste sich abmelden. In wenigen Stunden begann ihre Schicht im Hotel National. Kalter Schweiß bildete sich zwischen ihren Brüsten und lief ihr über den Bauch. Gleichzeitig schlotterte sie vor Kälte. Erstmals war Mirjana Racic froh, dass ihre Einzimmerwohnung so klein war. Bis zum Telefon waren es keine drei Meter.

Als sie ihr Gewicht verlagerte, wurde sie von heftigen Unterleibsschmerzen gepackt. Sie sank auf die Knie, da wurde es warm zwischen ihren Beinen, und ein übler Geruch breitete sich aus. Entsetzt beobachtete sie, wie sich auf dem Parkett ein brauner Fleck bildete. Sie vergaß das Telefon und umklammerte das Leintuch.

Der kalte Boden drückte schmerzhaft gegen ihre Kniescheiben. Als sich ein neuer Krampf anbahnte, presste sie ihre Stirn gegen das Parkett. Die Kälte war unerträglich. Mirjana konnte sich nicht daran erinnern, jemals so gefroren zu haben. Vor zwei Jahren hatte sie mit einer Grippe im Bett gelegen, doch das war nichts im Vergleich zur Krankheit, die sie jetzt heimsuchte.

Sie unternahm einen weiteren Versuch, das Telefon zu erreichen, schaffte es aber nicht einmal, den Kopf zu heben. Ihr Körper glühte, ihr Verstand wurde jedoch immer schärfer. Die letzten Wochen zogen an ihr vorbei. Jeder Tag war wie der vorhergehende gewesen, kein Ereignis stach hervor. Sie machte die Betten im »National«, putzte hinter den Gästen her, füllte Seife und Körperlotion auf. Ein Schatten, für die

Gäste so selbstverständlich wie die frischen Handtücher, die täglich im Bad hingen.

Manchmal hatte sie davon geträumt, in einen der blauen Sessel zu versinken, die Beine übereinanderzuschlagen und an einem Glas Champagner zu nippen. Gegenüber säße ein gut aussehender, reicher Mann, dessen Augen auf ihr ruhten, und sie würde sich aus ihrem Schattendasein lösen wie Julia Roberts im Film *Pretty Woman*. Doch daran dachte sie jetzt nicht mehr. Sie wünschte sich nur noch, dass die Schmerzen aufhörten. Ihr Darm entleerte sich weiterhin, ohne dass sie etwas dagegen tun konnte. Sie wusste nicht, wie spät es war, Zeit hatte keine Bedeutung mehr. Endlich gelang es ihr, den Kopf zu heben. Gestank stieg ihr in die Nase, und Mirjana würgte die letzten Reste aus ihrem Magen. Sie fuhr sich mit der Zunge über die Lippen. Sie schmeckten nach Blut. Gekochtes Blut, heiß und metallisch. Bevor sie sich darüber wundern konnte, packte sie der Schmerz erneut, diesmal so heftig, dass sie mit dem Gesicht in ihr Erbrochenes fiel.

Irgendwo draußen knatterte ein Mofa und zündete einen schwachen Lichtstrahl in den Raum. Kurz darauf quietschte der Briefkasten, als der Zeitungsausträger die Klappe aufstieß. Der Motor heulte wieder auf, das Mofa entfernte sich. Zurück blieb die Dunkelheit.

3

Von Arburg hatte sich wie versprochen gemeldet, doch er konnte Regina nicht weiterhelfen, da der zuständige Minister noch nicht zurückgerufen hatte. Kurz überlegte Regina, sich direkt an die georgische Polizei zu wenden, doch dann beschloss sie, den offiziellen Weg einzuhalten. Sie gab den Zimmerschlüssel an der Rezeption ab und berichtete Cavalli vom Telefonat mit Fahrni.

Eine Frau mit einer großen Hornbrille kam auf sie zu und stellte sich als Lili Tsagareschwili vor. Sie zeigte auf einen Lada mit laufendem Motor. Cavallis Gesicht war ausdruckslos, aber Regina merkte, wie er beim Anblick des alten Wagens den Arm gegen die Brust presste. Er ignorierte die Beifahrertür, die sie ihm öffnete, und nahm auf dem Rücksitz Platz.

»Erzählen Sie mir von Teamwork«, bat Regina auf Englisch. »Arbeiten Sie schon lange mit Isabelle zusammen?«

»Ich habe mit ihr das Büro in Tbilissi aufgebaut, damals, während der Flüchtlingswelle aus Südossetien und Abchasien.«

»Wann war das?«

»Anfang der Neunzigerjahre, nach den ersten freien Wahlen. Es ging bei uns zu und her wie im Bürgerkrieg. Unter Schewardnadse beruhigte sich die Lage etwas, doch das Flüchtlingsproblem löste auch er nicht. Der Krieg gegen die ossetischen Rebellen vertrieb Tausende.«

Regina drehte sich zu Cavalli um. »Die Südosseten wollen sich mit ihren Brüdern im Norden vereinigen. Sie werden von den Russen unterstützt. Der Konflikt bricht immer wieder aus.«

Cavalli versuchte, Interesse zu zeigen. »Und Teamwork kümmert sich um diese Flüchtlinge?«

»Wir haben Notunterkünfte organisiert«, erwiderte Lili Tsagareschwili, »auch für Georgier aus Abchasien. Dort war der Konflikt genauso blutig. Er verwüstete zudem eine der schönsten Landschaften im Kaukasus. Diese Kriege wurden natürlich instrumentalisiert. Sobald wir uns um innenpolitische Probleme kümmerten, passierte zufällig etwas in Abchasien oder Ossetien. Immer sind die Russen schuld – reine Ablenkungsmanöver der Regierung.« Der Lada schoss nach vorne, als sich vor ihnen eine Lücke auftat. »Bis zur Rosenrevolution war es dann ruhig. Für Saakaschwili hat die Wiederherstellung der territorialen Einheit Georgiens aber höchste Priorität.« Lili Tsagareschwili zeigte nach links. »Das sind übrigens die berühmten Schwefelbäder.«

Regina erhaschte einen Blick auf eine Lichtkuppel. »Sind sie noch in Betrieb?«

»Beschränkt. Ich würde sie von außen genießen.«

»Sie sollen heilend wirken«, sagte Regina.

»Wenn Sie Heilwasser suchen, empfehle ich Bordschomi. Haben Sie nicht vor, nach Batumi zu fahren? Auf der M1 biegen Sie in Chaschuri links ab. Nach rund dreißig Kilometern beginnt die Bordschomischlucht. Ein kleiner Umweg, der sich auf jeden Fall lohnt. Isabelle fährt übrigens oft nach Bordschomi.«

»Was ist sie für ein Mensch?«, fragte Cavalli.

»Isabelle ist wunderbar«, schwärmte Lili Tsagareschwili. »Sie hat in all den Jahren nie den Glauben daran verloren, dass wir etwas bewirken können. Viele Entwicklungshelfer werden irgendwann zynisch. Isabelle ärgert sich zwar über Rückschritte, aber sie beginnt einfach wieder von vorn, weil sie immer die Menschen vor sich sieht. Sie hat ein Gespür dafür, was wichtig ist. Manchmal hilft ein offenes Ohr mehr als ein Nahrungsmittelpaket, verstehen Sie?« Sie trat heftig auf die Bremse, als ihnen ein Kleinbus den Weg abschnitt. Dann erklärte sie, dass sie zum ehemaligen Hotel Kaukasus fuhren. Seit 1996 waren dort Flüchtlinge untergebracht. Teamwork hatte im Gebäude einen Coiffeurladen eingerichtet und bildete junge Frauen aus. Lili Tsagareschwili machte sich Sorgen um die Zukunft des Projekts. Sie beschrieb, wie die Tourismusbranche langsam erwachte und ausländische Investoren die Schätze Georgiens entdeckten. Plötzlich wurden die alten Hotels wieder interessant, so auch das Kaukasus.

Cavalli hustete. »Gehört das Gebäude Teamwork?«

»Die Stadt hat es uns zur Verfügung gestellt. Aber anscheinend laufen Verhandlungen über einen möglichen Verkauf. Wir sind noch nicht offiziell informiert worden. Isabelle glaubt, dass eine Schweizer Firma dahinter … Herr Cavalli? Soll ich anhalten?«

Sein Husten hörte nicht auf. Regina reichte ihm eine Flasche Wasser. Als er Lili Tsagareschwili ein Zeichen gab weiterzufahren, sah Regina Blut in seinem Mundwinkel. Augenblicklich war sie in Gedanken wieder auf dem Zugerberg, über Cavalli gebeugt, der reglos am Boden lag. Sie spürte die Verantwortung, die auf ihr gelastet hatte, und die Angst, eine falsche Entscheidung zu treffen. Regina hatte instinktiv zuerst dem entführten Mädchen geholfen, was sich im Nachhinein als richtig erwiesen hatte. Doch die ganze Zeit fürchtete sie, Cavalli würde sterben, weil sie ihn im Stich gelassen hatte.

Endlich ließ der Husten nach, und Cavalli machte mit der Hand eine abweisende Bewegung. Regina wandte sich ab. Sollte er doch langsam zugrunde gehen. Wenigstens könnte er sich im Sterben darüber freuen, dass er es ohne fremde Hilfe schaffte. Lili Tsagareschwili parkte vor einem baufälligen Gebäude am Straßenrand.

Vier Stunden später steckte Regina den Stadtplan von Tiflis zurück in ihre Handtasche. Da sie die georgische Schrift auf den Straßenschildern nicht lesen konnte, nützte er ihr nichts. Das Kyrillische war aus dem öffentlichen Leben verschwunden, und lateinische Buchstaben hatten sich noch nicht durchgesetzt. Isabelle sprach georgisch, dachte sie und rümpfte die Nase, als sich die vertraute Eifersucht zurückmeldete. Wenn sich eine Menschentraube im Gymnasium durch die Gänge bewegt hatte, war Isabelle in ihrer Mitte gewesen. Auch in der Flüchtlingsunterkunft hatten die Frauen sofort nach Isabelle gefragt. Die Enttäuschung, dass sie nicht zu Besuch kam, stand ihnen ins Gesicht geschrieben. Regina hätte sich beinahe dafür entschuldigt, nicht Isabelle zu sein. Wie oft hatte Reginas Mutter einen Satz mit »Isabelle würde …« begonnen? Erst als sich langsam abzeichnete, dass Isabelle einen unkonventionellen Weg einschlagen würde, verstummte der Lobgesang. Isabelle war nicht Hausfrau und Mutter geworden, dachte Regina mit Genugtuung, genauso wenig wie sie selbst.

An der nächsten Kreuzung sah sie sich um. Geradeaus erhob sich der Mtazminda, der höchste Berg auf Stadtgebiet. Davor leuchtete ein Schriftzug, den Regina erkannte: McDonald's. Laut Stadtführer befand sie sich am Rustaweliplatz. Von hier aus fand sie das Marriott problemlos.

Pierre-Richard von Arburg saß bereits vor einem Glas Weißwein. Als er Regina erblickte, erhob er sich sofort und nahm ihr den Mantel ab. Regina betrachtete seine makellose Gestalt. Sie fragte sich, ob ihn sein Leben als Botschafter so geformt hatte oder ob er den Beruf gewählt hatte, weil dieser wie zugeschnitten war auf ihn.

»Nehmen Sie auch ein Glas Wein?«, fragte er.

»Gern. Täusche ich mich oder höre ich einen leichten französischen Akzent?«

Von Arburg neigte den Kopf zustimmend. »Ich stamme aus Genève.«

»Ihr Schweizerdeutsch ist ausgezeichnet.«

»Ich habe das Internat in Samedan besucht. Außerdem war mein Großvater Luzerner.« Nach einer kurzen Pause fragte er: »Sind Sie Ihrem Ziel näher gekommen?«

»Isabelle Jenny zu finden? Leider nein. Ich glaube langsam, dass ihr tatsächlich etwas zugestoßen ist. Deshalb wollte ich Sie sehen. Ich habe in diesem Zusammenhang einige Fragen.«

Wieder diese Neigung des Kopfes. Regina glaubte, eine Spur Unsicherheit in von Arburgs Augen entdeckt zu haben. Vermutlich hatte er ein schlechtes Gewissen, weil es ihm noch nicht gelungen war, Kontakt zu den Behörden herzustellen. Sie erzählte von den Flüchtlingen im Hotel Kaukasus.

»Ist Ihnen eine Schweizer Firma bekannt, die in georgische Hotels investiert?«, fragte Regina.

»Nein, aber viele ausländische Investoren beginnen sich für Georgien zu interessieren, darunter auch Schweizer. Die Zukunft gehört dem Tourismus. Wissen Sie eigentlich, wie die Georgier zu ihrem Land kamen?«

»Nein, wie?«, fragte sie, erstaunt darüber, wie rasch er das Thema wechselte. Sie hatte sich mehr Informationen über Investoren erhofft. Von Arburgs distanzierter Blick hielt sie jedoch davon ab, weiterzubohren.

»Eine Legende besagt, dass die Georgier zu spät kamen, als Gott die Erde unter den Völkern verteilte. Doch der Charme der Abgesandten besänftigte die Wut Gottes, und er schenkte ihnen den Flecken, den er sich vorbehalten hatte.«

Regina lachte.

Von Arburg stimmte in das Lachen mit ein. »Die Landschaft wird Sie kaum unberührt lassen. Mögen Sie Berge?«

»Wenn sie nicht zu steil sind.«

»Dann empfehle ich Ihnen einen Ausflug in den kleinen Kaukasus.«

»Isabelle war letzten Sommer mit ihren Eltern im Höhlenkloster Wardsia.«

Das Lächeln in von Arburgs Gesicht verblasste, sein Kopf schien plötzlich zu schwer für seinen Hals. »Erzählen Sie von sich. Wie kamen Sie dazu, Staatsanwältin zu werden?«

Regina schilderte ihren beruflichen Werdegang. Von Arburg fragte nicht aus Höflichkeit, er interessierte sich sowohl für die Justizreform als auch für die technischen Fortschritte bei der Polizei. Sie erklärte, dass Cavalli mehr über Letztere wusste. Ihr Ärger auf Cavalli war verflogen, an seine Stelle war die Angst zurückgekehrt, er leide unter Komplikationen, die er verschwieg. Auch deswegen hatte sie von Arburg um das Treffen gebeten. Sie hoffte, er könne ihr einen Arzt in Tiflis empfehlen, damit sie für einen Notfall gerüstet war. Der Botschafter erklärte, dass es nicht schwierig sei, einen guten Arzt zu finden, es jedoch oft an Medikamenten fehle. Aus seiner Brieftasche holte er eine Visitenkarte und notierte darauf eine Nummer. »Das ist mein Privathandy. Rufen Sie an, wenn Sie Hilfe brauchen.«

4

Die Bürotür sprang auf, und Heinz Gurtner schob seinen massigen Körper in den engen Raum. Er ließ einen Stapel Papier auf Fahrnis Pult fallen; eine Postkarte behielt er zurück und fächerte sich damit Luft zu. »Eine Karte aus Kiew!«

»Von Pilecki? Zeig her.« Fahrni streckte die Hand aus.

»Gestern bin ich fast im Regen ertrunken, und heute herrscht eine unbeschreibliche Hitze. Verdammt, hier drinnen stinkts.« Gurtner schaute Jasmin Meyer an. »Hast du Knoblauchpizza zum Frühstück gegessen?«

Meyer ignorierte die Anspielung auf ihren sizilianischen Freund. Sie stand auf und riss Gurtner die Postkarte aus der Hand. »Frühling in Kiew«, las sie laut. »Fußball, Riesenrad, Vanilleglacé, Schaschlik, Hidropark, Frauen. Gruß aus dem Reich der Lebenden.«

»Frauen?« Fahrni entzog Meyer die Karte. »Hat er sich von Irina getrennt?«

»Idiot. Er meint damit Irina und Katja.« Gurtner verließ ohne ein weiteres Wort das Büro.

Fahrni öffnete die Fenster. »Klingt nicht schlecht. Pilecki, meine ich. Ich hätte das nicht so einfach weggesteckt. Wenn ich mir vorstelle, Christina wäre vergewaltigt worden, ich würde mich nicht mehr trauen, sie anzufassen.«

»Und wenn ich mir vorstelle, meine Arbeitskollegen würden mein Eheleben diskutieren, würde ich kündigen.«

»Nicht, weil ich damit Mühe hätte«, fuhr Fahrni unbeirrt fort, »sondern weil …«

»Hast du den AGT von Mullis studiert? Den Suizid?«

Fahrni setzte sich. Seit Meyer für eine Führungsposition

im Gespräch war, gab sie sich distanzierter. Sie lästerte nicht mehr mit ihm über Mitarbeiter, warf ihm keine leeren Coladosen an den Kopf und schob keine Schreibarbeiten mehr auf ihn ab. Es war, als hätte er eine Freundin verloren.

»Auf den ersten Blick habe ich nichts Ungewöhnliches entdeckt.«

»Ein Blick genügt nicht. Wenn Mullis ein ungutes Gefühl hat, dann ist meistens etwas dran. Schau dir den Fall genau an.«

Fahrni nickte und holte die Akte hervor. Er starrte auf den Rapport, ohne die Worte zu begreifen. Plötzlich stand er auf, verließ das Büro und eilte nach draußen. Zu Fuß ging er die Zeughausstraße entlang, vorbei an den Motorrädern, die hinter dem Eisenzaun auf dem Kasernenareal standen. Meyers Ducati war auch dabei. Statt den direkten Weg nach Wiedikon einzuschlagen, nahm er einen Umweg über die St. Jakobs-Bäckerei, wo er sich einen Nussgipfel genehmigte. Erst als er bei der Familie Knecht klingelte, kam es ihm in den Sinn, dass er sich telefonisch hätte anmelden sollen.

Die Frau, die ihm öffnete, sah zu alt aus, um Mutter eines sechs- und eines achtjährigen Kindes zu sein. Nachdem sich Fahrni vorgestellt hatte, erklärte sie, ihre Tochter sei beim Notar. Fahrni schämte sich auf einmal für den Nussgipfel, den er genossen hatte. Mit dem Handrücken fuhr er sich über den Mund, damit ihn keine Krümel verrieten. Ein Junge in einem FCZ-Trikot stand im Hintergrund und beobachtete ihn. Im Wohnzimmer lief der Fernseher. Die Frau erklärte, die Kinder hätten schulfrei.

»Höre ich Pikachu?«, fragte Fahrni den Jungen. »Läuft *Pokémon*?«

»Sind Sie Polizist? Darf ich Ihre Pistole halten?«

»Ich zeig dir etwas Besseres. Das sind meine Handschellen.«

»Ich habe mich gar nicht vorgestellt«, bemerkte die Frau. »Regula Nussbaumer. Pascal!«

Der Junge jagte mit den Handschellen hinter seinem kleinen Bruder her. Fahrni deutete Regula Nussbaumers vorwurfsvollen Blick als Aufforderung, seine Handschellen zurückzuverlangen. Pascal ließ sich nicht dazu überreden.

»Nur, wenn ich Sie fesseln darf.«

»Er ist seit Philippes Tod nicht gut auf Polizisten zu sprechen.«

Fahrni hielt Pascal seine Hände hin. Erst als der Junge ihn unschädlich gemacht hatte, kehrte er vor den Fernseher zurück.

»Warum glauben Sie, dass Ihr Schwiegersohn keinen Suizid begangen hat?«, fragte Fahrni. Er versuchte, eine bequemere Position auf dem Küchenstuhl einzunehmen, doch Pascal hatte dafür gesorgt, dass er die Arme kaum bewegen konnte.

»Soll ich nicht aufschließen?«

»Pascal wird das schon machen.«

»Philippe hatte ganz einfach keinen Grund, Suizid zu begehen. Keine finanziellen Schwierigkeiten, keine Eheprobleme, keine Depressionen. Er war glücklich.«

»Er hat Karten für das Match FCZ gegen Basel gekauft«, flüsterte es plötzlich hinter Fahrni. »Und er hat Pascal versprochen, an seinem Geburtstag mit ihm ins Alpamare zu fahren.«

Eine drahtige Frau, die Viola Knecht sein musste, stellte ihre Handtasche auf die Küchenablage und schaute Fahrni an, ohne ihn richtig zu sehen. Ihre mausbraunen Haare wurden im Nacken von einer silbernen Spange zusammengehalten. Fahrni flehte Pascal innerlich an, endlich die Handschellen aufzuschließen.

»Hatte er Feinde?«

»Feinde?«

»Wenn er sich nicht selber … erhängt hat, dann muss ihm jemand den Tod gewünscht haben.« Aus dem Augenwinkel sah Fahrni, wie sich Pascal hinter einem Schrank versteckte um zuzuhören.

»Philippe hatte keine Feinde.«

»Sie haben zu Protokoll gegeben, dass … das Seil … schon längere Zeit im Estrich hing. Und dass jeder im Haus Zugang zum Estrich hatte.«

Als sie bejahte, bat Fahrni sie, am folgenden Tag für eine ausführliche Befragung ins Kripo-Gebäude zu kommen. Er wollte eine Liste der Personen zusammenstellen, die Philippe Knecht gekannt hatte. Viola Knecht nickte dankbar, als hätte sie nicht damit gerechnet, dass er ihre Bedenken ernst nähme. Auf Zehenspitzen schlich Pascal in die Küche und legte den Schlüssel auf den Tisch.

»Warum hattest du ein ungutes Gefühl?«, fragte Fahrni.

Stefan Mullis strich sich über sein Ziegenbärtchen. »Ich würde es nicht ungut nennen. Ich hatte bloß das Gefühl, dass etwas anders war als gewöhnlich in solchen Fällen. So viel ungläubiges Entsetzen ist mir bei einem Suizid noch nie begegnet. Irgendwo gibt es immer jemanden, der nicht überrascht ist. Ein Arbeitskollege, eine Geliebte, ein Freund, der hinter die Fassade sah. Wasser?«

Fahrni nickte.

»Knecht arbeitete bei der Stiftung Zewo«, sagte Mullis. »Das ist die Fachstelle für Spenden sammelnde Organisationen. So eine Art Gütesiegel, das garantieren soll, dass Spendengelder richtig eingesetzt werden. Er hat in St. Gallen Wirtschaft studiert und sich auf Finanzen spezialisiert. Sein Beruf gefiel ihm, und er leistete gute Arbeit. Das gleiche privat: glückliche Ehe, vorbildlicher Vater. Er arbeitete 80 Prozent, war freitags für die Kinderbetreuung zuständig. Hast du mit Viola Knecht gesprochen?«

Fahrni nickte und schenkte Wasser nach.

»Ich habe mich gefragt, ob sie vielleicht fremdging«, fuhr Mullis fort. »Sie streitet es ab. Aber das würde sie vermutlich auch, wenn es zuträfe. Kurz: Welches Blatt ich auch umgedreht habe, nichts erklärt den Suizid.«

»Krankheiten?«

»Ich habe mit dem Hausarzt telefoniert. Kerngesund.« Mullis starrte auf ein Foto mit seinen eigenen Kindern, das auf dem Schreibtisch stand. Seine asketischen Züge wurden auf einmal weich. »Sie sind im gleichen Alter. Du hast keine, oder?«

»Leider nein.«

»Wenn du Vater wirst, verändert sich dein Leben grundlegend. Alles, was du tust, wirkt sich plötzlich auf die ganze Familie aus. Wenn du Mist baust, leiden die Kinder darunter. Vor etwa vier Jahren machten meine Frau und ich eine Krise durch. Wir stritten uns oft. Einmal habe ich die Beherrschung verloren und schlug die Haustür hinter mir zu. Als ich zurückschaute, sah ich, wie Nico am Fenster stand, den Daumen im Mund. Diesen Anblick vergesse ich nie. Ich weiß nicht, was mich zu einem Selbstmord treiben könnte.«

Fahrni musterte den glasklaren Blick von Mullis. »Ein Vierzig-Tonner könnte dich überfahren, du würdest einfach wieder aufstehen. Das ist nicht normal.«

Mullis unterdrückte ein Lachen. »Danke.«

»Das war kein Kompliment«, stellte Fahrni klar. »Wenn Knecht so ehrlich und aufrichtig war, wie er beschrieben wird, war ihm sein Image bestimmt wichtig. Dort müssen wir ansetzen. Es würde ihn zum Beispiel belasten, wenn er sich etwas zuschulden kommen ließe. Auch unverschuldet. Weißt du, was ich meine?«

»Ja.« Mullis dachte nach. »Denkst du, er könnte schwul sein?«

»Warum?«

»Er wird als feinfühlig und ängstlich beschrieben. Außerdem hat mir Viola Knecht ein Foto gezeigt, auf dem er einen hellen Rollkragenpullover trägt. Und auf einem Pferd sitzt.«

Fahrni schoss die Röte ins Gesicht. »Muss man Eishockey spielen, um ein Mann zu sein? So wie du?«

»Was hast du? Reitest du?«

Fahrni stand auf. »Ich will mir die Spuren noch einmal genau ansehen. Befrag inzwischen weitere Freunde von Knecht.«

Gemäß Rechtsmediziner Uwe Hahn hatte sich Philippe Knecht atypisch erhängt. Der Aufhängepunkt befand sich unter dem seitlichen Unterkieferrand. Doch Hahn wies in seinem Inspektionsbericht darauf hin, man könne daraus keine Rückschlüsse auf Fremdeinwirkung ziehen. Nach fünf bis zehn Sekunden sei Knecht infolge Sauerstoffmangels im Gehirn bewusstlos gewesen.

Als Fahrni beim Kapitalverbrechen angefangen hatte, glaubte er wie die meisten Laien, ein Erhängter sterbe an Luftmangel. Doch es war der Blutzufluss zum Kopf, der durch das Strangwerkzeug unterbrochen wurde. Bereits ein Druck von dreieinhalb bis fünf Kilogramm genügte, um die Halsschlagadern vollständig zu verschließen. Um die geschützten Wirbelschlagadern zu komprimieren, waren sechzehn bis dreißig Kilogramm erforderlich. Das eigene Körpergewicht reichte also problemlos aus.

Fahrni tröstete sich damit, dass Knecht bewusstlos war, als er das Krampfstadium erreichte. Vermutlich hatte er nichts von seinem eigenen Todeskampf gemerkt. Doch ganz sicher war Fahrni nicht. Die Tränenspuren auf Knechts Gesicht verunsicherten ihn, obwohl Hahn sie als typisches Erhängungsmerkmal definiert hatte. Im Bericht erklärte der Rechtsmediziner, dass während des Krampfstadiums vermehrt Tränenflüssigkeit abgeflossen sei. Was aber, wenn es sich Knecht plötzlich anders überlegt hatte und das Sterben nicht mehr aufhalten konnte?, fragte sich Fahrni. Der Kugelschreiber in seiner Hand zitterte, und er legte ihn auf Hahns Bericht.

»Sehe ich schwul aus?«, fragte er Jasmin Meyer.

»Nein. Geistig behindert«, antwortete sie, ohne den Blick vom Bildschirm zu lösen.

Auf den Innenseiten von Knechts Lippen hatte Hahn punktförmige Stauungsblutungen gefunden, las Fahrni weiter. Er führte sie jedoch nicht auf Würgen oder Drosseln zurück, dazu waren sie zu schwach. Weil Knechts Gesicht bläulich war, vermutete Hahn, hatte sich die Schlinge nur langsam zugezogen. Mehr schrieb er dazu nicht.

Fahrni überlegte, ob er Hahn um ein Obduktionsgutachten bitten solle, bis der endgültige Bericht vorlag. Darin würde sich der Rechtsmediziner vielleicht dazu äußern, wie groß die Wahrscheinlichkeit eines Suizids war. Als er weiterblätterte, sah Fahrni, dass eine Untersuchung der Hautzellen im Bereich der Strangmarke angeordnet worden war. Die Histamin-Konzentration würde darüber Auskunft geben, ob sich Knecht selbst aufgehängt hatte oder ob jemand der Leiche nachträglich eine Schlinge um den Hals gelegt hatte.

Warum erhängt sich ein siebenunddreißigjähriger Familienvater?, fragte sich Fahrni erneut und dachte an Pascal.

Würde der Junge nun je im Alpamare baden können, ohne an den Tod seines Vaters denken zu müssen? Fahrni erinnerte sich daran, wie sein eigener Vater mit ihm im Wellenbad gespielt hatte. Fast jeden Sonntagmorgen waren sie zusammen ins Hallenbad gegangen, doch das Alpamare war etwas Besonderes gewesen. Dorthin fuhren sie, wenn Fahrni ein gutes Zeugnis nach Hause gebracht hatte. Da ihm die Schule nie Mühe bereitet hatte, kam das immer wieder vor. Sogar als er die Glückwünsche des Rektors für das beste Maturazeugnis seines Jahrgangs entgegennahm, sah Fahrni in Gedanken das Alpamare vor sich.

»Iss endlich etwas«, sagte Meyer. »Ich kann mich nicht konzentrieren, wenn dein Magen dauernd knurrt.«

»Reiten schwule Männer?«

»Woher soll ich das wissen?« Meyer tippte kurz weiter, dann sah sie Fahrni an. »Bist du … hast du dich … in einen Mann verliebt?«

Fahrni schüttelte heftig den Kopf. Meyer wandte sich mit einem Seufzer wieder dem Bildschirm zu. Philippe Knecht hatte an Händen und Füßen leichte Verletzungen gehabt, las Fahrni. Laut Hahn keine Abwehr-, sondern Anschlagspuren. Auch Schleifspuren an der Leiche fehlten. Ebenso Zugrillen, die auf ein Hochziehen einer Leiche hätten deuten können, oder Polierspuren. Keine postmortalen Begleitverletzungen, einfach nichts, das auf die Anwesenheit einer weiteren Person hinwies. Fahrni legte den Bericht beiseite. Mullis täuschte sich. Philippe Knecht hatte sich am 3. Mai, um drei Uhr morgens, erhängt. Ohne physische Fremdeinwirkung.

5

Als Dschaba Iosseliani Georgien zusammen mit verschiedenen Warlords unter sich aufgeteilt hatte, florierte das Geschäft. Erpressung, Spekulationen mit Erdöl und Immobilien, Schmuggel und Drogen sorgten dafür, dass Geld floss. Iosselianis wilde Reiter, die sogenannten Mchedrioni, waren gefürchtet.

Tamaz Glonti legte als neunzehnjähriger seinen Eid auf Georgien, sein Volk und die Orthodoxe Apostelkirche ab. Er war mit dabei, als die Mchedrioni das Land mit Terror überzogen. Zusammen mit anderen Rebellen belagerte Glonti 1991 das Regierungsgebäude in Tiflis. Nach dem Sturz Gamsachurdias holten die Paramilitärs Schewardnadse ins Land zurück. Unter dem neuen Staatschef kontrollierten sie die profitablen Exportbranchen und beteiligten sich an der illegalen Privatisierung zweier Mineralwasserfabriken in Glontis Heimatstadt Bordschomi.

In den wilden Neunzigerjahren war klar gewesen, wer die Herrschaft ausübte. Heute waren die Strukturen des organisierten Verbrechens komplex. Glonti verstand nicht, wo die Fäden zusammenliefen. Die lokalen Clans hatten an Macht verloren, die Oligarchen im Hintergrund bekam Glonti nie zu Gesicht. Seine Aufträge erhielt er von einer Kontaktperson, die ihm nur so viel wie nötig mitteilte.

Glonti zog das Foto aus dem Umschlag. Bisher hatte er nur Lokalgrößen getötet. Dass er nun einen Schweizer beseitigen sollte, erfüllte ihn mit Stolz. Er hielt den Auftrag für einen Vertrauensbeweis. Wenn er ihn zur Zufriedenheit erfüllte, konnte er mit einer Beförderung rechnen. Fünfzehn Jahre lang hatte er an vorderster Front mitgewirkt, es war Zeit für einen Hintergrundjob mit mehr Prestige. Das Geld konnte er gut gebrauchen. Er setzte seine Sonnenbrille auf, das letzte Relikt aus seiner Mchedrioni-Zeit. Seine stählerne Jericho 941 blieb im Versteck. Zuerst musste er sich mit den Gewohnheiten des Schweizers vertraut machen.

Unter normalen Umständen hätte Regina nicht dreihundertzwanzig Dollar für ein Hotelzimmer bezahlt. Das Zar Franco bot zwar Schweizer Komfort, doch Regina konnte gut auf Sicherheitsschleusen, gewärmte Handtücher und importierte Schokolade verzichten. Trotzdem hatte sie Cavalli dazu überredet, die Fahrt nach Batumi zu unterbrechen, um zwei Nächte im Zar Franco zu verbringen. Regina hatte nicht vor, ein zweites Mal einem Rettungshubschrauber nachzuschauen.

Über das Doppelzimmer hatte sich Cavalli nicht gefreut. Regina sah ihm an, dass er lieber allein gewesen wäre. Doch zwei Einzelzimmer hätten die finanzielle Schmerzgrenze eindeutig überschritten.

»Fenster oder Bad?«

Cavalli betrachtete wortlos die schmiedeeisernen Gitter und zeigte auf das Bett am Fenster.

»Morgen treffe ich Lewan Kupatadze«, sagte Regina. »Er koordiniert die Landwirtschaftsprojekte für Teamwork. Vermutlich werden wir den ganzen Tag unterwegs sein. Du hättest Zeit, die Heilbäder aufzusuchen.«

»Du hast bestimmt schon eine Behandlung für mich reserviert.«

»Nein … soll ich das machen?«

»Natürlich nicht! Das Essen in diesem Goldkäfig ist sicher unbezahlbar. Spazieren wir ins Zentrum hinunter?« Als

Cavalli Reginas Blick auffing, fügte er schroff hinzu: »Ja, das schaffe ich.«

»Hat sich Chris mal gemeldet?«

»Können wir zur Abwechslung über etwas Angenehmes sprechen?« Cavalli ging am Fahrstuhl vorbei zur Treppe. Sein Sohn Christopher verbrachte die Ferien im Tessin bei Cavallis Familie. Da sich Cavalli sowohl mit seinem Vater als auch mit seinen Halbbrüdern zerstritten hatte, hatte er versucht, Christopher vom Besuch abzuhalten. Doch Christopher ließ sich nicht umstimmen.

Regina folgte Cavalli durch die Hotellobby am Portier vorbei und knöpfte ihren Mantel zu. Der Winter wich erst langsam aus dem Tal; sobald die Sonne unterging, wurde es empfindlich kalt. Als sie draußen waren, fragte Cavalli, was Regina gegen Isabelle habe. Er nahm mehr wahr, als sie ihm zurzeit zutraute, stellte Regina fest. Sie erzählte ihm von ihrer Zeit im Gymnasium, von ihrer Unsicherheit und ihrem Gefühl, nie zu genügen. Ihre Abneigung hatte in Wirklichkeit nichts mit Isabelle zu tun gehabt, sondern nur mit ihr selbst.

»In den letzten Jahren hast du dich gebessert«, witzelte er. »Ich würde dich sogar herrisch nennen.«

Regina schmunzelte. »Ich fass das als Kompliment auf.«

»Siehst du. Früher wärst du beleidigt gewesen.« Cavalli sog die Düfte ein. Rhododendren, stellte er fest, verwoben mit Frittieröl und Tannennadeln. Es tat gut, außerhalb der Stadt zu sein.

Sie waren beim Zarenpark angekommen, und Regina zeigte auf die Ruinen der Petrisziche-Festung. Im Reiseführer hatte sie gelesen, dass sich zwei Brüder um den Nachlass gestritten und es vorgezogen hatten, ihr Erbe zu zerstören, statt sich zu einigen.

»Willst du mir damit etwas sagen?«, fragte Cavalli, als sie ihm die Geschichte erzählte.

»Käme mir nicht im Traum in den Sinn. Welchen Eindruck hast du von Isabelle?«

»Sie glaubt an das, was sie tut.«

»Überzeugt dich ihre Arbeit nicht?«

Cavalli schwieg lange. Erst als sie sich in einem unscheinbaren Lokal zu Tisch setzten, beantwortete er die Frage. »Ich weiß nicht, wie es in Georgien aussieht, aber meiner Meinung nach ist Entwicklungshilfe kontraproduktiv. Sie unterstützt ein System, das nicht funktioniert. Verleiht einer Regierung Glaubwürdigkeit, die sie nicht verdient, und erschwert damit die Bildung einer Demokratie.«

»Das kommt darauf an, wohin das Geld fließt«, wandte Regina ein. »Heute ist ›Hilfe zur Selbsthilfe‹ selbstverständlich. Kein Hilfswerk verteilt einfach Geld, schon gar nicht an den Staat. Auch Teamwork investiert direkt in Projekte, die die Zukunft von Bauern und Flüchtlingen sichern.«

»Aber wäre das nicht Aufgabe des Staates? Gibt man der Regierung damit nicht das Signal, sie brauche sich nicht um soziale Missstände zu kümmern?«

Sie bestellten zwei Portionen Ghomisghomi, ohne zu wissen, was es war.

»Was ist die Alternative?«, fragte Regina. »Willst du die Ungleichheit akzeptieren? Kein Mensch kann um seine Rechte kämpfen oder sogar etwas in der Gesellschaft verändern, wenn er hungert. Dazu muss man ihm zuerst auf die Beine helfen.«

»Die Frage ist, ob er dann noch motiviert ist zu kämpfen.«

»Nein, die Frage ist, ob er ohne Starthilfe überhaupt eine Chance gegen die Mächtigen hat.« Sie lehnte sich zurück, um der Bedienung Platz zu machen, die ihnen zwei Suppenteller vorsetzte. Mit hochgezogenen Augenbrauen musterte sie den Brei.

»Hirse!« Cavalli roch erfreut am Dampf und sagte: »In den USA leben 800 000 Indianer in Reservaten. Ein Drittel davon unter dem Existenzminimum. Teilweise beträgt die Arbeitslosigkeit achtzig Prozent, Gewalt und Alkohol gehören zum Alltag. Kennst du Wilma Mankiller?« Als er Reginas ungläubigen Ausdruck sah, lächelte er. »Doch, sie heißt wirklich so. 1987 wurde sie die erste Frau an der Spitze der Cherokees. Mit einem jährlichen Budget von fünfundsiebzig Millionen Dollar und eintausendzweihundert Angestellten führte sie einen Großbetrieb. Sie war Häuptling, als Bushs sogenannte *self-governance initiative* in Kraft trat. Die Cherokees gehörten zu den großen Befürwortern der Initiative. Sie sah vor, dass die Stämme Regierungsgelder selber verwalteten. Davor lief alles über das Bureau of Indian Affairs, das BIA …« Cavalli rührte im Hirsebrei. »Das BIA …«

Regina sah, dass er den Faden verloren hatte. »Wilma Mankiller?«

»Wilma Mankiller hatte den Mut zu sagen, dass wir uns an die Abhängigkeit vom BIA gewöhnt hatten. Tatsächlich fällt es heute vielen Stämmen immer noch leichter, in der Opferrolle zu verharren, als ihre Zukunft selbst in die Hand zu nehmen.« Wieder machte er eine Pause, als wüsste er nicht mehr, wie sie auf das Thema gekommen waren.

»Ich verstehe, was du sagen willst: dass Entwicklungshilfe zu Passivität führen kann.« Zwar teilte Regina seine Meinung nicht, aber sie ließ es im Moment dabei bewenden und schlug vor, ins Hotel zurückzukehren. Falls Cavalli merkte, dass sie ihre Müdigkeit vortäuschte, zeigte er es nicht. Regina bestellte ein Taxi und bezahlte die Rechnung. Im Zar Franco begleitete sie ihn nach oben und kehrte dann unter dem Vorwand, telefonieren zu müssen, in die Lobby zurück, damit er ungestört zu Bett gehen konnte. Sie beschloss, die Zeit mit einer Tasse Tee totzuschlagen.

Die junge Frau an der Bar kannte die Teesorte nicht, die Regina bestellte. Nervös holte sie eine Schachtel mit verschiedenen Beuteln hervor. Regina staunte, als sie die Schweizer Marken sah. Sie zeigte auf den Grüntee. Tanja Begiaschwili las sie auf dem Namensschild der Georgierin. Sie fragte auf Englisch, ob sie aus Bordschomi stamme.

»Aspindsa, ganz nahe bei Wardsia. Kennen Sie?«

»Das Höhlenkloster? Ich würde gern hinfahren, doch es liegt nicht auf dem Weg. Wir fahren nach Batumi.«

»Wardsia müssen Sie besuchen! Sie können Georgien nicht verlassen, ohne Wardsia gesehen zu haben. Die Höhlen in der Felswand sind mit Treppen und Terrassen miteinander verbunden. Tausende von Menschen haben darin Platz.« Mitten in der Erzählung sog Tanja Begiaschwili Luft ein. Sie wandte sich von Regina ab und räumte die Gläser so schnell ein, dass ihr eines aus der Hand fiel. Regina spürte jemanden hinter sich und drehte sich um. Ein Mann in ihrem Alter gestikulierte verärgert. Sein Armani-Anzug war maßgeschneidert, trotzdem sah er aus wie verkleidet. Er begrüßte Regina mit einer kleinen Verbeugung, die ihr bekannt vorkam. Doch was bei Pierre-Richard von Arburg natürlich wirkte, sah bei diesem Mann aus, als hätte er eine Rolle einstudiert. Er stellte sich als Frank Bolay vor und hieß sie in seinem Reich willkommen. Als er Reginas Hand nahm und an seine Lippen führte, konnte sie dem Impuls kaum widerstehen, sie zurückzuziehen.

Bolay erkundigte sich, ob sich Regina wohlfühle. Nachdem sie ihm versichert hatte, dass das Zar Franco keine Wünsche offen lasse, lächelte er höflich und nahm den Platz hinter der Bar ein. Er gab Tanja Begiaschwili ein Zeichen, und sie huschte davon, um kurz darauf mit Besen und Schaufel zurückzukehren. Während sie die Scherben zusammenwischte, bediente Bolay die Gäste.

Reginas Handy klingelte, und sie wandte sich erleichtert ab. »Tobias! Immer noch auf?«

Stotternd erklärte Fahrni, er habe die Zeitverschiebung vergessen. Nachdem Regina ihm versicherte, er habe sie nicht geweckt, erzählte er ihr vom Gespräch mit dem Sachbearbeiter, der Isabelles Flug nach Tiflis gebucht hatte. Die Reise sei so dringend gewesen, dass Isabelle einen Nachtflug in Kauf genommen habe. Fahrni wusste jedoch weder, auf welches Datum ihr Ticket ursprünglich ausgestellt gewesen war noch, wer während des Fluges neben ihr gesessen hatte. Er versprach, beiden Punkten nachzugehen. Dann erkundigte er sich nach Cavalli. Regina wich der Frage aus und bat Fahrni stattdessen, sich nach Schweizer Firmen zu erkundigen, die in georgische Hotels investierten.

Cavalli erwachte mit einem Schlag. Seine Hand schoss zur Stelle, wo er normalerweise seine Waffe trug. Er berührte nackte Haut. Es dauerte einen Moment, bis er begriff, dass keine Gefahr drohte. Er hörte Regina gleichmäßig atmen, und die Realität verdrängte den Traum, der ihn geweckt hatte. Benommen löste er das schweißnasse T-Shirt von seiner Brust. Zu spät. Er war immer zu spät. Jedes Mal nahm er sich im Traum vor, rechtzeitig die Waffe zu ziehen. Es gelang ihm nie.

Hätte er damals nicht den Kopf gedreht, sich nicht vom Kind ablenken lassen, das hinter der Tür stand, wäre alles anders gekommen. Ein einziger Fehler, der ihn beinahe das

Leben gekostet hatte. Ein Anfängerfehler. Die anschließende Geiselnahme wäre zu verhindern gewesen. Efimows Tod auch, obwohl er nicht um den Russen trauerte.

Er setzte sich auf, bemüht, seine Lunge mit Luft zu füllen. Es war, als bliese er einen zerknitterten Ballon auf. Cavalli bildete sich ein, sogar das Knistern des klebrigen Gummis zu hören. An Schlaf war nicht mehr zu denken. Sein Handy zeigte halb drei.

Im Bad ließ er heißes Wasser laufen und atmete den Dampf ein. Die Sauna, schoss es ihm durch den Kopf. Wenn er schon in einem Fünfsternehotel übernachtete, konnte er vom Luxus Gebrauch machen. Er schnappte sich ein Badetuch und verließ das Zimmer barfuß.

Der Wellnessbereich war geschlossen. Missmutig ging Cavalli zur Rezeption, wo eine Gruppe betrunkener Russen versuchte, sich an ihre Zimmernummern zu erinnern. Als Cavalli Zutritt zur Sauna verlangte, erntete er vom Nachtportier ein überfordertes Kopfschütteln. Schließlich setzte eine Masseurin knurrend Sauna, Dampfbad und Sprudelbad in Betrieb.

Als Cavalli die Saunatür hinter sich zuzog, hüllte ihn der Duft von warmem Holz ein. Er könnte irgendwo auf der Welt sein, dachte er. Seine Lippen formten Worte, die er vergessen glaubte: ein altes Lied der Cherokee-Indianer, das zu Beginn einer Dampfbadzeremonie gesungen wurde. Die Zeremonie war mehr als eine Reinigung des Körpers, sie zielte darauf ab, auch Kopf und Herz von schlechten Gedanken und Gefühlen zu befreien. Cavalli erinnerte sich an die Dunkelheit, die Unwissen symbolisierte, und an das Licht nach der Reinigung. Ein Dampfbad war heilig, mit der Hitze hatte er Traditionen aufgesogen und verinnerlicht.

Zum ersten Mal seit Monaten erschien ihm sein Körper nicht als Feind. Er fuhr sich mit dem Finger über die Schusswunde und fühlte die feine Haut, die nachgewachsen war. Eigentlich grenzte es an ein Wunder, dass ein Loch im Fleisch wieder zuwuchs. Der Polizist in ihm lachte zynisch: bloß eine Frage der Munition. Er löschte das Licht und goss Wasser auf die heißen Steine. Die Temperatur schien schlagartig zu steigen. Mit ihr kam die Angst hoch, die er empfunden hatte, als er nach der Operation erwacht war. Davor, ausgeliefert zu sein, abhängig von anderen Menschen. Mit jahrelangem Training hatte er sich zwar einen Panzer aus Muskeln zugelegt, aber ein kleines Loch im Brustkasten genügte, um ihn lahmzulegen.

Cavalli lehnte sich gegen die Wand. Er erkannte die Leere in sich mit erschreckender Klarheit. Eine innere Stimme trieb ihn an. Weiter. Weiter. Wohin?, fragte er sich. Seit fast zwanzig Jahren suchte er Lösungen, in der Hoffnung, endlich zur Ruhe zu kommen. Doch kaum hatte er einen Fall zu den Akten gelegt, lag bereits der nächste auf seinem Schreibtisch. Wasser tropfte von seinem Kinn, vielleicht waren es Tränen, vielleicht bloß Schweiß.

Regina erkannte Lewan Kupatadze an seinen kräftigen Unterarmen. Der Bauer passte ins Zar Franco wie ein Pflug auf einen Golfplatz. Eingetrocknete Erde klebte an seinen Arbeiterstiefeln, doch Regina ließ sich nicht täuschen: Die gute Qualität seiner Kleider zeugte davon, dass er kein gewöhnlicher Bauer war. Regina hegte den Verdacht, dass er absichtlich Dreck auf den Marmorboden bröseln ließ, um seine Abneigung gegenüber dem Hotel zu demonstrieren. Er fragte Regina in einwandfreiem Englisch, ob sie allein sei.

Regina bejahte. Cavalli war nicht einmal erwacht, als ihr Wecker geklingelt hatte. Selten hatte sie ihn so entspannt schlafen sehen. Sie reichte Lewan Kupatadze die Hand, doch er wandte sich ab und steuerte auf den Ausgang zu. Regina folgte ihm zu einem dunklen Geländewagen. Lewan Kupatadze startete den Motor, bevor sie einstieg.

»Wir fahren nach Agara«, verkündete er, ohne sie anzusehen. »Dort züchten Bauern traditionelle Apfelsorten, die heute kaum mehr angebaut werden. Diversifizierung.«

Regina wunderte sich über seinen feindseligen Tonfall. Hatte ihm Lili Tsagareschwili nicht erklärt, dass sie Isabelle suchten? Vergeblich versuchte sie, ihn in ein Gespräch zu verwickeln. Zwar beantwortete er ihre Fragen, doch gab er nur das Allernötigste preis. Das Gespräch glich einem Verhör. Als sie ihn auf die Kleinkredite ansprach, die Teamwork vermittelte, kniff er die Augen zusammen und antwortete im Telegrammstil, dass eine Bauernfamilie maximal 2300 Lari erhielt.

2300 Lari entsprachen etwa 1600 Franken, errechnete Regina. Sie fragte nach den Bedingungen, die Teamwork an die Kredite knüpfe. Lewan Kupatadze zündete sich eine Zigarette an und murmelte, sie solle die Projektunterlagen lesen. Im Zickzackkurs fuhr er über die ungeteerte Straße, um Schlaglöchern und Steinbrocken auszuweichen. Kaum hatte er zwanzig Meter ohne Hindernisse vor sich, beschleunigte er. Schon bald wurde Regina übel; sie vermutete, dass er genau dies beabsichtigt hatte. Nach einer knappen Stunde hielt er vor einem Haus am Dorfrand von Agara. Er parkte mitten im Schlamm, sodass Regina beim Aussteigen bis zu den Knöcheln einsank.

Neugierige Kinder umringten sie. Plötzlich wünschte sich Regina, sie hätte etwas mitgebracht. Aber die Kinder schienen nichts zu erwarten, vermutlich war es Ereignis genug, dass eine Fremde auftauchte. Sie folgte Lewan Kupatadze, der auf eine hagere Frau zusteuerte. Ihr dunkles Kopftuch und eine Zahnlücke ließen sie älter erscheinen, als sie vermutlich war.

»Keti wird Ihre Fragen beantworten. Schießen Sie los«, forderte Lewan Kupatadze sie auf.

Überrumpelt versuchte Regina, ein Gespräch in Gang zu bringen. Sie war davon ausgegangen, Lewan Kupatadze würde ihr zeigen, worin Isabelles Arbeit hier bestand. Lili Tsagareschwili hatte erklärt, Isabelle fahre einmal pro Monat in die Bergregion, weil sich das Projekt in einer heiklen Phase befinde. Doch was sie genau tat, wusste Regina nicht.

Neben ihr zog Lewan Kupatadze zufrieden an seiner Zigarette. Seine Genugtuung weckte Reginas Kampfgeist. Sie begann, die Frau über ihren Betrieb auszufragen. Ab und zu hatte sie den Verdacht, dass Lewan Kupatadze nicht richtig übersetzte, aber da inzwischen ein Nachbar aufgetaucht war, der etwas Englisch sprach, konnte er nicht groß abweichen. Langsam tastete sich Regina zu Ketis persönlichen Verhältnissen vor. Das Gespräch wurde lebendiger. Als sich Regina nach den Früchtesorten im Garten erkundigte, winkte Keti sie ins Haus und zeigte ihr die eingemachten Äpfel, Birnen und Pflaumen. Kurz darauf saßen sie zusammen am Tisch und tranken Tee.

»Wir müssen weiter«, drängte Lewan Kupatadze.

Regina lächelte freundlich und ließ sich noch eine Tasse Tee einschenken. Der Englisch sprechende Nachbar nützte die Gelegenheit, Lewan Kupatadze um etwas zu bitten. Regina hätte gern gewusst, um was es sich handelte, denn Lewan Kupatadze verzog den Mund und gestikulierte ungehalten. Sie verstand »Bank« und »Aspindsa«, glaubte auch »ara« herauszuhören, was nein bedeutete.

Sie fragte Lewan Kupatadze danach, als sie Agara verließen. Er gab vor, sich nicht an die Szene zu erinnern. Regina wandte sich der Landschaft zu. Wo keine Tiere weideten, waren die Wiesen von einem Blütenmeer überzogen. Schade, dass sie nicht mehr über Pflanzen wusste, denn Georgien war laut Reiseführer ein Paradies für Botaniker. In der Ferne überragten die schneebedeckten Gipfel des kleinen Kaukasus die Baumgrenze. Die Schönheit berührte Regina; sie wünschte sich, die Freude am Anblick mit jemandem zu teilen. Sie dachte an Cavalli, der sich im Wald zuhause fühlte. Im Gegensatz zu ihm war Regina in der Natur lediglich zu Besuch.

Und Isabelle? Was empfand sie, als sie in die Bauerndörfer fuhr? War Georgien ihre Heimat geworden? Regina versuchte sich vorzustellen, in einem anderen Land zu leben. Obwohl Fremdes ihre Neugier weckte, kehrte sie immer gern in die Schweiz zurück. Warum eigentlich?, fragte sie sich. Ihr Verhältnis zu ihren Eltern war schwierig, ihr Freundeskreis klein. Ihre Arbeit nahm einen großen Teil ihrer Energie in Anspruch. Vielleicht ersetzte ihr die gewohnte Umgebung die fehlenden Beziehungen, dachte sie. Der Gedanke gefiel ihr nicht.

»Ich war mit Isabelle auf der gleichen Schule«, sagte Regina.

Lewan Kupatadze warf seine Zigarette aus dem Fenster.

»Trägt sie ihre Haare immer noch lang?«, fragte Regina. Im Gymnasium reichten die Haare Isabelle bis zur Taille. Wie dunkler Ahornsirup liefen sie über ihren langen Körper.

Lewan Kupatadzes Kiefermuskeln zuckten, und er sah kurz zur Sonnenblende. »Isabelle trägt meistens ein Kopftuch. Wir sind in Kide. Amiran produziert Käse, Sauerrahm und Butter. Mit unserem Kredit hat er sich einige Rinder dazugekauft.« Er hielt vor einer Hängebrücke. »Von hier aus müssen wir zu Fuß weiter.«

Nachdem er aus dem Jeep gesprungen war, zündete er sich erneut eine Zigarette an. Regina klappte rasch die Sonnenblende herunter. Ein Foto von Isabelle war daran befestigt.

Jemand hatte seine Sachen durchsucht. Bevor er zu den Heilbädern gegangen war, hatte Cavalli den Reißverschluss seines Koffers zugezogen. Oder doch nicht? Seit dem Unfall war er nie ganz sicher. Sein Gedächtnis spielte ihm Streiche, manchmal verwechselte er Tatsachen und Vorhaben. Er betrachtete die Jeans, die aus dem Spalt schaute. Doch, er hatte ihn geschlossen, denn er wollte nicht, dass Regina die Heilmittel sah, die ihm seine Großmutter geschickt hatte. Auch die Joggingschuhe nicht, die er voller Optimismus eingepackt hatte.

Reginas Koffer stand offen, einige ihrer Kleidungsstücke hingen über der Stuhllehne, andere lagen auf dem Bett. Cavalli erkannte nicht, ob jemand zusätzlich darin gewühlt hatte. Als er eine Bluse im Koffer musterte, fiel ihm ein Buch auf. Neugierig zog er es hervor. Der Deckel war mit Pferdebildern überzogen, auf der Innenseite erkannte er Reginas wilde Handschrift. Er schmunzelte. Das Schriftbild glich einer Glasscheibe mit Sprüngen.

Auf der ersten Seite war ein Datum vermerkt: 4. April 1987. Damals muss sie im Gymnasium gewesen sein, dachte er. »Urs hat nur Augen für Isabelle«, las Cavalli. »Aber wenn er meint, dass diese eingebildete Kuh …« Plötzlich wurde Cavalli bewusst, was er tat. Mit einem reuevollen Seufzer legte er das Tagebuch zurück und dachte daran, wie Regina sich als Jugendliche beschrieben hatte. Vermutlich war sie auch äußerlich angepasst gewesen. Trotzdem hatte sie nie dazugehört. Da sie früh eingeschult worden war, war sie die Jüngste ihrer Klasse gewesen. Ausgerechnet Regina, die körperlich sogar Gleichaltrigen unterlegen war.

Cavalli setzte sich aufs Bett. Das Heilbad und der anschließende Marsch zurück ins Zar Franco waren anstrengender gewesen, als er sich eingestand. Er versuchte zu überlegen, wer ein Interesse daran haben konnte, seine Sachen zu durchsuchen, doch seine Gedanken schweiften immer wieder ab. Er stand in der Brandung, und seine Füße versanken im Sand. Er wollte sie heben, doch die Schwerkraft war stärker. Denken, schalt er sich, denken. Woran, wusste er nicht mehr.

Er roch sie zuerst: Rosenblütenseife, Zigarettenrauch und trockene Erde. Dann spürte er sie: eine leichte Hand an seiner Schläfe, die in ihm ein wohliges Kribbeln auslöste.

»Cava?«, flüsterte sie. »Soll ich dir etwas zu essen mitbringen? Es ist schon acht Uhr.«

Abends oder morgens?, fragte er sich und versuchte ein Zeichen zu geben, dass er wach sei. Sein Magen knurrte.

»Alles klar«, lachte sie. »Ich bin in einer halben Stunde zurück.«

Im selben Augenblick war sie wieder da. Jetzt duftete sie nach warmen Linsen. Durch halb geschlossene Lider sah er, wie sie ihre schmutzige Hose abstreifte.

»Du siehst schön aus«, murmelte er.

Verlegen schüttelte sie den Kopf. »Wo ist meine Jogginghose? Ich hatte sie doch auf den Stuhl gelegt.«

Plötzlich drang Cavalli die Bedeutung von Reginas Worten ins Bewusstsein. Er setzte sich auf und erzählte, dass er seinen Koffer offen vorgefunden hatte. Dann beschnupperte er den Plastiksack, den Regina neben sein Bett gestellt hatte. Regina setzte sich im Schneidersitz auf sein Bett und löste den Deckel vom Alubehälter. Sie berichtete ihm von Lewan Kupatadze.

»Ich glaube, er hat etwas mit Isabelle. Oder ist zumindest in sie verliebt. Ihm traue ich zu, unsere Sachen zu durchwühlen. Aber ich war den ganzen Tag mit ihm zusammen.«

»Isabelle scheint eine starke Wirkung auf Männer auszuüben.«

»Nicht nur auf Männer. Alle mochten sie. Meine Mutter hat mir dauernd vorgehalten, wie perfekt sie ist.«

»Dabei hatte sie doch dich«, erwiderte er. Als Regina die Augenbrauen hob, legte er den Kopf schräg. »Was soll dieser mütterliche Blick?«

»Mütterlich?«

»Genau so hat mich meine Großmutter angeschaut, wenn sie glaubte, mich zu durchschauen«, sagte Cavalli.

»Warum bist du eigentlich nicht zu ihr gefahren?« Die Frage brannte Regina schon lange auf der Zunge. Das Cherokee Reservat in North Carolina war Cavallis Schneckenhaus, dorthin zog er sich zurück, wenn es ihm schlecht ging. Als sie ihn vor sieben Jahren verlassen hatte, hatte er fast ein Jahr bei seiner Großmutter verbracht.

»Bald werde ich wieder im Dienst sein«, sagte Cavalli. »Magst du auf der Fahrt nach Batumi einen Umweg über Wardsia machen? Ich möchte das Höhlenkloster sehen.«

Regina hätte wissen müssen, dass sie keine Antwort bekommen würde. Sie seufzte. »Das ist ein großer Umweg. Wir müssten uns ein Mietauto nehmen.«

»Soll ich mich darum kümmern?«, fragte Cavalli.

»Wenn es dir nicht zu viel ist.«

»Natürlich nicht!«

»Die Dame an der Bar stammt aus der Gegend von Wardsia. Ich frage sie, ob sie uns eine Unterkunft empfehlen kann«, sagte Regina.

6

Der Donnerstag war Fahrni heilig. Christina hatte immer Frühdienst, und auch er versuchte, spätestens um sechzehn Uhr Feierabend zu machen. Eine Stunde später trafen sie sich dann im Stall, wo sie die Pferde gemeinsam für einen langen Ritt sattelten. Die SMS kam um 15.30 Uhr. »Muss länger bleiben. Geh ohne mich. Christina.« Fahrni starrte auf das Display. Er hatte Christina die ganze Woche kaum gesehen. Sie arbeitete weit über Dienstschluss hinaus, und wenn sie endlich nach Hause kam, ging sie direkt ins Bett. Seine Zärtlichkeiten lehnte sie ab.

Auf Meyers Pult stand eine Coladose. Fahrni versuchte, sie mit einem Radiergummi hinunterzuschießen, aber der Gummi prallte ab. Er griff nach seinem Strafgesetzbuch und warf es wie ein Frisbee über den Schreibtisch. Diesmal traf er Meyers Postfach. Als es kippte, rutschte der Inhalt raus und verteilte sich auf dem Boden. Kurz darauf schaute Karan mit einem fragenden Blick herein.

»Suchst du immer noch jemanden zum Tauschen?«, fragte Fahrni.

»Ja, Aleyna hat eine Nierenentzündung.«

Christina hatte Fahrni erklärt, dass Kinder mit dem Bardet-Biedl-Syndrom oft an Nierenausfall starben. Er bot Karan an, seinen Pikettdienst zu übernehmen. Als er den dankbaren Ausdruck seines Kollegen sah, schämte er sich. Er hätte von Anfang an auf das Reiten verzichten können. Vielleicht blieb Christina sogar wegen Aleyna länger im Kinderspital. Im selben Augenblick piepste Karans Pager. Der Brandtouroffizier der Stadtpolizei meldete einen Todesfall in Zürich-Seebach und verlangte nach einem KV-Sachbearbeiter, da die Todesursache unklar war. Fahrni wunderte sich. Die Stadt gab nie freiwillig einen außergewöhnlichen Todesfall ab. Erst wenn klar war, dass ein Tötungsdelikt vorlag, zog man den Kanton hinzu. Und dann erfolgte die Übergabe von Offizier zu Offizier, nie direkt an einen Sachbearbeiter. Als Fahrni zwanzig Minuten später vor einer angefaulten Leiche stand, bereute er seine Großzügigkeit gegenüber Karan fast. Der Gestank in der Einzimmerwohnung war unerträglich.

»Cavallis Geruchssinn wäre jetzt nützlich«, bemerkte Uwe Hahn. »Er würde riechen, ob etwas faul ist an der Sache.«

»Das rieche sogar ich!«, rief ein Kriminaltechniker aus der Küche.

Fahrni konnte seine Augen nicht von der jungen Frau lösen. Ihre Augen waren weit aufgerissen, als hätte sie den Tod mit erschreckender Klarheit kommen sehen. Oder den Mörder? Er blickte Hahn fragend an.

Der Rechtsmediziner suchte die Arme nach Einstichstellen ab und fuhr anschließend mit dem Finger den Venen entlang, die dunkel durch die Haut schimmerten. »Die Blutauflösung hat bereits eingesetzt. Sie liegt vermutlich schon zwei bis drei Tage hier. Die Totenflecken sind vollständig ausgebildet, und die Totenstarre beginnt sich zu lösen. Den Fäulnisblasen nach eher drei Tage.« Er drückte auf die aufgeblähte Haut. »Woran sie gestorben ist, kann ich noch nicht sagen. Äußere Einwirkungen finde ich keine.«

Der Brandtouroffizier der Stadtpolizei stellte sich Fahrni vor und erklärte, dass sich eine Kollegin der Verstorbenen Sorgen gemacht habe, weil diese unentschuldigt der Arbeit ferngeblieben sei. Seinem Akzent nach war Stüssi Innerschweizer. Das erklärte sein ungewöhnliches Vorgehen, dachte Fahrni.

Vermutlich war er neu bei der Stadt und unbelastet, was das Kompetenzgerangel anging.

»Wer ist sie?«

»Mirjana Racic, Zimmermädchen im Hotel National. Bis jetzt hat die Spurensicherung keine Hinweise dafür gefunden, dass jemand mit Gewalt in die Wohnung eingedrungen ist. Trotzdem ist mir die Sache nicht ganz geheuer. Stirbt eine gesunde Frau an einer Magen-Darm-Grippe?«

»Ob sie gesund war, wird erst ihre Krankheitsgeschichte zeigen. Auf Aussagen von Mitarbeitern dürfen wir uns nicht verlassen«, erwiderte Fahrni.

»Heißt das, ihr übernehmt den Fall?«

»Das kann ich nicht entscheiden. Ist die STA IV aufgeboten worden?«

»Nein, die allgemeine Staatsanwaltschaft. Ich habe mit Ruedi Ochsenknecht telefoniert.«

Fahrni stöhnte innerlich. Der Ochs, wie er von Kollegen genannt wurde, stand kurz vor der Pensionierung. Seinen Spitznamen verdankte er seiner groben Art und seiner schwerfälligen Arbeitsweise. Den Fall Knecht hatte Ochs glücklicherweise an Theresa Hanisch abgegeben, mit der fadenscheinigen Begründung, dass er wie Mullis nicht an Suizid glaube. Fahrni informierte die Einsatzzentrale, die versprach, den Brandtouroffizier des Kantons zu benachrichtigen. Dann holte er sich bei Hahn ein Paar Latexhandschuhe und machte sich an die Arbeit. Als die Wohnung gegen zweiundzwanzig Uhr versiegelt wurde, wusste er nicht viel mehr, als dass er den Fall übernehmen sollte. Er überlegte kurz, auf dem Weg nach Hause im Hotel National vorbeizuschauen, entschied sich aber dagegen. Der Leichengeruch, der an ihm haftete, war unzumutbar. Hoffentlich blieb der Gestank nicht zu lange in seinem Opel hängen. Normalerweise nahm er einen Dienstwagen, wenn er ausrückte. Da Seebach aber an der Nordumfahrung lag, war er mit seinem eigenen Wagen gekommen, um anschließend direkt nach Hause zu fahren.

Christina lag bereits im Bett, als er ankam. Das Bügelbrett stand immer noch im Wohnzimmer, wo sie es am Wochenende aufgestellt hatte. Seine gewaschenen Hemden hingen ungebügelt über einer Stuhllehne. Mit Sorge überlegte er, ob er noch etwas Frisches zum Anziehen hatte. Er zog sich aus, stopfte seine stinkenden Kleider in einen Plastiksack und stellte sich unter die Dusche. Als er sein Gesicht unter den Wasserstrahl hielt, sah er Mirjana Racic vor sich. »Ich möchte kremiert werden«, sagte er laut. »Nur nicht vor mich hinfaulen.«

Er versuchte, sich ein schöneres Bild in Erinnerung zu rufen, da kam ihm Isabelle in den Sinn. Das Fotoalbum hatte er noch nicht zurückgebracht, obwohl er es für seine Ermittlungen nicht mehr brauchte. Ein Foto gefiel ihm besonders: Isabelle saß an einem Holztisch im Freien, ein Bein angezogen, so dass ihr Knie fast ihr Kinn berührte. Um den Kopf hatte sie ein buntes Tuch geschlungen, in der Hand hielt sie ein Weinglas. Sie trug ein ärmelloses T-Shirt, das ihre langen, geschmeidigen Arme zur Geltung brachte. Ihrem Gegenüber schenkte sie ein breites Lachen. Fahrni beneidete die Person, auf die sie ihre cognacbraunen Augen gerichtet hatte. Der Blick des Mannes neben ihr verriet, dass er Fahrnis Neid teilte. Ein ungestillter Hunger ging von ihm aus, als könne er sich nicht sattsehen an Isabelle.

Fahrnis Atem ging schneller. Rasch drehte er den Wasserhahn zu und trocknete sich ab. Er machte sich nicht die Mühe, seinen Pyjama anzuziehen, sondern kroch nackt zu Christina ins Bett. Er hörte ihrem Atem an, dass sie wach war, obwohl sie sich schlafend stellte. Zärtlich strich er über ihre Schulter und ließ seine Hand zu ihrem Bauch gleiten. Kurz dachte er daran, wie schön es wäre, wenn er unter seiner Hand die Bewegung eines Kindes spüren würde. Sein Verlangen nach ihr hatte jedoch nichts mit seinem Kinderwunsch zu tun.

»Ich bin müde«, murmelte sie.

Fahrnis Hand kroch zu ihrer Brust.

»Tobias!«

»Es ist lange her seit dem letzten Mal.«

»Führst du Buch?«

»Nein, ich …«

Sie wandte sich ab.

»Christina, bitte.«

Er verstand ihr Nein kaum. Weinte sie? Er strich ihr über den Rücken, aber sie zog die Decke hoch und wickelte sich darin ein.

Fahrnis Augen brannten vor Müdigkeit, als er am Freitagmorgen seinen PC startete. Bevor er seine Mails abrufen konnte, klingelte das Telefon.

»… obwohl Sie versprochen haben, seinen Tod zu untersuchen. Das werde ich nicht zulassen! Ich weiß, Sie halten mich für verrückt, aber ich kannte meinen Mann. Wir haben uns überlegt, aufs Land zu ziehen, wir haben uns Häuser angeschaut. So benimmt man sich nicht, wenn man genug hat vom Leben. Mein Anwalt wird sich bei Ihnen …«

»Frau Knecht? Langsam, bitte. Worum geht es?«

»Sie haben versprochen, den Fall gründlich zu untersuchen!«

»Ich arbeite dran!«

»Aber Sie werden das Verfahren einstellen.«

»Einstellen? Wie kommen Sie darauf?«

»Sie wissen es nicht? Die Staatsanwaltschaft hat mich darüber informiert, dass sie nicht von einem Tötungsdelikt ausgeht.«

Fahrni stützte mit dem Handballen seinen Kopf. Er versprach, mit Theresa Hanisch Kontakt aufzunehmen. Als er aufgelegt hatte, fand er die Mitteilung in seiner Mailbox. Hanisch hatte nicht vor, noch mehr Zeit in den Fall zu investieren. Sie hielt ihn für einen Suizid. Objektiv betrachtet musste Fahrni ihr zustimmen. Nichts deutete auf ein Gewaltdelikt hin. Trotzdem nahm er sich vor, noch ein wenig in Philippe Knechts privatem Umfeld zu graben. Wenn er einen Grund für einen Suizid aufdeckte, konnte er den Fall mit gutem Gewissen zu den Akten legen. Hanisch brauchte davon nichts zu erfahren. Priorität hatte aber Mirjana Racic.

Meyer trat mit zwei Bechern Kaffee ins Büro. Dankbar nahm Fahrni einen Schluck. Genau die richtige Menge Zucker und Milch und genau zur richtigen Zeit, ohne dass er etwas gesagt hatte.

»Du schaust mich an, als hättest du dich soeben in mich verliebt«, witzelte Meyer.

Als Fahrni sie ansah, merkte er, dass sie ähnliche Augen hatte wie Isabelle. Nicht umsonst wurde sie von Kollegen Bambi genannt. Isabelles Augen waren eine Spur heller.

»Tobias?«

»Wenn ich mich in dich verliebte, würde Giulio Kleinholz aus mir machen.«

»Vermutlich. Ich hab gehört, du hast einen neuen Fall. Frauenleiche?«

Fahrni erzählte ihr von Mirjana Racic.

»Ich nehme an, du gehst zur Autopsie?«

»Ich weiß nicht, ob das nötig ist.«

»Hast du viel zu tun?«

»Genug, und der Kriminaldienst ist nicht scharf auf neue Aufträge. Deshalb werde ich viele Befragungen selber durchführen.«

»Dazu sind die Kollegen aber da.«

»Seit dem KD Stellen gestrichen wurden, haben sie alle Hände voll zu tun.«

»Wir müssen auch immer mehr leisten. Das heißt nicht, dass wir Arbeit ablehnen dürfen.«

Früher, dachte Fahrni, hat sie sich darüber geärgert. Wann war sie dazu übergegangen, das System zu verteidigen?

»Wenn du Kommandantin wirst, schaffst du bitte die Schießausbildung ab?«

Meyer streckte ihm die Zunge raus. Die vertraute Geste hob seine Stimmung. Mit frischem Elan machte er sich daran, Mirjana Racics Hausarzt, Freunde und Familie ausfindig zu machen. Bis zum Mittag hatte er die meisten Befragungsaufträge erfasst und an den Kriminaldienst weitergeleitet. Sechs Personen wollte er selbst befragen, zwei hatten bereits zugesagt, am Nachmittag ins Kripo-Gebäude zu kommen. Vom IRM hatte er noch nichts gehört, die Berichte des Wissenschaftlichen Dienstes und der Kriminaltechnischen Abteilung lagen auch noch nicht vor. Fahrni beschloss, sich den Sachbearbeiter der Austrian Airlines noch einmal vorzuknöpfen, um herauszufinden, wer auf dem Flug nach Tiflis neben Isabelle gesessen hatte.

Davor rief er den konsularischen Schutz des EDA an, wo er erfuhr, dass die Schweizer Behörden bereits Kontakt zur Botschaft in Georgien aufgenommen hatten. Ob sich diese mit dem Innenministerium in Tiflis in Verbindung gesetzt hatte, wusste der Sachbearbeiter jedoch nicht. Fahrni schaute auf die Uhr: zehn nach zwölf. In Tiflis müsste die Mittagspause vorbei sein, dachte er. Georgien war zwei Stunden voraus.

Eine Frauenstimme mit Akzent meldete sich und verband ihn mit dem Konsul. Dominik Tschopp war erstaunt, als er hörte, dass Isabelle Jenny schon seit zwei Wochen vermisst wurde.

»Wir wissen erst seit vorgestern davon. Selbstverständlich werden wir in solchen Fällen aktiv. Wir nehmen sofort Kontakt mit den lokalen Behörden auf und stellen auch eigene Nachforschungen an.«

»Staatsanwältin Regina Flint hat Sie deswegen bereits aufgesucht.«

»Eine Schweizer Staatsanwältin? Sind Sie ... sicher?«

»Am vergangenen Montag.«

»Ich erinnere mich, sie war privater Gast.«

»Privater Gast? Von wem?«

Tschopp räusperte sich, offenbar irritiert darüber, vom Botschafter nicht informiert worden zu sein. Er versprach, Fahrni zurückzurufen. Damit er nicht auflegte, fragte Fahrni rasch, ob Tschopp Isabelle Jenny persönlich kenne. Der Konsul erzählte, dass er sie zweimal bei offiziellen Anlässen getroffen habe. Ob sie Feinde hatte, wusste er nicht, den Ruf von Teamwork bezeichnete er jedoch als gut. Fahrni bedankte sich und legte auf. Im Stockwerk über dem KV, wo Polizisten in die Kantine strömten, wurden Stühle zurechtgerückt. Das Geräusch erinnerte Fahrni daran, dass Rindsgeschnetzeltes auf dem Menüplan stand. Bevor er nach oben ging, rief er Regina an. Ihre Combox schaltete sich sofort ein. Er hinterließ eine Nachricht, dann erledigte er noch den Anruf bei Austrian Airlines, wo man versprach, ihm eine Liste der Flugpassagiere zukommen zu lassen.

»Bitte auch vom Flug Tiflis–Zürich«, kam es Fahrni in den Sinn.

»Es tut mir leid, aber Frau Jenny hat nur Zürich–Tiflis gebucht.«

»Was? Als wir letztes Mal telefonierten, haben Sie mir erzählt, Frau Jenny hätte kurzfristig umgebucht.«

»Ich habe gesagt, sie hätte kurzfristig gebucht, nicht umgebucht. Ich weiß nicht, wie Frau Jenny nach Zürich flog, jedenfalls nicht mit uns.«

Fahrni vergaß seinen Hunger und wählte die Nummer von Isabelles Eltern. Niemand ging ans Telefon. Als er fünf Stunden später nach Hause fuhr, gingen ihm mehr Fragen als Antworten durch den Kopf. Mirjana Racic war kerngesund gewesen, als sie sich am Montag um sechzehn Uhr im Hotel National verabschiedet hatte. Ihren Hausarzt hatte sie letztmals vor drei Jahren aufgesucht, als sie sich gegen Wundstarrkrampf impfen ließ. Auch eine gynäkologische Kontrolle vor einem halben Jahr brachte keine Krankheiten zum Vorschein. Dass man sie bei der Arbeit erst nach zwei Tagen vermisst hatte, lag an einer Panne im Personalwesen. Der Lehrling hatte eine Abwesenheitsmeldung falsch notiert.

Fahrni sinnierte, ob die junge Frau noch am Leben wäre, wenn man sie früher gefunden hätte. Zum Zeitpunkt ihres Todes wollte sich Hahn noch nicht äußern. Hingegen hatte er mit Sicherheit festgestellt, dass sie an einer Atemlähmung gestorben war. Den Grund dafür lieferten vielleicht die Blutuntersuchungen.

Während sich Fahrni im Schritttempo der Stadtgrenze näherte, kurbelte er das Fenster herunter. Die mit Abgasen geschwängerte Luft weckte in ihm die Lust, den Abend in der Natur zu verbringen. Er wählte ohne große Hoffnung

Christinas Handynummer. Während der Arbeit stellte sie das Telefon normalerweise ab. Zu seiner Überraschung nahm sie nicht nur ab, sondern willigte auch ein, ihn gegen acht Uhr im Stall zu treffen. Sie sprach schnell, als hätte er sie bei etwas Wichtigem unterbrochen.

Um die Zeit bis dahin totzuschlagen, beschloss Fahrni, Barbara Jenny aufzusuchen. Wie Regina und Tschopp war sie den ganzen Nachmittag nicht zu erreichen gewesen.

Fahrni fand sie im Garten. Sie kniete inmitten einer Reihe Töpfe, neben ihr ein Sack Pflanzenerde. Es schmerzte ihn, ihren hoffnungsvollen Blick zu sehen, und er entschuldigte sich dafür, dass er keine Neuigkeiten hatte.

Barbara Jenny massierte die Wurzeln eines Thymianstocks, stellte ihn in einen Topf und griff mit der freien Hand nach der Pflanzenerde. Fürsorglich bettete sie den Stock ein.

»Mit welcher Fluggesellschaft ist Isabelle in die Schweiz geflogen?«, fragte Fahrni.

»Vermutlich mit Austrian. Sie fliegt immer Austrian.«

»Haben Sie sie am Flughafen abgeholt?«

»Nein. Sie nahm den Zug.«

»Warum?«

»Wie meinen Sie das?«

»Hatten Sie etwas … Wichtigeres vor?«

Barbara Jenny stand empört auf. Fahrni widerstand dem Impuls, sie zu beruhigen. Von Cavalli hatte er gelernt, wie wichtig schweigen sein konnte.

»Ich hätte sie um Mitternacht abgeholt, wenn sie das gewollt hätte! Aber sie hat mir nicht gesagt, dass … wann sie kommt.«

»Kam sie oft zu Besuch?«

»Am Anfang regelmäßig. Dann immer seltener. Es gefällt ihr in Georgien. Das letzte Mal war sie im August 2003 hier.«

»Wann hat sie Ihnen von ihren Ferienplänen erzählt?«

»Ich ... wir waren überrascht. Sie entschied sich sehr kurzfristig, uns zu besuchen.« Barbara Jenny kniete wieder hin und widmete sich einem jungen Basilikumsetzling, den sie mit wenigen Handgriffen einpflanzte.

»Frau Jenny«, fragte er sanft, »haben Sie sich mit Ihrer Tochter gestritten, als sie hier war?«

»Gestritten? Nein, warum?«

»Sie ist sehr plötzlich abgereist.«

»In Georgien wartete viel Arbeit auf sie.«

»Wann reiste sie ein?«

»In die Schweiz? Am Montag, glaube ich.«

»Am 25. April?«

»Ja. Plötzlich stand sie da.«

»Sie stand unangekündigt vor Ihrer Tür?«

»Warum stellen Sie diese Fragen?«

Fahrni kratzte sich am Ellenbogen und schwieg.

»Was bezwecken Sie damit? Meine Tochter ist verschwunden! Verwenden Sie Ihre Energie darauf, sie zu finden! Man hat sie vielleicht verschleppt, im Kaukasus ist alles möglich. Dort müssen Sie Ihre Fragen stellen, nicht hier!«

»Frau Jenny, ich versichere Ihnen, wir unternehmen alles, um Ihre Tochter zu finden. Wir haben Interpol eingeschaltet, und das EDA hat mit der Schweizer Botschaft Kontakt aufgenommen. Isabelle ist vielleicht nur wandern gegangen. Offenbar hat sie häufig mehrtägige Touren unternommen.«

Barbara Jenny nickte.

»Wissen Sie, ob Isabelle einen Freund hat?«

»Nein, sie hat uns vieles verschwiegen. Früher, als Kind, sprudelten die Worte nur so aus ihr heraus. Damals hat sie mir immer alles erzählt. Ich hoffe, dass wir uns wieder näher kommen, wenn sie eigene Kinder hat.« Sie deutete auf den Garten. »Der Garten ist wie geschaffen für Enkelkinder.«

Fahrni dachte an seine eigenen Eltern, die sich genauso nach Enkelkindern sehnten. Sein Vater war bereits achtundsiebzig Jahre alt, seine Mutter nur zwei Jahre jünger. Er bedankte sich bei Barbara Jenny für die Auskünfte und versprach, sein Möglichstes zu tun, um ihre Tochter zu finden. Zum Schluss fragte er, ob er das Fotoalbum noch etwas länger behalten dürfe. Barbara Jenny bedeutete ihm zu warten. Sie verschwand im Haus und kam fünf Minuten später mit einer Papiertüte zurück, die sie ihm reichte. Sie war mit Tagebüchern gefüllt.

7

Der Niva schaukelte wie ein Kind, das von einer ungeduldigen Mutter in den Schlaf gewiegt wurde. Zum dritten Mal bot Regina an, das Steuer zu übernehmen. Cavalli starrte gereizt auf ein Straßenschild, das er nicht entziffern konnte, und schwieg. Ein Landrover überholte und hüllte sie in eine Staubwolke. Als sie wieder freie Sicht hatten, tauchten die ersten Häuser von Aspindsa auf. Regina seufzte erleichtert. Jetzt mussten sie nur noch die Bank finden. Sie hoffte, dass Cavallis Polizeiausweis die Bankangestellten genug beeindruckte, um sie einige Vorschriften missachten zu lassen. Zwar war es verboten, auf fremdem Staatsgebiet zu ermitteln, doch sie hatte Cavalli nicht von seinem Vorhaben abhalten können. Nicht, weil er Isabelle unbedingt finden wollte, sondern weil ihm sein Schicksal egal erschien. Sie hatte schließlich nachgegeben, weil es Wochen dauern würde, die Auskunft auf offiziellem Weg einzuholen. Sie hatte nicht vor, ihre ganzen Ferien mit der Suche nach Isabelle zu verbringen, obwohl sie so fast mehr von Georgien sah, als wenn sie als gewöhnliche Touristin das Land bereist hätte. Wohl war ihr bei der illegalen Handlung überhaupt nicht.

Die Wegbeschreibung führte sie zu einem Gebäude aus der Sowjetzeit, das überhaupt nicht Reginas Vorstellung von einer Bank entsprach. Die billige Holzverkleidung und die vergilbten Lampenschirme in der Eingangshalle wirkten wie Relikte aus den Siebzigerjahren. Kaum eine Bodenplatte war unversehrt.

Der Bankangestellte hinter dem Schreibtisch sah ebenfalls aus, als hätten ihn die Sowjets zurückgelassen. Sein Englisch war unverständlich. Als Regina nach Krediten von Teamwork fragte, nickte er bloß. Sie versuchte es mit »Schweizer Hilfe« und »Kredite für Bauern«, doch der Bankangestellte nickte nur weiter, während Regina ratlos zu Cavalli hinüberblickte. Nach zwanzig Minuten griff er zum Telefonhörer. Kurz darauf betrat eine junge Frau das Büro und stellte sich als Dolmetscherin vor.

Cavallis Polizeiausweis löste heftige Diskussionen aus. Reginas Knie wurden weich, als der Bankangestellte erneut den Telefonhörer in die Hand nahm. Hatte er vor, die lokale Polizei einzuschalten? Plötzlich schien er es sich anders zu überlegen und legte wieder auf. Aus dem einzigen Regal im Büro zog er einen Ordner hervor und legte ihn auf seinen Schreibtisch. Ein Computer war nirgends zu sehen. Regina betrachtete nervös die handgeschriebenen Zahlenkolonnen. Da sie die Schrift nicht lesen konnte, verstand sie die Bedeutung nicht. Die Dolmetscherin las die Namen vor, und Cavalli notierte sie zusammen mit den Beträgen in Lari.

»Das war knapp!«, stieß Regina aus, als sie die Bank verließen. »Und außerdem ein hoffnungsloses Unterfangen. Wie in aller Welt sollen wir Isabelles Arbeit unter die Lupe nehmen, wenn wir die Sprache nicht verstehen?«

»Wir müssen die Sache anders angehen«, erwiderte Cavalli gelassen. »Provozieren. Wenn Isabelle etwas zugestoßen ist, müssen wir den Schuldigen in die Enge treiben. Mit unserem Verstand kommen wir nicht weiter, dazu wissen wir über Georgien zu wenig. Wenn sich der Schuldige aber bedroht fühlt, wird er reagieren.«

»Und woran sollen wir seine Reaktion erkennen? Lewan Kupatadzes Verhalten war auch seltsam, aber das heißt nicht, dass ...« Sie verstummte, als sie beim Niva ankamen. In den

Staub auf der Motorhaube hatte jemand mit dem Finger »GO HOME« geschrieben.

Eine Stunde später starrte Cavalli verdrossen auf ein schmales Doppelbett. Noch vor wenigen Monaten hätte er alles darum gegeben, ein Bett mit ihr zu teilen, dachte Regina. Vielleicht lag sein Bedürfnis, allein zu sein, gar nicht an seiner Verletzung. Sie ließ sich auf das Bett fallen, ohne ihren Mantel auszuziehen. Die Pension gehörte der Familie von Tanja Begiaschwili, der Bardame im Zar Franco. Regina hatte ausdrücklich zwei Zimmer verlangt, doch davon wollte plötzlich niemand etwas gewusst haben. Cavalli trat ans Fenster. Im Tal glitzerte der Fluss Mtkwari wie ein Diamantcollier.

»Es ist nur für eine Nacht«, sagte Regina. »Willst du dich hinlegen? Soll ich spazieren gehen? Mist, kein Empfang.« Sie warf ihr Handy aufs Kissen.

Cavalli antwortete nicht. Er kniff die Augen zusammen, bis er nur noch Lichtsplitter auf dem Wasser sah. Dann öffnete er das Fenster, um in den Geruch der Abendsonne einzutauchen. Er setzte sich auf den Fenstersims und lehnte sich gegen den Rahmen. Im Dorf gackerten Hühner.

Regina stand auf und stellte sich neben ihn. »Möchtest…«

Er legte einen Finger auf die Lippen. Am Himmel zog ein Falke seine Kreise. Erst nachdem die Sonne hinter dem Tuffgestein des Kleinen Kaukasus verschwunden war, drehte er sich erneut zu Regina, blieb aber auf dem Fenstersims sitzen. »Wovon hast du als Jugendliche geträumt?«

»Vom Traumprinzen. Ich wartete darauf, dass er mich rettete.«

»Wovor?«

Regina zuckte die Schultern.

»Und? Kam er?«

»Irgendwann habe ich gemerkt, dass ich mir selber helfen muss. Und du?«

»Davon, endlich unabhängig zu sein.«

»Ich wünschte mir eine andere Familie, Eltern wie diejenigen von Isabelle zum Beispiel. Ihre Mutter hat sie immer verteidigt, egal was sie tat. Und ihr Vater hat mit ihr geprahlt. Damals fragte ich mich, was aus mir geworden wäre, wenn man mich im Spital vertauscht hätte.« Sie sah ihn an. »Wie alt war eigentlich deine Großmutter, als sie dich aufnahm?« Obwohl sie Cavalli seit über zehn Jahren kannte, wusste sie so gut wie nichts über seine Kindheit und seine Jugend. Jede Frage hatte er mit einem Schulterzucken abgetan und behauptet, was vorbei sei, sei vorbei. Nicht einmal als sie noch zusammen waren, hatte er ihr seine Mutter oder seinen Vater vorgestellt.

»Dreiunddreißig.«

»Nicht deine Mutter, deine Großmutter.«

»Dreiunddreißig. Meine Mutter war erst achtzehn, als ich zur Welt kam.«

»Dann müsste deine Großmutter ... fünfzehn Jahre alt gewesen sein, als sie ein Kind bekam!«

»Du kannst ja rechnen.«

»Ist das üblich ... ich meine, war das normal ...«

»Bei Naturvölkern?«, fragte Cavalli spöttisch. »Nein, aber Vergewaltigung. Mein Großvater ist vermutlich ein US-Soldat. 1945 kehrten viele Männer ausgehungert aus dem Krieg zurück.«

»Und ... deine Mutter? Wurde sie auch ... vergewaltigt?«

»Von meinem Vater? Nein. Bezahlt.« Als er vom Fenstersims sprang, hieß er den Schmerz willkommen, der durch seinen Körper schoss, denn er vertrieb die unwillkommenen Bilder. Automatisch holte er seine Joggingschuhe aus dem Koffer.

Regina schaute ungläubig zu, wie er sie zuschnürte. Als er zu husten begann, ergriff sie eine plötzliche Wut. Wenn er jetzt joggen ginge, würde sie abreisen, dachte sie. Sie konnte nicht länger zuschauen, wie er seine Gesundheit aufs Spiel setzte. Cavalli holte ein Taschentuch hervor und presste es gegen seinen Mund. Er schnappte nach Luft, und Regina sah rote Flecken. Sie packte ihn am Arm, zog ihn hoch und befahl ihm, sich hinzulegen. Sie war überrascht, als er gehorchte. In seinem Koffer fand sie ungeöffnete Medikamente, die mit einem Aufkleber des Universitätsspitals versehen waren. Eine kleine Tasche enthielt hausgemachte Salben und Flaschen. Sie hielt beide hoch.

Cavalli zeigte auf ein Gefäß mit der handgeschriebenen Aufschrift »Symphytum officinale«. Regina ging davon aus, dass die Salbe die Atmung erleichterte, sonst hätte er kaum darauf gezeigt. Sie zog ihm das T-Shirt über den Kopf und trug großzügig Salbe auf seine Brust auf. Die Wunde war gut verheilt, die kleine Narbe ließ nicht auf die lebensgefährliche Verletzung darunter schließen. Erneut staunte sie, wie unscheinbar der Tod sein konnte.

Während sie die Salbe einrieb, ließ sie sich seine Worte durch den Kopf gehen. Meinte er mit »bezahlt«, dass seine Mutter Prostituierte war? Endlich ergab seine Abneigung gegen käufliche Frauen einen Sinn. Kein Wunder, dass sein Verhältnis zur Mutter gestört war. Mütter, schoss es ihr durch den Kopf. Gab es ein Entrinnen vor ihrem Einfluss? Auf einmal war sie froh, dass sie keine eigenen Kinder hatte.

Cavalli atmete ruhig, sein Mund stand leicht offen. Regina legte ihr Ohr auf seinen Brustkasten, hörte aber nichts Außergewöhnliches. Woher kam das Blut, wenn er hustete?

Mit Erleichterung dachte sie an von Arburgs Handynummer; gleich darauf erinnerte sie sich daran, dass ihr Telefon kein Signal empfing. Sie ließ noch einige Minuten verstreichen, bis sie sicher war, dass Cavalli schlief. Dann holte sie ihre Wanderschuhe und die Goretex-Jacke aus dem Koffer. Vielleicht hatte sie in der Höhe Empfang.

Die Bewohner von Chertwisi verstummten, als Regina an ihnen vorbeiging. Sie nickte einer Bäuerin zu, die rasch wegsah. Wie wäre Isabelle aufgenommen worden? Ein unfairer Vergleich, dachte Regina, denn Isabelle trat gleichzeitig als Geldgeberin auf. Am Dorfausgang zweigte ein Pfad ab, der steil den Berghang hinaufführte. Nach der Üppigkeit Bordschomis wirkte der sich lichtende Wald bescheiden. Regina hatte eine gute Sicht auf die Berge, die Chertwisi wie schlafende Riesen umgaben. Nach rund zweihundert Metern löste sich der Pfad jedoch in Nichts auf. Regina zog ihr Handy hervor. Immer noch kein Empfang. Ob es überhaupt etwas nützte, höherzusteigen? Da sie schon so weit gekommen war, beschloss sie, noch nicht aufzugeben.

Die einsetzende Dämmerung verwischte die Konturen am Boden. Nach weiteren fünfzig Metern stolperte Regina über eine hohe Wurzel. Sie fing sich auf und legte eine Verschnaufpause ein. Hinter sich hörte sie ein Rascheln, und ihr wurde bewusst, dass sie keine Ahnung von den Tieren im Kaukasus hatte. Gab es Bären? Wildkatzen? Schlangen? Nervös blickte sie wieder auf ihr Handy. Nichts. Sie beschloss umzukehren, erstaunt darüber, wie schnell es auf einmal dämmerte. Plötzlich erkannte sie, warum: Sie war das Lichtermeer der Stadt gewohnt. Lichtverschmutzung, nannten es die Grünen. Zivilisation, fand Regina.

Vorsichtig setzte sie einen Fuß vor den anderen. Plötzlich hörte sie es wieder. Diesmal schien das Rascheln näher. Sie blieb kurz stehen. Es gab nur diesen einen Weg zurück nach Chertwisi. Noch konnte sie knapp ausmachen, wo sie das Gestrüpp beim Aufstieg flach gedrückt hatte, bald wäre der Weg aber nicht mehr zu erkennen. Sie zwang sich weiterzugehen. Als Kind hatte sie gesummt, wenn sie sich vor der Dunkelheit gefürchtet hatte. Sie lachte über sich und schlug einen leisen Ton an.

Das dritte Rascheln war so nahe, dass Regina schwindlig wurde. Sie sah sich nach einem Ast oder einem Stein um. Falls das Tier zu ihr kam, könnte sie damit nach ihm werfen. Tiere fürchteten sich vor Menschen. Auch vor ängstlichen? Es handelte sich bestimmt bloß um eine Maus, beruhigte sie sich. Oder eine …

Ein tiefes Knurren belehrte sie eines Besseren. Sie machte auf dem Absatz kehrt und rannte in Panik den Berg hinauf, weg von dem Geräusch. Das Tier folgte ihr auf den Fersen. Der Hang lag inzwischen völlig im Dunkeln, Regina musste ihre Hände zu Hilfe nehmen, um nicht hinzufallen. Sie stolperte an einem Steinbrocken vorbei, rutschte aus und zog sich an einem Gebüsch wieder hoch. Plötzlich stand sie vor einer Felswand. Ihr Blick jagte hin und her. Sie beschloss, nach links zu rennen, weil sich dort der Mond zu zeigen begann. Jetzt, wo sie keine Steigung mehr bewältigen musste, kam sie schneller voran. Nach rund zweihundert Metern lehnte sie sich keuchend gegen einen Stein. Etwas Hartes schlug neben ihr auf, und sie rannte weiter. Sie blendete den Gedanken an mögliche Klippen oder Felsspalten aus und lief ins Ungewisse. Gott sei Dank trug sie Wanderschuhe, dachte sie kurz, dann dachte sie gar nichts mehr. Als sie eine kleine Hochebene erreichte, hörte sie das Rauschen eines Bachs. Ihr Blick fiel auf eine Steinhütte. Sie stieß die Tür auf, stürzte hinein und drückte sie hinter sich zu. Außer Atem lehnte sie sich gegen das Holz. Die Hütte bestand aus einem einzigen Raum. Sie konnte nicht erkennen, ob sich darin Möbel befanden. Ein winziges Fenster ließ nur spärlich Mondlicht herein.

Ohne große Hoffnung griff Regina nach ihrem Handy, doch ihre Tasche war leer. Sie ließ sich zu Boden sinken, den Rücken immer noch gegen die Tür gelehnt. Zitternd fuhr sie sich über die Stirn. Hier drinnen war sie sicher. Sie würde wohl oder übel bis zum Morgen ausharren müssen. Ob Cavalli sie bereits vermisste? Er würde sie nie finden. Sie wusste selbst nicht, wo sie war. Wenigstens in der Nähe von Wasser.

Allmählich verlangsamte sich ihr Herzschlag, und sie begann zu frieren. Der Reiseführer hatte vor den kalten Frühlingsnachten im Gebirge gewarnt. Sie zog ihre Kapuze hoch und schlang die Arme um ihren Körper. Die Geräusche draußen nahm sie nur halb wahr. Erst als die Holztür hinter ihrem Rücken erzitterte, merkte sie, dass ihr das Tier gefolgt sein musste. Es polterte, dann hörte sie ein Schleifen. Sie blieb wie erstarrt sitzen. Es wurde wieder still. Nach einigen Minuten wagte sie aufzustehen. Vorsichtig zog sie an der Tür, bereit, sie gleich wieder zuzuschlagen. Sie machte keinen Wank. Regina zog fester, doch auch das nützte nichts. Verdutzt starrte sie in die Dunkelheit. Dann riss sie am Griff, aber die Tür ließ sich nicht öffnen.

8

Die mächtigen Bäume auf dem Friedhof Sihlfeld filterten das Sonnenlicht, sodass die Strahlen nur zaghaft die Trauernden berührten. Fahrni fragte sich, wie viele Tausende Menschen in der imposanten Anlage ruhten. Die Vergangenheit erschien ihm gewaltig.

Viola Knecht klammerte sich an die Worte des Pfarrers. Kaum wahrnehmbar nickte sie ab und zu. Neben ihr starrte Pascal auf seine ungebundenen Schnürsenkel. Sein jüngerer Bruder drehte ein Spielzeugauto zwischen den Fingern.

Fahrni musterte die Trauergemeinde. Er erkannte einige Zewo-Mitarbeiter, die er befragt hatte. Philippe Knechts Bruder war ebenfalls anwesend. Etwas weiter im Hintergrund standen die Kollegen der Hochschule St. Gallen, daneben eine Gruppe, die Fahrni nicht kannte, fünf Frauen und zwei Männer in seinem Alter. Regula Nussbaumer bückte sich zu ihrem jüngeren Enkel, der seinen Bruder stieß. Pascal verzog den Mund und spuckte Sebastian ins Gesicht. Der Pfarrer sprach weiter. Außerhalb der Anlage quietschte eine Tram.

Fahrni fragte sich, wer an seine Beerdigung käme. Seine Eltern, wenn sie noch lebten. Christina, wenn sie nicht arbeitete. Gestern Abend waren sie stundenlang geritten. Im Bett wandte sie sich zwar von ihm ab, doch es lag nichts Feindseliges in der Geste. Als er aber heute Morgen die Wohnung verließ, rief sie ihm nach, dass sie am Sonntag nicht mit zu seinen Eltern käme.

Sebastian heulte auf, als sein Bruder ihm ans Schienbein trat. Pascal riss sich von seiner Großmutter los und stapfte davon. Als er Fahrni erblickte, ging er zielstrebig auf ihn zu und stellte sich mit verschränkten Armen neben ihn. Mit hasserfülltem Blick starrte er zum Grab. Fahrni bückte sich und band Pascals Schuh. Der Pfarrer schloss mit einem Gebet. Andächtig wandten sich die Trauernden vom Grab ab. Nur Viola Knecht blieb stehen. Als ihr Blick auf Fahrni und Pascal fiel, rannte sie zu ihrem Sohn und zerrte ihn an sich. »Wie wagen Sie es herzukommen, nachdem Sie die Untersuchung eingestellt haben!«

Die verbliebenen Trauergäste drehten sich um, und Fahrni eilte aus dem Friedhof. An der Tramhaltestelle standen die fünf Frauen und zwei Männer, die er nicht kannte. Obwohl er am liebsten einen Strich unter den Fall gezogen hätte, stellte er sich ihnen vor.

Eine runde Frau mit asymmetrischem Haarschnitt legte den Kopf schräg. »Kriminalpolizei? Wir dachten, Philippe hätte sich … hätte Suizid begangen.«

»Seine Angehörigen glauben nicht daran.«

»Sie meinen Viola?«

Fahrni zuckte mit den Schultern und beobachtete die Gruppe.

»Viola sieht oft … Gespenster. Dinge, die nicht vorhanden sind.«

»Gespenster?«

»Ich will nicht andeuten, dass sie … labil ist. Aber sehr eifersüchtig. Vermutet sie, dass eine andere Frau hinter Philippes Tod steht?«

»Gibt es eine?«

»Nein, Philippe ist so treu, wie ein Ehemann nur sein kann. War … mein Gott, es ist für uns alle ein Schock.«

»Woher kennen Sie ihn?«, fragte Fahrni.

»Er hat mit uns studiert«, erklärte ein Mann mit Hornbrille.

»Nur ganz kurz«, sagte die Frau. »Philippe hat rasch gemerkt, dass Slawistik nichts für ihn ist. Nicht einmal im Nebenfach. Sein Herz schlug für die Volkswirtschaft.«

»Und für Isabelle«, sagte der Mann.

Fahrni trat näher. Natürlich, dachte er. Sie hat Slawistik studiert. »Isabelle Jenny?«

»Ja. Sie haben anscheinend schon mit ihr gesprochen.«

Fahrni ließ seinen Blick über die Gruppe schweifen. Der Dreier hielt vor ihnen und fuhr weiter, ohne dass jemand einstieg. Isabelle, dachte Fahrni. Das ergab einen Sinn.

»Einen Sinn? Welchen denn?«, wollte Stephan Mullis eine halbe Stunde später wissen.

»Zwischen zwei rätselhaften Ereignissen gibt es eine Verbindung. Das verleiht ihnen einen Sinn.« Fahrni nahm sich einen Apfel aus der Obstschale, die auf Mullis' Schreibtisch stand, und biss herzhaft hinein.

»Ich hätte auch noch ein Sandwich«, meinte Mullis.

Die Ironie in seiner Stimme entging Fahrni. »Danke, der Apfel genügt. Wir müssen die Staatsanwaltschaft einschalten. Regina ist in den Ferien.«

»Was haben Regina Flints Ferien damit zu tun? Es gibt noch andere Staatsanwälte.«

Überrascht über seinen scharfen Tonfall bot Fahrni seinem Kollegen einen Bissen von seinem Apfel an. Mullis trommelte mit den Fingern auf den Tisch.

»Fälle von vermissten Personen untersucht die STA IV, jedenfalls, wenn ein Delikt vermutet wird. Eigentlich steckt Regina schon mittendrin und weiß deshalb am besten Bescheid, aber sie weilt in den Ferien. Das heißt, sie kann kein Verfahren eröffnen. Und Bern wird ein Rechtshilfeersuchen nur dann nach Georgien weiterleiten, wenn die Staatsanwaltschaft zuerst ein Verfahren eröffnet. Ich weiß nicht einmal, ob der Tatverdacht ausreicht.«

»Haben Isabelle Jennys Eltern Anzeige erstattet?«

Fahrni nickte. »Zuerst war ich mir nicht sicher, ob sich Isabelle nicht bloß eine Auszeit gönnt. Sie reiste überraschend ab, als hätte sie Streit gehabt. Ich dachte, sie brauche Ruhe. Aber je länger, desto mehr bin ich davon überzeugt, dass ihr etwas zugestoßen ist. Leider erreiche ich Regina nicht.«

»Und was willst du von mir?«

»Philippe Knecht war während des Studiums in Isabelle verliebt. Er war mit dabei, als Teamwork 1989 gegründet wurde. Sie wollte aber nichts von ihm wissen. Trotzdem blieben sie in Kontakt, auch nachdem er Viola kennengelernt hatte. 1993 übernahm er die Buchhaltung von Teamwork, auf freiwilliger Basis. Er regelte die Finanzen in der Schweiz. Ich bin überzeugt, Isabelle hat ihn besucht, als sie hier war. Vielleicht nur geschäftlich, eventuell privat. Das wäre kurz vor seinem Tod gewesen. Viola weiß vielleicht mehr.«

»Und nun willst du, dass ich eine trauernde Witwe am Tag der Beerdigung aufsuche?«

Fahrni zupfte an seinem Ohrläppchen.

Mullis schüttelte den Kopf. »Lad sie schriftlich vor.«

»Ich muss Teamwork unter die Lupe nehmen, Knechts Buchhaltung untersuchen, seine Studienkollegen vorladen, herausfinden wie Isabelle in die Schweiz kam, ob sie einen Freund hatte, den Stapel Tagebücher lesen, den mir Isabelles Mutter mitgegeben hat, Kontakt zur Botschaft aufnehmen, einen Todesfall in Seebach untersuchen …« Fahrni holte Luft.

»Nein«, beharrte Mullis.

Fahrni fand Meyer wie erwartet im Büro. Seit sie Cavalli vertrat, leistete sie regelmäßig Überstunden. Er beobachtete, wie sie auf ihrer Unterlippe kaute, während sie tippte. Auf dem Schreibtisch lag ein aufgeschlagener Duden.

»Bambi?«

»Verdammt, hast du mich erschreckt!«

»Brauchst du Hilfe?« Fahrni sah, wie sie mit sich rang. Früher hatte er ihr einen Großteil der Schreibarbeit abgenommen. Dafür übernahm sie mehr Aufgaben an der Front. Ihm gefiel diese Arbeitsteilung, doch seit sie eine Beförderung anstrebte, kämpfte sie sich allein durch die Papierarbeit. Fahrni erzählte ihr von Viola Knecht. »Sie ist so wütend auf mich, sie wird mir keine Fragen beantworten. Deshalb dachte ich …«

»In Ordnung. Ich befrage sie, du schreibst für mich weiter. Meine Schrift kannst du ja lesen.« Meyer stand auf und streckte sich gähnend. »Warum bist du überhaupt hier? Es ist Samstag. Mähst du samstags nicht den Rasen deiner Eltern?«

»Das habe ich letztes Wochenende gemacht. Eigentlich wollte ich nach der Beerdigung nach Hause, aber ich habe das Gefühl, dieser Fall eilt. Isabelle … Es gibt keine Hinweise dafür, dass ihr etwas passiert ist, aber die Sache ist mir nicht ganz geheuer.«

»Wenn du mich fragst, ist es schon zu spät. Menschen verschwinden nicht, ohne eine einzige Nachricht zu hinterlassen. Vor allem nicht, wenn in ihrem Leben alles wie am Schnürchen läuft. Sobald ich mit diesem Schlussbericht fertig bin, habe ich wieder Kapazität. Wir können uns die Befragungen aufteilen.«

Fahrni strahlte.

»Setz dich. Sonst bin ich zurück, bevor du ein Wort geschrieben hast.« Sie versetzte ihm einen Tritt in die Kniekehlen.

Er war längst fertig, als sie zwei Stunden später ihren Nierengurt öffnete und über die Stuhllehne legte.

»Isabelle Jenny war vor zwei Jahren zu Besuch in Zürich. Dabei ist es passiert. Ein Ausrutscher, erklärte Philippe damals. Aber Viola Knecht behauptet, er habe Isabelle nie vergessen, seit dem Studium nicht. Sie, Viola, sei zweite Wahl gewesen. Am 26. April, also vor gut zwei Wochen, stand Isabelle plötzlich vor der Tür, wie du vermutet hast. Unangemeldet. Sechs Tage später erhängte er sich.«

Meyer setzte sich auf Fahrnis Schreibtisch. »Wenn du mich fragst, können wir den Fall Knecht ruhen lassen. So rätselhaft ist dieser Suizid nicht. Vermutlich wurde er wieder schwach und verkraftete seine Schuldgefühle nicht.«

»Hast du Viola mit ihrer Lüge konfrontiert?«

»Sie sagt, wenn sie von Isabelle erzählt hätte, wären wir der Sache nie nachgegangen. Was vermutlich stimmt. Aber sie behauptet, Philippe hätte sich wegen Isabelle nie das Leben genommen.«

»Ich weiß nicht. Sie ist … Etwas an ihr ist besonders.«

»Du kennst sie gar nicht. Was ist los mit dir? Hast du Ärger mit Christina?«

Fahrni zuckte zusammen, als hätte Meyer ihn geohrfeigt. Sie legte ihm eine Hand auf die Schulter, und seine Augen füllten sich mit Tränen.

»Habt ihr Probleme?«

Aus dem Nichts begann Fahrni zu weinen. Meyer schloss die Bürotür und setzte sich wieder auf den Schreibtisch. Erst als er sich laut schnäuzte, wiederholte sie ihre Frage.

»Nein, aber irgendetwas stimmt nicht. Sie lässt mich nicht mehr an sich heran.«

»Hast du sie darauf angesprochen?«

»Sie sagt, ihre neue Stelle sei anspruchsvoll. Aber letzten Samstag wollten wir endlich einen Schrank kaufen, den alten haben wir nicht mitgezügelt, und plötzlich wollte sie nicht mehr. Ob das wirklich nötig sei, fragte sie. Die Hälfte unserer Kleider liegt noch in Kartonschachteln!«

»Klingt nicht gut. Ist ein anderer Mann im Spiel?«

»Ich glaube nicht.«

»Wann fahrt ihr nach Frankreich?«

»In drei Wochen.«

»Vielleicht klären sich eure Probleme dann. Die Distanz zum Alltag, die fremde Umgebung. Ist Christina heute Nachmittag weg? Bist du deswegen an einem Samstag hier?«

Fahrni nickte. »Auf einer Weiterbildung.«

»Lass uns in den Schießkeller gehen. Mir würde ein wenig Übung nicht schaden. Und dir sowieso nicht. Sonst fällst du erneut durch.«

»Ich habe noch nicht zu Mittag gegessen!«

»Dann holen wir uns vorher noch einen Kebab.« Als sie Fahrnis Blick sah, schmunzelte sie und reichte ihm ihren Reservehelm. »So schlimm ist Schießen auch wieder nicht. Ich kann mich an Zeiten erinnern, da hast du sogar die Zielscheibe getroffen.«

»Ich soll mich zu dir aufs Motorrad setzen? Kommt nicht in Frage. Außerdem muss ich noch einen Rapport schreiben, damit ich am Montagmorgen den Fall der Staatsanwaltschaft übergeben kann. Vermutlich wird sich Hanisch darum kümmern, da Isabelles Verschwinden mit Knecht in Zusammenhang …«

Meyer stülpte ihm den Helm über den Kopf. Dann legte sie ihm ihren Nierengurt um und schob ihn zur Tür hinaus.

Es war schon zehn Tage her, aber der Geruch seiner Füße hing immer noch in seinen Schuhen. Viola strich mit dem Finger über das schwarze Leder und fuhr einen Kratzer an der Außenkante entlang. Philippe war über einen Maschendrahtzaun geklettert, um Pascals Fußball zu holen. Er war direkt von der Arbeit gekommen und hatte noch keine Zeit gehabt, sich umzuziehen. An der Innenkante war das Leder verschmiert, ein Zeichen dafür, dass er Pascal den Ball nicht mit den Händen zugeworfen hatte. Viola erinnerte sich so genau an den Tag, dass sie angestrengt auf den Aufprall des Fußballes wartete. In der Küche summte der Kühlschrank, sonst war die Wohnung totenstill. Ihre Mutter hatte ihre Enkel mit zu sich genommen, obwohl sich Pascal dagegen gewehrt hatte. Er glaubte Viola nicht, als sie versprach, es sei nur für kurze Zeit.

Viola legte sich aufs Bett, den Schuh immer noch im Arm. Sie presste ihre Wange ans Leder. Als Isabelle vor zwei Wochen unangekündigt auf der Türschwelle gestanden war, hatte sich Philippe schlagartig verändert. Isabelle war ein Todesengel, dachte sie. Das Leuchten in ihren Augen entstammte einer Flamme, die von Rücksichtslosigkeit und Arroganz genährt wurde. Sie genoss ihre Wirkung auf Philippe, der zu stottern begann, als er ihr so plötzlich gegenüberstand. Noch am gleichen Abend waren sie zusammen verschwunden.

Viola stand auf und öffnete den Schrank. Sie holte die Jacke hervor, die Philippe an diesem Abend getragen hatte. Im Licht der Leselampe suchte sie den Stoff nach langen Haaren ab. Als sie keine fand, ging sie zu den Taschen über. In einer Innentasche spürte sie etwas knistern. Sie zog eine Quittung heraus. Ihre Augen füllten sich mit Tränen, als sie das Datum sah: 26. April. Sie hatten Wein getrunken. Im Hotel National. Im Bad trug sie Schminke auf und steckte die Haare hoch. Sie war schon lange nicht mehr in einer Bar gewesen.

9

Tamaz Glonti wusste nicht, worauf er noch wartete. Der Schweizer saß seit Stunden in der Wärme, während er selbst frierend im Wagen ausharrte. Er rieb sich die Hände und ärgerte sich darüber, dass er keine Handschuhe mitgenommen hatte. Dass eine Mainacht in den Bergen Frost bringen konnte, hätte er wissen müssen. Schließlich stammte er selbst aus einem Bergdorf. Er überlegte, ob er den Motor laufen lassen sollte, verwarf den Gedanken aber gleich wieder. Das Geräusch würde die Bewohner von Chertwisi wecken. Glonti schnaubte verächtlich. Wie Tiere kamen sie ihm vor, die Hände um Mistgabeln gelegt, den Hosenboden auf einem russischen Traktor, den sich ein Dutzend Bauern teilten. Glonti klaubte ein Päckchen Zigaretten aus seiner Tasche. Er deckte die Flamme des Streichholzes mit seiner Hand ab. Als er das Fenster einen Spalt öffnete, hörte er Schritte. Rasch kurbelte er die Scheibe hoch, versteckte die glühende Zigarette und duckte sich fluchend. Jemand klopfte ans Fenster.

Mit aller Kraft stieß Glonti die Autotür auf und hörte, wie sie dumpf gegen etwas prallte. Er sprang aus dem Wagen. Vor ihm rang ein Mann nach Luft. Ein Kasache, ging es ihm durch den Kopf, obwohl die Kleidung des Unbekannten westlich wirkte. Glonti holte zu einem Schlag aus, aber seine kalten Glieder reagierten langsamer als sonst. Als seine Faust auf Knochen traf, spürte er gleichzeitig einen stechenden Schmerz am Kopf. Es gelang ihm, noch einmal zuzuschlagen, dann wurde es schwarz vor seinen Augen.

Cavalli erhob sich langsam und stützte sich auf den Jeep. Er öffnete alle Türen, aber Regina befand sich nicht im Wagen. Er war sich so sicher gewesen. Als er den Zigarettenrauch in der Dunkelheit gerochen hatte, sah er in Gedanken vor sich, wie Regina im geparkten Jeep festgehalten wurde.

Er musterte den Mann am Boden. Ein durchtrainierter Städter; keine Schwielen an der Hand, dafür Narben, die von Schnittverletzungen stammten. Cavalli hatte solchen Typen in seiner Polizeikarriere schon oft gegenüber gesessen: Verbrecher, die vor wenig zurückschreckten, wenn es ihnen Vorteile verschaffte. Gefängnisstrafen buchten sie als Berufsrisiko ab.

Cavalli spuckte das Blut aus, das ihm in den Mund lief, und kniete sich hin. Die Taschen des bewusstlosen Mannes waren leer, bis auf ein wenig Bargeld. Er hatte keine Ausweise bei sich. Im Handschuhfach fand Cavalli ein Handy. Er überlegte sich, es einzustecken, damit der Kerl keine Freunde zu Hilfe rufen konnte, doch das Risiko war ihm zu groß. Er hatte keine Ahnung, in was der Typ verwickelt war. Als Cavalli im Handschuhfach weitersuchte, stieß er mit der Hand gegen etwas Kaltes. Langsam zog er eine Jericho 941 hervor. Eine Baby Eagle, stellte er fest, Kaliber neun Millimeter Parabellum, dem Gewicht nach zu schließen vermutlich mit sechszehn Schuss geladen.

Seit der Schießerei hatte Cavalli keine Waffe mehr in der Hand gehalten. Als seine Finger den Griff umschlossen, wartete er darauf, dass sein Körper mit Stresssymptomen reagierte, doch die Pistole löste weder Zittern noch Schweißausbrüche in ihm aus. Er hob sie mit gestrecktem Arm und richtete sie gegen einen Baum. Es fühlte sich nicht anders an als früher. Erleichtert wischte er seine Fingerabdrücke ab und legte die Jericho zurück ins Handschuhfach. Dann fuhr er mit seinem

Taschentuch über das Handy sowie über alle anderen Flächen, die er berührt hatte. Bevor er sich aus dem Staub machte, startete er den Motor und schaltete das Radio ein. Irgendjemand würde es hören und sich um den Verletzten kümmern.

Wenn er nur wüsste, welche Richtung Regina eingeschlagen hatte. Er hatte sämtliche Dorfbewohner aus dem Bett geklopft, aber entweder verstanden sie ihn nicht, oder es war ihnen egal. Der heiße Tee in seinem Rucksack war längst abgekühlt. Warum, fragte er sich erneut, war sie am Abend zu einer Wanderung aufgebrochen? Sowohl ihre Wanderschuhe als auch ihre Goretex-Jacke fehlten. Zuerst hatte er geglaubt, er würde sie in irgendeiner georgischen Stube bei einer Tasse Tee finden, aber sie war nicht im Dorf. Außer, sie wurde irgendwo festgehalten. Es fiel ihm ein, dass jemand »GO HOME« in den Staub des Nivas geschrieben hatte. Bis jetzt hatte er Isabelles Verschwinden nicht ernst genommen. Sie war eine erwachsene Frau, gewohnt, allein unterwegs zu sein. Auch er war schon mehrere Wochen untergetaucht, ohne eine Nachricht zu hinterlassen. Aber die Ereignisse dieses Tages warfen ein neues Licht auf ihr Verschwinden. Isabelle war wie vom Erdboden verschluckt, seit sie in Tiflis gelandet war. Niemand wusste, wer sie am Flughafen abgeholt hatte. Lili Tsagareschwili hatte bei allen Bekannten nachgefragt, ohne ihr auf die Spur zu kommen. Und nun war Regina ebenfalls verschwunden.

Cavalli fühlte sich ohnmächtig. Er konnte keine Einsatzkräfte aufbieten und bezweifelte, dass er selbst genug Kraft hatte, die ganze Nacht weiterzusuchen. Nur die Schmerzen hielten ihn wach. Er zwang sich, den Gedanken an Regina beiseite zu schieben, denn Angst wirkte lähmend. Er war am Dorfausgang angelangt. Der Mond beleuchtete die Berghänge, die sich zu beiden Seiten des Tals erhoben. Ein Pfad führte durch das dichte Unterholz. Cavalli ging in die Hocke und betrachtete die Zweige. Einige waren geknickt; die Bruchstellen rochen frisch und saftig. Cavalli suchte nach weiteren Anzeichen dafür, dass jemand vor nicht allzu langer Zeit den Pfad benutzt hatte. Es war einen Versuch wert, dachte er. Irgendwo musste er beginnen.

Regina wusste nicht, was schlimmer war: die Kälte, der Hunger oder ihre Angst. Sie rollte sich so gut es ging zusammen und zog die Ärmel ihrer Jacke über die Hände. Wenn sie nur wüsste, warum sich die Tür nicht mehr öffnen ließ. Möglicherweise hatte sie sich das Schleifgeräusch nur eingebildet. Viel wahrscheinlicher schien ihr, dass der Riegel heruntergefallen war, als sie die Tür zugeschlagen hatte. Bei Tageslicht fände sie bestimmt ein Werkzeug, um sie aufzubrechen. Bis dann blieb ihr nichts anderes übrig, als zu warten.

Cavalli würde nach ihr suchen und nicht aufgeben, ehe er sie fand. Diese Gewissheit wärmte ihre steifen Glieder. Im schlimmsten Fall wäre sie dann ein Skelett, aber er stand ja auf dünne Frauen. Sie setzte sich wieder auf und lehnte sich gegen die Holzwand. An Schlaf war nicht zu denken. In Gedanken ging sie die Gegenstände durch, die sie bei sich trug. Mit dem Gurt, den Schnürsenkeln oder dem Schal käme sie vielleicht zum Fenster hoch. Sie durchkämmte ihre Taschen und fand eine Nagelfeile. Sobald die Sonne aufging, würde sie die Tür genau unter die Lupe nehmen.

Wenn es nur nicht so kalt wäre. Regina erinnerte sich daran, wie Cavalli sie in seine Arme zu nehmen pflegte, als sie noch zusammenlebten. Beim Einschlafen lag er meist hinter ihr, sein Bein über ihres geschlagen. Und obwohl sie jeweils am Abend ihre Haare zusammenband, verschwand das Gummiband während der Nacht regelmäßig. Es war ihr schleierhaft, warum er mit ihren Haaren im Gesicht besser schlief.

Wollte sie damals zu viel? Der Tag, an dem sie ihn hinausgeschmissen hatte, lag fast sieben Jahre zurück. War es an der Zeit, das zu nehmen, was das Leben zu bieten hatte? Isabelle hatte nie gezögert, wenn sich die Welt vor ihr auftat. Sie hatte keine Sicherheit verlangt, sondern sich auf Abenteuer eingelassen. Vielleicht bezahlte sie jetzt den Preis dafür. Davor hatte Regina Angst. Cavalli noch mehr, erkannte sie plötzlich. Er suchte Schmerzen wie andere Menschen Glück, damit sie ihn nicht dann erwischten, wenn er ihnen nicht gewachsen war. Aber er war immer für sie da, wenn sie ihn brauchte.

Tanja Begiaschwili war später als sonst in Chertwisi angekommen und entgegen ihren Gewohnheiten erst um Mitternacht zu Bett gegangen. Kurz vor dem Einschlafen hörte sie laute Musik. Überzeugt, dass ein Auto von der unbeleuchteten Straße abgekommen war, eilte sie nach draußen. Als sie sich neben den blutenden Mann hinkniete, kamen weitere Nachbarn dazu. Zusammen trugen sie den Verletzten in die Wärme.

Tanja Begiaschwili glaubte, ihn schon irgendwo gesehen zu haben. Sie grübelte, doch stattdessen fiel ihr nur ein, wie Frank Bolay am Mittag mit dem Schweizer Botschafter gestritten hatte. Bolay hatte nicht bemerkt, dass sie im Büro war. Sie wollte die Gläser einsammeln und in die Küche bringen, als sie plötzlich Schritte im Gang gehört hatte. Instinktiv hatte sie sich hinter dem schweren Vorhang versteckt. Das war ein Fehler gewesen. Als die Tür hinter Bolay und dem Botschafter ins Schloss fiel, brach der Streit aus. Sie verstand die französischen Worte nicht, die der Botschafter an ihren Chef richtete. Doch der Wutausbruch passte nicht zu seiner vornehmen Art.

Sie mochte den ruhigen Schweizer mit den ernsten Augen. Während seiner Besuche im Zar Franco saß er die meiste Zeit auf der Terrasse, immer in ein Buch vertieft. Doch heute war er im Büro auf und ab gegangen und hatte auf Frank Bolay eingeredet. Immer wieder holte er einen Mundspray hervor. War Frank Bolay in illegale Geschäfte verwickelt?, fragte sie sich. In letzter Zeit hatte sie häufig Leute im Zar Franco bedient, mit denen sie lieber nichts zu tun gehabt hätte. Ihre Anzüge vermochten nicht darüber hinwegzutäuschen, dass sie Verbrecher waren, wenn auch reiche. Der Verletzte gehörte zur selben Kategorie Männer. Warum war er ausgerechnet in Chertwisi verunfallt? Was hatte er hier zu suchen? Sie überlegte, ob Bolay sie hinter dem Vorhang bemerkt hatte und sie holen lassen wollte. Vielleicht glaubte er, sie hätte verstanden, worum es beim Streit ging.

Tanja Begiaschwili sammelte die blutigen Lappen ein und legte sie ins Wasserbecken. Sie stemmte die Tür auf und eilte in die Küche, wo ihre Mutter Wasser aufgesetzt hatte. Rasch strich sie sich ein Butterbrot, holte ihre Sachen, die sie soeben ausgepackt hatte, und verschwand durch den Hinterausgang. Es gab nur einen Menschen, der ihr weiterhelfen konnte.

Glontis Sinne schalteten auf Alarm, bevor er die Augen aufschlug. Die Russen, fuhr es ihm durch den Kopf. Sie waren ihm auf die Schliche gekommen. Nach der Neugründung der Mchedrioni 1999 hatte Glonti an der Seite von tschetschenischen Rebellen an einer Guerillaoperation teilgenommen, bei der vierzehn russische Soldaten getötet worden waren.

Glonti gelang es, unerkannt zu entkommen. In den letzten Jahren hatte er zusehends Mühe, die mafiösen Geschäfte zu durchschauen. Die georgische Mafia scheute keine Zusammenarbeit mit dem Feind, wenn diese Dollars brachte. Die Strukturen waren durchlässig geworden. Glonti konnte nicht ausschließen, dass sich Russen und Georgier gemeinsam an einen Tisch gesetzt hatten, um einen weit größeren Kuchen unter sich aufzuteilen, als Glonti zu sehen bekam. Es war möglich, dass sein Name in diesem Zusammenhang gefallen war.

Die Russen vergaßen nichts, denn Rache war Ehrensache. Zwar war er nur ein kleiner Fisch, aber vielleicht ging es ihnen darum, an ihm ein Exempel zu statuieren. Je länger er darüber nachdachte, desto sicherer war Glonti, dass der Kasache ihn heute Nacht im Auftrag der Russenmafia niedergeschlagen hatte. Aber warum hatte er ihn leben lassen? War der Überfall der Auftakt zu einem Katz-und-Maus-Spiel, das mit der Zeit immer brutaler würde?

Glonti berührte die Wunde an seinem Kopf. Schnell wurde ihm klar, dass der Kasache nicht mit voller Kraft zugeschlagen hatte. Er setzte sich auf, aber es dauerte einen Moment, bis er seine Umgebung erkennen konnte. Er sah ein typisches Bauernzimmer, bis auf die weißen Wände. Über einer Kommode thronte die heilige Nino, Bekehrerin der Georgier. Neben einer Haarbürste standen kleine Flaschen Körperlotion und Shampoo. Glonti erkannte darauf die Krone des Zar Franco. Der Anblick versetzte ihm einen Schock. Er sprang aus dem Bett, fand seine Schuhe neben der Tür und seine Jacke an der Wand. Sie war feucht, doch das nahm er kaum wahr. Das einzige Fenster im Raum ließ sich problemlos öffnen.

Cavalli hielt inne und horchte in die Nacht hinein. Drei tiefe Atemzüge später setzte er den Aufstieg fort. Im Unterholz raschelte es, und Cavalli versuchte, sich geschmeidiger zu bewegen. Seine Nase hatte endlich aufgehört zu bluten, und er ließ die Gedanken zu, die ihn quälten. Wenn Regina etwas zugestoßen war, würde er seine Feigheit bereuen. Er hatte sie vom ersten Tag an geliebt. Ihre Sommersprossen, ihren Gang, ihren Duft, ihr Wesen. Er spürte eine Verbundenheit, die weit über körperliche Anziehung hinausging. So, als wären sie zwei Äste am selben Baum. Die Vorstellung, sie nie mehr zu sehen, erfüllte ihn mit einer Trauer, die nur mit der Verzweiflung vergleichbar war, als er von seiner Großmutter weggerissen wurde. Jahrelang hatte er sich geweigert, sich Regina ganz hinzugeben, und hatte geglaubt, dadurch Distanz zu schaffen und Verlustängsten vorzubeugen.

Plötzlich gaben die Wolken den Mond wieder frei. Das kühle Licht zauberte die Berge hervor, und Cavalli erkannte deutlich, dass jemand diesem Pfad gefolgt war. Er betastete den Boden. Er war nicht gefroren. Wenn er eine Stelle ohne Gras fände, könnte er vielleicht einen Schuhabdruck erkennen. Chertwisi lag weit unten, die Musik aus dem Radio war längst verstummt. Die Nacht schenkte ihm Düfte, die in der zivilisierten Schweizer Natur längst ausgestorben waren: Buchsbaum, Bärenkot und Lerchensporn; verfaultes Holz und … Urin? Er drehte den Kopf und suchte den Luftzug, der ihm den Uringeruch zugespielt hatte. Er folgte dem Geruch, bis er zur Quelle kam. Das war kein Tier gewesen, dazu war der Urin zu würzig. Cavalli untersuchte die Stelle. Als er zwischen den Gräsern eine Zigarettenkippe fand, war seine Enttäuschung unendlich. Regina rauchte nicht.

Er ließ sich auf den Boden fallen und zeichnete mit dem

Finger imaginäre Kreise ins Gras. Seit fast zwei Stunden war er unterwegs. Regina wäre nie so hoch hinaufgestiegen. Vermutlich folgte er der Spur eines Bauern. Plötzlich erinnerte er sich an die Namen und Geldbeträge, die er in der Bank notiert hatte. Er zog die zusammengefalteten Blätter aus seiner Jeanstasche und strich sie auf seinem Knie glatt. Links hatte er die Familiennamen notiert, daneben jeweils die Höhe des gewährten Kredites. Die meisten Beträge bewegten sich um die 2300 Lari, doch einige Familien hatten bis zu 3500 Lari erhalten. Hatte Regina nicht erwähnt, dass jeder Bauer maximal 2300 Lari bekam, die er innerhalb von achtzehn Monaten zurückzuzahlen hatte? Die Differenz betrug zwar nur 1200 Lari, doch für lokale Verhältnisse handelte es sich um eine beträchtliche Summe. War es das, was Lewan Kupatadze zu verbergen suchte? Hatte er deshalb Regina abgewimmelt?

Ein Käuzchen rief, und Cavalli rappelte sich mühsam auf. Er würde nach Chertwisi zurückkehren und die Suche dort fortsetzen. Der Mond sank immer tiefer, hinter den Berggipfeln kündigte sich rosa die Dämmerung an. Cavalli holte den Tee hervor, den er für Regina mitgenommen hatte, und nahm einen tiefen Schluck. Sein Blick blieb an einem Punkt hängen, der weiter oben im Mondlicht glänzte. Auf einem Felsbrocken lag etwas Rechteckiges, das nicht dorthin passte. Cavalli ging zum Pfad zurück und stieg weiter in die Höhe. Nach wenigen Minuten gelangte er zum Felsen. Die Freude, die in ihm aufkam, verjagte Müdigkeit und Schmerzen. Das Schicksal gab ihm noch eine Chance. Er steckte Reginas Handy ein und marschierte weiter.

10

Die Bettdecke lag über Fahrnis Gesicht. Sie nahm ihm die Luft zum Atmen. Er schob sie weg, drehte sich auf die Seite und zog seine Knie an. Christina schlief nicht neben ihm. Sein Blick fiel auf sein Handy, das stumm leuchtete. Augenblicklich war er hellwach und nahm den Anruf entgegen. Eine tiefe Stimme fragte, ob er eine Viola Knecht kenne. Man habe seine Visitenkarte in ihrer Tasche gefunden, versehen mit einer von Hand notierten Handynummer.

»Ist sie tot?«, fragte Fahrni.

»Nein«, stotterte der Unbekannte. »Sie hat nur etwas viel getrunken.« Er erläuterte, Viola Knecht sei nicht mehr fähig, allein nach Hause zu fahren. Fahrni fragte, wo sie sich befand. Als der Anrufer das Hotel National nannte, wusste Fahrni einen Augenblick lang nicht, ob er richtig verstanden hatte. Hatte er eine Verbindung zwischen Viola Knecht und Mirjana Racic übersehen? Benommen legte er auf und holte sich frische Kleider aus einer Kartonschachtel. Als er eine halbe Stunde später am Hoteleingang seinen Polizeiausweis zeigte, nickte der Nachtportier und versprach, die Sachen zu holen. Bevor sich Fahrni darüber wundern konnte, dass der Portier eine Frau als Sache bezeichnete, kehrte dieser mit einer Schachtel zurück und reichte Fahrni einen Kugelschreiber.

»Wir dürfen nichts ohne Quittung rausgeben, nicht mal an die Polizei. Die Familie ist übrigens informiert, dass Sie Frau Racics Sachen mitnehmen.«

»Frau Racics Sachen?« Plötzlich begriff Fahrni. »Und das sagen Sie mir erst jetzt?«

»Sie sind sofort über den Garderobenschrank informiert worden! Wir warten schon seit Tagen darauf, dass Sie die Sachen abholen.«

Kopfschüttelnd begab sich Fahrni mit der Schachtel zur Bar. Auf welchem Dienstweg hatte sich die Nachricht wohl verirrt? Viola Knecht saß auf einem Barhocker, einen Ellenbogen auf die Theke gestützt. Ihr Haar hatte sich aus der silbrigen Spange gelöst und fiel gerade auf ihre Schultern hinab. Er berührte sie am Ellenbogen und schlug ihr vor, sie nach Hause zu fahren.

»Fass mich nicht an!«

Die Bar war fast leer, doch die wenigen Gäste, die noch vor ihren Gläsern saßen, starrten Fahrni an. Er überlegte, ob er seinen Polizeiausweis hochhalten sollte.

»Unter welchem Vorwand kommst du dieses Mal?«

»Haben Sie nicht gesagt, Sie sind von der Polizei?«, fragte der Barkeeper.

Fahrni zeigte ihm seinen Ausweis. Als der Barkeeper seinen Namen notierte, wollte er protestieren, doch Viola Knecht setzte zu neuen Beschimpfungen an. Ihrer Aussprache nach war sie stark angetrunken. Fahrni griff ihr unter die Arme und hob sie hoch. Der erwartete Widerstand blieb aus. Sie sackte zusammen und begann zu weinen. Der Barkeeper eilte um den Tresen, hob Handtasche, Mantel und Kartonschachtel auf und folgte Fahrni zum Ausgang. Nachdem sie Viola Knecht auf dem Beifahrersitz angeschnallt hatten, schloss er dankbar die Tür und verschwand wieder im National.

Fahrni erinnerte sich, wie er als junger Stadtpolizist bei der Regionalwache Außersihl Betrunkene aufgelesen hatte. Regelmäßig musste er den Kastenwagen kommen lassen, als er im Nachtdienst in den Kreisen vier und fünf auf Patrouille war.

»Ich m-muss es wissen, einfach nur wissen, verstehst du? Aber keiner beantwortet meine Frage! Fahr zurück!«

»Frau Knecht, ich bringe Sie jetzt nach Hause.«

»Nein, ich muss es wissen!« Viola Knecht versuchte, ihren Sicherheitsgurt zu lösen. »Dann geh ich alleine zurück.«

»Ich kläre es für Sie ab«, versprach Fahrni und legte seine Hand auf ihre, bis sie den Sicherheitsgurt losließ. Er fragte sich, was sie so dringend wissen musste.

Viola Knecht schloss die Augen. Als sie in Wiedikon ankamen, half Fahrni ihr aus dem Wagen und suchte ihren Hausschlüssel. Sie stolperte weinend ins Bad und schloss die Tür hinter sich. Fahrni schaute kurz in die beiden Kinderzimmer hinein. Erleichtert stellte er fest, dass sie leer waren. Er wartete zehn Minuten, bis er an die Badezimmertür klopfte. Als er keine Antwort bekam, stieß er widerwillig die Tür auf. Viola Knecht erbrach sich in die WC-Schüssel.

»Er wollte von Anfang an nur Isabelle. Mich nahm er bloß, weil er sie nicht haben konnte. Er hat versprochen, sie nicht mehr zu treffen, aber er schaffte es nicht, die Buchhaltung abzugeben. Es gehe um Teamwork, behauptete er. Er wolle etwas Gutes tun, die Welt ein klein wenig verändern.« Sie fuhr sich mit dem Handrücken über den Mund. »Was hat sie, das ich nicht habe?«

Fahrni dachte an Isabelles breiten Mund, an ihre schimmernden Augen und an die Lebendigkeit, die auch auf Fotos zum Ausdruck kam. Er netzte einen Waschlappen und reichte ihn Viola Knecht.

»Als sie sich in diesen Armenier verliebte, dachte ich, es sei vorbei. Philippe war wochenlang schweigsam. Er hat so gelitten!« Sie würgte erneut, doch ihr Magen war leer.

Fahrni wusste nicht, ob er sie über Nacht allein lassen durfte.

Die Betrunkenen, die er als Stadtpolizist mitgenommen hatte, schliefen ihren Rausch auf der Wache aus, unter Aufsicht. Er könnte Regula Nussbaumer anrufen, aber vermutlich waren die Kinder bei ihr. Während er Viola Knecht ein Glas Wasser an die Lippen hielt, fragte er, ob sie eine Freundin habe, die bei ihr übernachten könne.

»Als sie plötzlich vor der Tür stand, bleich und nervös, merkte ich, wie dumm ich gewesen war. Philippe hörte nicht einmal, wie ihm Pascal etwas hinterherrief. Als er zurückkam, legte er sich nicht zu mir ins Bett.«

Fahrni brachte Viola Knecht ins Schlafzimmer und legte sie aufs Bett. Mit überraschend festem Griff schlang sie ihre Arme um ihn. Er versuchte, sich aus der Umarmung zu lösen, doch sie zog ihn näher. Er spürte ihre Lippen auf seinem Hals und ärgerte sich über das Verlangen, das sie in ihm auslöste.

»Bitte lassen Sie das«, flüsterte er.

»Rufen Sie im National an. Sie haben es versprochen.«

»Ja, ich rufe an.«

»Die Quittung ist in meiner Handtasche. Sie haben Wein getrunken.«

»Philippe und Isabelle?«

»Der Barkeeper erinnert sich nicht an sie. Aber sie waren dort, ich weiß es.«

Die Dame an der Rezeption weigerte sich, Fahrni die Gästeliste des Hotels National herauszugeben, obwohl er erklärte, dass es sich um eine polizeiliche Ermittlung handle. Sie bat ihn, sich am Montag an den Geschäftsführer zu wenden. Fahrni drückte auf Aus und legte sein Handy beiseite. Seine Uhr zeigte zwei Uhr früh, ihm fehlten die rechtlichen Mittel, um an die Liste zu kommen. Dazu müsste er die Staatsanwaltschaft einschalten. Er malte sich aus, wie Ruedi Ochsenknecht reagieren würde, wenn er um diese Zeit anrief, und beschloss, bis Montag zu warten. Er könnte die Meldescheine, die im Kripo-Gebäude aufbewahrt wurden, durchsehen, doch auch das hatte Zeit. Dass sich Isabelle und Philippe im National getroffen hatten, konnte Zufall sein. Mirjana Racics Tod hatte vermutlich nicht das Geringste damit zu tun. Isabelle war nach Georgien abgereist, sie konnte unmöglich in einem Zürcher Hotel verschwunden sein. Es sei denn, jemand anderes war an ihrer Stelle nach Georgien geflogen. Fahrni versuchte, sich daran zu erinnern, was ihm Regina am Telefon berichtet hatte. Dass Isabelle von einem Unbekannten in Tiflis abgeholt worden war. Woher wusste sie das? Fahrni gähnte.

11

Der Raum nahm im schwachen Morgenlicht langsam Gestalt an. Regina erkannte die Umrisse eines Regals, das mit Emaillegeschirr, Töpfen und einem Gaskocher gefüllt war. Sie streckte ihre Beine und begann, die durchgefrorenen Muskeln warm zu reiben. Der gurgelnde Bach vor der Hütte hatte sie die ganze Nacht hindurch gequält. In der Hütte sah sie nichts Flüssiges, nur ihre Blase war voll. Sie erhob sich vorsichtig, und der Raum um sie herum wurde schwarz. Bald ebbte das Rauschen in ihren Ohren ab, und ihre Umgebung nahm wieder Konturen an.

Das einzige Fenster der Hütte befand sich direkt über ihr und maß etwa dreißig mal dreißig Zentimeter. Ob sie sich hindurchzwängen konnte? Ohne Jacke und Pullover vielleicht, doch wie sollte sie hochkommen? Sie beschloss, zuerst die Tür genauer zu untersuchen. Offenbar lag sie auf der Ostseite der Hütte, denn das Sonnenlicht drang durch die feinen Ritzen im Holz. Regina suchte den Schatten eines Riegels, aber eine breite Holzplanke versperrte ihr die Sicht.

Die Nagelfeile, kam ihr in den Sinn. Sie schob sie in eine Ritze und stellte fest, dass die Tür fast sechs Zentimeter dick war. Ihre Hoffnung, das Holz mit der Feile zu durchsägen, schwand. Sie kämpfte gegen ihre Enttäuschung an und ging zum Regal hinüber. In einem der Behälter fand sie Besteck. Das Messer war nicht besonders scharf, und die Gabel würde vermutlich dem kleinsten Druck nachgeben. Die Panik, die mit der aufgehenden Sonne verschwunden war, drohte Regina wieder zu überwältigen. Sie musste systematisch vorgehen. An jedem Stein rütteln, vielleicht war einer locker.

Als sie neben der Tür den ersten Stein unter die Lupe nahm, vernahm sie von draußen her ein Geräusch. Zuerst glaubte sie, es sei der Bach, doch es klang zu trocken. Sie presste ihr Ohr an die Tür und erkannte Schritte. Der Hilferuf blieb ihr im Hals stecken, als ihr die Angst vom Vorabend hochkam. Das gestern war ein Tier gewesen, sagte sie sich, die Schritte draußen stammten von einem Menschen. Trotzdem zögerte sie, sich bemerkbar zu machen.

Es knirschte, und etwas Hartes stieß gegen die Tür. Dann wurde der Riegel mit einem raspelnden Geräusch zurückgeschoben. Regina presste sich gegen die Wand hinter der Tür. Licht durchflutete die Hütte, und auf dem Boden zeichnete sich ein großer Schatten ab. Die Panik, die Regina bis jetzt erfolgreich abgewehrt hatte, erfasste sie so plötzlich, dass sie Cavallis Stimme gar nicht wahrnahm. Sie sprang hinter der Tür hervor, die Nagelfeile in der geballten Faust, und traf auf Widerstand. Sie hörte ein Aufstöhnen, dann schlug sie der Länge nach hin. Eine Hand legte sich um ihren Fuß. Als sich ihre Blicke begegneten, widerspiegelten Cavallis und Reginas Augen die gleiche Mischung aus Entsetzen und Erleichterung. Cavalli fasste sich zuerst. Im Nu war er auf den Knien und zog Regina in seine Arme. Sie weinte, als hätte sie alle Tränen für diesen Moment aufgespart. Über eine Viertelstunde saßen sie auf dem Boden der Hütte, erst dann schaffte es Regina, den Kopf zu heben.

Cavalli rutschte zur Tür, ohne sie loszulassen, bis sie im Lichtkegel saßen, der sich auf dem Erdboden abzeichnete. Unten lag das Tal noch im Schatten, auf der Schotterstraße fuhren zwei Geländewagen Richtung Süden, eine Staubwolke hinter sich lassend. Regina spürte Cavallis Herzschlag durch beide Jacken hindurch. Er zog die Thermosflasche hervor und schenkte ihr ein. Nachdem sie hinter der Hütte ihre Blase geleert hatte, stürzte sie zwei Becher Tee hinunter. Da sah sie seine blutende Hand. Hatte sie ihm die Verletzung mit der Nagelfeile zugefügt?

Cavalli drückte seine Lippen auf ihren Mund und war erstaunt, als sie seinen Kuss erwiderte. Wäre ihm die Luft nicht ausgegangen, hätte er jeden Winkel ihres Mundes ausgekundschaftet. Mit einem Seufzer zeigte er auf seine geschwollene Nase. Regina legte ihren Kopf an seine Schulter und schilderte die Ereignisse der vergangenen Nacht. Als sie ihn fragte, wie er sie gefunden habe, holte er ihr Handy hervor.

»Es lag auf einem Stein.«

»Einem Stein? Das ist unmöglich. Es muss mir aus der Tasche gefallen sein. Wie konnte es auf einem Stein landen?«

»Jemand hat es dorthin gelegt. Regina, das war kein Tier.« Cavalli zeigte ihr den Riegel an der Hütte. »Es braucht Kraft, um ihn zuzuschieben.«

»Jemand hat mich absichtlich eingesperrt?«, flüsterte sie. »Ich will weg von hier!«

Cavalli half ihr auf die Beine und legte ihr einen Arm um die Taille. Aus seiner Tasche holte er Dörrfrüchte hervor. Der Abstieg würde fast zwei Stunden dauern, er verstand immer noch nicht, woher sie die Kraft genommen hatte, hochzurennen.

Sie wischte sich mit dem Handrücken über die Augen.

»Das Handy war ein Zeichen. Er wollte, dass ich dich finde.«

»Und wer ist ›er‹?«, fragte Regina. »Derselbe, der ›GO HOME‹ auf unser Mietauto geschrieben hat?«

Cavalli berichtete ihr von seinen Erlebnissen. Dann erzählte er von den Bankkrediten. »Ich weiß nicht, wie weit Lewan Kupatadze ginge, um Teamwork zu schützen.«

»Teamwork? Lewan Kupatadze denkt doch nur an sich«, hielt Regina ihm entgegen. »Ich kann mir nicht vorstellen, dass Isabelle etwas von den hohen Krediten wusste. Denkst du … dass Lewan …«

»Isabelle verschwinden ließ? Wegen einiger hundert Franken?« Cavalli schüttelte den Kopf. »Das klingt selbst für georgische Verhältnisse weit hergeholt. Aber du hast doch erzählt, dass Lewan Kupatadze ein Foto von Isabelle hinter der Sonnenblende seines Wagens versteckt.« Sie waren zur Stelle gelangt, an der der Pfad steil abfiel. Cavalli starrte auf das Dorf weit unter ihnen.

»Fliegen wäre schön, nicht wahr, Tsi'skwa?« Regina sprach seinen indianischen Namen behutsam aus. Er bedeutete Vogel.

Cavalli drehte sich zu ihr um und reichte ihr die letzten Dörrfrüchte. Dann nahmen sie den Abstieg in Angriff. Sie gingen schweigend hintereinander her, konzentriert, den nächsten Schritt zu schaffen. Als sie die Dorfgrenze erreichten, schaute Regina zurück. Cavalli schüttelte den Kopf und zeigte nach vorne. Das Verlangen in seinen Augen weckte in Regina einen Hunger, der sich nicht mit Dörrfrüchten stillen ließ. Sie nahm seine Hand.

Eine fordernde Hand holte Cavalli aus einem traumlosen Schlaf. Niemand hatte auf ihn geschossen; er hatte nicht um sein Leben kämpfen müssen. Reginas Duft umhüllte ihn, und er wusste: So fühlt sich Glück an. Sie schlug ein nacktes Bein über ihn und stützte sich links und rechts von seinem Kopf ab. Er war hin- und hergerissen zwischen dem Bedürfnis, in seinem dunklen Schwebezustand zu bleiben, und dem Wunsch, ihr in die Augen zu sehen. Er entschied sich für einen Kompromiss.

Sie lächelte. »Ich sehe genau, dass du wach bist. Du blinzelst.«

»Mmh.«

»Es ist auch an anderen Stellen deutlich spürbar.«

Er grinste. Dann sog er abrupt Luft ein, als sie ihr Gewicht verlagerte. Er legte seine Hände auf ihre Hüften und schloss die Augen wieder. Sie trug ihn mit sich fort, und er dachte nur noch, dass er nicht wach sei.

Das nächste Mal erwachte Cavalli zuerst. Die Nacht hatte sich ein weiteres Mal über den Kaukasus gelegt und hüllte die Pension in Stille. Cavalli konnte nicht glauben, dass er vierundzwanzig Stunden zuvor auf dem Berg herumgeirrt war und nach Regina gesucht hatte. Er umschloss sie enger, und sie stöhnte im Schlaf. Seine Lippen wanderten ihrem Ohr entlang, und sie drehte sich so, dass ihr Hals frei wurde. Erst als er jede Stelle geküsst hatte, arbeitete er sich weiter nach unten. Sie drehte sich auf den Rücken, die Arme weit von sich gestreckt. Es kam ihm vor, als umarme sie die Unendlichkeit.

Es war Viertel nach fünf Uhr, als es an der Tür klopfte. Draußen meckerte eine Ziege, und irgendwo schlug eine Autotür zu. Cavalli deckte Regina bis zum Kinn zu und nahm seine Jeans von der Stuhllehne. Ihn fröstelte.

»Open the door!«, rief eine tiefe Männerstimme.

Rasch knöpfte Cavalli seine Hose zu und sah sich nach etwas um, das er als Waffe benutzen konnte. Im selben Augenblick wurde die Tür aufgebrochen. Vier Polizisten stürmten mit gezogenen Pistolen ins Zimmer.

12

Fahrni griff nach einem Kugelschreiber und begann, die dringendsten Aufgaben zu notieren. Die Meldescheine hatte er bereits durchgesehen, Isabelle Jenny hatte nicht im Hotel National übernachtet. War es wirklich erst eine Woche her, seit er sich gelangweilt hatte? Die Liste vor ihm wuchs, und er fragte sich, wo Meyer steckte. Im selben Moment wurde die Tür aufgestoßen, und sie rief eine italienische Begrüßung in den Raum. Offenbar lief es gut zwischen ihr und Giulio, dachte Fahrni.

»Ciao du«, rief er ihr entgegen. »Schönes Wochenende gehabt?«

»Superissimo«, erwiderte Meyer. »Und du? Siehst müde aus.«

Fahrni zog eine Grimasse. Er dachte an den Gesichtsausdruck seiner Mutter, als er gestern allein zum Mittagessen erschienen war.

»Willst du darüber reden?«, fragte Meyer.

»Es gibt nichts zu sagen. Hast du immer noch freie Kapazität?«

»Ganz zu deinen Diensten. Was gibts?«

Fahrni erzählte ihr von Viola Knecht. »Ich wollte gestern noch einmal mit ihr reden, aber sie öffnet mir die Tür nicht. Vermutlich ist es ihr peinlich.«

»Ich lade sie vor. Weiter?«

»Die Staatsanwaltschaft muss …«

»Tobias? Jasmin?« Ihr Vorgesetzter, Mathias Hug, stand mit ernster Miene in der Tür. »Thalmann hat eine Besprechung angesetzt. Neun Uhr in der Kripoleitstelle.«

Meyer und Fahrni tauschten einen Blick aus. Hans-Peter Thalmann war der Chef der Spezialabteilung zwei. Von seinen Untergebenen wurde er HP genannt, weil er so viel Papier generierte wie ein Drucker. Bevor sie fragen konnten, worum es ging, war Hug verschwunden.

Fahrni sah auf die Uhr. Es blieben noch zwanzig Minuten bis zur Besprechung. Er nutzte die Zeit, um eine Editionsverfügung bei der Staatsanwaltschaft zu bestellen. Damit bekäme er problemlos die Gästeliste des Hotels National. Vielleicht hatte Isabelle Jenny keinen Meldeschein ausgefüllt. Dann verfasste er zwei Aufträge für den Kriminaldienst. Mullis sollte sich um die Hotelangestellten kümmern und herausfinden, mit welcher Taxigesellschaft das National zusammenarbeitete. Vielleicht erinnerte sich ein Fahrer an Isabelle. Punkt neun Uhr betrat Fahrni die Kripoleitstelle, wo nicht nur Hug, HP und Meyer auf ihn warteten, sondern auch Gurtner, Mullis und Karan.

»Sind wir vollständig?«, fragte Hans-Peter Thalmann.

Hug nickte.

»Vor einer halben Stunde kam ein Anruf aus Bern. Wie ihr vermutlich wisst, befindet sich der Kollege Bruno Cavalli zurzeit im Kaukasus.« Thalmanns Stimme verriet, dass er nicht über die Reise informiert gewesen war. »Cavalli ist seit dem unglücklichen Vorfall im März krankgeschrieben. Offenbar erholt er sich auf Reisen besser als zuhause.«

Fahrni schielte zu Meyer.

»Heute Morgen habe ich erfahren, dass Cavalli sowie seine Reisebegleiterin Regina Flint verhaftet wurden.«

»Verhaftet?«, fragte Fahrni. »Weswegen?«

»Wegen versuchten Mordes.«

Gurtner schüttelte den Kopf. »Scheiße!«

»Unmöglich!«, rief Meyer.

»Ich habe euch hergebeten, weil ich über mögliche Zusammenhänge informiert werden will«, erklärte Thalmann. Noch nie hatten sie ihn so ernst gesehen. Mit seinem Zeigefinger strich er sich abwechselnd über Schnauz und Kinn, dazwischen rückte er immer wieder seine Brille auf der Nase zurecht.

Hug sah zu Fahrni. »Die verschwundene Entwicklungshelferin. Bringst du uns bitte auf den neusten Stand?«

»Wann ist es passiert?«, fragte Meyer. »Und warum?«

»Dazu komme ich noch«, sagte Thalmann. »Tobias?«

»Es … zuerst war es eine Privatsache«, begann Fahrni. »Regina bat mich, Nachforschungen über eine Kollegin anzustellen.« Er schilderte die Ereignisse der letzten Woche.

»Isabelle Jenny kannte Philippe Knecht?«, wiederholte Hug, als Fahrni geschlossen hatte.

»Ja, sie tranken zusammen im Hotel National ein Glas Wein. Am Abend des 26. April.«

»Wo Mirjana Racic arbeitete«, ergänzte Meyer. »Aber was hat das mit der Verhaftung zu tun? Wer sollte getötet werden? Du hast von versuchtem Mord gesprochen! Wie …«

»Offenbar wurde in einem georgischen Bergdorf«, Thalmann warf einen Blick in seine Notizen, »in Chertwisi, auf einen Schweizer Hotelier geschossen. Er liegt mit lebensgefährlichen Verletzungen im Spital.«

»Wie kommen die Georgier auf die absurde Idee, dass der Häuptling etwas damit zu tun hat?«, warf Meyer ein.

»Wie heißt der Hotelier?«, fragte Fahrni.

»Darüber wissen wir im Moment noch nichts«, erwiderte Thalmann. »Die Schweizer Botschaft ist eingeschaltet worden. Bern wird uns auf dem Laufenden halten. Ich weiß nur, dass beide ins Untersuchungsgefängnis nach Tiflis gebracht worden sind.«

»Gefängnis? Regina in einem georgischen Gefängnis? Das geht nicht!« Fahrni fuhr sich mit beiden Händen über den Kopf. »Dort herrschen furchtbare Zustände!«

Meyer war aufgestanden. »Der Häuptling ist krank!«

»Scheiße«, brummte Gurtner erneut.

»Ich bin sicher, die Botschaft kümmert sich um sie. Ich kann mir nicht vorstellen, dass sie wie georgische Häftlinge behandelt werden«, beschwichtigte Thalmann. »Wir müssen wissen, ob diese Verhaftung mit dem Verschwinden der jungen Frau zusammenhängt. Ab sofort haben die Fälle Jenny, Knecht und Racic oberste Priorität. Die Führung der Ermittlungen liegt bei mir. Ich will über jede Entwicklung informiert werden. Der Kontakt zum EDA läuft ebenfalls über mich oder über den Kripochef. Er wird sich in einer Stunde mit dem Leitenden Oberstaatsanwalt treffen und die nächsten Schritte besprechen.« Thalmann verließ die Kripoleitstelle und schloss die Tür hinter sich.

Hug beugte sich vor. »Ich möchte gemeinsam mit euch die Ermittlungsschwerpunkte festsetzen. Ich weiß, ihr seid noch nicht alle mit den Fällen vertraut, ebenso wenig wie ich. Trotzdem müssen wir sofort handeln. Tobias, du weißt am meisten. Was schlägst du vor?«

»Viola Knecht vorladen«, stotterte er.

»Als Auskunftsperson oder Tatverdächtige?«, fragte Mullis.

»Auskunftsperson«, antwortete Fahrni.

»Verdächtige«, widersprach Meyer.

Fahrni holte die Liste hervor, die er sich vor der Besprechung gemacht hatte, und Hug verteilte die Aufgaben.

Isabelle Jenny schien alle Beziehungen abgebrochen zu haben, als sie die Schweiz verließ. Weder ihre ehemaligen Studienkollegen noch sonstigen Freunde oder Bekannten wussten etwas über ihr Leben in Georgien. Was bewog eine Frau zu diesem radikalen Schritt?, fragte sich Fahrni. War sie wirklich so engagiert, oder rannte sie vor etwas davon? Fahrni beschloss, so rasch als möglich die Tagebücher zu lesen, die ihm Barbara Jenny mitgegeben hatte. Doch vorher wollte er Edi Jenny treffen. Es war höchste Zeit, dass Fahrni seine Sicht der Ereignisse erfuhr.

Edi Jenny empfing Fahrni in seinem Malergeschäft in Zürich-Albisrieden. Isabelle hatte ihre Schönheit eindeutig nicht von ihm geerbt. Mit einer ruppigen Geste deutete der Mann auf einen Besprechungstisch, der mit Katalogen, Offerten und Abrechnungen übersät war.

»Haben Sie sie gefunden?«

»Leider nicht. Ich muss Ihnen noch einige Fragen stellen.«

»Meine Frau hat Ihnen schon alles erzählt.«

»Ich würde gerne mehr über Ihre Tochter erfahren, damit wir ihre Beweggründe verstehen. Träumte sie zum Beispiel schon immer davon, im Ausland zu arbeiten?«

Edi Jenny schob eine Preisliste für transparente Lasuren beiseite. »Mädchen träumen immer von irgendetwas. Warum ist das wichtig?«

»Wir versuchen, uns ein Bild von Isabelle zu machen«, erklärte Fahrni erneut. »Das erleichtert uns die Suche nach ihr.«

»Ja, sie sprach schon früh davon, ins Ausland zu gehen. Sie reiste immer gerne, und die Schweiz fand sie ›stier‹, wie sie sagte.«

»Wie war Ihr Verhältnis zu Ihrer Tochter?«

»Normal.«

»Was heißt das?«

»Gut. Manchmal versuchte sie, ihren Kopf durchzusetzen, dann gab es Streit. Aber das ging meistens rasch vorbei.«

»Und Ihre Frau?«

»Was ist mit meiner Frau?«

»Wie war ihr Verhältnis zu Isabelle?«

»Auch gut.«

Fahrni seufzte innerlich. »Hat Isabelle einen Freund?«

»Nicht dass ich wüsste.«

Fahrni musterte Jennys Halbglatze, die im Licht glänzte. Isabelle hätte sich vermutlich eher ihrer Mutter anvertraut. »Hatte sie je eine längere Beziehung zu einem Mann?«

»Uns hat sie nichts erzählt.«

»Und zu einer Frau?«

Edi Jenny zog die Augenbrauen zusammen. »Nein.«

»Worüber haben Sie gesprochen, als Isabelle zu Besuch war?«

»Über vieles: ihre Arbeit, das Geschäft ... was man halt so redet.«

»Kam es zu Streit?«

»Nein, es war wie immer.«

»Isabelle steht unangemeldet vor Ihrer Tür, und es ist wie immer?«

»Hören Sie, Herr ...«

»Fahrni.«

»Ich weiß nicht, was Sie erwarten, aber ich habe dazu nichts mehr zu sagen. Isabelle besuchte uns und reiste wieder zurück nach Georgien. Dahinter steckt nichts Geheimnisvolles. Sie suchen am falschen Ort. Meine Tochter ist in Georgien verschwunden, vermutlich trifft demnächst eine Lösegeldforderung ein. Ich will, dass Sie Ihre Energie darauf verwenden, sie zu finden!«

Endlich zeigt der Mann Gefühle, dachte Fahrni. »Kennen Sie Regina Flint?«

»Walters Mädchen? Ja, sie macht zurzeit Ferien in Georgien. Sie hat versprochen, sich nach Isabelle zu erkundigen. Ein freundliches Mädchen, ruhig und immer anständig.«

»Verstand sich Isabelle gut mit Regina Flint?«

»Keine Ahnung. Über solche Dinge reden Mädchen nicht.«

Reden nicht, aber schreiben, dachte Fahrni, als er eine Stunde später Isabelles Tagebuch aufschlug. Doch während der Lektüre begriff er, dass er kein normales Tagebuch in den Händen hielt, sondern einen Reisebericht. Darin schilderte Isabelle die Schulreise der sechsten Primarklasse auf den Stoos. Sie beschrieb die Zugfahrt und die anschließende Wanderung, notierte die Gespräche ihrer Klassenkollegen, ohne sie groß zu kommentieren. Fahrni nahm die weiteren Tagebücher hervor und sah, dass alle im gleichen Stil abgefasst waren. Das letzte stammte aus dem Jahr 1990, damals war Isabelle dreiundzwanzig Jahre alt gewesen. Mit ihren Studienkollegen war sie nach St. Petersburg gereist und von dort aus weiter nach Moskau. Fahrni entdeckte Philippe Knechts Namen, doch Isabelle hatte lediglich notiert, dass ihm der Alexanderplatz besonders gut gefallen hatte.

Kurz vor Mittag teilte Thalmann mit, es lägen neue Informationen aus Bern vor. Laut Botschaft war der Direktor des Hotels Zar Franco, Frank Bolay, angeschossen worden. Am Nachmittag treffe er mit der Rega im Universitätsspital Zürich ein, weil dort die Versorgung besser war als in Tiflis. Die georgische Staatsanwaltschaft hatte bereits ein Rechtshilfeersuchen an die Schweizer Behörden gestellt. Über Bruno Cavallis und Regina Flints Zustand war noch nichts bekannt, doch der Konsul wollte sie heute noch besuchen.

»Hanisch will dich in ihrem Büro sehen«, sagte Karan zu Fahrni, nachdem Thalmann den Raum verlassen hatte. Er wedelte mit einem Stapel Computerausdrucken. »Die Gäste des National. Ich gehe sie mit Gurtner durch, dann stellen wir die Vorladungen zusammen. Vielleicht haben Jenny und Knecht andere Namen benützt.«

»Ich nehme an, Hanisch will mich sofort sehen?«

»Klar.«

Die Staatsanwaltschaft IV, die auf Gewaltdelikte spezialisiert war, befand sich am Helvetiaplatz, nur fünf Minuten von der Zeughausstraße entfernt. Wie immer, wenn Fahrni den alten Lift betrat, fragte er sich, ob er diesmal stecken bliebe. Doch plötzlich erschien ihm die Vorstellung, einige Stunden im Lift zu verbringen, nicht mehr so schlimm. Das Leben hielte einen Moment lang an. Christina hatte erneut Spätdienst, und Fahrni vermutete, dass sie absichtlich ihre Schichten mit einer Kollegin tauschte. Die Lifttür öffnete sich mit einem Ruck, und Fahrni meldete sich an. Kurz darauf holte ihn Theresa Hanisch ab.

»Du bist der Letzte, der mit Regina gesprochen hat, richtig?«, fragte Hanisch über ihre Schulter hinweg.

Fahrni eilte ihr nach. »Soviel ich weiß, ja. Ich versuchte sie am Freitag zu erreichen, aber sie rief nie zurück. Wann wurde sie verhaftet?«

»Gestern. In einem Bergdorf namens Chertwisi. Kann sein, dass ihr Handy dort keinen Empfang hatte. Erzähl, ich will alles wissen.«

»Bist du offiziell zuständig? Auch für Isabelle Jenny?«

»Ich habe heute Morgen ein Strafverfahren gegen unbekannt eröffnet. Isabelle Jenny wurde das letzte Mal in der Schweiz gesehen, wenn ich richtig informiert bin.«

»Ja. Wir überprüfen Viola Knechts Geschichte bezüglich des Barbesuchs noch. Wenn sie stimmt, muss es weitere Zeugen geben. Und Mirjana Racic? Ist der Fall auch an dich übergegangen?«

»Nein, der Ochs ist weiterhin zuständig, bis ein konkreter Verdacht auf ein Delikt vorliegt. Dass sie im National gearbeitet hat, reicht noch nicht. Jetzt will ich aber alles erfahren, was du über Regina weißt.«

Cavalli erwähnte sie nicht. Fahrni wusste, dass Hanisch ihn nicht mochte. Irgendwann musste etwas zwischen den beiden vorgefallen sein. So, wie er seinen Chef einschätzte, hatte sich dieser Vorfall im Bett abgespielt. Hanisch setzte sich und schlug ein Bein über das andere. Fahrni wiederholte, was er an der Morgenbesprechung erzählt hatte.

»Seltsam ist, dass Tschopp erst am Mittwoch vom EDA erfuhr, dass Isabelle Jenny vermisst wird. Aber Regina und der Häuptling waren am Montag auf der Botschaft in Tiflis.«

»Und was war mit den Flügen?«

»Isabelle hat nur Zürich–Tiflis gebucht. Ich weiß nicht, wie sie in die Schweiz gekommen ist. Auf jeden Fall hatte sie es eilig, wieder nach Georgien zu fliegen.«

»Wurde sie von jemandem gesehen?«

»Augenzeugen haben wir keine.«

»Worüber hast du am Freitag mit Regina gesprochen?«

»Ich sollte für sie in Erfahrung bringen, ob eine Schweizer Firma in georgische Hotels … der Hotelier!«

Ungeduldig wackelte Hanisch mit ihrem Schuh, sodass er nur noch an ihren Zehen hing.

»Ob eine Schweizer Firma in georgische Hotels investierte«, fuhr Fahrni aufgeregt fort. »Sie erwähnte ein Hotel mit dem Namen Kaukasus, wenn ich mich richtig erinnere. Regina wollte wissen, ob es ein Schweizer gekauft habe oder ob sich ein Schweizer Unternehmen am Projekt beteilige. Ich glaube, zurzeit dient es als Flüchtlingsunterkunft.«

»Klär ab, wer die Flüchtlinge betreut. Dann finde heraus, was Teamwork in Georgien genau gemacht hat, welche Schweizer Unternehmer im Kaukasus Geschäfte tätigen, wen Regina und Cavalli auf der Botschaft trafen, wer dieser Frank Bolay ist, auf den Cavalli geschossen haben soll – ich kann ihn ohne Reginas und Cavallis Anwälte nicht einvernehmen und warte in diesem Zusammenhang noch auf einen Rückruf aus Tiflis –, und ob Jenny tatsächlich auf dem Flug der Austrian Airlines war.« Hanisch sah auf die Uhr. »Ich erwarte um sechzehn Uhr einen Zwischenbericht.«

Fahrni schlich aus ihrem Büro, ohne sie darauf aufmerksam zu machen, dass er für das polizeiliche Ermittlungsverfahren zuständig war, nicht sie. Direkt gegenüber befand sich Reginas Büro, und er konnte der Versuchung nicht widerstehen, kurz hineinzuschauen. Ihr Protokollführer, Kevin Sutter, legte rasch ein Motorradheft weg.

»Stimmt es, dass Bruno Cavalli verhaftet wurde?«, fragte Sutter.

Fahrni nickte. Ein Lächeln umspielte Sutters Lippen. Womit hatte sich der Häuptling diesen Feind geschaffen?, wunderte sich Fahrni. Nicht im Bett, so viel war klar.

»Und Regina?«, jetzt wurden Sutters Züge ernst.

»Ja, Regina auch.«

»Kann ich etwas tun?«

Ein Nein lag Fahrni auf der Zunge, doch dann fragte er sich, warum nicht? Je mehr Leute an der Aufklärung des Falles arbeiteten, desto besser. Obwohl Sutter die Polizeischule erst vor zwei Jahren abgeschlossen hatte, könnte er Routineaufgaben übernehmen. So lange Regina abwesend war, hatte er nicht viel zu tun. Eigentlich müsste er als Protokollführer gleichzeitig mit Regina freinehmen, doch da Polizisten bereits im Oktober ihre Ferien fürs kommende Jahr eingeben mussten, war die Koordination mit den vorgesetzten Staatsanwälten manchmal schwierig.

»Hast du schon einmal über eine Person recherchiert?«, fragte Fahrni.

»Nicht direkt, aber ich weiß, wie es geht.«

»Der Mann, auf den Cavalli geschossen haben soll, heißt Frank Bolay. Er ist Direktor des Zar Franco in Bordschomi. Wenn du etwas über ihn herausfindest, gib mir Bescheid.«

Sutter sprang auf und stellte sich stramm neben seinen Schreibtisch, offenbar stolz darauf, einen wichtigen Auftrag gefasst zu haben. Große Hoffnung machte sich Fahrni nicht, aber auch die kleinste Information würde sie weiterbringen.

»Frau Knecht, wie lange dauerte das Verhältnis zwischen Ihrem Mann und Isabelle Jenny?«

Viola Knecht wich zurück, als hätte Meyer sie geohrfeigt. »Sie hatten kein Verhältnis!«

»Aber Philippe und Isabelle trafen sich am Abend des 26. April im Hotel National zu einem Glas Wein.«

»Ja und?«

»Wussten Sie davon?«

»Nicht direkt. Ich wusste nur, dass Isabelle in Zürich war. Was hat das mit dem Tod meines Mannes zu tun?«

»Isabelle Jenny ist verschwunden.«

»Sie denken doch nicht, dass Philippe …«

Meyer schwieg.

»Das reicht! Ich gehe nach Hause.« Viola Knecht stand auf.

»Bitte, Frau Knecht, ich versuche nur zu verstehen, was passiert ist.«

Es klopfte leise, und Karan winkte Meyer nach draußen.

»Wir haben einen Zeugen gefunden«, sagte er. »Jemanden, der am 26. April Knecht und Jenny in der Bar gesehen hat. Knecht hat geweint.«

»An der Bar?«

»Sie saßen etwas abseits und waren in ein Gespräch vertieft. Jenny wirkte verärgert, und Knecht weinte.«

»Haben sie sich berührt?«

»Nein, nicht ein einziges Mal. Leider verließ der Zeuge die Bar kurz nach Mitternacht, vor den beiden.«

Meyer kehrte zurück in ihr Büro. »Hat Ihr Mann Ihnen erzählt, worüber er mit Isabelle Jenny sprach?«

»Nein«, flüsterte Viola Knecht.

»Wie ging es ihm am nächsten Morgen?«

»Wie meinen Sie das?«

»Wie verhielt er sich?«

»Er war … niedergeschlagen.«

»Niedergeschlagen?«

»Deprimiert«, sie sah Meyer an, »aber er hat sich deswegen nicht das Leben genommen!«

»Haben Sie mit ihm darüber gesprochen?«

»Nein. Ich wollte nicht wissen, was genau passiert war. Ich wollte einfach, dass sie verschwindet.« Viola Knecht hielt die Luft an, als sie ihren Versprecher bemerkte.

Karan und Gurtner strichen die Namen aller Gäste des National an, die sie vorladen wollten, als Meyer eintrat.

»Weiß jemand, wo Fahrni steckt?«

»Oben …«, begann Karan.

»Unten …«, antwortete Gurtner gleichzeitig.

Kantine oder Kriminaltechnik, folgerte Meyer. Weil sie ihre Büros teilten, mussten sie immer wieder auf andere Räume ausweichen, wenn einer von ihnen allein arbeiten wollte. Nicht zum ersten Mal wünschte sich Meyer ein separates Zimmer für Befragungen, doch die Platzverhältnisse ließen es nicht zu. Das neue Polizei- und Justizzentrum trüge diesem Bedürfnis Rechnung, doch bis Baubeginn dauerte es noch vier Jahre. Vermutlich länger, dachte Meyer missmutig. Ein Rekurs des Heimatschutzes war noch hängig.

Karan erwähnte, der Bericht der Kriminaltechniker sei eingetroffen und dass Fahrni ihn holen und anschließend essen gehen wollte. Meyer schloss die Bürotür hinter sich und trat zur Seite, um Hug Platz zu machen. Nicht einmal im Gang kamen sie aneinander vorbei. Fahrni saß tatsächlich in der Kantine, vor einem Stapel Papier, einer Ovomaltine und einer Hefeschnecke. Meyer schilderte ihm das Gespräch mit Viola Knecht.

»Denkst du, Philippe Knecht könnte Isabelle getötet haben?«, fragte Fahrni.

»Möglich. Wenn er fünfzehn Jahre lang in sie verliebt war und es irgendwann einfach nicht mehr aushielt. Hast du etwas über Jennys Flug nach Georgien herausgefunden?«

»Ich habe die Flughafenpolizei eingeschaltet.«

»Und was steht im Bericht der KTA?« Sie deutete auf den Stapel Papier.

»Nichts, was uns weiterhilft. Keine Spur deutet darauf hin, dass noch jemand in der Wohnung war, als Mirjana Racic starb.«

»Zeig her.«

Fahrni legte seine Hand auf die Seiten. »Das ist nicht der Bericht der KTA.«

Meyer nahm den seltsamen Ton seiner Stimme sofort wahr. »Was dann?«

Als Fahrni nicht antwortete, griff sie nach dem Stapel. »Human Rights Watch?«

»In georgischen Gefängnissen wird gefoltert. Niemand schaut der Polizei auf die Finger. Dieser Bericht wurde soeben veröffentlicht.«

»Aber Ausländer lassen sie wohl in Ruhe? Europäer zumindest?«

»Die Zustände sind haarsträubend.«

Meyer blätterte schweigend im Bericht. Sie begann, an ihren Fingernägeln zu kauen. Mit einer abrupten Bewegung schob sie die Seiten wieder weg und bat Fahrni, Frank Bolay zu befragen.

»Hanisch wird ihn einvernehmen.«

»Das kann sie erst, wenn klar ist, wer die Interessen Flints und des Häuptlings vertritt. So lange können wir aber nicht warten. Wir können Bolay jetzt schon als Auskunftsperson befragen.«

»Er ist bestimmt noch nicht ansprechbar.«

»Versuchs trotzdem. Du weißt am meisten über das, was der Häuptling in Georgien gemacht hat. Und wirf diesen Mist weg!« Sie zeigte auf den Bericht.

Fahrni sammelte die Blätter ein und stand auf. Die Hefeschnecke lag noch unangebissen auf der Serviette.

Im Unispital erfuhr Fahrni, dass Bolay bereits im Operationssaal lag. Warten hatte keinen Sinn, er würde am nächsten Tag wiederkommen müssen. Vor dem Haupteingang setzte er sich neben einen alten Mann, der den Taxis zusah. Fahrni beobachtete eine Gruppe diskutierender Studenten, die aus der ETH gegenüber trat. Plötzlich fiel ihm Cavallis Sohn Christopher ein. War er informiert worden? Wo steckte er überhaupt? Sofort griff Fahrni nach seinem Handy und rief Thalmann an, um zu erfahren, dass niemand daran gedacht hatte, Christopher zu suchen. Cavallis siebzehnjähriger Sohn lebte erst seit einem knappen Jahr bei ihm. Noch hatten sich die Kollegen beim KV nicht daran gewöhnt.

Fahrni rief Meyer an, die ihm die Nummer der Pizzeria gab, in der Chris als Hilfskoch arbeitete. Sie gehörte einem Cousin von Giulio. Vom Küchenchef erfuhr Fahrni, dass Chris zwei Wochen im Tessin bei seinen Verwandten verbrachte. Fahrni wollte Chris nicht am Telefon von der Verhaftung seines Vaters erzählen, stattdessen informierte er Cavallis Exfrau. Der Anruf erinnerte ihn daran, dass ihm ein weiteres unangenehmes Gespräch bevorstand: Er wollte die Mutter von Mirjana Racic aufsuchen. Schwerfällig erhob er sich und beschloss, den Besuch hinter sich zu bringen.

Dalia Racic wohnte in einem Mehrfamilienhaus an der stark befahrenen Zürichstraße in Uster. Die Frau, die ihm die Tür öffnete, sah aus, als habe sie in letzter Zeit nur geweint. Die Wurzeln ihrer dunkelbraun gefärbten Haare waren grau, in ihren Mundwinkeln klebte eingetrockneter Speichel.

»Entschuldigen Sie, dass ich unangemeldet komme. Ich war in der Nähe und wollte Ihnen einige Fragen stellen.«

Dalia Racic setzte sich ergeben.

»Frau Racic, können Sie mir erzählen, was Sie über Mirjanas Arbeit im Hotel wissen?«

Dalia Racic starrte ihn verständnislos an.

Fahrni wich ihrem Blick aus und wiederholte die Frage.

»Sie macht die Zimmer schön«, begann Racic mit schwerem kroatischem Akzent. »Putzen, waschen, sauber machen für die

Gäste. Blumen und Früchte für die Zimmer. National ist ein sehr teures Hotel, mit fünf Sternen.«

»Hatte Mirjana Kontakt zu den Gästen?«

»Kontakt?«

»Haben die Gäste mit ihr gesprochen?«

»Meistens nein. Aber manchmal war ein Gast nett.«

»Wie meinen Sie das?«

»Manchmal ließ ein Gast Trinkgeld auf dem Tisch oder ein Geschenk.«

»Hat Mirjana einen bestimmten Gast erwähnt, bevor sie ... starb?«

Dalia Racic weinte lautlos. »Nur der Herr mit der Schokolade. Er hat ihr Schokolade dort gelassen. Sie war enttäuscht, beim letzten Mal gab es ein großes Trinkgeld.«

»Dieser Mann war öfters Gast im National?«

»Ich weiß nicht, aber letzten Sommer war er dort. Mirjana fand ihn ... hübsch. S-sie wünschte sich ...«

Fahrni wartete geduldig. Auf einem Buffet waren Fotos von Mirjana Racic aufgereiht; sie schien ein Einzelkind gewesen zu sein. Fahrni dachte an Isabelles Eltern, dann an seine eigenen, die sich weitere Kinder gewünscht hatten, und Tränen traten ihm in die Augen. Wann hatten die Schicksale angefangen, ihn so zu belasten?, fragte er sich. Plötzlich spürte er eine Hand auf seinem Arm.

»Danke«, flüsterte Dalia Racic.

»Hat Mirjana diesen Mann beschrieben?«

»Er sah gut aus und war sehr nett. Ich glaube, sie hat gesagt, zu alt für sie.« Sie schüttelte frustriert den Kopf. »Ich weiß nicht.«

Fahrni holte eine Visitenkarte hervor und notierte seine Handynummer darauf. Dalia Racic blieb sitzen, als er sich verabschiedete. Leise zog er die Tür hinter sich zu und stieg die Treppe hinunter. Draußen lehnte er sich gegen die Hausmauer und schloss die Augen. Er könnte Reitstunden erteilen oder sogar einen eigenen Stall betreiben. Vielleicht Pferde züchten? Christina und er hatten darüber fantasiert, Ferienlager für Kinder anzubieten oder sogar therapeutisch mit Kindern und Pferden zu arbeiten. Der Gedanke an Christina machte ihn noch trauriger, und er lenkte seine Gedanken in eine andere Richtung.

Es war erst vier Uhr, er könnte persönlich im National vorbeischauen und sich nach diesem gut aussehenden Gast erkundigen. Plötzlich erinnerte er sich, in einem Protokoll gelesen zu haben, dass Philippe und Viola Knechts Pferde in der Nähe von Uster untergebracht waren. So wie Fahrni Viola Knecht einschätzte, ritt sie Western. Im Weiler Neufuhr, wenige Kilometer außerhalb von Uster, hatte sich ein Stall aufs Westernreiten spezialisiert. Er beschloss, sein Glück dort zu versuchen.

Schon von Weitem bemerkte er einen Sandplatz, auf dem drei Reiter mit ihren Pferden trainierten. Er parkte seinen Opel und spazierte zu den Ställen. Vor dem Eingang striegelte eine junge Frau eine Stute. Sie kannte weder Philippe noch Viola Knecht, erklärte aber, der Besitzer des Stalls sei in zehn Minuten zurück. Fahrni schlenderte zu den Boxen, um die Namen der Pferde zu lesen. Ein Freiberger wieherte leise und reckte seinen kräftigen Hals. Sein volles Deckhaar glänzte im Sonnenlicht, das durchs offene Tor drang. »Perfection«, las Fahrni, während er den Fuchs tätschelte, und ein Lächeln breitete sich auf seinem Gesicht aus. Sein eigenes Pferd hatte er Lisa genannt, kurz für Elisabeth. Der Name bedeutete auf Hebräisch Vollkommenheit, also ebenfalls Perfektion. Als er damals die Bedeutung von Elisabeth nachgelesen hatte, war auch die französische Form des Namens aufgeführt gewesen: Isabelle.

»Beschatten Sie mich?«, fragte eine wütende Stimme.

Perfection wich zurück und schüttelte unruhig die Mähne. Fahrni machte beruhigende Geräusche, bis das Pferd die Ohren wieder aufstellte. »Gehörte sie Philippe?«

Viola Knecht biss sich auf die Unterlippe und nickte.

»Die meisten Reiter nehmen sich nicht die Zeit, an der Longe mit ihren Pferden zu arbeiten. Philippe offenbar schon«, bemerkte Fahrni anerkennend, während er auf Perfections Rücken zeigte, der ungewöhnlich kräftig war.

»Philippe sagte immer, das schulde man einem Tier. Reiten Sie?«

Fahrni erzählte ihr von Lisa. Als er Viola Knecht nach ihrem Pferd fragte, führte sie ihn zu einem Pinto-Araber, dessen Augen unruhig hin und her jagten.

»Sieht nach einem Energiebündel aus«, stellte Fahrni höflich fest.

»Nein, Bando sieht nervös aus. Sein letzter Besitzer hat ihn schlecht behandelt, deshalb lässt er kaum Fremde an sich heran.« Viola legte ihre Wange an Bandos Nüstern. Als sie erzählte, dass sie kaum Zeit finde, sich um beide Pferde zu kümmern, bot Fahrni an, mit Perfection einige Übungen zu machen. Viola erstarrte. Rasch fügte er hinzu, dass er Philippes Pferd nicht reiten, sondern nur an der Longe führen würde. Nach einigem Zögern willigte sie ein.

Als Fahrni zwei Stunden später nach Hause fuhr, wusste er mehr über Viola Knecht als nach der offiziellen Befragung. Sie hatte ihm erzählt, sie wolle eine Bürostelle suchen, habe jedoch seit Pascals Geburt nicht mehr außer Haus gearbeitet.

Sie hatte Philippe an einer Standaktion gegen den Hunger in Afrika kennen gelernt und sich augenblicklich verliebt. Dass er ihre Liebe zu Beginn nicht erwiderte, hatte Fahrni aus Violas Tonfall geschlossen, doch ihre Ehe schien trotzdem gut funktioniert zu haben – so lange Isabelle in Georgien weilte. Worüber er mit Isabelle im National gesprochen hatte, wusste Viola tatsächlich nicht. Perfection, dachte Fahrni, als er in die Tiefgarage seiner Wohnsiedlung fuhr. Gab es sie wirklich, die Vollkommenheit? Oder versteckte Isabelle ihre Makel bloß besser als andere? Vielleicht war die Ehe von Philippe und Viola nicht die einzige Beziehung, auf die sie einen Schatten geworfen hatte.

13

Das Warten zermürbte. Zu Beginn hatte Regina versucht, die Minuten, dann die Stunden und schließlich die Tage zu zählen. Doch inzwischen wusste sie nicht mehr, ob Mittwoch oder Donnerstag war. Das fade Frühstück im Untersuchungsgefängnis unterschied sich kaum vom Brei, der ihr am Abend in die Zelle gestellt wurde. Sie aß von beidem praktisch nichts, denn die Vorstellung, über dem stinkenden Loch zu kauern, das als WC diente, nahm ihr den Appetit.

Als die Polizei die Pension in Chertwisi gestürmt hatte, hatte Regina geglaubt, es handle sich um ein Versehen. Doch als sie in den Lauf der Pistole sah, die ein drahtiger Offizier auf sie richtete, begriff sie, dass Cavalli und sie in eine Geschichte hineingeraten waren, auf deren Verlauf sie keinen Einfluss hatten. Ihre Ohnmacht verstärkte sich, weil sie die Sprache nicht beherrschte und sich nicht verständigen konnte. Sie verstand nicht, was man ihnen vorwarf, und sah keine Möglichkeit, sich dagegen zu wehren.

Regina hatte sich widerstandslos ergeben. Nicht so Cavalli, der sich zuerst mit Worten verteidigte, dann mit Gesten, als er merkte, dass keiner der Polizisten Englisch sprach. Zum Schluss versuchte er, sich mit Gewalt loszureißen. Augenblicklich stürmte Verstärkung ins Zimmer, und Regina musste zusehen, wie er brutal niedergeschlagen wurde. Das Letzte, was sie von ihm sah, war sein blutüberströmtes Gesicht.

In Handschellen schaute sie zu, wie die Polizei das Zimmer durchsuchte. Jedes Kleidungsstück wurde aus den Koffern gezerrt, bis ein bärtiger Polizist triumphierend ein Handy hochhielt, das Regina nie zuvor gesehen hatte. Noch immer wusste sie nicht, was es damit auf sich hatte oder wofür sie im Gefängnis saß.

Am ersten Tag war sie sofort aufgesprungen, als sie vor ihrer Zelle Schritte hörte, fest davon überzeugt, dass sie gleich wieder freigelassen würde. Doch bald begann sie, sich vor den Wärtern zu fürchten. Sie merkte, dass das Weinen, das nachts aus anderen Zellen kam, mit dem Aufschließen der Türen einherging. Dass man sie bis jetzt in Ruhe gelassen hatte, musste daran liegen, dass sie Ausländerin war. Doch wie lange würde sie das noch schützen? Bereits auf der Fahrt von Chertwisi nach Tiflis war ihr der Polizist auf dem Rücksitz näher gekommen, als ihr lieb war. Wie zufällig presste er seinen Oberschenkel gegen ihren, als er sich zum Fahrer vorbeugte.

Schwere Schritte rissen Regina aus ihren Gedanken. Einige Wärter erkannte sie an ihrem Gang, das Schlurfen dieser Person hatte sie jedoch noch nie gehört. Vor Reginas Zelle hielten die Schritte inne, und Regina drückte sich gegen die Mauer. Sekunden verstrichen, dann hörte sie das Geräusch eines Schlüsselbundes. Die Tür wurde aufgezogen, und eine untersetzte Frau trat ein. Sie gab Regina ein Zeichen aufzustehen.

Regina wurde es schwarz vor Augen, als sie sich auf die Beine mühte, doch die Wärterin machte keine Anstalten, ihr zu helfen. Nachdem sich der Schwindel gelegt hatte, überkam sie Übelkeit. Die Hoffnung, endlich freigelassen zu werden, gab Regina jedoch die Kraft, die Zelle wie aufgefordert zu verlassen. Die Wärterin zeigte nach links. Zu beiden Seiten des langen Korridors waren Öffnungen für Türen in die Mauern eingelassen, immer wieder hörte Regina dahinter Stimmen. Zuhinterst führte eine Treppe in ein Untergeschoss. Während Regina vorsichtig hinunterstieg, klammerte sie sich an die Vorstellung, bald frische Luft einzuatmen. Doch unten erwartete sie lediglich ein fensterloser Duschraum. Der Betonboden sah aus, als sei er noch nie geschrubbt worden; am Rand hatten sich Schimmelflecken gebildet, welche die Wände hinaufkrochen. An Haken hingen Bürsten, wie sie Regina benützte, um ihre Wanderschuhe zu putzen.

»Go!«, sagte die Wärterin und zündete sich eine Zigarette an.

Regina starrte sie an.

Die Wärterin wiederholte das Wort und zeigte auf die Dusche, doch Regina schüttelte den Kopf. Sie hatte nicht vor, sich vor dieser Frau auszuziehen, nicht einmal, wenn aus der rostigen Leitung tatsächlich Wasser floss. Die Wärterin kam einen Schritt auf sie zu, und Regina wich zurück. Bevor sie verstand, was ihr geschah, stürzte kaltes Wasser auf sie herab. Ihre Bluse und ihre Jeans sogen sich damit voll. Regina verstand, dass sie so lange unter dem kalten Strahl würde stehen müssen, bis sie sich auszog. Die Wärterin warf ihre Zigarettenkippe auf den Boden und lehnte sich gegen die Wand.

Widerwillig gab Regina nach. Als das eisige Wasser auf ihre nackte Haut traf, begann sie zu schlottern. Die Wärterin zeigte auf eine Bürste und auf etwas, das nach Kernseife aussah, und Regina tat so, als würde sie sich waschen. Nachdem sie fertig war, bedeutete ihr die Wärterin, sich in Bewegung zu setzen. Regina wollte ihre nasse Kleidung aufheben, doch die Wärterin stellte ihren Fuß darauf und zeigte zur Tür. Langsam ging Regina vor ihr her, wütend auf ein System, das Menschen so würdelos behandelte. Als sie zur Treppe kam, blieb sie stehen.

»Go«, wiederholte die Wärterin, doch Regina schüttelte den Kopf. Sie wollte nicht nackt die Treppe hinaufsteigen. Die massige Frau verschränkte die Arme vor der Brust und starrte sie aus Augen an, die fast so dunkel waren wie Cavallis. Der Gedanke an ihn gab ihr Kraft. Sie drehte sich ruckartig um.

Wassertropfen liefen ihr über den Rücken, als sie die Stufen hochstieg. Hinauszögern hatte keinen Sinn, je schneller sie das tat, was von ihr verlangt wurde, desto schneller wäre sie wieder auf freiem Fuß. Überrascht folgte ihr die Wärterin und gab ihr oben die Richtung vor. Regina erkannte den Korridor, aus dem sie eine halbe Stunde zuvor gekommen waren, doch jetzt wurde sie in einen anderen Gefängnistrakt gebracht. Sie betete, dass die Wärterin nicht vorhatte, sie nackt zu entlassen.

Regina wurde jedoch nicht zum Ausgang geführt, sondern zu einer neuen Zelle. Als die Wärterin die Tür aufschloss, hörte Regina Frauenstimmen, die abrupt verstummten. Bevor sie begriff, was geschah, spürte sie einen Stoß im Rücken, dann fiel die Tür hinter ihr ins Schloss. Drei Frauen starrten sie an. Erst als die Schritte der Wärterin verklangen, nahmen sie ihr Gespräch wieder auf. Regina verstand nichts. Sie sah sich nach Kleidern um, und eine der Frauen lachte. Links und rechts waren Pritschen an der Wand montiert, auf einem der oberen Bretter lag ein dunkler Stoffhaufen. Er hatte die gleiche Farbe wie die Overalls der drei Frauen, also nahm Regina an, dass er für sie bestimmt war. Ihre Zellengenossinnen folgten ihrem Blick und kicherten. Die größte unter ihnen, eine schlanke, aber muskulöse Frau um die dreißig, stellte sich vor die Pritsche. Regina zeigte auf die Kleider.

»Pliss«, sagte die Frau.

Regina zeigte noch einmal auf die Kleider. Als die Frau keine Anstalten machte, zur Seite zu treten, versuchte Regina, sich an ihr vorbeizudrücken. Erneut versperrte man ihr den Weg. Jetzt zeigte die Frau auf den Betonboden.

»Pliss!«

Wollte sie etwa, dass sie sich vor ihr hinkniete?, fragte sich Regina. Verärgert machte sie einen Schritt auf die andere Seite.

Ein greller Pfiff kam aus dem Mund der Frau, und die zwei Zuschauerinnen sprangen auf. Sie packten Regina an den Armen und zwangen sie auf die Knie. Sie stellten je einen Fuß auf Reginas Hände und zwangen sie, zur Anführerin emporzublicken.

»Pliss!«

Endlich begriff Regina. Mit Mühe hielt sie die Tränen zurück und stöhnte: »Please.«

Alle drei Frauen setzten sich wieder, und Regina stand zitternd auf. Sie holte das Bündel von der Pritsche. Ärmel und Beine waren so verknotet worden, dass sie den Overall nicht anziehen konnte.

Pierre-Richard von Arburg saß auf einem geblümten Sofa im achten Stock des Innenministeriums und wartete darauf, zu Irakli Chizanischwili vorgelassen zu werden. Alle zehn Minuten kam der Assistent des Stabschefs und vertröstete ihn mit einer fadenscheinigen Ausrede. Im Hintergrund lief eine Nachrichtensendung im Fernsehen, die über Unruhen in Abchasien berichtete. Kurz bevor von Arburg die Geduld verlor, wurde er endlich ins Büro gewunken. Chizanischwili thronte hinter einem imposanten Schreibtisch und rauchte. Er erhob sich nicht, als von Arburg mit einer Dolmetscherin an seiner Seite vor ihn trat.

»Was kann ich für Sie tun?«, wollte Chizanischwili wissen.

Von Arburg erwähnte die Verhaftung der beiden Schweizer und wies darauf hin, dass dem Konsul der Kontakt sowohl zu Regina Flint als auch zu Bruno Cavalli verwehrt wurde. Er sah seinem Gegenüber an, dass er informiert war. Mit einem Schulterzucken behauptete der Stabschef, die Inhaftierten wünschten keinen Kontakt. Nur mit Mühe verbarg von Arburg seinen Ärger über die offensichtliche Lüge. Bis er verstand, wessen Interessen auf dem Spiel standen, musste er vorsichtig sein. Allein die Tatsache, dass die Behörden den Besuch verhinderten, sagte genug aus. Normalerweise hätte der Konsul Dominik Tschopp innerhalb von ein bis zwei Tagen Zugang zu den Inhaftierten erhalten. Von Arburg vermutete, dass die innere Sicherheit des Landes irgendwie tangiert war, konnte sich aber nicht vorstellen, wie. Gegenüber Chizanischwili ließ er durchblicken, dass er sich nicht täuschen lasse. Nach einigen Minuten versprach der Stabschef gelangweilt, sich der Angelegenheit noch einmal anzunehmen. Offenbar wusste er genau, dass er sich an die internationalen Abkommen zu halten hatte, würde aber von sich aus keine Schritte unternehmen. Offen drohen wollte von Arburg noch nicht, es lag ihm daran, eine diskrete Lösung zu finden.

»Sonst noch etwas?«

»Warum verdächtigt die Polizei Frau Flint und Herrn Cavalli?«, fragte von Arburg höflich, aber bestimmt.

Chizanischwili rückte einen kleinen Ständer mit der georgischen Flagge vor sich zurecht, der auf seinem Schreibtisch stand. Erst als er mit dem Resultat zufrieden war, sah er auf. »Ich darf keine Informationen über eine laufende Ermittlung preisgeben.«

»Gibt es Zeugen?«

Chizanischwilis Miene verdüsterte sich. »Der Vorfall wird untersucht.«

»Beweise?« Von Arburg war über sich selbst überrascht. Normalerweise ließ er sich nicht dazu hinreißen, Politiker zu drängen, wenn er damit Gefahr lief, ihre Abwehr zu verstärken. Doch erinnerte er sich an das Glas Wein, das er mit Regina Flint getrunken hatte, und an sein Versprechen, Kontakt mit dem Innenministerium aufzunehmen. Sie hatte ihm vertraut, und er hatte sie enttäuscht. Wäre der Kontakt zustande gekommen, hätte sie vielleicht nicht auf eigene Faust ermittelt.

»Der Fall wird untersucht«, wiederholte Chizanischwili.

»Haben Sie Fingerabdrücke gefunden? DNA-Spuren?«

»Die Proben wurden bereits in die Ukraine gesandt.«

»In die Ukraine? Haben Sie keine eigenen Labors?«

Chizanischwili war der Meinung, genug gesagt zu haben. Verärgert sprach er auf die Dolmetscherin ein, die von Arburg bat, sich zu verabschieden. Der Botschafter neigte den Kopf und verließ rückwärts gehend das Büro. Im Vorzimmer flüsterte ihm die Dolmetscherin ins Ohr, Georgien verfüge über keine eigenen Labors. Sie erklärte, DNA-Spuren würden in der Ukraine oder, in wichtigen Fällen, vom FBI in Quantico untersucht. Offenbar war der Fall nicht wichtig, dachte von Arburg. Oder man wollte Zeit gewinnen.

»Wie lange dauert es, bis die Resultate bekannt sind?«

»Die ukrainischen Labors brauchen dafür zwei«, flüsterte die Dolmetscherin, »das FBI einen Monat.«

Zwei Monate!, dachte von Arburg, als er das Innenministerium verließ. Er konnte nicht hinnehmen, dass Flint und Cavalli zwei Monate in Untersuchungshaft verbrachten. Er würde alle Kontakte aktivieren und jeden Gefallen einfordern, der ihm geschuldet wurde. Dass er dabei diplomatische Grenzen überschritt, war ihm klar. Doch es gab kein Zurück mehr. Er hatte diesen Weg gewählt, nun forderte er seinen Preis. Vielleicht war die Verhaftung der beiden Schweizer nur ein unglücklicher Zufall, doch wenn nicht, musste er handeln. Von Arburg holte den Mundspray aus seiner Tasche und versuchte, den bitteren Geschmack aus seinem Mund zu vertreiben.

Es juckte unter seinem Arm, doch Cavalli kratzte sich nicht. Es hatte keinen Zweck. Er teilte die Zelle mit so vielen Insekten, dass sich Flöhe, Läuse, Mücken und Kakerlaken gegenseitig den Platz streitig machten. Er schützte nur seine offenen Wunden, aus Angst vor Infektionen.

Immer wieder ließ er sich die Nacht, als er Regina gesucht hatte, durch den Kopf gehen. Er war sicher, dass seine Verhaftung mit diesen Ereignissen in Zusammenhang stand. Hatte er den Unbekannten im Wagen stärker geschlagen als beabsichtigt? Trug er Verletzungen davon? Schlimmer noch, war er daran gestorben? Diese Frage quälte ihn. Wenn ja, war sein Leben vorbei. Denn was er in dieser Zelle tat, konnte nicht Leben genannt werden. Mit etwas Glück würde seine Lunge irgendwann kollabieren und ihn erlösen. Noch immer hustete er Blut, ohne zu wissen warum. Rasch schob er die Vorstellung beiseite. Bis klar wurde, was für ein Verbrechen er begangen haben sollte, musste er sich zusammenreißen. Er dachte zurück an die Nacht mit Regina und überließ sich der Sehnsucht, welche die Vorstellung an sie in ihm auslöste. Einmal mehr stellte sich das Glück als etwas heraus, das nicht greifbar war. Er hatte es mit den Fingerspitzen gestreift, nur um den Schmerz noch deutlicher zu spüren, als es sich ihm wieder entzog. Er schwor sich, nie mehr in die gleiche Falle zu treten. Wer nichts besaß, konnte nichts verlieren. Das letzte Bild, das er von Regina hatte, stieg ungebeten in ihm auf: ihre schmale Silhouette zwischen kräftigen Polizisten. Er hoffte inständig, dass sie Georgien sofort verlassen hatte und bereits wieder in Zürich war.

Er nahm einen weiteren Anlauf, die Ereignisse der folgenschweren Nacht durchzugehen. Seine Konzentration ließ nach wenigen Sekunden nach. Um nicht den gleichen Film immer wieder abzuspielen, spulte er noch weiter zurück. Er versuchte, sich an alles zu erinnern, was seit seiner Ankunft in Georgien geschehen war. Es fiel ihm schwer, denn zu Beginn der Reise hatten ihn weder das Land noch Isabelle interessiert. In Gedanken versuchte er, Reginas Suche nach Isabelle zu rekonstruieren. Immerhin bestand die Möglichkeit, dass seine Verhaftung etwas damit zu tun hatte und nicht mit dem Mann, den er niedergeschlagen hatte. Er musste die Ereignisse aus verschiedenen Perspektiven betrachten.

Männer, dachte Cavalli, welche Männer kreisten auf Isabelles Umlaufbahn? Lewan Kupatadze, zählte er auf, verschiedene Bauern aus dem Kreditprogramm. Alle waren mögliche Verehrer. Hatte Regina nicht noch mehr Männer erwähnt? Frank Bolay, den Hoteldirektor zum Beispiel. Oder den Botschafter. Hatte er Isabelle gekannt? Cavallis Erinnerungen gerieten durcheinander, er konnte die einzelnen Stränge nicht mehr auseinanderhalten.

Etwas huschte über sein Gesicht, und er schreckte auf. Bordschomi, schoss es ihm durch den Kopf. Isabelle verbrachte viel Zeit in Bordschomi. Natürlich kannte sie Bolay. Es war nicht davon auszugehen, dass sie den einzigen anderen Schweizer in dieser Stadt nie getroffen hatte. Ein Schweizer Hotel, Kontakt zur Heimat. Tanja Begiaschwili, die Bardame. Sie hatte Regina und ihn nach Chertwisi geführt. Isabelle auch? War Isabelle in Chertwisi? »GO HOME«, hatte jemand hingeschrieben. Sie waren jemandem im Weg gewesen. Jetzt nicht mehr.

Der armenische Hilfskoch zwinkerte Tanja Begiaschwili zu und hielt ihr einen Mangoschnitz hin. Die Stimmung in der Küche des Zar Franco war ausgelassen, seit die täglichen Kontrollen von Frank Bolay ausblieben. Tanja Begiaschwili steckte den Schnitz in den Mund und richtete die Augen zur Decke. Narek Davityan schnitt ihr noch ein Stück ab.

»Habt ihr etwas über den Zar gehört? Wird er … überleben?«, fragte Tanja Begiaschwili.

»So wie ich ihn kenne, ja«, seufzte Narek Davityan.

»Narek!«, stieß der Koch Junod aus.

»Mich würde sein Tod nicht stören.«

»Hast du dir überlegt, was dann aus dem Hotel wird?«

»Der Botschafter könnte es übernehmen«, schlug Tanja Begiaschwili vor.

»Oder Isabelle«, sagte Narek Davityan leise.

»Dann hättest du keine Mangos mehr, die du deinen Weibern verfüttern kannst«, warf Junod ein. »Isabelle würde dafür sorgen, dass wir nur noch Bio-Äpfel aus Bordschomi servieren.«

Als Tanja Begiaschwili sah, wie Narek Davityan sich steif zum Schneidebrett hin wandte, erlosch ihre Freude. Wenn sie doch ebenfalls solche Gefühle in ihm auslösen könnte.

»Du warst doch in Chertwisi, als es geschah, Tanja. Was sagt deine Familie? Wer könnte es auf den Zar abgesehen haben?«, fragte Junod.

Tanja Begiaschwili zuckte mit den Schultern. Sie hatte niemandem vom Streit erzählt, den sie zwischen Bolay und dem Botschafter beobachtet hatte. Lewan Kupatadze hatte sie davor gewarnt, sich in Dinge einzumischen, die sie nichts angingen. Als sie ihm dann vom Verletzten erzählte, den sie in Chertwisi neben dem Auto gefunden hatte, veränderte sich seine Haltung augenblicklich. Ihr fürsorglicher Cousin hatte sie gepackt und ihr unmissverständlich zu verstehen gegeben, dass sie nie ein Wort darüber verlieren durfte. Wie stellte er sich das vor? Die Polizei wusste, dass sie diesen Glonti gefunden hatte. Warum ihr bis jetzt niemand Fragen über den Abend gestellt hatte, war ihr ein Rätsel. Vermutlich hatte Lewan Kupatadze dafür bezahlt, dass man die Sache »vergaß«. Nachdem sie in der Nacht aus ihrem Elternhaus geflohen war, aus Angst, ins Visier des geheimnisvollen Mafioso zu geraten, hatte sie sich bis zum nächsten Morgen bei Lewan Kupatadze versteckt. Dann hatte sie vom Anschlag auf Frank Bolay erfahren. Ihre Vermutung, dass er ihr nach Chertwisi gefolgt war, traf also zu. Doch wer hatte auf ihn geschossen? Und warum? Die erste Person, die ihr einfiel, war Lewan Kupatadze. Aber er war zu Hause gewesen, als sie bei ihm Unterschlupf gesucht hatte.

Der Verlust der Jericho würde Tamaz Glonti am meisten schmerzen. Doch er käme nicht umhin, die Waffe zu entsorgen. Ein letztes Mal drehte er sie zwischen seinen Fingern und ließ sich die Dienste durch den Kopf gehen, die sie ihm in der Vergangenheit geleistet hatte. Wenigstens hatte die Polizei ihm seine Geschichte abgenommen: dass ein Kasache die Jericho gestohlen und damit auf Frank Bolay geschossen hatte. Glonti war stolz auf seinen Einfall; damit war er nun auch den Kasachen los, der vermutlich im Auftrag der Russen arbeitete. Kopfschüttelnd holte Glonti seine alte Makarov-Pistole hervor. Dass Kasachen nicht die Schlausten waren, wusste jeder. Aber dass der Typ, der ihn in der Nacht niedergeschlagen hatte, sein Handy einstecken würde, verwunderte Glonti doch. Der Kasache hätte damit rechnen müssen, dass man ihn finden würde. Irgendetwas war an diesem Mann seltsam gewesen, nicht nur seine Kleidung, die westlich aussah.

Mit einem Seufzer füllte Glonti das Magazin der Makarov. Bevor er es wieder einsetzen konnte, flog die Tür auf. Ein

Mann mit Glatze trat herein, flankiert von zwei Bodyguards. Er winkelte seinen Arm ab und zeigte mit Mittel- und Zeigefinger auf den Boden, ein Zeichen dafür, dass Glonti ihm vertrauen konnte. Zwei Bodyguards deuteten auf einen hohen Rang hin, dachte Glonti bei sich. Dass ein Vorgesetzter den Weg auf sich genommen hatte, um Glonti seine neuen Aufgaben zu übertragen, bestätigte, dass ihm ein steiler Aufstieg bevorstand. Nicht mehr lange, und er hätte eigene Bodyguards. Als hätten sie ihn gehört, hoben die Bodyguards zwei Maschinenpistolen mit Schalldämpfer. Glonti lächelte weiter, unfähig, seinen Gesichtsausdruck der plötzlichen Bedrohung anzupassen.

Der Glatzköpfige trat einen Schritt vor. »Wer hat dir den Auftrag gegeben?«

Glontis Lächeln gefror. »Auftrag?«

Ein Fingerschnippen genügte, um eine Salve von Schüssen auszulösen. Es dauerte einen Moment, bis Glonti den Zusammenhang mit den Schmerzen in seinem rechten Bein herstellte, und noch länger, bis ihm die Bedeutung der Frage klar wurde. Stammte der Auftrag, Frank Bolay zu töten, nicht vom Boss?

»Du hast dich reinlegen lassen?«, fragte der Glatzköpfige.

»Ich kann nichts dafür! Der Auftrag …«

Eine zweite Salve bohrte sich in sein linkes Bein.

»Wer steckt dahinter?«

Glonti stöhnte. Er wusste es nicht. Die dritte Salve aus den zwei Skorpion einundsechzig war tödlich. Die Jericho flog aus seiner Hand und landete neben dem immer größer werdenden Fleck auf dem Boden.

14

»Warum hat der Botschafter es noch nicht geschafft, den Häuptling oder Flint zu besuchen?«, fragte Meyer frustriert. »Das macht keinen Sinn.«

»Doch«, erwiderte Fahrni, »dazu passt, dass Tschopp nicht über ihren Besuch informiert war. Entweder nimmt der Botschafter die Sache zu wenig ernst, oder er ist nicht daran interessiert zu helfen.«

»Schlamperei?«

»Eher Spannungen zwischen von Arburg und Tschopp. Wenn die linke Hand nicht weiß, was die rechte tut …«

»Morgen«, begrüßte Hug die beiden.

Gurtner saß bereits am Besprechungstisch. »Wer ist von Arburg?«

Fahrni setzte sich neben ihn. »Was?«

»Du hast von Arburg gesagt.«

»Der Schweizer Botschafter in Tiflis.«

»Der heißt doch Dominik Tschopp?«

»Das ist der Konsul.«

Gurtner schlug mit der Faust auf den Tisch. Mathias Hug sah verärgert von seinen Notizen auf. Bevor er reklamierte, schob Gurtner den Stuhl zurück und verließ die Kripoleitstelle. Mullis, der soeben eintrat, drückte sich an die Wand, um ihn vorbeizulassen. Dahinter tat es ihm Karan gleich.

»Was hat er?«, fragte Mullis.

Meyer zuckte mit den Schultern und wandte sich an Hug. »Kommt Thalmann auch?«

»Nein, er ist am Kriminalrapport. Aber ich soll euch ausrichten, dass er in Bern Druck macht. Offenbar gibt es Probleme mit den georgischen Behörden.«

Meyer biss die Zähne zusammen und schaute in die Runde. Die Gesichter ihrer Kollegen widerspiegelten ihre eigene Unzufriedenheit. Sie kamen nicht vom Fleck. Über dreißig Personen hatten sie diese Woche vorgeladen, aber keine Befragung hatte sie weitergeführt. Als sie die Sitzung eröffnen wollte, kam Gurtner mit einem Stapel Computerausdrucke zurück, den er auf den Tisch knallte. Er drückte seinen Zeigefinger auf das oberste Blatt.

»Ein Pierre-Richard von Arburg hat vom 25. bis 29. April im Hotel National gewohnt.«

Meyer wurde schwindlig, als sie die Tragweite der Informationspanne begriff. Der Botschafter war zeitgleich mit Isabelle Jenny in der Schweiz gewesen. Sein Weg hatte vielleicht den von Philippe Knecht oder Mirjana Racic gekreuzt. Das konnte Zufall sein, doch möglicherweise wären sie bereits weitergekommen, wenn sie dem von Anfang an nachgegangen wären. Aber sie hatte es nicht gesehen. Was würde Cavalli dazu sagen? Während sie hier wie eine Dilettantin Fehler beging, saß er wegen versuchten Mordes in einem georgischen Gefängnis. Meyer war überzeugt, dass seine Verhaftung in Zusammenhang mit seiner Suche nach Isabelle stand. Genauso sicher war sie, dass es an der Kapo lag, diesen Zusammenhang aufzudecken, damit er frei kam. Sie spürte Hugs Blick auf sich und erhob sich langsam.

»Wir machen es so, wie es uns der Häuptling gelehrt hat«, begann sie. »Das hätten wir von Anfang an tun sollen. Wir notieren alle Daten zu den einzelnen Fällen, egal wie unwesentlich sie uns erscheinen. Dann schauen wir, was wir haben.« Sie verteilte Stifte. »Fahrni: notiere auf der linken Tafel alles über Isabelle Jenny. Mullis: auf der Tafel daneben alles über Philippe Knecht. Karan: Mirjana Racic, ganz rechts. Gurtner: alle Infos, die wir noch nicht zuordnen können. Dann wechseln wir die Tafeln und ergänzen die Listen.« Meyer wandte sich an Hug: »Kannst du gegen Mittag nochmals kommen?«

Um halb zwölf Uhr sah die Kripoleitstelle fast so aus, als leite Cavalli die Ermittlungen. Hug setzte sich mit einer Tasse Kaffee wieder an den Besprechungstisch.

»Die Tafeln sind noch nicht vollständig«, bemerkte Meyer, »doch ich möchte kurz das Wesentliche zusammenfassen. Anschließend legen wir die nächsten Schritte fest.«

Mullis begann mit Philippe Knecht. Er schilderte kurz den Suizid und dann Knechts Beziehung zu Isabelle Jenny. »Seine Liebe zu ihr ist nie erloschen, doch sie hatten bis auf ihre seltenen Besuche nur per Mail Kontakt. Ich bin daran, seine Geschäftsunterlagen zu studieren, unter anderem den Mailverkehr der letzten Monate. Jenny schrieb häufig, blieb aber immer sachlich. Meistens ging es um die bevorstehende Zertifizierung von Teamwork.«

»Was heißt das genau?«, fragte Hug.

»Die Stiftung Zewo, für die Philippe Knecht arbeitete, ist die schweizerische Zertifizierungsstelle für Spenden sammelnde Organisationen. Sie verleiht eine Art Gütesiegel, wenn ein Hilfswerk nachweisen kann, dass es gewissenhaft mit Spendengeldern umgeht. Das Hilfswerk muss verschiedene Kriterien erfüllen, zum Beispiel bestimmte Kontrollstrukturen aufweisen, ethische Richtlinien in der Mittelbeschaffung einhalten und seine Arbeit transparent machen.«

»Was wäre eine unethische Mittelbeschaffung?«, fragte Gurtner.

»So wie ich das verstehe, diese ganzen Geschichten mit den

Patenschaften«, erwiderte Mullis. »Wenn ein Kind in die Kamera hineinbettelt und dann alle Spenden für sich allein bekommt. Egal, ich kann dir die Unterlagen geben, wenn es dich interessiert. Teamwork steht jedenfalls kurz vor dem Ziel. Irgendwelche Auflagen wegen der Anzahl Vorstandsmitglieder sind noch zu erfüllen. Es existiert eine Bestimmung, dass sich der Vorstand aus mindestens fünf Mitgliedern zusammensetzen muss, die nicht miteinander verwandt oder verbunden sein dürfen. Teamwork braucht noch ein neues Vorstandsmitglied, weil zwei geheiratet haben.« Mullis grinste. »Gemeinnützige Arbeit scheint sich positiv auf den Hormonspiegel auszuwirken.«

»Steht dieser Zertifizierung sonst noch etwas im Weg?«, fragte Meyer.

»Eine Revisionsstelle muss die Buchführung und die Jahresrechnung prüfen. Knecht war daran, diese fertigzustellen. Er machte das nebenbei für Teamwork. Da habe ich mich gefragt, ob er das darf: einerseits bei Teamwork mitarbeiten, andererseits bei der Zewo mitentscheiden, ob Teamwork zertifiziert wird.«

»Und?«, fragte Hug.

»Sieht so aus, als sei das möglich. Knecht musste nicht allein entscheiden, sondern die Unterlagen vorlegen, die ein anderer Mitarbeiter dann überprüft. Es fehlte außer dem Vorstandsmitglied auch noch der Bericht der Revisionsstelle. Hier bin ich aber an meine Grenzen gestoßen. Knecht hat die Rechnung des letzten Jahres noch nicht abgeschlossen, und das finde ich seltsam. Wir haben immerhin schon Mai. Aber vielleicht verstehe ich davon einfach zu wenig.«

»Frag bei den Kollegen der SA 1 nach«, wies ihn Hug an. Die Spezialabteilung eins war für Wirtschaftsdelikte zuständig.

»Mach ich.«

Meyer wandte sich an Karan. »Racic?«

»Da gibt es nicht viel. Eine ganz gewöhnliche junge Frau: Hotelfachlehre, arbeitete seit vier Jahren im National, ging gern ins Kino und Tanzen, besuchte eine Zeitlang einen Aerobickurs, dann war sie Mitglied in einem Turnverein. Lebte alleine, hatte kurz einen Freund, aber daraus wurde nichts. Ihre Freundinnen beschreiben sie als ruhig, verträumt, gutmütig, manchmal etwas schwer von Begriff – das sind meine Worte, aber so kam es herüber – und sehr geduldig. Ihr Vater starb vor zwei Jahren an einem Hirnschlag, Erbkrankheiten sind keine vorhanden. Racic selbst war selten krank. Sie aß meistens im Personalrestaurant des National, auch an ihrem letzten Arbeitstag, aber sonst erkrankte niemand im Hotel. Die Kriminaltechniker haben keine verdächtigen Spuren gefunden, das Kantinenessen wurde untersucht, nichts davon wies giftige Substanzen auf. Auch in ihrem Kühlschrank befand sich nichts.«

»Starb sie an einer Vergiftung?«, fragte Hug.

»Hahn weiß es nicht. Magen und Darm lösen sich als Erstes auf, wenn der Zerfall beginnt. Vergiftungen kann man auch bei gut erhaltenen Leichen schwer nachweisen, höchstens ausschließen. Aber ohne den Verdauungstrakt ist das fast unmöglich. Im Blut und im Urin hat Hahn nichts gefunden, aber eben, er wusste nicht, wonach er suchen sollte.«

»Kannte sie Isabelle Jenny oder Philippe Knecht?«, wollte Meyer wissen.

»Ich habe keine Verbindung gefunden, außer, dass sie im National arbeitete. Aber am Abend des 26. April hatte sie frei.«

»Klär ab, ob sie gearbeitet hat, als von Arburg dort Gast war«, wies Hug ihn an.

»Das ist eine heiße Spur«, stimmte Mullis zu. »Wenn …«

»Mist!«, rief Fahrni. »Die Schachtel!«

»Welche Schachtel?«

»Mirjana Racics Sachen!« Fahrni stieg die Röte ins Gesicht. »Ich … ich habe sie vergessen.« Er erzählte, dass der Nachtportier ihm den Inhalt von Racics Garderobenschrank überreicht hatte. »Viola Knecht war … ich hab mich um sie gekümmert und …«

Meyer schielte zu Hug. »Wo ist sie? Die Schachtel?«

»In meinem Kofferraum«, erwiderte Fahrni kleinlaut.

»Hirnzellen pflanzen sie dir im Führungslehrgang nicht ein«, bemerkte Gurtner zu Meyer.

Hug hob seine Hand. »Gegenseitige Anschuldigungen bringen niemanden weiter.«

»Schade, dass Pilecki ausgerechnet jetzt weg ist«, seufzte Karan. »Seine Erfahrung wäre hilfreich. Wann kommt er zurück?«

»Erst in einem Monat«, antwortete Gurtner.

»Soll ich die Schachtel holen?«, fragte Fahrni.

»Wir machen zuerst fertig«, beschloss Meyer. »Du bist dran. Wissen wir mehr über Isabelle Jenny?«

»Bei Interpol sind keine Hinweise eingegangen. Die Flughafenpolizei hat alle Flüge abgeklärt, Isabelle kam nicht mit einem Linienflug in die Schweiz. Ich versuche seit Tagen herauszufinden, wie sie gereist ist, komme aber nicht weiter. Ihre Mutter sagt, sie stand einfach plötzlich da. Dafür habe ich den Geschäftsmann gefunden, der auf der Rückreise neben ihr saß. Sie ist tatsächlich nach Georgien zurückgeflogen. Dort verliert sich aber ihre Spur. Ich weiß nicht, ob sie am Flughafen abgeholt wurde, und wenn ja, von wem.«

»Was hat er gesagt?«, fragte Hug. »Der Geschäftsmann?«

»Sie haben nicht miteinander gesprochen. Isabelle war zugeknöpft und unnahbar.«

»Und dann?«, fragte Gurtner ungeduldig.

»Dann sind sie gelandet, und jeder ging seines Weges.«

»Das ist alles?«, fragte Mullis.

»Sie hat nichts gelesen, nichts gegessen, hat eine Flasche Mineralwasser getrunken und vor sich hin gestarrt. Allerdings haben alle geschlafen, das könnte mit ein Grund sein, warum niemand etwas weiß. Sie nahm einen Nachtflug nach Georgien. Man landet um 3.50 Uhr Lokalzeit.«

»Dann verliert sich ihre Spur in Tiflis?«

»Ja. Die Botschaft versucht herauszufinden, was am Flughafen geschah. Regina wollte Kontakt mit dem Innenministerium aufnehmen, aber das hat nie geklappt. Von Arburg hat versprochen, ihr zu helfen, aber er hat es anscheinend nicht getan. Genauso wenig, wie er sie bis jetzt in Untersuchungshaft besucht hat. Ich verstehe das nicht. Heute ist Freitag. Regina und der Häuptling sitzen bereits seit fünf Tagen im Gefängnis, und er hat noch nichts getan!«

»Bern versichert, die Botschaft habe alle Hebel in Bewegung gesetzt, um ihnen zu helfen«, sagte Hug.

»Es gibt doch internationale Abkommen«, warf Gurtner ein. »Können es sich die Georgier leisten, sich querzustellen?«

»Wenn die nationale Sicherheit auf dem Spiel steht, ja«, sagte Karan.

Hug hob die Hand. »Überlassen wir das Bern, und kümmern wir uns um die Ermittlung in der Schweiz.«

»Ich finde, wir müssten uns diesen von Arburg genauer anschauen. Jetzt erst recht, da wir wissen, dass er gleichzeitig mit Isabelle in der Schweiz war«, sagte Fahrni. »Es wäre für ihn ein Leichtes, den Georgiern die Schuld dafür in die Schuhe zu schieben, dass er Regina und den Häuptling noch nicht besucht hat.«

»Unbedingt«, bemerkte Hug. »Dominik Tschopp ebenfalls.«

Meyer machte sich Notizen. »Sonst noch etwas? Was ist mit Frank Bolay?«

Fahrni schüttelte den Kopf. »Er ist noch nicht ansprechbar. Aber die Ärzte sagen, er wird durchkommen. Wie sieht von Arburg aus?«

»Keine Ahnung, warum?«, fragte Meyer.

»Der Mann mit dem Trinkgeld«, sagte er. »Mirjanas Mutter hat jemanden erwähnt, der nicht zum ersten Mal im National war. Er hat ein großzügiges Trinkgeld hinterlassen. Anscheinend gefiel er Mirjana, aber sie habe gesagt, er sei zu alt. Es steht in meinem Bericht.«

»Von Arburg?«, fragte Meyer.

»Keine Ahnung. Aber wenn wir Zusammenhänge suchen, beginnen wir am besten dort. Vielleicht war er ein weiterer Liebhaber von Isabelle.«

»Diese Frau muss eine Nymphomanin gewesen sein«, grinste Mullis.

»Sind das die, die nie genug bekommen?«, fragte Gurtner.

Meyer verdrehte die Augen. »Klär ab, wann von Arburg in die Schweiz reiste und was er hier machte. Aber verlier dich nicht. Wir sammeln immer noch Daten, ich will nicht, dass wir schon eine bestimmte Richtung einschlagen.«

Gurtner salutierte und verließ den Raum. Mullis folgte ihm wortlos.

Meyer sah auf die Uhr. Es war bereits halb drei Uhr. Sie hasste Wochenenden. Mitten in einer wichtigen Ermittlung war die Hälfte der zuständigen Personen plötzlich nicht mehr erreichbar.

Fahrni tätschelte ihre Schulter und sah zu den vollgeschriebenen Tafeln. »Wir sollten sie fotografieren und dem Häuptling schicken. Dann hätte er etwas zu tun. Er langweilt sich bestimmt.«

Meyer reagierte nicht.

»Jasmin, komm schon. War nur ein Witz.«

»Ein Witz? Was ich hier mache ist ein Witz! Wie konnten wir von Arburg übersehen? Wenn der Häuptling wüsste …«

»Ich weiß nicht, was in diesem Bergdorf geschehen ist«, beschwichtigte Fahrni, »aber es ist ganz bestimmt nicht unsere Schuld, also hör auf, dir Vorwürfe zu machen. Wir kommen voran, das ist das Wichtigste.«

Fahrnis Opel stand auf dem Kasernenareal. Die Schachtel mit Racics Sachen lag immer noch neben seinen Reitstiefeln, allerdings war sie gekippt, sodass sich der Inhalt im ganzen Kofferraum verteilt hatte. Fahrni streifte sich Latexhandschuhe über und sammelte alles ein. Konzentriert untersuchte er die Gegenstände, stieß jedoch auf nichts, das ihm besonders wichtig erschien. In ihrem Garderobenkasten hatte Mirjana Racic Duschmittel, ein Deodorant, ein Klatschheft, eine Schachtel Tampons, eine braune Banane und frische Unterwäsche aufbewahrt. Der Anblick der Banane erinnerte ihn daran, dass er noch nichts zu Mittag gegessen hatte.

»Racics Sachen?«, fragte Meyer, die plötzlich neben ihm stand.

»Ich bring sie der Spurensicherung. Vielleicht findet sie etwas.«

»Immer noch nichts von Frank Bolay gehört?«

»Nein, Hanisch wird mich sofort informieren, wenn er ansprechbar ist.«

»Glaubst du das im Ernst?« Meyer presste die Lippen zusammen und verschwand hinter der alten Garage neben dem Polizeigebäude, wo ihre Ducati im Schatten einer Kastanie stand.

Fahrni klemmte die Schachtel unter den Arm und sah ihr nach, als sie in die Kasernenstraße einbog. Dann spazierte er zum Gebäude der Kriminalpolizei zurück. Nachdem er Racics Sachen ins Labor gebracht hatte, holte er sich in der Kantine ein Sandwich und rief Hanisch an. Ihr Protokollführer erklärte, sie sei im Unispital.

»Aber Hanisch darf Bolay ohne Rechtsvertreter der Angeschuldigten nicht einvernehmen!«, stieß Fahrni aus.

»Sie hat nichts von einer Einvernahme gesagt«, entgegnete der Protokollführer. »Sie will ihn bloß kennenlernen.«

Fluchend legte Fahrni auf und packte sein Sandwich ein. An der Tür kollidierte er beinahe mit Meyer, die etwas im Büro vergessen hatte. Als er ihr erzählte, dass Bolay wach war, bot sie an, ihn ins Spital zu fahren. Sie steckte einen Umschlag ein, warf Fahrni ihren Reservehelm zu und eilte zur Treppe.

»Das sind die Bankunterlagen der Knechts. Hab gleich ein Gespräch bezüglich einer Hypothek. Sieht aus, als wollten sie ein Haus kaufen.«

»Sie haben sich Bauernhäuser angeschaut. Wollten raus aus der Stadt.«

Schicksalsergeben setzte sich Fahrni hinter Meyer auf die Ducati. Als sie mit einem Donnern losfuhr, presste er sich gegen ihren Rücken und schloss die Augen. Zurzeit schien er Bambi öfters in den Armen zu halten als Christina, fuhr es ihm durch den Kopf. Er umschloss sie fester, fasziniert von ihren Muskeln, die er sogar durch das Leder hindurch spürte. Langsam krochen seine Finger unter ihre Jacke. Plötzlich gab sie Gas, überholte einen Lieferwagen und bog kurz vor einer entgegenkommenden Tram wieder in die rechte Spur ein. Fahrni verstand die Botschaft und zog seine Hand zurück.

Als sie vor dem Unispital hielt, klappte sie das Visier an ihrem Helm hoch und starrte ihn an.

Fahrni reichte ihr beschämt seinen Helm. »Sorry.«

»Das will ich hoffen.« Ohne weitere Worte fuhr sie davon.

Frank Bolay lag immer noch auf der Intensivstation. Fahrni kam es vor, als habe er erst vor kurzem Cavalli hier besucht. Ob Bolay ebenfalls so mitgenommen aussah? Auch ihn hatte die Kugel in die Lunge getroffen.

Hanisch stand mit verschränkten Armen zwischen den Schläuchen am Bett des Hoteliers. Fahrni trat näher, damit er Bolays Gesichtsausdruck sehen konnte. Der Mann wirkte so gewöhnlich, dass auch das geschulte Auge eines Polizisten Mühe hatte, besondere Merkmale zu speichern. Nur seine Haut war auffällig fleckig, wie die Rinde einer Platane. Ob das eine Folge seiner Verletzung war?

Hanisch drehte kurz den Kopf, als sie Fahrni neben sich spürte, begrüßte ihn aber nicht.

»Haben Sie gesehen, wer auf Sie geschossen hat?«, fragte sie Bolay.

Der Hotelier blinzelte und bewegte seinen Mund, doch kein Laut kam über seine Lippen. Hanisch wiederholte die Frage und beugte sich zu ihm hinunter, um die Antwort besser verstehen zu können.

»Dunkel?«, sagte sie.

Bolay versuchte zu nicken.

»Wenn Sie Ja meinen, heben Sie den rechten Zeigefinger«, befahl Hanisch. »Der linke Finger heißt Nein. War es dunkel, als Sie angeschossen wurden?«

Bolay hob den rechten Zeigefinger.

»War die Person, die Sie anschoss, dunkelhaarig?«

Wieder hob er den rechten Zeigefinger.

»War die Person blond?«

Jetzt hob er den linken Finger.

»Haben Sie die Person erkannt?«

Bolay verneinte.

»Sagt Ihnen der Name Bruno Cavalli etwas?«

Bolay weitete die Augen erschrocken.

»Und Regina Flint?«

Bolay streckte den rechten Zeigefinger zitternd in die Höhe.

»Ich muss Sie bitten, für heute Schluss zu machen«, wies ein Assistenzarzt hinter ihnen sie an. »Herr Bolay braucht Ruhe.«

Hanisch bewegte sich nicht. »Hat Bruno Cavalli auf Sie geschossen?«

Schweiß trat auf Bolays Stirn, dann begann er heftig zu atmen. Fahrni trat rasch zurück, als der Arzt sich an Bolay zu schaffen machte, doch Hanisch wich immer noch nicht von der Stelle. Erst als eine Pflegefachfrau sie unsanft wegzog, folgte sie Fahrni. Wortlos marschierte sie zum Ausgang. Vor dem Spital winkte sie ein Taxi herbei.

»Sieht aus, als müsste ich mich um Reginas Fälle kümmern. Heute gehen ihre Ferien zu Ende. Als hätte ich nicht schon genug am Hals.«

Sprachlos sah Fahrni zu, wie sie elegant auf den Beifahrersitz rutschte.

15

Regina lernte schnell. Schon nach wenigen Tagen begriff sie, dass Tränen ihre Zellgenossinnen zu immer schlimmeren Taten anstachelten. Ihre Angst nährte die drei Frauen, allen voran Nino, die Anführerin. Doch diese Einsicht half Regina nicht weiter. Ihre Tränen flossen trotzdem. Nachts lag sie zitternd im Bett, weil sie sich nicht traute einzuschlafen. Einmal, als sie vor Erschöpfung doch wegdöste, band ihr Nino die Füße am Bett fest, sodass sie am Morgen ihr Essen nicht rechtzeitig fassen konnte. Dem Brei trauerte sie nicht nach, aber das Gefühl von Hilflosigkeit drohte sie zu ersticken. Nicht einmal als sie auf das Loch zeigte, das als Toilette diente, wurde sie losgebunden. Stattdessen reichte ihr Nino einen Becher, den Regina ignorierte. Doch je mehr Stunden verstrichen, desto dringender musste sie pinkeln. Irgendwann stand sie vor der Wahl nachzugeben oder das Bett zu nässen. Schluchzend gab sie nach. Triumphierend nahm Nino den Becher und leerte ihn über Reginas Bett.

Wie durch ein Wunder war sie noch nicht erkrankt. Zu Hause hustete sie schon beim geringsten Durchzug. Ihr Körper schien begriffen zu haben, dass eine Erkältung unter diesen Bedingungen fatal sein konnte. Nachts sanken die Temperaturen hinter den dicken Mauern unter zehn Grad, tagsüber vermochte die Sonne die Feuchtigkeit nie ganz zu verdrängen. Trotzdem wehrte Reginas Körper Viren und Bakterien ab, sie litt nur unter Übelkeit, weil sie viel zu wenig aß. Nino nahm ihr die Mahlzeiten immer gleich aus der Hand und schaufelte alles auf ihren eigenen Teller.

Seltsamerweise träumte Regina weder von einem heißen

Bad noch von einem warmen Bett, sondern von ihrer Arbeit. Sie stellte sich ihr Büro in der Staatsanwaltschaft vor, spürte unter ihren Fingern die Tasten ihres Computers und hörte im Hintergrund die Stimmen ihrer Mitarbeiter. Noch immer war sie davon überzeugt, es sei nur eine Frage der Zeit, bis sie freikam. Ob ihre Stelle dann noch auf sie wartete, wusste sie jedoch nicht.

Eine Bewegung an der Zellentür ließ sie aufhorchen. Es war zu früh für das Abendessen, es sei denn, ihr Zeitgefühl hätte sie ganz verlassen. Auch die anderen drei Frauen sahen auf. Als Regina die Angst auf Ninos Gesicht bemerkte, fragte sie sich, was sie zu bedeuten hatte. Die Tür schwang auf, und dieselbe Wärterin, die Regina zur Dusche begleitet hatte, trat in die Zelle. In der Hand hielt sie einen Schlagstock. Reginas Zellgenossinnen senkten den Blick, sogar Nino wirkte plötzlich verletzlich. Alle hielten die Luft an. Erst als die Wärterin mit dem Stock auf Regina zeigte, hörte sie ein leises Aufatmen.

Regina stand auf, unsicher, ob sie sich freuen oder fürchten sollte. Nach zwanzig Metern gaben ihre Knie fast nach, sie war seit Tagen nicht mehr so weit gegangen. Sie streckte den Arm aus, um sich an der Wand abzustützen, doch die Wärterin schob sie mit dem Stock wieder in die Mitte des Korridors zurück. Diesmal schlugen sie einen anderen Weg ein, der in den Verwaltungstrakt führte. Sie passierten zwei Schleusen, und Regina wurde zu einem Bad geführt, in dem sich nicht nur eine Dusche, sondern auch eine Toilette befand. Erstaunt blieb sie stehen, bis die Wärterin ungeduldig auf die Dusche zeigte. Zu Reginas Verblüffung lief warmes Wasser aus der Leitung. Sie schloss die Augen und ließ das Wasser über ihr Gesicht rinnen. Das wohlige Kribbeln auf der Haut weckte Erinnerungen an Cavalli. Sie spreizte ihre Finger, als wäre er greifbar, einen Moment lang glaubte sie, tatsächlich seine glatte Brust zu spüren. Als sie die Augen öffnete, sah sie, dass sie ihre Handfläche gegen die Keramikplatten presste. Ihr Verlangen nach ihm war wie ein körperlicher Schmerz.

Ein Stoß mit dem Stock erinnerte sie daran, dass die Wärterin wartete. Mit mechanischen Bewegungen wusch sie sich, dann wurde ihr eine Zahnbürste in die Hand gedrückt. Die Borsten waren bräunlich und standen in alle Richtungen ab. Zum Schluss erhielt sie einen frischen Overall. Ihre Hoffnung, entlassen zu werden, schwand. Die Wärterin führte sie an geschlossenen Türen vorbei, bis sie das Ende eines weiteren Korridors erreichte. Dort wurde sie einem uniformierten Polizisten übergeben. Er zeigte auf einen Raum, öffnete ihr die Tür und machte eine Kopfbewegung, die signalisierte, sie solle eintreten.

An einem Tisch saß Pierre-Richard von Arburg. Er sprang auf, das Gesicht sorgenvoll verzogen, und streckte eine Hand nach Regina aus. Der Polizist wies ihn an, sich zu setzen. Regina hatte sich selten so gefreut, jemanden zu sehen. Es lagen ihr zu viele Fragen auf der Zunge, als dass sie eine formulieren konnte. Sie wollte keine Zeit mit Tränen verschwenden, doch ihr Kinn begann bereits zu zittern. »Wann komme ich raus? Warum wurden wir verhaftet?«

Von Arburg erzählte ihr vom Mordversuch.

»Frank Bolay? Vom Zar Franco?«, wiederholte Regina.

»Bitte, erzählen Sie mir genau, was in dieser Nacht geschehen ist.«

Regina schilderte alles, was sich in Chertwisi zugetragen hatte. Von Arburg machte sich Notizen.

»Und Sie wissen nicht, wer Sie in der Hütte eingeschlossen hat?«

Regina schüttelte den Kopf. Langsam wurde ihr bewusst, was man ihnen vorwarf. Der Gedanke, dass sie wegen versuchten Mordes in einem georgischen Gefängnis saß, versetzte sie in Panik.

»Die Polizei hat in Ihrem Zimmer ein Handy gefunden, das mit dem Mordversuch in Verbindung gebracht wird. Mehr weiß ich leider nicht.«

»Ein Handy?« Plötzlich erinnerte sie sich an das Handy, das ein Polizist triumphierend in die Höhe gehalten hatte. »Wie kam es dorthin? Wir haben nichts damit zu tun! Sie müssen uns helfen, das darf … es kann …«

»Frau Flint, Sie können sich auf mich verlassen. Ich tue alles, um Sie herauszuholen. Ich habe … Kontakte.« Er schloss kurz die Augen. »Es tut mir leid.«

»Ich verstehe einfach nicht, was hier läuft. Steht der … Mordversuch in Zusammenhang mit Isabelle Jenny? Sind wir der Wahrheit zu nahe gekommen?«

»Haben Sie mehr über die verschwundene Frau erfahren?«

Regina verneinte. »Aber es ist ganz klar, dass unsere Fragen nicht willkommen waren. Bitte, gehen Sie zu Lili Tsagareschwili! Sie soll sich Lewan Kupatadze genauer ansehen. Er weiß vielleicht etwas.« Sie erzählte ihm von den Bankkrediten und vom Foto hinter Lewan Kupatadzes Sonnenblende. Von Arburg hatte aufgehört, sich Notizen zu machen. Auf einmal wirkte er abwesend. Kleine Schweißperlen bildeten sich auf seiner Oberlippe. Als er sie bemerkte, tupfte er sie rasch mit einem Taschentuch ab.

»Ich soll Ihnen übrigens ausrichten, dass Ihre Kollegen in Zürich auf Hochtouren arbeiten. Tobias Fahrni lässt Sie besonders grüßen.«

Regina hätte vieles darum gegeben, jetzt in Fahrnis himmelblaue Augen zu schauen. Sie stellte sich sein rundes Gesicht vor, das spitzbübische Grinsen und den Millimeterschnitt, der ihn härter aussehen lassen sollte, als er in Wirklichkeit war.

»Und … Cavalli?«, flüsterte sie.

»Es tut mir leid, zu Bruno Cavalli habe ich keinen Zugang.«

»Ist er auch hier?«

»Nicht im selben Gebäude.«

»Er ist krank, Sie müssen ihm helfen!«

»Braucht er Medikamente?«

»Ja! Sie sind in seinem Koffer. Wer hat unsere Sachen überhaupt?«

»Ich werde mich darum kümmern.«

Regina erhob sich und packte ihn am Arm. »Sie müssen …« Der Polizist zeigte auf den Stuhl. Widerwillig setzte sie sich. »Sie müssen den Behörden klarmachen, dass er auf die Medikamente angewiesen ist!« Sie gab von Arburg den Namen von Cavallis Arzt in Zürich.

»Und Sie? Brauchen Sie etwas?«

Regina wusste nicht, wo sie mit aufzählen beginnen sollte. Sie schüttelte den Kopf.

»Ich habe Ihnen einige Sachen mitgebracht.« Von Arburg reichte ihr einen Sack, der offenbar bereits kontrolliert worden war, denn der Polizist regte sich nicht. Darin befanden sich Hygieneartikel, Nahrungsmittel, Lesematerial und sogar Vitamintabletten, alles ausländische Marken, die in Georgien teuer sein dürften. Regina fragte sich, wie sie sicherstellen konnte, dass ihre Zellgenossinnen sich nicht gleich alles unter den Nagel rissen. Vermutlich gar nicht.

»Danke! Wenn Sie es schaffen, Cavalli zu sehen … könnten Sie ihm etwas ausrichten?«

Von Arburg wartete.

»Dass … dass ich ihn liebe.«

Der Botschafter nickte höflich.

Auf dem Weg zurück in die Zelle beschloss Regina, ihre Sachen lieber gleich zu verschenken, als zuzulassen, dass Nino ihr alles abnahm. Schweren Herzens reichte sie den Sack der Wärterin, die schweigend neben ihr herging. Die Frau verstand zuerst nicht, was sie damit tun sollte. Als Regina ihr endlich klarmachte, dass sie alles behalten durfte, lächelte sie und entblößte ein ockerfarbenes Gebiss. Regina wurde plötzlich klar, dass Bestechung vermutlich zum Gefängnisalltag gehörte.

Vor der Zellentür blieb die Wärterin stehen. »You want?«

Regina hatte keine Ahnung, was ihr zustand. Sie machte eine Schreibbewegung, und die Wärterin nickte.

Sein Mundspray war leer. Pierre-Richard von Arburg tastete all seine Taschen ab, doch er hatte keinen Reservespray mitgenommen. Er verlor langsam die Kontrolle. Am Vorabend hatte er sogar einen Termin beim französischen Botschafter vergessen. Er versuchte sich zu sammeln, bevor er klingelte. Eine Frau mit ernsten Zügen öffnete ihm die Tür. Von Arburg stellte sich vor, und Lili Tsagareschwili bat ihn herein. Als er Platz genommen hatte, erzählte er von Regina Flints und Bruno Cavallis Verhaftung.

»Mein Gott! Ich dachte, sie hätten die Suche nach Isabelle aufgegeben und beschlossen, ihre Ferien zu genießen«, stieß Lili Tsagareschwili hervor. »Wer, sagen Sie, wurde angeschossen?«

»Ein Hotelier.«

»In Tbilissi? Ich habe nichts davon gehört.«

»Nein, auf dem Land.« Von Arburg machte eine undeutliche Handbewegung. »Regina Flint hat mich gebeten, Sie aufzusuchen. Offenbar haben Sie mit Isabelle Jenny zusammengearbeitet.«

»Ja, aber ich habe seit Wochen nichts von ihr gehört. Sie ist spurlos verschwunden.« Lili Tsagareschwili legte die Stirn in Falten. »Ich bin sicher, dass ihr etwas zugestoßen ist. Sie hätte sich sonst gemeldet.«

»Standen Sie sich nahe?«

»Wir arbeiten ausgezeichnet zusammen, doch privat gehen wir separate Wege. Mit den Landwirtschaftsprojekten habe ich wenig zu tun, das ist Isabelles Spezialgebiet. Ich führe die Geschäfte hier in Tbilissi, pflege den Kontakt zu den Behörden, hole die nötigen Bewilligungen ein.«

»Sagt Ihnen der Name Lewan Kupatadze etwas?«

»Natürlich, er ist einer unserer engagiertesten Mitarbeiter. Allerdings kommt er selten in die Stadt.«

»Verstanden sich Herr Kupatadze und Frau Jenny gut?«

»Sie meinen, ob sie ein Paar sind?«

Von Arburg nickte kaum merklich.

»Isabelle Jenny versteht unter einer Beziehung nicht dasselbe wie Lewan Kupatadze.«

»Nicht dasselbe?«

Lili Tsagareschwili seufzte. »Isabelle ist sehr direkt. Lewan gefiel ihr, doch sie wollte sich nicht binden. Darunter hat er gelitten. Ich weiß nicht, wer schließlich die Beziehung beendete. Sie denken doch nicht etwa, dass Lewan etwas mit ihrem Verschwinden zu tun haben könnte?«

»Wäre es möglich?«

»Nein, niemals. Lewan mag ungehobelt wirken, doch im Innern ist er ein herzensguter Mensch.«

Das Gespräch drehte sich nun um die Tätigkeit von Teamwork. Von Arburg ließ sich erklären, worin Isabelle Jennys Arbeit bestand, und studierte die Projektunterlagen des Hilfswerks. Dann sprach er Lili Tsagareschwili auf die Bankkredite an.

»In Ihren Unterlagen steht, die Kredite betragen höchstens 2300 Lari. Einige Bauern haben jedoch mehr erhalten.«

Lili Tsagareschwili rückte ihre Brille zurecht. »Woher wissen Sie das?«

»Frau Flint und Herr Cavalli haben offenbar die zuständige Bank in Aspindsa aufgesucht.«

Nach langem Schweigen erwiderte Lili Tsagareschwili: »Ich kann nicht ausschließen, dass das möglich ist. Wir prüfen unsere Mitarbeiter zwar sehr genau, doch manchmal ist die Verlockung, jemandem einen Gefallen zu tun, sehr groß. Ich bin jedoch überzeugt, dass Lewan damit nichts zu tun hat. Hingegen kann ich mir vorstellen, dass er der Sache auf die Spur gekommen ist und es auf seine Art regeln wollte.«

»Auf seine Art?«

»Lewan kommt aus der Nähe von Aspindsa. Man kennt sich dort. Wenn ihn jemand hintergangen hat, wird er das direkt mit dem Schuldigen regeln. Teamwork bedeutet Lewan viel. Er ist schon von Anfang an dabei, wir haben ihn sogar ausgebildet. Er wird nicht zulassen, dass jemand seine Arbeit zunichte macht oder dem Ruf des Hilfswerks schadet.«

»Könnten Frau Flint und Herr Cavalli für ihn eine Gefahr dargestellt haben?«, fragte von Arburg. »Vielleicht hatte er Angst, dass sie den Missstand an die Öffentlichkeit bringen würden.«

Lili Tsagareschwili schürzte die Lippen. »Ich weiß es nicht. Aber ich verspreche Ihnen, dass ich der Sache nachgehe.« Zum Schluss stellte sie ihm eine Dokumentation zusammen und versprach, in Kontakt zu bleiben.

Jetzt musste er es tun, dachte von Arburg, während er die Tscharuchadsestraße entlangschritt. Er konnte den Anruf nicht weiter hinausschieben. Mit steifen Fingern schaltete er das Reservehandy ein, das er in Aserbaidschan auf dem Schwarzmarkt gekauft hatte.

Endlich Stille. Cavalli schloss die Augen. Was als Strafe gedacht war, nämlich ihn total zu isolieren, war seine Rettung. Die einsamen Stunden, in denen er kein einziges Geräusch durch die dicken Wände hörte, gaben ihm die Kraft für die endlosen Verhöre. Weder Kälte noch Feuchtigkeit störten ihn, beides war er seit frühester Kindheit gewohnt. Die Smoky Mountains waren meistens in zähen Nebel gehüllt, sogar in den Sommermonaten.

Cavalli gönnte sich einen mentalen Spaziergang entlang des Appalachenkamms, dann steuerte er seine Gedanken zum letzten Verhör zurück. Er hatte sich angewöhnt, schweigend auszuharren, um erst nachher in seiner Zelle Schritt für Schritt den Ablauf zu analysieren. So konnte er seine Kräfte während des Verhörs ganz auf seinen Körper richten. Auf diese Weise erhöhte er seine Konzentrationsfähigkeit. Die Verwirrung, die er zu Beginn seiner Verhaftung spürte, ließ langsam nach. Er hatte wieder einen roten Faden gefunden, dem seine Gedanken folgen konnten, und Cavalli begann, die Kontrolle über sich zurückzugewinnen.

Es war ihm sofort klar gewesen, dass die Polizisten ihn schonten. Ihren Blicken sah er an, dass sie ihn härter anfassen wollten, aber vermutlich hatten sie Anweisungen, sich zurückzuhalten. Stattdessen wandten sie subtile Druckmittel an. Als Cavalli heute in den Raum geführt wurde, klingelte wie zufällig das Telefon des Verhörleiters, sodass Cavalli über eine

Stunde mit den Händen auf dem Rücken vor seinem Schreibtisch stand. Als der Polizist dann auflegte, erhob er sich entschuldigend und holte einen Stuhl. Gestern wurde der gleiche Polizist mitten im Verhör weggerufen. Er befestigte Cavallis Hände so an einem Heizungsrohr, dass er weder richtig sitzen noch stehen konnte, sondern halb kauernd drei Stunden ausharren musste. Cavalli kannte die Spielchen. Er war selbst immer wieder bis an die Grenze des Erlaubten gegangen. Ebenso wusste er, dass diese Machtdemonstrationen noch harmlos waren. Der Polizist, der breitbeinig hinter seinem überfüllten Schreibtisch saß, war zu ganz anderem fähig.

Doch Cavalli ließ sich nicht einschüchtern. Solange er die Anschuldigungen gegen sich nicht kannte, würde er keine einzige Frage beantworten. Die Angst, seine Aussage könnte gegen ihn verwendet werden, war zu groß. Wenn er nach den Verhören in seiner Zelle lag, ließ er sich jedes Wort des Dolmetschers und jede Geste des Polizisten durch den Kopf gehen. Er ahnte, dass sie sich von ihm wichtige Informationen erhofften. Immer wieder wurde er nach seinem Aufenthaltszweck in Georgien und über Kontakte zu Russen gefragt. Besonders die Frage nach den Russen beunruhigte ihn. Cavalli hatte das Gefühl, mitten in etwas Großes hineingeraten zu sein. Sogar über seine Beziehung zu Kasachstan wurde er ausgefragt. Hatten die Fragen mit seiner Schussverletzung zu tun? Vermutete man, er pflege Kontakt zur Russenmafia? Georgier und Russen mochten sich nicht besonders. Der falschen Seite zugerechnet zu werden, wäre gefährlich. Ganz nebenbei war auch der Name Frank Bolay gefallen, Cavalli war dabei die veränderte Haltung des Befragers nicht entgangen. Bolay war wichtig.

Rasche Schritte vom Korridor rissen ihn aus seinen Gedanken. Nicht schon wieder, schoss es ihm durch den Kopf. Er war noch nicht so weit. Dann wurde ihm klar, dass er diese Schritte noch nie gehört hatte. Als die Zellentür sanft aufgestoßen wurde und ein ihm fremder Wärter hereinschlüpfte, setzte sich Cavalli auf. Bevor er sich über die nervösen Bewegungen des Wärters wundern konnte, drückte ihm dieser einen Zettel und einen Bleistift in die Hand und verschwand wieder. Cavalli starrte ihm nach, bis die Schritte verklungen waren. Erst dann faltete er das Papier in seiner Hand auseinander. Als er Reginas wilde Handschrift sah, glaubte Cavalli, sie riechen zu können. Er drückte den Zettel an seine Nase und schloss die Augen, bis er den Moment voll ausgekostet hatte. Bevor er sich dagegen wappnen konnte, krallte sich die Sehnsucht nach ihr an ihm fest. So schnell vergaß er seinen Vorsatz, die Liebe nicht mehr an sich heranzulassen. Wütend biss er sich auf die Unterlippe, bis er Blut schmeckte. »Gvheyui'«, las er, »sihändeswichtigshändiieusemzimmergfundä.« Er blinzelte und las die Botschaft noch einmal. »Gvheyui'« bedeutete auf Tsalagi, der Sprache der Cherokee-Indianer, Liebe. Bis er merkte, dass der folgende Satz auf Schweizerdeutsch geschrieben war, dauerte es einige Sekunden. »Mein Lieber, sie haben ein wichtiges Handy in unserem Zimmer gefunden.« Was für ein Handy? Er hatte sein eigenes Handy mit nach Georgien genommen, das wusste Regina. War die Botschaft doppelt verschlüsselt? Vielleicht befürchtete sie, dass Schweizerdeutsch allein nicht sicher genug war.

Fieberhaft überlegte Cavalli, ob er etwas vergessen hatte. Je mehr er sich zu konzentrieren versuchte, desto schwerer fiel es ihm. Die Schritte des Wärters, die er nun vor seiner Zellentür hörte, blockierten seine Gedanken ganz. Er wusste nicht, wie Regina es geschafft hatte, einen Brief … woher kam der Brief überhaupt? Wohl kaum aus der Schweiz. War sie in der

Nähe? Hatte man sie auch verhaftet? In Cavallis Kopf begann es zu hämmern, und er stand auf. Lag sie auch in einer solchen Zelle? Regina fror schon, wenn die Sonne kurz hinter einer Wolke verschwand, und sie hasste harte Betten. Was für ein Handy? Sie hätte es nicht geschrieben, wenn es nicht wichtig wäre. Cavalli ballte seine Hände zu Fäusten und presste sie gegen seine Schläfen. Er hörte nicht, wie der Wärter in die Zelle trat. Plötzlich sah er, wie sich eine Hand nach dem Zettel ausstreckte. Ein Handy, wiederholte er in Gedanken, man hatte in ihrem Zimmer ein wichtiges Handy gefunden. Wo? Wie war es dorthin gekommen?

»Give me the paper«, zischte der Wärter.

Cavalli spürte, wie ihm der Schweiß den Körper hinunterrann. Mit zitternden Fingern schrieb er: »ichweißnütdävo«, dann kam ihm plötzlich eine Frage in den Sinn und er fügte hinzu: »esiiheimischesoderesschwiizerisches«. Als der Wärter den Zettel entgegennahm, starrte er auf die langen Worte. Dass das erste »ich weiß nichts davon« hieß und das zweite »ein einheimisches oder ein schweizerisches«, wusste er nicht.

16

Kevin Sutter füllte die Gießkanne mit Wasser und stieß Reginas Bürotür auf. Er goss zuerst die Aloe auf ihrem Pult, dann kontrollierte er die Erde der Grünlilie. Ein langer Blütenstängel war zwischen den lanzettförmigen Blättern in die Höhe geschossen. Regina würde sich darüber freuen. »Mäßig feucht, aber nicht zu nass«, las Sutter auf dem Zettel nach.

»Wenn du das Gefühl hast, du könntest mit einer Gießkanne herumtrappeln, bis Regina zurückkommt, hast du dich geirrt«, bemerkte Hanisch von der Tür aus.

Sutters Stiernacken wurde rot. Rasch stellte er die Gießkanne neben Reginas Schreibtisch.

Hanisch hielt einen Stapel Briefe hoch. »Da ich mich um ihre Fälle kümmern muss, erwarte ich deine Unterstützung. Du kannst mit der Gefangenenpost beginnen. Zirka in einer Stunde gebe ich dir eine Liste aller Einvernahmen, die abgesagt oder verschoben werden müssen. Ich werde nur die wichtigsten übernehmen. Und dann brauche ich dich um elf Uhr für ein Protokoll. Studier bis dann den Duden.«

Sutter legte seine Hand auf den Griff seiner Pistole, die er als einziger Protokollführer bei sich trug. Die Geste beruhigte ihn ein wenig. Er nahm die Gefangenenpost und setzte sich damit an seinen Schreibtisch. Hanischs Worte hallten immer noch in seinen Ohren, er schaffte es nicht, sich auf die Briefe zu konzentrieren. Als er hörte, wie sie ihre Bürotür schloss, schob er die Briefe beiseite und öffnete das Internet. Er hatte schon eine ganze Menge über Frank Bolay herausgefunden. Was genau Tobias Fahrni von ihm erwartete, wusste er nicht, denn er war nicht über den Stand der Ermittlungen informiert worden. So druckte er einfach alles aus. Die Zeitschrift *Hotel Revue* hatte das Zar Franco letztes Jahr in einer Sommerausgabe vorgestellt. Dort hatte Sutter gelesen, dass Bolay die Hotelfachschule in Lausanne besucht hatte. Bestimmt wusste der eine oder andere Klassenkollege etwas über den Mann, dachte er. Im Internet fand er die Nummer der Schule, doch diese wollte die Namen der Klassenkameraden nicht herausrücken. Sutter erfuhr jedoch, dass Bolay vor einem Jahr einen Vortrag an der Schule gehalten hatte, zusammen mit einem gewissen Gary Bloom, der in einem Zürcher Hotel als Food-und-Beverage-Director arbeitete. Als Sutter erklärte, er arbeite bei der Staatsanwaltschaft, wurde er sofort zu Bloom durchgestellt. Überrascht kratzte er sich, unsicher, was er fragen sollte.

»Kevin Sutter, Staatsanwaltschaft IV für Gewaltdelikte.« Sutter ließ die Information ein wenig wirken.

»Gewaltdelikte?«

»Jawohl. Kennen Sie einen Frank Bolay?«

»Frank Bolay? Ja, wir haben zusammen studiert. Ist ihm etwas zugestoßen?«

»Darüber darf ich nichts sagen.« Sutter fand langsam Gefallen am Gespräch. »Haben Sie noch Kontakt zu Bolay?«

»Wir sehen uns ab und zu, wenn er in Zürich ist. Sie wissen bestimmt, dass er in Georgien arbeitet.«

»Er ist Direktor des Zar Franco.«

»Richtig. Ist etwas mit Frank?«

»Was können Sie mir über ihn sagen?«

»Über das Zar Franco?«

»Nein, über Bolays persönliche Verhältnisse, seine …«, Sutter grübelte. »Seine Familie und so weiter.«

»Franks Familie kenne ich nicht. Sein Vater war damals im

Libanon stationiert. Er ist im diplomatischen Dienst tätig. Seine Mutter ist vor ein paar Jahren gestorben. Ich war aber nicht an der Beerdigung, so nahe standen wir uns nicht.«

»Wie hieß Frau Bolay mit Vornamen?«

»Das weiß ich nicht. Nur, dass sie nicht den gleichen Nachnamen trug wie Frank. Bolay hieß sein leiblicher Vater.«

»Der Diplomat?«

»Nein, das war der Stiefvater. Aber bitte, legen Sie mich nicht darauf fest.«

Sutter machte eifrig Notizen. »Und wie heißt der Stiefvater?«

»Da kann ich Ihnen nicht helfen, tut mir leid.«

»Hat er Geschwister?«

»Soviel ich weiß, nicht.«

»Kinder?«

»Nein.«

Sutter gingen die Fragen aus. »Ich danke Ihnen, Herr Bloom. Es ist möglich, dass Sie wieder von mir hören.«

»Ist alles in Ordnung mit Frank?«

Hanischs Bürotür schwang auf, und schon stand sie vor ihm. Sutter stammelte einige Abschiedsworte und legte rasch auf. Seine Notizen schob er unter die Briefe der Gefangenen.

»Hier ist die Liste der Einvernahmen, die verschoben werden müssen«, sagte Hanisch. »Kommst du mit meinem elektronischen Kalender zurecht?«

Sutter murmelte etwas Unverständliches.

Fahrni erkannte Sutters Nummer auf dem Display und drückte auf Aus.

Barbara Jenny fuhr sich mit dem Handrücken über die Augen. »Nehmen Sie ruhig den Anruf entgegen. Ich will Sie nicht bei der Arbeit stören.«

»Sie stören mich nicht«, erwiderte Fahrni.

»Es ist meine Schuld, ich hätte Regina nie darum bitten dürfen. Aber als mir Marlene erzählte, dass Regina nach Georgien fahren wollte, hielt ich es für eine gute Idee. Ich hätte mir nie träumen lassen, dass ihr dadurch etwas zustoßen könnte. Marlene ist außer sich, und ich verstehe genau, was sie durchmacht.«

»Frau Jenny, Regina ist nichts zugestoßen. Sie wird bald wieder in der Schweiz sein.«

»Aber sie wurde verhaftet! Weil sie nach Isabelle gesucht hat, ich weiß es. Sie hat etwas herausgefunden, Isabelle ist einem … Verbrechen …«

Fahrni reichte ihr ein weiteres Taschentuch.

»Ich werde mein Mädchen nicht mehr sehen, so etwas spürt eine Mutter. Isabelle ist das Kostbarste, das ich im Leben habe. Als sie zur Welt kam, gab ich meine Stelle auf, um ganz für sie da zu sein. Ich habe es nie bereut, nicht einen Tag.«

»Wo haben Sie gearbeitet?«

»Im Rotkreuzspital«, antwortete sie, »aber das war alles nicht mehr wichtig, als mir Isabelle geschenkt wurde. Von da an war ich ganz Mutter.« Sie verstummte, als es an die Tür klopfte.

Fahrni stand auf und öffnete einen Spalt. Karan deutete auf die Kripoleitstelle. Flüsternd erklärte er, dass Thalmann Neuigkeiten aus Bern habe. Fahrni versprach, gleich zu kommen. Hinter ihm erhob sich Barbara Jenny und klemmte mit ungelenken Bewegungen ihre Handtasche unter den Arm. Nachdem sie Fahrni die Hand geschüttelt hatte, eilte sie den Gang hinunter, als könnte sie so die Suche nach Isabelle vorantreiben. Fahrni begleitete sie zum Ausgang.

Hans-Peter Thalmann saß schon am Besprechungstisch, als Fahrni und Karan in die Kripoleitstelle eintraten. Als Gurtner,

Meyer, Mullis und Hug eintrafen, ergriff er sofort das Wort. »Die Botschaft weiß, was die Georgier gegen Bruno Cavalli und Regina Flint in der Hand haben. Offenbar wurde vor fünfzehn Monaten mit derselben Waffe, mit der auf den Hotelier geschossen wurde, ein georgischer Politiker getötet. Die Jericho gehört einem Mitglied einer ehemaligen paramilitärischen Organisation. Damals lagen nicht genügend Beweise gegen ihn vor, deshalb mussten sie den Mann laufen lassen. Dieser behauptet nun, die Pistole sei ihm gestohlen worden, genauso wie sein Handy. Er sei mitten in der Nacht von einem Mann überfallen worden.«

»Von Cavalli?«, fragte Meyer.

Thalmann nickte. »Die Polizei hätte der Geschichte kaum Glauben geschenkt, wenn sie nicht das Handy in Cavallis Koffer gefunden hätte.«

»Scheiße«, entfuhr es Gurtner. »Und was sagt der Häuptling dazu?«

»Mit Cavalli konnte noch niemand sprechen«, entgegnete Thalmann. »Für Georgien tangiert seine Aussage die nationale Sicherheit. Alle Informationen stammen von Regina.«

»Wie geht es ihr?«, fragte Fahrni.

»Haben sie Fingerabdrücke?«, wollte Karan wissen.

»Weiß sie etwas über das Handy?«, fragte Meyer.

»Es soll ihr den Umständen entsprechend gut gehen, wie man so schön sagt …«

»Wird sie anständig behandelt?«, drängte Fahrni. »Kann man den Informationen überhaupt trauen? Im Bericht von Human Rights Watch habe ich gelesen, dass sie in den Gefängnissen Elektroschockgeräte einsetzen, und …«

»Tobias!« Das war Meyer.

Thalmann putzte seine Brille und setzte sie wieder auf. »Ich muss mich auf das verlassen, was die Botschaft via Bern ausrichtet. Von Arburg hat Regina Flint bereits zweimal besucht. Er sagt, sie sei gesund und unversehrt. Zu Cavalli hat man ihn nicht gelassen. Für mich klingt es so, als sei Cavalli der Hauptverdächtige. Ich weiß nicht, ob sich seine Fingerabdrücke auf dem Handy befinden.«

»Du hast gesagt, alle Informationen stammten von Regina«, sagte Meier. »Hat sie die Geschichte mit dem Handy bestätigt?«

»Sie weiß nur, dass in ihrem Zimmer tatsächlich ein Handy gefunden wurde. Sie behauptet aber, Cavalli wisse nicht, wie es in seinen Koffer kam.«

»Das ist alles? Weiß dieser von Arburg nicht mehr?«, fragte Meyer.

»Bern hat davon gesprochen, dass Cavalli nach Rustawi verlegt werden soll.« Thalmann nahm eine Notiz hervor. »Ins Gefängnis Nr. fünf, dort sollen die besten Bedingungen herrschen.«

»Das gefällt mir nicht!« Meyer stand auf. »Es klingt, als rechneten sie damit, dass er lange bleibt!«

Thalmann sammelte seine Unterlagen mit besorgter Miene ein und bat sie, ihn auf dem Laufenden zu halten.

Fahrni ging direkt zur Kantine, wo er Hackbraten und Kartoffelbrei auf seinen Teller lud. Reginas Lieblingsessen, dachte er. Sutters Anruf kam ihm in den Sinn, doch er hatte keine Lust, die Fragen des Protokollführers zu beantworten. Vielleicht war es ein Fehler gewesen, ihm einen Auftrag zu geben, dachte Fahrni. Gedankenversunken vergrößerte er den Bratensoßensee. Dann formte er mit seiner Gabel Berge. Er betrachtete die Landschaft auf seinem Teller, die ihn an eine

Aussicht aus einem Flugzeugfenster erinnerte. Seine Gedanken schweiften zu Pierre-Richard von Arburg, der genau wie Isabelle Jenny auf keiner Passagierliste zu finden war. Fahrni war sicher, dass das etwas zu bedeuten hatte. Ob die beiden zusammen in die Schweiz gereist waren? Mit dem Zug? Fahrni hatte alle anderen Möglichkeiten überprüft und verworfen. Er bereute, so viel Zeit dafür investiert zu haben, er hätte seine Prioritäten anders setzen müssen. Sinnvoll wäre gewesen, sofort Erkundigungen über Bolay einzuziehen, statt die Aufgabe zu delegieren.

Meyer stellte ein Tablett mit einem Teller Nudeln und einer Flasche Cola auf den Tisch und setzte sich ihm gegenüber. Fahrni dachte an seinen Griff unter ihre Jacke und errötete. Sie verstand und boxte ihn grinsend in den Oberarm. Erleichtert sah er sie an. Als sie ihn nach Christina fragte, senkte er jedoch wieder den Blick und verzog den Mund zu einer Grimasse. Dann drückte er die Berge auf seinem Teller flach. Meyer fragte, ob er noch zur Seelsorgerin gehe. Während der letzten Ermittlungen hatte er begonnen, die Polizeiseelsorgerin aufzusuchen. Er war der Belastung nicht mehr gewachsen gewesen, als sie fieberhaft nach einem russischen Mafioso gesucht hatten, der Pileckis Stieftochter Katja in seine Gewalt gebracht hatte. Fahrni nickte.

»Gut. Und jetzt habt ihr dann Ferien.« Meyer sah, dass ihn die Vorstellung noch mehr betrübte. »Hast du schon etwas über von Arburg herausgefunden?«

»Nur, dass er genau wie Isabelle Jenny die Fähigkeit hat, sich zu bewegen, ohne Spuren zu hinterlassen.«

»Er ist auf keiner Passagierliste aufgeführt?«

Fahrni verneinte.

»Warst du schon im National?«

»Steht als Nächstes auf meinem Programm.« Er sah auf. »Kommst du mit? Zu zweit geht es viel schneller. Ich will mit möglichst vielen Angestellten sprechen. Wenn ich alle vorladen muss, bin ich in drei Wochen noch dran.«

»In Ordnung. Ich hab mir den Nachmittag zwar für Bolay reserviert, aber seine Vergangenheit kann ich auch morgen unter die Lupe nehmen. Von Arburg ist im Moment wichtiger. Es gefällt mir nicht, dass der Häuptling auf ihn angewiesen ist. Ich habe das Gefühl, der Botschafter treibt irgendein Doppelspiel.«

»Geht mir genauso. Ich finde es seltsam, dass er Regina die nötigen Kontakte nicht verschaffte. Und dass er nichts unternahm, als er von Isabelle Jennys Verschwinden hörte. Dominik Tschopp will sich dazu nicht äußern. Ich habe ihn gefragt, ob das üblich sei, doch er weicht mir aus.«

»Diplomaten sind eben diplomatisch«, stellte Meyer fest. Sie schob ihr Tablett in den dafür vorgesehenen Metallkasten und stieß die Tür zum Treppenhaus auf.

An der Bar erinnerte sich niemand an Pierre-Richard von Arburg. Doch im Hotelrestaurant zeigte ein Kellner sofort auf einen Tisch, der zuhinterst in einer Nische stand. Als Fahrni den Zürichsee vor dem Bergpanorama sah, fragte er sich, ob von Arburg den Tisch der Aussicht oder der Abgeschiedenheit wegen ausgesucht hatte. Der Kellner erzählte, dass der Botschafter jeden Morgen an diesem Tisch saß und Fruchtsalat mit Müsli aß. Meistens sei er allein gewesen, einmal jedoch habe eine junge Frau mit ihm gefrühstückt. Als Fahrni nach ihrem Aussehen fragte, zögerte der Kellner. Erst als Fahrni ihm zum zweiten Mal seinen Polizeiausweis vorhielt, räusperte er sich.

»Sie war wunderschön. Lange Haare, wie …« Er suchte nach einem passenden Vergleich.

»Ahornsirup?«, fragte Fahrni aufgeregt.

»Genau! Und Augen …«

»War sie nur einmal hier?«

»Während meiner Schicht schon, aber vielleicht hat sie noch jemand gesehen. Ich kann mich erkundigen.«

»Wie haben sie sich benommen?«

»Er hat ihre Hand gehalten, aber sie …, ich weiß nicht recht. Sie wirkte abwesend. Mir fiel natürlich der Altersunterschied auf, und ich fragte mich … Sie wissen schon, ob er vielleicht dafür bezahlte.«

»Und?«

»Keine Ahnung. Aber für diese Frau hätte ich auch bezahlt!«

»Haben sie miteinander geredet?«

»Nicht viel. Ich hatte sie aber nicht die ganze Zeit im Auge. Ich musste auf das Frühstücksbuffet achten und es immer wieder auffüllen. Irgendwann waren sie dann weg.«

Fahrni bedankte sich und vereinbarte einen Termin für eine ausführliche Befragung in seinem Büro. Dann suchte er Meyer. Er fand sie in der Hotellobby, wo sie mit einem Portier sprach.

Sie hielt ihren Daumen hoch, als sie Fahrni erblickte. Nachdem sie dem Portier eine Visitenkarte in die Hand gedrückt hatte, kam sie raschen Schrittes auf Fahrni zu. »Bingo! Der Portier hat ihnen ein Taxi bestellt!«

»Mullis hat doch die Taxis abgeklärt«, warf Fahrni ein.

»Aber er hat nach Knecht gefragt, nicht nach von Arburg. Knecht und Jenny waren am 26. April hier. Der Portier hat aber am 25. April ein Taxi bestellt, er weiß es noch genau, weil sein Sohn an diesem Tag Geburtstag hat und dieser ein Grillfest veranstaltete. Deswegen behielt der Portier das Wetter im Auge. Gegen sechzehn Uhr zogen plötzlich Gewitterwolken auf. Genau dann wollten von Arburg und Jenny aufbrechen. Als sie die Wolken bemerkten, bestellten sie ein Taxi.« Meyer machte eine Pause. »Und ich kann mir vorstellen, wohin sie gefahren sind.«

»Uitikon?«

»Barbara Jenny hat doch gesagt, dass Isabelle am 25. April plötzlich vor der Tür stand.«

»Aber von Arburg hat sie nicht erwähnt.«

»Dann stieg er woanders aus, oder sie lügt.«

Meyer zog ihr Handy hervor und rief die Taxigesellschaft an. Fahrni erkundigte sich inzwischen nach von Arburgs Zimmernummer. Er erfuhr, dass Mirjana Racic bei ihm geputzt hatte.

»Schönheit fällt auf«, erklärte Meyer. »Jeder kann sich an Isabelle erinnern. Sie fuhr nach Uitikon, von Arburg begleitete sie zwar, ließ sich dann aber zurück in die Stadt bringen.«

»Wohin?«

»Bürkliplatz«, erwiderte Meyer. »An ihn erinnert sich der Taxifahrer, weil er ihm zwanzig Franken Trinkgeld gab.«

Einen richtigen Durchbruch hatten sie zwar noch nicht erzielt, doch Fahrni war sich bewusst, dass sie einen entscheidenden Schritt vorangekommen waren. Sie hatten auf dem Weg zum Gipfel den ersten Aussichtspunkt erreicht. Summend bog er in die Tiefgarage ein, und als er Christinas Fiat sah, hob sich seine Stimmung zusätzlich. Die Melodie von Dolly Partons *Jolene* lag ihm in den Ohren, während er vor dem Lift wartete.

Aus der Küche drang der Duft von Hackbraten und Apfelkuchen. Er folgte seiner Nase und fand Christina am Herd.

Ihre Wangen waren gerötet vom Dampf, ihr blondes Haar hatte sich aus dem Gummiband gelöst. Mit einem freudigen Seufzer steuerte Fahrni auf den Kuchen zu. Christina rettete ihn und schob Fahrni zum Tisch. Dort ließ er sich auf einen Stuhl fallen und betrachtete die Kerzen in der Tischmitte. »Feiern wir etwas?«

»Ich wollte uns ein feines Abendessen kochen. Morgen und übermorgen habe ich Spätdienst ...«

»Schon wieder? Hattest du nicht gestern Spätdienst?«

Christina stellte eine Pfanne Kartoffelbrei auf den Tisch. »Dein Lieblingsessen. Soll ich noch Karotten aufwärmen? Es sind noch welche vom Wochenende im Kühlschrank.«

Fahrni lehnte dankend ab und erkundigte sich nach Aleyna.

»Es geht ihr besser. Ihre Niere hat sich erholt, Gott sei Dank! Manchmal weiß ich nicht, wie Fatima und Bülent das schaffen. Das ewige Hoffen und Bangen kann einen vollkommen auslaugen.«

»Meinst du, man gewöhnt sich irgendwann daran?«

»An ein krankes Kind? Nicht, wenn es dein eigenes ist. Man gewöhnt sich vielleicht an den Alltag und an die Einschränkungen, nicht aber an die dauernde Angst, das Kind zu verlieren.«

Fahrni legte seine Gabel hin. »Christina, ist das der Grund dafür, dass du bis jetzt keine Kinder wolltest?«

Christinas Ohrring blitzte im Kerzenlicht auf, als sie daran drehte. Plötzlich hatte Fahrni das Gefühl, diesen Moment festhalten zu müssen. Aus einem unerklärlichen Grund fürchtete er, was kommen würde.

»Tobias ...«

»Ist schon gut«, erwiderte Fahrni rasch. »Gibst du mir bitte noch ein Stück Hackbraten?«

Christina rührte sich nicht. »Hör zu, ich …«

»Ich weiß, es ist noch zu früh für ein Kind. Ich hätte das Thema nicht wieder ansprechen sollen. Heute war ich mit Bambi im Hotel National, dort haben wir erfahren …«

»Tobias!«

Fahrni zitterte.

»Ich möchte unsere Ferien absagen. Es … es tut mir leid. Ich weiß, wir haben sie schon lange geplant, aber im Moment kann ich nicht. Ich brauche etwas Zeit für mich.«

»Warum?«

»Ich muss mir darüber klar werden, was ich will.«

Christina griff nach seiner Hand. Fahrni betrachtete den schmalen Goldring, den er ihr zu Weihnachten geschenkt hatte. Dann fielen ihm ihre Fingernägel auf. Bei der Arbeit schnitt sie sie ganz kurz, jetzt aber waren sie länger als üblich. Es sah aus, als hätte sie drei oder vier Tage freigehabt.

17

Regina schob einen zähen Brocken Fleisch in den Mund und schluckte ihn ganz. Dann würgte sie die Bohnen hinunter. Sie konnte es sich nicht leisten, noch mehr abzunehmen. Nino beobachtete sie aus dem Augenwinkel. Der Teller der jungen Frau war bereits leer, sie schien zu überlegen, ob sie den Machtkampf mit Regina in eine neue Runde führen wollte. Zurzeit stand es unentschieden, wobei Nino die beiden anderen Zelleninsassinnen auf ihrer Seite wusste. Dafür konnte Regina auf die Unterstützung der Wärterin zählen.

Cavallis Zettel hatten Reginas Kampfgeist geweckt. Sie wollte nichts unversucht lassen, um hier herauszukommen. Sie machte sich nichts vor, die Zukunft mit Cavalli würde nicht einfacher sein als die Vergangenheit. Er hatte sich nicht über Nacht verändert, genauso wenig wie sie. Aber ihr war klar geworden, dass sie alles daran setzen würde, das Beste aus dem zu machen, was sie verband. Der erste Schritt war, sich in dieser Zelle Achtung zu verschaffen.

Langsam durchschaute Regina die Mechanismen des Gefängnisalltags. Hatte sie anfangs noch Solidarität unter den Frauen erwartet, war ihr nun klar, dass jede für sich allein kämpfte. Unterstützung gab es nur, wenn sich eine einen Vorteil davon versprach. Gefragt waren Härte und Gleichgültigkeit anderen gegenüber, zwei Eigenschaften, die Regina nicht besaß. Immer wieder dachte sie an Cavallis Worte, als er mit ihr im Schießstand übte: »Du musst deinen Gegner davon überzeugen, dass du ihm überlegen bist. Dass du es ernst meinst, egal wie viel Angst du hast.«

Ihre Angst zu verbergen, fiel Regina leichter, wenn sie

wütend war. Als sie beschlossen hatte, ihr Essen nicht mehr Nino zu überlassen, ließ Regina die Wut zu, die sich seit der Verhaftung in ihr aufgebaut hatte: auf die Ungerechtigkeit, die ihr widerfuhr, und auf die unbekannte Person, die dafür verantwortlich war. Wie immer hatte Nino die Hand nach Reginas Teller ausgestreckt, doch Regina war an ihr vorbeimarschiert und hatte alles ins Toilettenloch gekippt. Ninos Retourkutsche bestand darin, Reginas Bettwäsche mit Kot zu beschmieren. Einen Moment lang hatte Regina überlegt, die Bettwäsche gegen neue einzutauschen; die Wärterin hätte kaum protestiert. Doch sie wusste, dass ein Sieg nachhaltiger war, wenn sie ihn allein errang. Also riss sie das Leintuch weg und legte sich auf die schmuddelige Matratze. Am nächsten Tag wiederholte sich der Machtkampf. Diesmal tränkte Nino Reginas Matratze mit Urin, und Regina schlief auf dem Boden. Aber schon bei der nächsten Mahlzeit streckte sie die Hand nicht mehr nach Reginas Teller aus.

Den letzten Brocken Fleisch konnte Regina kaum schlucken. Sie kämpfte gegen die Übelkeit an. Wenn sie sich erbrach, wäre alles umsonst gewesen. Sie schloss die Augen und vertiefte sich in ihre Erinnerung an Isabelle. Manchmal überkam Regina das Gefühl, Isabelle selbst habe etwas mit ihrem Verschwinden zu tun. Nicht dass sie sich abgesetzt hätte, sondern dass der Schlüssel zum Rätsel in Isabelles Wesen zu finden war. Regina fragte sich, weshalb sich Isabelle nie binden wollte. Die Männer lagen ihr zu Füßen, doch sie verlor sofort wieder das Interesse an ihnen. Wer war der Mann, den sie wirklich begehrte? Gab es einen, der sie zurückwies? Oder täuschte sie ihr Interesse an Männern nur vor? Vielleicht weil sie schlechte Erfahrungen gemacht hatte? Regina spann den Faden weiter und fragte sich, ob Isabelle missbraucht worden sein könnte. Sie suchte nach Hinweisen, aber sie wusste zu wenig von Isabelle.

Regina versuchte, sich an Isabelles Vater zu erinnern. Ab und zu war Edi Jenny an Besuchsmorgen in die Schule gekommen, geblieben war Regina jedoch nur das Bild eines unscheinbaren, rundlichen Mannes mit zu großer Nase und Haaren in den Ohren. Isabelles Mutter war Regina vertrauter. Genau wie bei Isabelle war alles an ihr lang, aber im Gegensatz zu ihrer Tochter konnte Barbara Jenny nicht als Schönheit bezeichnet werden, bestenfalls als entschlossen. Regina konnte sich nicht vorstellen, dass sie einen Missbrauch vertuschen würde, wenn sie davon wüsste.

Regina war so in Gedanken versunken, dass sie gar nicht merkte, wie die Zellentür aufschwang. Die Wärterin winkte Regina heraus. Freudig sprang Regina auf, denn Cavallis Botschaften bildeten ihre täglichen Höhepunkte. Die Wärterin reichte ihr jedoch keinen Zettel, sondern zeigte den Korridor hinunter. Regina schlug erstaunt den vertrauten Weg ein. Hatte es von Arburg schon wieder geschafft, sie zu besuchen? Tatsächlich wurde Regina wieder zur Dusche gebracht und dann in den gleichen Raum geführt, in dem sie von Arburg die letzten beiden Male getroffen hatte.

Gleich als Erstes bat ihn Regina um Zigaretten. Von Arburg zeigte sich nicht erstaunt über ihr unhöfliches Verhalten. Er reichte ihr einen Sack, ohne zu fragen, wozu sie die Sachen brauchte. »Zwei Stangen. Dann wie bestellt Parfüm, Hautcreme und Cognac. Französischen, armenischer ist hier unbeliebt.«

»Hatten Sie keine Probleme, Zigaretten und Alkohol durch die Kontrollen zu schleusen?«

»Das ließ sich regeln.«

»Haben Sie Cavalli besucht?«

Von Arburgs Blick trübte sich. Erst jetzt bemerkte Regina, wie schlecht er aussah. Seine Ruhe war in Schwermut übergangen, die ihn wie eine Decke einhüllte. Er schüttelte den Kopf, erklärte, dass er Cavallis Medikamente jedoch abgegeben habe. Auf die Frage, ob er mit Reginas Informationen etwas anfangen konnte, holte er aus einem weiteren Sack ein Glas hervor und füllte es mit frischem Fruchtsaft. Nachdem er es Regina hingestellt hatte, erzählte er, dass er die Identität des Handybesitzers in Erfahrung gebracht habe. Mit einem Seitenblick zum Polizisten, der sie beobachtete, buchstabierte er den Namen. G-L-O-N-T-I sei ein Berufsverbrecher, der früher bei den Paramilitärs aktiv gewesen sei. Wenn sich die Ereignisse so zugetragen hätten, wie Cavalli sie schildere, sei es unmöglich, dass sich seine Fingerabdrücke auf dem Handy befänden. Die Polizei glaube die Geschichte mit dem Handy zwar nicht, doch ohne Tatwaffe komme sie nicht weiter.

Entsetzt hörte Regina zu. Wenn die Polizei Beweise für ihre Unschuld verlangte, würden sie noch lange festgehalten.

Von Arburg legte seine Hand kurz auf Reginas Arm. »Dieser Berufsverbrecher hatte den Auftrag, den Hotelier zu töten. Ich versuche herauszufinden, wer dahintersteckt.«

»Wie?«

»Lassen Sie das mein Problem sein.«

»Ich weiß nicht, wie ich Ihnen danken soll.«

»Konzentrieren wir uns auf unsere Aufgabe. Haben Sie weitere Nachrichten von Herrn Cavalli erhalten?«

»Er schreibt, es gehe ihm gut. Der Alltag sei etwas eintönig, dafür bekomme er täglich Bohnen, ohne einen Finger … rühren zu müssen. Entschuldigen Sie. Ich … manchmal ist einfach alles zu viel.« Regina holte tief Luft. »Er schreibt, es müsse ein Einheimischer involviert sein, jemand, der sich in den Bergen auskenne. Vermutlich wusste er von dieser Hütte und hat mich deshalb den Berg hochgejagt. Lewan Kupatadze würde ich das zutrauen. Habe ich Ihnen erzählt, dass Cavalli mein Handy auf einem Stein gefunden hat? Jemand hatte es so hingelegt, dass er es bemerken musste.«

»Das passt nicht zu einem Mörder.«

»Nein. Aber vielleicht wollte man Bol…«, sie schielte zum Polizisten, »ich meine, den Hotelier, nicht töten, sondern bloß erschrecken, wie mich.«

»Interessanter Gedanke. Ich habe mir die Projektunterlagen von Teamwork angesehen und vermute, dass tatsächlich etwas mit den Krediten an die Bauern nicht so lief, wie es sollte.«

»Die Bank in Aspindsa?«

»Richtig. Ich habe Lili Tsagareschwili darauf angesprochen, und sie geht dem nach. Vielleicht wollte Lewan Kupatadze verhindern, dass Sie mehr darüber erfahren.«

»Und versucht uns deshalb einen Mord in die Schuhe zu schieben?«

»Ich weiß es nicht. Die Vorfälle müssen nicht miteinander zusammenhängen. Hat Ihnen Herr Cavalli sonst noch etwas Wichtiges mitgeteilt?«

»Er wiederholte, er habe seine Fingerabdrücke vom Handy gewischt und es zurückgelegt. Wurde der Hotelier schon einvernommen? In Zürich? Hat er Feinde?«

»Er ist noch nicht ansprechbar, aber er wird durchkommen, Gott sei Dank! Ihr Anwalt wird nach Zürich reisen, sobald Frank Bolays Zustand eine Einvernahme zulässt. Eine Kollegin leitetet die Untersuchung in Zürich, Frau Hanisch.«

Ausgerechnet Hanisch, die Cavalli liebend gerne für den Rest seines Lebens hinter Gittern sähe. Regina wusste nicht, was zwischen den beiden vorgefallen war, doch in dieser Situation von Hanisch abhängig zu sein, war, wie auf einer Luftmatratze dem Rheinfall zuzutreiben.

»Haben Sie Kontakte zur Polizei?«

Von Arburg schenkte Regina Saft nach. »Machen Sie sich keine Sorgen.«

»Keine Sorgen? Ich sitze wegen Verdachts auf versuchten Mord im Gefängnis eines Schurkenstaa...«

»Frau Flint«, versuchte von Arburg sie zu beruhigen, »Georgien ist ein Rechtsstaat und ...«

»Die Polizei hat keine Beweise! Das sind alles Indizien! Wie lange darf ich überhaupt festgehalten werden?«

Der Polizist an der Tür zog sein Funkgerät hervor, als er die Aufregung in Reginas Stimme vernahm.

»Frau Flint, beruhigen Sie sich. Ich lasse nicht zu, dass...«

Regina sprang auf, so dass der Stuhl hinter ihr zu Boden kippte. Sie hörte, wie der Polizist etwas ins Funkgerät bellte, dann ging die Tür auf, und ein zweiter Polizist eilte in den Raum. Er packte Reginas Arm und legte ihr Handschellen an. Bevor sie einen Ton über die Lippen brachte, wurde sie abgeführt.

Es kamen keine Nachrichten von Regina. Das erschütterte Cavalli mehr als die zunehmende Härte des Verhörleiters. Stundenlang zerbrach er sich den Kopf darüber, ob ihr etwas zugestoßen oder ob sie freigelassen worden sei. Er versuchte sich auszurechnen, wann er ihre letzte Botschaft erhalten hatte. Vor einem Tag? Zwei? Oder noch mehr? Sein Verlangen nach Flüssigkeit verwandelte die Minuten in Stunden und die Stunden in Tage. Wenn er einnickte, träumte er von Flüssen und Seen. Er stand am Wasserhahn, den Mund ans Metall gepresst, und fing mit der Zunge die Tropfen auf. Dann erwachte er und merkte, dass der metallische Geschmack vom Blut seiner aufgesprungenen Lippen stammte.

Warum er auf einen Landsmann geschossen habe, wurde er immer und immer wieder gefragt. Was er in Chertwisi gemacht habe. Er verweigerte nach wie vor jede Aussage. Auch der Wasserkrug auf dem Tisch des Verhörleiters stimmte ihn nicht um. Wenn man ihn verdursten ließ, dann war die ganze Befragung nur eine Alibiübung, tröstete er sich. Dann hätte man ihn bereits für schuldig erklärt und würde nicht auf seine Aussage hören. Wenn aber Zweifel an seiner Schuld bestünden, bekäme er bald Wasser.

Die Zellentür öffnete sich, und ein Lichtkegel fiel in die Zelle. Cavalli kannte die beiden Polizisten inzwischen, die ihn täglich zum Verhörzimmer führten. Sie wussten nicht, was sie von ihm halten und ob sie ihn als Berufskollegen oder Verräter behandeln sollten. Er spürte ihre Unsicherheit, wenn sie ihn durch den unterirdischen Korridor geleiteten. Erst unter den aufmerksamen Augen des Verhörleiters änderte sich ihre Haltung, als schalteten sie ihre eigenen Gedanken aus.

Cavalli wurde zu einem Stuhl geführt und hörte das vertraute Einrasten der Handschellen hinter sich. Doch dann sah er den Blick, den die Polizisten untereinander austauschten, bevor sie aufgefordert wurden, den Raum zu verlassen, und er wusste, dass der Verhörleiter beschlossen hatte, härter vorzugehen. Er versuchte, seine trockenen Lippen zu benetzen, doch er konnte seine geschwollene Zunge kaum bewegen. Gott sei Dank war Chris in Lugano, dachte er plötzlich. Gabriele würde ihm die Struktur geben, die er brauchte. Obwohl er seinen Bruder nicht mochte, vertraute er darauf, dass Chris bei ihm gut aufgehoben war. Aber wer würde Regina helfen?

Wo war sie jetzt? Saß sie ebenfalls in einem fensterlosen Raum und wurde gezwungen, sich Fragen anzuhören, die keinen Sinn ergaben? Das Gefühl von Ohnmacht drohte Cavalli zu überwältigen.

Der Verhörleiter stand auf und kam mit dem Wasserkrug auf ihn zu. Er schien zu merken, dass Cavalli verwundbar war, führte es jedoch auf seinen Durst zurück. Langsam nahm er einen Schluck Wasser direkt aus dem Krug, dann stellte er sich hinter Cavalli und ließ das Wasser über seinen Rücken tropfen. Cavalli schloss die Augen und verdrängte seine Gedanken. Er konnte es sich nicht leisten, jetzt schwach zu werden. Gewaltsam blendete er die Stimmen um sich herum aus und tauchte ab in eine Welt, die nicht auf dem Kopf stand.

Der Kugelschreiber schwebte über dem Dokument, doch von Arburgs Hand zitterte so stark, dass er nicht unterschreiben konnte. Er legte den Stift hin und blickte in die grauen Augen des glatzköpfigen Mannes gegenüber. Links und rechts des ledernen Bürostuhls standen zwei muskelbepackte Expolizisten.

Er hatte keine Wahl. Es ging nur noch darum, sich für das kleinere Übel zu entscheiden. Doch wer hatte die Waage geeicht? Wer sagte ihm, ob seine Entscheidung richtig sei? Plötzlich sah er Isabelle vor sich, so klar, als säße sie gegenüber. Sie schenkte ihm ihr breites, ansteckendes Lachen, ihre Augen funkelten warm und voller Humor. Mit langen Fingern knöpfte sie ihr Kopftuch auf und schüttelte ihr Haar aus, so dass es kaskadenartig über ihren Rücken floss. Sie war zum Greifen nah, doch als von Arburg seine Hand hob, verwandelte sich Isabelles Gesicht plötzlich, und er sah Regina Flint. Blaue Augen, nicht braune, die voller Angst zurückblickten, als sie in Handschellen abgeführt wurde. Die Schulterblätter so spitz, dass sie sich sogar durch den viel zu weiten Overall abzeichneten.

Rasch nahm er den Stift in die Hand und setzte seine Unterschrift auf das Dokument. Er schob es über den Tisch und sah sein Gegenüber erwartungsvoll an. Der Mann drückte auf einen Knopf unter seinem Schreibtisch, kurz darauf betrat ein Sekretär den Raum und brachte ein braunes Paket, das er seinem Chef reichte. Ohne die stählernen Augen von Pierre-Richard von Arburg abzuwenden, schob der Glatzköpfige das Paket über die Tischplatte. Von Arburg nahm es widerwillig und dankbar zugleich entgegen. Sein Herz schlug ihm bis zum Hals, als er mit zwei Fingern einen Plastiksack aus der Kartonschachtel nahm und die Jericho darin erkannte. Dann sah er sich die Fotos an. Erst als er jedes einzelne Bild betrachtet hatte, nickte er und stand auf.

18

Meyer knallte einen Ordner auf Thalmanns Schreibtisch. »Vom Dienst suspendieren? Hast du den Bericht gelesen? Das ist der Durchbruch, auf den wir gewartet haben! Von Arburg lügt! Er kennt Isabelle Jenny! Er treibt ein Doppelspiel, vermutlich sitzen Cavalli und Flint sogar seinetwegen in der Kiste. Und du willst den Häuptling vom Dienst suspendieren?«

»Jasmin! Ich habe dich nicht herbestellt, um über Bruno Cavalli zu reden, sondern um dich zu fragen, wie wir personell dastehen. Habt ihr genug Leute zur Verfügung? Wie sieht es mit Ferienabwesenheiten aus? Setz dich!«

Meyer blieb mit verschränkten Armen stehen. Ein Muskel unter Thalmanns Auge zuckte.

»Meyer! Das ist ein Befehl!«

Widerwillig gehorchte sie.

»Ich wiederho…«

»Ja, es gibt Ferienabwesenheiten. Fahrni ist ab Montag drei Wochen weg. Es wäre gut, wenn wir Mullis weiter einsetzen könnten.«

»Fahrni hat ein Gesuch gestellt, seine Ferien zu verschieben. Ist sonst niemand abwesend?«

»Pilecki natürlich. Und irgendwann ich, wenn du Cavalli tatsächlich suspendierst.« Meyer biss sich auf die Unterlippe, doch es war zu spät, sie konnte die Worte nicht mehr zurücknehmen.

Thalmann betrachtete sie ruhig. »Drohst du mir?«

»Entschuldigung.«

»Du kannst gehen.«

Meyer verließ das Büro, ohne sich zu verabschieden. Sie marschierte direkt in ihr Büro und holte ihre Sportsachen hervor. Dann stapfte sie die Treppen hinunter ins Untergeschoss, wo sich der Kraftraum befand. Als sie die Tür aufstieß, schlug ihr das vertraute Geräusch von Metall auf Metall entgegen. Offenbar war sie nicht die Einzige, die mitten am Nachmittag trainierte. Sie zog sich rasch um und ging auf den Rückenstrecker zu. Im Raum wurde es still. Als sie um die Ecke schaute, dorthin, wo sich die Hanteln befanden, erblickte sie eine Gestalt, die sich duckte.

»Tobias?«

Fahrni hob ertappt den Kopf. »Ich bin sogleich fertig ...«

Meyer fiel sein frisch gebügeltes T-Shirt auf. »Du hast noch gar nicht begonnen.«

»Ich wollte mich bloß umsehen.«

»Soll ich dir die Geräte erklären?«

Obwohl Fahrni ablehnte, holte Meyer zwei Gewichtsscheiben und befestigte sie an der Metallstange. Während sie den Bewegungsablauf demonstrierte, fragte sie, ob er tatsächlich seine Ferien verschiebe. Fahrni ließ die Stange sinken, bis sie auf seiner Brust zu liegen kam, und nickte. Auf ihr Warum drehte er den Kopf weg.

»Habt ihr Schluss gemacht?«, fragte Meyer.

»Nicht direkt. Sie braucht Zeit.«

»Wofür?«

»Für sich.«

»Willst du sie mit einem Sixpack zurückgewinnen?« Als er nicht antwortete, boxte sie ihn in den Bauch. »Du sitzt am falschen Gerät. Komm mit.«

»Meinst du, es bringt etwas?«

Meyer musterte ihn. »Deinem Bauch schon. Aber ob sich

Christina von Muskeln umstimmen lässt, bezweifle ich. Wer ist der Andere?«

»Einen Anderen hat sie nicht erwähnt!« Fahrni rieb sich den Bauch und dachte an die letzten Wochen zurück. Hatte Christina jemand anderen kennengelernt? War sie deshalb so oft weg? Warum behauptete sie dann, sie brauche Zeit für sich?

Meyer beobachtete seinen Gesichtsausdruck, der sich mit jedem Gedanken änderte. Als sie Fahrni kennengelernt hatte, hielt sie seine Naivität für gespielt. Doch mit der Zeit merkte sie, dass er tatsächlich nur das sah, was er sehen wollte.

»HP will Cavalli suspendieren«, sagte sie plötzlich.

»Was?«

»Nicht HP selbst, du weißt, wie das läuft.«

»Warum?«

Meyer lachte bitter. »Ein Sachbearbeiter des KV, der wegen versuchten Mordes verhaftet wird? Das schadet dem Image der Polizei!«

»Aber er ist unschuldig!«

»Das ist noch nicht bewiesen.«

»Was ist mit Regina?«

»Keine Ahnung. Ich nehme nicht an, dass die Staatsanwaltschaft anders funktioniert.«

Plötzlich erinnerte sich Fahrni an Sutters Anruf.

Sutter presste die Arme an die Seite und schob sein Kinn vor.

»Tut mir leid, ich habe deinen Anruf vergessen«, erklärte Fahrni. »Hat sich die Sache in der Zwischenzeit erledigt?«

»Hab ich die Arbeit umsonst gemacht?«

»Welche Arbeit?«

»Du hast mich beauftragt, Informationen über Frank Bolay einzuholen!«

»Hast du etwas herausgefunden?«

Sutters Gesichtszüge entspannten sich. Er lehnte sich zurück und kaute auf einem Bleistift herum. Dann erzählte er, dass eine Pressekonferenz anberaumt worden war. »Regina und Cavalli werden fliegen. Morgen wirst du überall über die Verhaftung in Georgien lesen können. Landolt sitzt gerade mit dem Leitenden Oberstaatsanwalt und dem Kripochef zusammen.«

Fahrni schüttelte den Kopf. Sowohl Cavalli als auch Regina hatten sich jahrelang überdurchschnittlich eingesetzt, nun war das Image von Polizei und Justiz wichtiger als ihr Schicksal. Sutter stand auf und holte eine dicke Mappe. Sie setzten sich an den Besprechungstisch in Reginas Büro, wo Sutter die Unterlagen ausbreitete. Fahrnis Blick streifte Reginas Schreibtisch. An ihrem Computermonitor klebte ein A, das Fahrni an den Schriftzug der Türschilder in der ehemaligen Bezirksanwaltschaft erinnerte. Er fragte sich, warum Regina einen Buchstaben mitgenommen hatte, als sie die Stelle wechselte.

»Hörst du überhaupt zu?«, fragte Sutter.

»Was? Ja, Bolay …«

Sutter fuhr fort: »Dieser Kollege von der Hotelfachschule wohnte während der Ausbildung in der gleichen Pension wie Bolay, weil er wie Bolay nicht aus Lausanne kam. Gary Bloom ist Engländer, Bolays Mutter lebte damals im Libanon.«

»Eine Libanesin?«, fragte Fahrni.

Sutter grübelte. »Ich bin davon ausgegangen, dass sie wegen ihres Mannes dort war. Er ist Botschafter.«

»Botschafter?« Fahrni richtete sich auf. »Wie heißt er?«

»Von … von etwas.« Sutter blätterte im Papierstapel. »Von Arburg. Pierre-Richard von Arburg.«

Sie hatten Hanisch nicht ins Büro kommen hören. Verärgert

deponierte die Staatsanwältin eine Akte vor Sutter. »Nennst du das Aktenführung? Wie oft muss ich dir erklären, dass die Verhöre unter Actorum 5 einzeln aufzuführen sind! Es ist wie zählen, Kevin, du kannst doch bis zehn zählen?«

»Von Arburg ist sein Vater?«, fragte Fahrni.

»Stiefvater«, präzisierte Sutter. »Bolays Vater starb, als er acht Jahre alt war. Zwei Jahre später heiratete seine Mutter den Diplomaten. Was ist mit ihm?«

»Von Arburg ist mit Bolay verwandt?«, fragte Hanisch. »Ich will wissen, was hier vorgeht!«

Fahrni erklärte es ihr.

»Verdammt, wie konnte euch das entgehen? Muss ich eigentlich alles selber machen? Das ist nicht zu fassen! Ich informiere sofort die Oberstaatsanwaltschaft. Verfasst anschließend einen ausführlichen Bericht!«

Bevor Fahrni antworten konnte, klingelte sein Handy. Gurtner erzählte ihm, Pierre-Richard von Arburg besitze eine PC-12. Ein eigenes Flugzeug, dachte Fahrni benommen. Das erklärte vieles.

19

Schlotternd kam Cavalli zu sich. Die nassen Kleider klebten ihm am Leib, zugleich fühlte er sich ausgetrocknet. Er wunderte sich, dass sein Körper noch fähig war, so viel Schweiß abzusondern. Warum fror er aber, wenn er dermaßen schwitzte?, fragte er sich plötzlich. Und warum war es so ruhig? Er hörte weder die raue Stimme des Verhörleiters noch den Bass des Dolmetschers. Vorsichtig versuchte er sich zu bewegen. Offenbar waren die Handschellen entfernt worden, denn seine Arme lagen parallel zu seinem Körper. Trotzdem schaffte er es nicht, sie anzuheben, sie fühlten sich an wie Sandsäcke. Er öffnete die Augen einen Spalt weit, sah aber nicht mehr als zuvor. Als er den Kopf etwas zur Seite drehte, spürte er seinen eigenen Atem. Allem Anschein nach lag er neben einer Wand. Befand er sich wieder in seiner Zelle? Er drehte den Kopf weiter. Der Geruch von nassem Hund stieg ihm in die Nase. Er spürte eine Wolldecke unter sich.

Langsam gewöhnten sich seine Augen an die Dunkelheit, und er erkannte den Lüftungsschacht oben in der Ecke. Er versuchte, sich daran zu erinnern, wie er zurück in die Zelle gelangt war, doch die Bilder waren nicht greifbar. Erneut spannte er die Muskeln in seinen Armen an, doch sie bewegten sich nicht. Langsam drehte er seinen Kopf auf die andere Seite. Jede Bewegung löste ein Hämmern in seinem Schädel aus. Neben seiner Pritsche glitzerte etwas Helles. Er blinzelte, und der helle Fleck verwandelte sich in verschiedene kleinere Flecken. Auch auf dieser Seite roch er nassen Hund. Wo es feucht roch, musste Wasser sein, dachte er, auch wenn es nur sein eigener Schweiß war. Die Vorstellung, seine Zunge zu benetzen, versetzte ihm einen Energieschub. Plötzlich kam seine Hand auf ihn zu, doch bevor er die Bewegung kontrollieren konnte, fiel sie ihm aufs Gesicht. Nasser Stoff bedeckte seinen Mund. Gierig sog er daran, die Feuchtigkeit war nicht salzig wie Schweiß, sondern schmeckte nach gewöhnlichem Wasser. Als er keinen Tropfen mehr aus dem Stoff brachte, suchte er eine neue Stelle. Bald merkte er, dass seine Kleidung durchtränkt war. Er hörte nicht auf zu saugen. Langsam kehrten seine Erinnerungen zurück. Er sah den Wasserkrug auf dem Tisch des Verhörleiters, spürte, wie ihm das Wasser über den Kopf geflossen war. Vergeblich hatte er versucht, mit der Zunge an die Feuchtigkeit heranzukommen. Der Verhörleiter hatte den Wasserkrug so ausgeleert, dass kein Tropfen über Cavallis Gesicht geronnen war.

Je mehr Flüssigkeit Cavalli zu sich nahm, desto besser fühlte er sich. Bald konnte er sich auf die Seite drehen, wo es ihm gelang, seinen Overall aufzuknöpfen. In mühsamen Schritten schälte er sich aus der nassen Kleidung. Nun wrang er den Stoff mit beiden Händen aus, direkt über seinem Mund. Noch selten hatte ihm etwas so gut geschmeckt. Sein Blick fiel auf die hellen Flecken am Boden, und er streckte den Arm aus. Seine Finger berührten etwas, das sich wie Karton anfühlte. Nach mehreren Versuchen gelang es ihm, die Schachtel zu greifen. Mit Erstaunen erkannte er seine Medikamente.

Hatte er während der Befragung geredet? Erhielt er deshalb seine Medikamente zurück? Er konnte sich nicht daran erinnern, sein Schweigen gebrochen zu haben, aber das hieß vermutlich nichts. Vielleicht war er gar nicht bei Bewusstsein gewesen, als er sprach. Die Vorstellung, unkontrolliert etwas Belastendes preisgegeben zu haben, erfüllte ihn mit Angst. Die Erleichterung, die er kurz zuvor empfunden hatte, verflog im

Nu, und er begann erneut zu schlottern. Plötzlich erinnerte er sich, wie Regina vor vielen Jahren nach dem Skifahren ihre gefrorene Nase warm geföhnt hatte, und er begann zu lachen. Jetzt passiert es, dachte er, ich werde verrückt.

Idiot, beschimpfte er sich, beweg dich, wenn du frierst. Er stieß sich mit den Beinen von der Pritsche ab und setzte sich auf. Nur an den nächsten Schritt denken, der Rest ergibt sich von alleine. Prioritäten setzen. Das Wichtigste war, an die Antibiotika heranzukommen. Sein Arzt hatte sie ihm für Notfälle mitgegeben, weil er sich nicht sicher war, ob sie in Georgien erhältlich waren. Cavalli hatte sie in seinen Koffer geschoben und vergessen, doch nun lagen sie vor ihm.

Kniend öffnete er die Packung und versuchte, eine Kapsel herauszudrücken. Endlich gab die Folie nach, doch Cavalli war zu langsam. Er hörte, wie die Kapsel zu Boden fiel und wegrollte. Mit gespreizten Fingern tastete er über den Boden; plötzlich stieß er gegen etwas Hartes. Er fuhr einen glatten Rand entlang und erkannte einen Teller. Er ließ seine rechte Hand auf dem Tellerrand und tastete mit der linken weiter, bis er die Kapsel gefunden hatte. Rasch schob er sie in den Mund, dann hob er den Teller auf und kroch damit zur Pritsche zurück. Ganz schwach nahm er den Geruch von gesalzener Hirse wahr. Er steckte seinen Finger in den Brei und spürte, wie sich etwas bewegte. Eine Kakerlake lief seine Hand empor, und er schüttelte sie ab. Bevor er es sich anders überlegte, schaufelte er den Brei in den Mund. Dabei dachte er an Christopher, der im August eine Lehre als Koch beginnen wollte. Chris hatte ihm mit leuchtenden Augen Gruselgeschichten von Küchen erzählt, welche die Hygienevorschriften nicht einhielten. Der Gedanke an seinen Sohn versetzte Cavalli einen Stich. Er hatte ihn von einer anderen Seite kennengelernt, seit er bei ihm wohnte. Ihre Beziehung hatte sich verändert, erstmals schöpfte Cavalli Hoffnung, dass er mehr war als ein Geldgeber.

Er dachte daran, was er über Schweizer Gefangene in Entwicklungsländern gelesen hatte. Meist berichteten die Medien prominent über die Verhaftung, selten über eine Freilassung. Erneut fielen ihm Reginas Botschaften ein, die von einem Tag auf den anderen ausgeblieben waren. Wenn er nur wüsste, ob das ein gutes oder ein schlechtes Zeichen war. Vielleicht musste er endlich handeln. Erzählen, was sich in Chertwisi abgespielt hatte. Georgien war keine Bananenrepublik. Saakaschwili war es nicht egal, was der Westen von ihm hielt. Er beabsichtigte, Georgien in die EU zu führen.

Doch würde man ihn ernst nehmen? Er verstand selbst nicht, was sich zugetragen hatte, wie sollte er der Polizei glaubhaft machen, dass er nichts damit zu tun hatte? Zum wiederholten Mal ging er alle Ereignisse durch, doch seine Konzentration ließ nach, bevor er mögliche Zusammenhänge erkennen konnte. Er besann sich darauf, dass er vorgehabt hatte, nach seiner Georgienreise die Arbeit wieder aufzunehmen. Zwar nur zu fünfzig Prozent, wie vom Arzt vorgeschrieben, doch würden seine Fälle dadurch nicht weniger komplex. Was, wenn er es nicht schaffte? Wenn er Hinweise übersah oder mögliche Zusammenhänge nicht durchschaute? Die Kälte, die ihn dieses Mal durchfuhr, kam von innen. Mit beiden Händen begann er, die Beine warm zu reiben. Schon nach wenigen Minuten geriet er außer Atem. Vor seiner Zellentür vernahm Cavalli Schritte. Fieberhaft überlegte er, was er unternehmen sollte. Reden? Zuwarten? Ein Schlüssel drehte sich im Schloss, und er schaltete seine Gedanken ab.

Regina dachte an Bledar, als sich die Zellentür öffnete. Als sie den Drogendealer vor einigen Monaten in der Strafanstalt Pöschwies aufgesucht hatte, behauptete er, man habe ihm eine Falle gestellt. Die Drogen, die in seiner Wohnung gefunden worden seien, habe Oberstaatsanwalt Karl Hofer dort versteckt. Regina hatte über die absurde Anschuldigung gelacht. Nicht einen Moment hatte sie angenommen, es könne etwas Wahres an Bledars Aussage sein. Der Albaner war ein Wiederholungstäter, jede seiner Lügengeschichten war noch fantasievoller ausgefallen als die letzte. Was aber, wenn er ausnahmsweise die Wahrheit gesagt hatte? Was, wenn er unschuldig im Gefängnis saß, weil Regina nicht richtig hingehört hatte? Sie schloss einen Pakt mit einem Gott, an den sie eigentlich nicht glaubte. Wenn er dafür sorgte, dass sie aus dieser Zelle kam, würde sie den Fall untersuchen.

»Flint!«

Regina hatte die Wärterin mit den hervorstehenden Zähnen noch nie gesehen. Durfte von Arburg sie endlich wieder besuchen? Erwartungsvoll stand sie auf. Dabei packte sie ein heftiger Schwindel. Sie stützte sich an der Wand ab, bis sie wieder klar sehen konnte. Als sie der Wärterin folgen wollte, streckte Nino ihr Bein aus, doch Regina reagierte rechtzeitig und wich aus. Der bekannte Weg zur Dusche ließ Hoffnung keimen. Von Arburgs Besuche waren ein Lichtblick, nicht nur wegen der Waren, die er mitbrachte und die sie gegen Dienstleistungen eintauschte. Der Diplomat gab ihr das Gefühl, dass ihr jemand zur Seite stand und für sie kämpfte. Dafür würde sie ihm immer dankbar sein.

Während warmes Wasser auf ihr Gesicht prasselte, gab sie sich der Vorstellung hin, unter ihrer eigenen Dusche zu stehen. Ihre Alltagssorgen zu Hause kamen ihr lächerlich vor, genauso wie die kleinen Frustrationen in ihrem ehemals geregelten Leben. Sogar ihre Mutter würde sie gern sehen. Regina fragte sich zwar, welche Vorwürfe sie sich anhören müsste, falls, nein, wenn sie freikäme. Vermutlich hatte ihre Verhaftung irgendeinen Krankheitsschub bei Marlene ausgelöst. Zum ersten Mal hatte Regina deswegen keine Schuldgefühle.

Mit unverständlichen Worten forderte die Wärterin Regina auf, sich zu beeilen. Widerwillig drehte Regina den Hahn zu und griff nach dem Tuch, das bereitlag. Nachdem sie sich trockengerieben hatte, reichte ihr die Wärterin ihre Kleider. Mit klopfendem Herzen nahm Regina ihre Jeans und ihre Bluse entgegen. Es waren dieselben Kleidungsstücke, die sie bei ihrer Verhaftung getragen hatte. Sie schüttelte die Jeans aus und schlüpfte rasch hinein. Dann streifte sie sich die zerknitterte Bluse über. Obwohl sie die aufkommende Hoffnung im Keim zu ersticken versuchte, damit sie nicht enttäuscht wäre, wenn die Kleider nichts zu bedeuten hatten, zitterte sie am ganzen Leib. Sie fummelte an ihren Knöpfen herum, bis die Wärterin ungeduldig mit dem Schlagstock zu tippen begann.

Diesmal gingen sie an der Tür vorbei, hinter der von Arburg immer auf sie gewartet hatte. An einem Schalter wurde ihr ein Stift in die Hand gedrückt und ein Formular hingeschoben. Regina starrte auf die georgischen Buchstaben. Eine innere Stimme warnte sie davor, etwas zu unterschreiben, das sie nicht verstand, sie setzte dennoch ihre Unterschrift auf das Papier. Anschließend wurde sie durch eine Schleuse geführt, in einen Raum mit einer Reihe Klappstühle an der Wand. Auf einem dieser Stühle saß Pierre-Richard von Arburg, die Ellenbogen auf seine Oberschenkel gestützt, die Stirn auf seine gefalteten Hände gelegt.

Als er Schritte hörte, stand er auf. Er reichte Regina die Hand und verbeugte sich in der für ihn typischen Art. Dann ging er zur Tür und hielt sie für Regina auf. Sonnenschein strömte in den staubigen Raum und ließ ihn noch schäbiger aussehen. Ungläubig setzte Regina einen Fuß vor den anderen, erst als sie draußen war, wandte sie sich an den Botschafter. Sie fand keine Worte für ihre Erleichterung. Mit ausgestreckten Armen ging sie auf ihn zu und zog ihn an sich. Sie ließ sich nicht durch seine steife Haltung davon abhalten, ihm auch noch einen Kuss auf die Wange zu drücken. Erst dann bemerkte sie, dass er unrasiert war und Schatten unter den Augen hatte.

»Warten Sie schon lange?«, fragte Regina.

»Kommen Sie, ich habe Ihnen ein Zimmer im Marriott reserviert. Dort wartet ein französischer Arzt, der Sie mit dem Nötigsten versorgen wird.«

Regina wandte ihr Gesicht der Sonne zu und schloss die Augen. Der Kies unter ihren Füßen strahlte die Wärme zurück, und ein Luftzug trug den Duft einer unbekannten Blüte zu ihr herüber. Regina konnte kaum fassen, wie nahe beieinander die düstere, kalte Welt, die sie soeben verlassen hatte, und der georgische Sommer lagen.

»Welchen Tag haben wir?«, fragte sie.

»Donnerstag, 1. Juni.« Von Arburg zeigte auf einen Mercedes.

Regina blieb neben der Beifahrertür stehen. »Was ist mit Cavalli?«

»Ich komme zurück, sobald ich Sie ins Hotel Marriott gebracht habe.«

»Wird er auch freigelassen?«

»Gemäß meinen Informationen ja. Er ist im hinteren Trakt

des Untersuchungsgefängnisses untergebracht. Hier vorne befinden sich nur Frauen.«

Reginas Blick folgte seinem ausgestreckten Arm. Sie entdeckte einen weit größeren Bau hinter dem Gebäude, das sie soeben verlassen hatten.

»Heute?«

»Die Georgier nehmen das nicht so genau. Das kann in einer Stunde oder erst morgen sein.«

»Ich warte hier mit Ihnen!«

»Bitte, Frau Flint, steigen Sie ein. Sie haben viel durchgemacht in den letzten Wochen. Es ist wichtig, dass Sie wieder zu Kräften kommen.«

Regina stieg nicht in den Mercedes ein. Nach einigen Minuten gab von Arburg schweigend nach. Er holte eine Kühlbox aus dem Kofferraum und nahm einen Vitaminsaft hervor, den er ihr reichte. Erst als sie ihn ausgetrunken hatte, bot er ihr seinen Arm und führte sie wieder den Kiesweg entlang. Die Kühlbox nahm er mit.

Am Schalter des Männertrakts füllte er ein Formular aus und übergab dem Beamten verschiedene Papiere. Anschließend wurden sie in einen Warteraum geführt, der wie im Frauengefängnis mit Klappstühlen ausgestattet war.

»Legen Sie sich ein wenig hin«, schlug von Arburg vor. »Das kann lange dauern.« Er faltete sein Jackett zu einem Kopfkissen und schob vier Stühle zusammen.

Regina wollte protestieren, doch vor ihren Augen drehte sich alles. Vorsichtig machte sie es sich auf den Stühlen bequem. Sie wunderte sich, dass der Botschafter sie persönlich abgeholt und sogar die Wartezeit in Kauf genommen hatte. Doch sie war zu erschöpft, um sich weiter darüber Gedanken zu machen. Aus der Kühlbox holte von Arburg Aprikosen hervor, die er eine um die andere entsteinte und Regina reichte. Der süße Saft tropfte auf das Jackett, doch von Arburg ließ es nicht zu, dass sie sich aufsetzte.

»Sind wir entlastet, oder wird noch Anklage erhoben?«, murmelte Regina.

»Sie haben den Schuldigen gefunden. Sie sind frei.«

Regina schossen Tränen in die Augen. »Wer war es?«

»Schlafen Sie ein wenig. Es ist eine lange Geschichte.«

Als Regina aufwachte, war es dunkel. Verwirrt versuchte sie sich zu orientieren, dann fiel ihr Blick auf von Arburgs polierte Schuhe. Schlaftrunken fragte sie nach der Uhrzeit. Es war kurz vor Mitternacht. Sie setzte sich auf und massierte ihren Nacken. Dabei sah sie von Arburg fragend an. Er schüttelte den Kopf und holte ihr ein Sandwich hervor.

»Soll ich Sie ins Hotel bringen?«

»Nein. Haben Sie auch gegessen?«

Regina musterte ihn. Etwas an ihm war anders als sonst, abgesehen von seinen roten Augen und den Bartstoppeln. Es dauerte einen Moment, bis sie merkte, dass er seine Krawatte gelöst hatte. Sie baumelte verloren an seinem Hals.

»Wer war es?«, flüsterte Regina.

»Ich habe Ihnen bei meinem Besuch erzählt, dass das Handy, das in Herrn Cavallis Koffer gefunden worden war, einem gewissen Tamaz Glonti gehört. Erinnern Sie sich?«

»Ja, einem Paramilitär.«

»Glonti war früher Mitglied der Mchedrioni. Heute ist er ein gewöhnlicher Verbrecher, der für die lokale Mafia Aufträge ausführt. In diesem Fall war er jedoch nicht für die Mafia, sondern für einen privaten Auftraggeber im Dienst, ich glaube, das habe ich Ihnen auch erzählt. Vor drei Tagen hat die Polizei nun anonyme Fotos erhalten, die zeigen, wie Glonti Frank Bolay beobachtet. Offenbar hat er ihn schon länger im Visier gehabt. Daraufhin hat die Polizei gewisse Ereignisse überprüft, die Bolay als verdächtig gemeldet hatte. Einmal wurde zum Beispiel sein Wagen aufgebrochen. Anhand der Fotos erkannte die Polizei, dass sich Glonti zur Tatzeit dort befand. Es gibt noch einige weitere Übereinstimmungen. Kurz darauf wurde die Tatwaffe gefunden, auf der sich Glontis Fingerabdrücke befinden.«

»Wie kamen die Fotos zur Polizei?«, fragte Regina.

Von Arburg antwortete nicht.

»Hat dieser Glonti ausgesagt?«, fragte Regina.

»Tamaz Glonti wurde ... ermordet.«

»Aber wie ...« Regina verstummte, als sie Schritte hörte. Eine Tür quietschte, und eine tiefe Stimme gab auf Englisch Anweisungen, die sie nicht verstand. Dann sah sie Cavalli. Wie sie trug er die Kleider, die er am Tag seiner Verhaftung angehabt hatte. Sein T-Shirt war immer noch mit eingetrocknetem Blut verschmiert. Im Gegensatz zu ihr hatte man ihn offenbar nicht zuerst zur Dusche geführt. Sein langes Haar war filzig, und ein leichter Bart bedeckte seine Kinnpartie. Regina dachte unwillkürlich an die Fahndungsbilder pakistanischer Terroristen. Es war nicht nur der Bart, stellte sie plötzlich fest. Cavalli strahlte eine Härte aus, die sie zusammenzucken ließ. Erst als sein Blick auf Regina fiel, wurden seine Züge weich.

Von Arburg sprang auf und bot Cavalli seinen Arm als Stütze an. Cavalli ignorierte ihn und ging auf Regina zu. Jeder Schritt schien ihn anzustrengen, doch Regina war nicht in der Lage, ihm entgegenzugehen. Als Cavalli vor ihr stand, hob er die Arme, ließ sie aber gleich wieder fallen. Sein Gesicht war ausdruckslos. Behutsam legte Regina ihre Hand auf seine

Wange. Seine Haut fühlte sich trocken an wie Pergamentpapier. Stumm starrten sie einander an, beide in ihren eigenen Gedanken gefangen.

Von Arburg holte einen weiteren Saft aus seiner Kühlbox. Als er sah, wie Cavallis Hand zitterte, führte er ihm die PET-Flasche an den Mund und kassierte dafür einen verärgerten Blick.

»Gehen wir«, sagte Regina leise.

»Sind Sie sicher, dass Sie das schaffen? Der Parkplatz befindet sich etwa zweihundert Meter von hier.«

Regina ging auf die Tür zu, und Cavalli folgte ihr. Draußen schlug ihnen die mit süßen Düften geschwängerte Nachtluft entgegen. In der Ferne hörte Regina das Geräusch von Fahrzeugen auf der Schnellstraße. Auf dem dunklen Kiesweg schraubte Cavalli den Deckel seiner Saftflasche auf und führte sie mit beiden Händen an den Mund. Aus dem Augenwinkel sah Regina, wie der Saft über sein Kinn lief. So hatte sie sich das Wiedersehen nicht vorgestellt. Er war wieder genauso weit weg wie während der letzten Wochen. Aber in Sicherheit, sagte sie sich.

Regina kroch auf den Rücksitz des Mercedes. Das Leder war glatt und warm, einen größeren Gegensatz zur borstigen Wolldecke der letzten Wochen konnte sie sich nicht vorstellen. Cavalli setzte sich langsam, mit einer Hand hielt er die Saftflasche, mit der anderen klammerte er sich an den Türgriff. Als von Arburg losfuhr, rollte sich Regina zusammen, und Cavalli deutete auf seinen Oberschenkel. Dankbar bettete Regina ihren Kopf auf sein Bein, und als er daraufhin seine Hand auf ihre Schulter legte, konnte sie ihre Tränen nicht mehr zurückhalten.

»Wir sind da«, bemerkte Cavalli heiser.

Verschlafen setzte sich Regina auf. Der Schriftzug des Marriott leuchtete durchs Autofenster. Die Tür schwang auf, und von Arburg streckte ihr seine Hand entgegen. Regina ergriff sie und ließ sich hochziehen. Plötzlich waren weitere Hände da, und Regina hörte, wie von Arburg mit jemandem französisch sprach. Das nächste, was sie wahrnahm, war sanfte Musik, gedämpftes Licht und Teppich unter den Füßen. Dann ein riesiges, weiches Bett. Hände auf ihrem Körper, ein Nadelstich.

Als sie aufwachte, strömte die Sonne durch einen Spalt des schweren Vorhangs. Neben sich hörte sie tiefe Atemgeräusche. Sie wollte sich umdrehen, doch etwas hielt sie am Arm fest. Einen Moment lang blitzte Panik in ihr auf. Dann sah sie, dass ein Schlauch von ihrem Unterarm zu einem Infusionsständer führte, und ihr Herzschlag beruhigte sich wieder. Auf dem Nachttisch neben ihrem Bett hatte jemand einen Zettel ans Telefon geklebt. »Bin im Zimmer nebenan. Zwischentür ist offen. Telefonnummer 398. Pierre-Richard von Arburg.«

Regina zog am Schlauch, so dass ihr Arm mehr Spielraum hatte, und drehte sich auf die Seite. Cavalli lag auf dem Rücken, die Augen geschlossen. Er atmete nur noch oberflächlich.

»Cava?«, flüsterte sie. Sie rutschte näher an ihn heran. »Ich liebe dich.«

Seine Augenlider zuckten.

»Wie fühlst du dich?«

Er drehte sich auf die Seite und stellte sich schlafend.

»Bitte, schließ mich nicht aus.« Regina strich ihm über den Rücken. Als er immer noch nicht reagierte, schmiegte sie sich an ihn. Sie spürte, wie er unter ihrer Hand leicht zitterte.

20

Regina erkannte den Säntis unter ihnen, doch von Arburg setzte noch nicht zur Landung an. Der Kontrollturm meldete etwas Unverständliches, worauf der Botschafter auf Englisch antwortete, während er die Schalter vor sich betätigte. Als er Reginas fragenden Blick bemerkte, erklärte er, dass sie wegen der vielen Schulungsflüge noch nicht landen konnten.

Regina schloss die Augen, mit den Händen umklammerte sie eine Papiertüte, der inzwischen alles enthielt, was sie an diesem Tag gegessen hatte. Sie versuchte zu lächeln, doch von Arburg runzelte sorgenvoll die Stirn. Sie hatte ihn nur mit Mühe davon überzeugen können, sie bereits in die Schweiz zu fliegen. Er hatte darauf bestanden, dass sie sich zuerst einige Tage im Hotel ausruhten. Aber Regina wollte so rasch wie möglich nach Hause. Hätte von Arburg nicht eingelenkt, hätte sie einen Linienflug gebucht. Cavalli wäre lieber geblieben. Regina vermutete, dass die Rückreise für ihn einer Niederlage gleichkam. Er wollte wissen, was in Chertwisi vorgefallen war. Er hatte sie sogar dazu überreden wollen, noch einmal hinzufahren. Regina setzte ihren Kopf jedoch durch, und in wenigen Minuten würden sie in St. Gallen-Altenrhein landen. Der französische Arzt hatte sie notfallmäßig versorgt, genaueren medizinischen Abklärungen würden sie sich erst in Zürich unterziehen.

Reginas Blick fiel auf die vielen kleinen Punkte, die den Bodensee überzogen. Menschen, die den Samstagabend auf ihren Segelbooten, Jachten oder Motorbooten verbrachten. Die vielleicht über die vergangene Arbeitswoche diskutierten oder von ihren Kindern erzählten. Regina sehnte sich nach dieser Normalität, doch sie wusste, dass sie noch lange brauchen würde, um ihr inneres Gleichgewicht wiederzuerlangen. Seit ihrer Freilassung vor zwei Tagen wurde sie häufig aus dem Nichts heraus von Weinkrämpfen geschüttelt. Immerhin ließ sie ihre Ängste zu, dachte sie. Cavalli verbarg die seinen hinter einer Maske aus Gleichgültigkeit und Schroffheit und ließ niemanden an sich heran. Sie verstand, dass er sich damit vor weiteren Verletzungen schützte, trotzdem tat es weh. Nur einmal hatte er im Marriott seine Maske fallengelassen: als er mit Chris telefonierte. Hinter sich hörte sie ihn husten, aber sie drehte sich nicht um, aus Angst, sich erneut zu übergeben.

»HB-SFK, St. Gallen Tower, enter control zone via E, join right hand base for runway twenty-eight« , ertönte es endlich aus ihren Kopfhörern. Von Arburg setzte zu einer Rechtskurve an und meldete, dass er sich vor dem Endanflug der Piste achtundzwanzig befand. Als ihm der Tower die Landebewilligung erteilte, führte Regina die Tüte an den Mund und schloss die Augen. Erleichtert spürte sie, wie das Flugzeug aufsetzte, und erneut stieg Dankbarkeit in ihr auf. Was von Arburg für sie getan hatte, berührte sie zutiefst.

»Um diese Zeit wird kaum jemand im Zollbüro sein«, sagte er. »Wir brauchen bloß Namen und Passnummer auf ein Formular einzutragen und es einzuwerfen. Möchten Sie anschließend mit mir zum Hangar fahren oder im Restaurant Cockpit etwas Kleines essen, bis ich so weit bin?«

Seine Stimme klang höflich, doch Regina hörte die Anstrengung, die sich dahinter verbarg. Die letzten Wochen waren nicht spurlos am Botschafter vorbeigegangen. Er wirkte nervös, und Regina glaubte, ein Moment alleine käme ihm gelegen. »Wir warten im Restaurant. Haben Sie wirklich in Zürich zu tun? Wir können gut ein Taxi nehmen.«

»Nein, ich fahre Sie. Ich habe eine Reservation im Hotel National.«

Der Flughafen St. Gallen-Altenrhein war größer, als Regina erwartet hatte. Trotzdem sah der Ankunftsraum wie die Spielzeugversion eines Terminals aus. Cavalli steuerte direkt auf die Herrentoilette zu, und Regina setzte sich auf einen der Kunststoffstühle. Essen konnte sie nicht. Eine knappe Stunde später holte von Arburg sie ab. Er sah noch schlechter aus als nach der Landung. Sein Gesicht wirkte blass, seine Augenlider waren geschwollen. Regina glaubte, Tränen in seinen Augen zu sehen.

Auf der Fahrt nach Zürich kämpfte Regina selbst gegen Tränen an. Die vertrauten grünen Autobahnschilder lösten in ihr keine heimatlichen Gefühle aus. Dass alles noch gleich aussah wie vor ihrer Georgienreise, verdeutlichte ihr die schrecklichen Erlebnisse. Sie fühlte sich nicht dazugehörig und konnte sich nicht vorstellen, es jemals wieder zu sein. Cavalli schlief auf dem Rücksitz, die Distanz zwischen ihnen war größer denn je.

»Ich fahre Sie direkt ins Universitätsspital«, kündigte von Arburg kurz hinter Winterthur an.

»Ich möchte nach Hause«, flüsterte Regina.

»Sie brauchen professionelle Pflege.«

»Ich bin nur müde«, seufzte Regina. Sie wollte keine weitere Nacht an einem fremden Ort schlafen.

Doch von Arburg ließ ausnahmsweise nicht mit sich reden. Er begleitete sie zur Notfallstation und verabschiedete sich erst, als er sicher war, dass sie betreut wurden.

»Ich lasse Ihre Koffer auf die Station bringen, falls Sie etwas daraus brauchen«, bemerkte er. Dann nahm er Reginas Hand zwischen seine Hände. »Darf ich morgen nach Ihnen sehen?«

Wieder begann Regina zu weinen. Sie legte ihren Kopf an seine Schulter, bis sich von Arburg räusperte. Als sie zurücktrat, sah sie, dass er um Fassung rang.

»Dann bis morgen«, verabschiedete er sich und verschwand rasch durch die Schiebetür.

Fahrni trat von einem Bein aufs andere, unentschlossen, ob er wirklich an der Tür klopfen sollte.

»Sie kann nicht mehr als Nein sagen«, scherzte eine junge Pflegerin, die plötzlich neben ihm auftauchte.

Fahrni umschloss den Sommerblumenstrauß fester, den er wie einen Schutzschild vor der Brust hielt. Die Pflegerin klopfte kurz und stieß die Tür für ihn auf.

»Das ist nicht Ihr Ernst!«, hörte Fahrni Regina sagen. »Aber … das schlechte Essen, der Dreck … ist das nicht gefährlich?«

»Ich bin kein Spezialist«, begann der Arzt und drehte den Kopf zur Tür, als er den Luftzug spürte. »Ich werde für Sie einen Termin bei einem Kollegen arrangieren. Er wird Ihnen Genaueres sagen können. Sie haben Besuch.«

Regina drehte den Kopf in Fahrnis Richtung, schien ihn aber nicht zu erkennen. Scheu fragte er, ob er störe. Der Arzt verabschiedete sich mit einem Lächeln.

Fahrni trat ans Bett. »Regina?« Er ließ den Blumenstrauß hängen. »Ich wollte … wie geht es dir?«

»Tobias!«

»Willkommen zu Hause!«

»Ist das schön, dich zu sehen!«

»Wir hatten Angst, dass du … ich meine, wir wussten nicht, ob …« Fahrni zupfte an seinem Ohrläppchen.

»Ich lebe noch, und nach einigen Wochen Schlaf und einigen Tonnen Nahrungsmitteln werde ich wieder so gut wie neu sein, hat mir der Arzt soeben versichert.«

Fahrni holte eine Vase für die Blumen und stellte sie neben Reginas Bett. Sie tauschten Belanglosigkeiten aus, bis Regina mit der Frage herausplatzte, die sie am meisten beschäftigte: »Habe ich noch eine Stelle?«

Fahrni nickte und erzählte ihr, was geschehen war. Kurz bevor die Suspendierung offiziell wurde, berichtete die Botschaft von der Freilassung. Da Cavallis und Reginas Unschuld feststand, sahen sich sowohl die Oberstaatsanwaltschaft als auch die Kantonspolizei gezwungen, die eingeleiteten Schritte rückgängig zu machen.

Regina ließ sich vor Erleichterung ins Kissen zurückfallen. Auch wenn sie sich im Moment nicht vorstellen konnte, einen Gerichtssaal zu betreten, war sie froh, dass ihr altes Leben noch existierte.

Fahrni fragte nach Cavalli. Als Regina auswich, wechselte er das Thema und erzählte ihr von Sutters Bemühungen, ihre Pflanzen zu pflegen, und davon, dass der Protokollführer einen wichtigen Beitrag zu den Ermittlungen geleistet habe. »Willst du die Einzelheiten darüber hören? Oder ist es noch zu früh?«

Regina sah wieder an ihm vorbei.

Fahrni stand auf. »Du kannst mich jederzeit anrufen, wenn du so weit bist.«

Regina nickte und versuchte zu lächeln. Sie war froh, als Fahrni die Tür hinter sich zuzog. Kaum war sie allein, hallten die Worte des Arztes in ihr wider. Sie starrte an die Decke.

Mit wippenden Schritten spazierte Fahrni zum Lift. Regina sah zwar mitgenommen aus, doch dass sie sich für ihre Stelle interessierte, deutete er als gutes Zeichen. Plötzlich kam ihm eine Idee. Wenn er schon da war, könnte er Frank Bolay aufsuchen und mit ihm einen Termin für eine weitere Befragung vereinbaren. Während er zur chirurgischen Abteilung schritt, hielt er nach Cavalli Ausschau. Gerne hätte er ihn besucht, doch es fehlte ihm der Mut.

Frank Bolays Zustand hatte sich inzwischen stark gebessert. Er behauptete aber nach wie vor, sich an nichts zu erinnern. Vorsichtig klopfte Fahrni und stieß die Tür auf. Bolay hatte Besuch. Eine Entschuldigung lag Fahrni auf der Zunge. Er verstummte, als sich der Besucher umdrehte. Es dauerte einen Moment, bis Fahrni Cavalli erkannte. Sein Chef hatte die Haare bis auf wenige Millimeter geschnitten und mindestens fünf Kilogramm abgenommen, seit er ihn das letzte Mal gesehen hatte. Seine hohen Wangenknochen stachen deutlich hervor, die Haut darüber war fahl und rissig. Doch es war der Ausdruck in seinen Augen, der Fahrni ängstigte. Diese Härte hatte nichts mit Cavallis früherer Arroganz zu tun. Sie hatte etwas Verzweifeltes, sodass Fahrni unwillkürlich zurückwich. Bolay sah es auch, schoss es Fahrni durch den Kopf. Der Hotelier schien im Bett zusammenzusinken.

»Fahrni«, bemerkte Cavalli. »Du kommst gerade richtig. Wir unterhalten uns über die Nacht des 14. Mai. Das dürfte dich auch interessieren.«

Fahrni schlich ans Bett und setzte sich auf einen Besucherstuhl.

Bolay sah ihn flehend an. »Ich kann mich nicht daran erinnern, das habe ich Ihnen schon erzählt.«

»Dann werde ich deinem Gedächtnis auf die Sprünge helfen«, drohte Cavalli. »Es war eine kalte Nacht in einem Bergdorf namens Chertwisi. Was hattest du dort zu suchen?«

»Ich fahre öfters in die Berge. Ich … es gehört zu meinen

Aufgaben. Ich muss wissen, welche Orte ich Touristen empfehlen kann.«

»Wo hast du übernachtet?«

Bolay hob hilflos die Hände. »Ich weiß es nicht mehr.«

»Es gibt nur eine Pension in Chertwisi, und dort hatte ich ein Zimmer gemietet. Du bist mir nicht begegnet.«

»Ich kenne viele Leute …«

»Wen?«

»Ich muss … nachdenken.«

Cavalli stützte sich aufs Bett und beugte sich vor. »Tu das.«

Als Cavalli keine Anstalten machte, sich wieder zu setzen, rutschte Bolay zur Seite. Er hatte Mühe zu atmen und presste seine Hand auf die Brust. »Ich brauche Zeit.«

»Du hattest Zeit! Zwei Wochen und fünf Tage!«

Plötzlich schwankte Cavalli. Fahrni sah, wie er sich am Laken festkrallte.

»Du wusstest die ganze Zeit, dass ich nicht auf dich geschossen habe!« Cavalli senkte die Stimme. »Ich bin hundert Prozent sicher, denn ich kenne mich mit Schussverletzungen aus. Der Schütze stand vor dir. Du hattest Zeit, ihm in die Augen zu schauen, viel Zeit, denn sie steht in diesem Moment absolut still.«

Bolay drückte sich so weit wie möglich ins Kissen, doch Cavalli ging noch näher an ihn heran. Als er sich nur noch wenige Zentimeter vor dem Gesicht des Hoteliers befand, stieß er sich abrupt weg. »Ich komme wieder.«

Im Flur wandte er sich an Fahrni. »Ich will dich morgen um sieben Uhr bei mir im Büro sehen. Ich erwarte einen ausführlichen Bericht über deine Ermittlungen.«

»Du … du kommst zur Arbeit?«

»Ich bin seit dem ersten Juni fünfzig Prozent arbeitsfähig. Ich werde ab jetzt jeden Morgen im Büro sein.«

Fahrni nickte perplex.

Regina faltete ihre Jogginghose und legte sie zurück in den Koffer. Ihr Blick fiel auf den Reiseführer, den sie vor sechs Wochen voller Vorfreude gekauft hatte. Sie setzte sich damit aufs Bett und blätterte ihn durch. Als sie zu einem Foto des Schwarzen Meeres kam, seufzte sie. Vermutlich würde sie nie mehr nach Georgien fahren. Sie hatten das Land von seiner dunkelsten Seite kennengelernt, dabei hätte es so viel zu bieten.

»Planst du die nächsten Ferien?«, fragte Cavalli.

Regina drehte sich erschrocken um. Sie hatte die Tür gar nicht gehört. Unsicher versuchte sie, seinen Gesichtsausdruck zu deuten. »Kommst du mit?«

»Kommt darauf an, wohin.« Cavalli setzte sich auf den Bettrand.

Regina fuhr ihm mit der Hand über die Stoppeln auf seinem Kopf. »Ein Neuanfang?«

»Was hat der Arzt gesagt?«

Regina wickelte eine Haarsträhne um den Finger. »So weit, so gut. Ich soll viel schlafen, viel essen und trinken. Er will noch einige Tests machen, aber Krankheiten habe ich keine aufgelesen. Und du?«

»Auch nicht.«

»Hast du erzählt, dass du Blut hustest?«

»Offenbar ganz harmlos«, erwiderte Cavalli. »Manchmal bohren sich zusammenwachsende Rippen in die Lungen.«

»Dann darfst du bald nach Hause?«

»Ich habe schon gepackt.«

»Ist das nicht zu früh?«

»Du bist auch am Packen, wie ich sehe.«

»Schlafen kann ich zu Hause.«

»Das habe ich mir ebenfalls gedacht.«

Schweigen breitete sich zwischen ihnen aus. Als Regina es nicht mehr aushielt, nahm sie seine Hand und führte sie an ihren Mund. Er ließ es geschehen, erwiderte ihre Zärtlichkeit jedoch nicht.

»Cava«, flüsterte sie. »Komm bitte zurück.«

Schuldgefühle nagten an ihm. Er hätte in Chertwisi zurückhaltender sein müssen. Im Innersten hatte er gewusst, dass das Glück nicht halten konnte. Als er in Reginas bleiches Gesicht blickte, begann die Mauer, die er im Gefängnis wieder um sich errichtet hatte, fast zu bröckeln. Er stand auf und verschränkte die Arme. »Ich muss mich jetzt auf meine Arbeit konzentrieren. Der Einstieg wird nicht einfach sein.«

»Du hättest es nicht verhindern können«, sagte Regina. »Es ist nicht deine Schuld, dass wir verhaftet wurden.«

Cavalli schwieg.

»Die Erinnerung an das Wochenende mit dir in Chertwisi gab mir die Kraft, das alles zu ertragen«, sagte sie.

Cavalli wandte sich zum Fenster. »Was man nicht besitzt, kann man nicht verlieren.«

»Verlustangst ist normal. Aber wenn du deshalb keine Beziehung eingehst, hast du schon von vornherein verloren.« Als er nicht antwortete, ging sie auf ihn zu und nahm seine Hand wieder. »Bitte Cava, lass nicht zu, dass …«

»Ich will nicht darüber reden.«

»Was hat man dir im Gefängnis angetan?«

Er zog seine Hand zurück und versuchte, die Bilder zu verdrängen, die ihre Worte heraufbeschworen hatten. Sie traf ihn immer an den wundesten Stellen.

»Du kannst nicht weitermachen, als sei nichts geschehen«, sagte sie. »Es wird dich einholen. Meinst du, ich träume nicht von den Polizisten, die ...«

»Ich habe gesagt, dass ich nicht darüber reden will!« Schon die Vorstellung, dass man Regina das Gleiche angetan hatte wie ihm, ließ Übelkeit in ihm aufsteigen. »Ich muss los«, hörte er sich sagen. »Fährst du morgen zur Arbeit?«

Regina sah ihn an, als wäre er ein Fremder. Cavalli wandte sich ab und verließ rasch das Zimmer.

21

Cavalli stand vor der Tafel in der Kripoleitstelle und starrte auf Meyers Notizen. Sie hatte alle Daten des Falles so geordnet, wie er es zu tun pflegte. Sie benutzte dazu sogar dieselben Farben wie er: Mit blauem Filzstift hatte sie Zeugenbeobachtungen notiert, Daten zu den Opfern leuchteten rot und kriminaltechnische Ergebnisse grün. Nur Schwarz, die Farbe des Täters, tauchte nirgends auf. Dafür viele Fragezeichen.

Er legte den Kopf schräg und versuchte zu begreifen, was mit den Bemerkungen gemeint war. Wer war Mirjana Racic? Und warum führte eine Linie von ihrem Namen zu jenem von Pierre-Richard von Arburg? Und vom Diplomaten zu Frank Bolay? Cavalli trat einen Schritt zurück, doch er konnte sich kein Bild machen. Lag es an Meyers Logik, oder war er nicht in der Lage, den Sinn der Darstellung zu begreifen? Kalter Schweiß bildete sich unter seinen Armen, und er stützte sich am Besprechungstisch auf. Es war noch niemand da, er könnte wieder gehen, ohne dass man sein Kommen bemerkt hätte.

»Häuptling?« Meyers Stimme klang ungläubig.

Cavalli drehte sich um. Als er sah, wie sich ihre Augen vor Mitleid weiteten, straffte er die Schultern. »Wer ist Mirjana Racic?«

»Ein AGT, der uns Rätsel aufgibt.« Meyer stellte einen Becher Kaffee auf den Tisch. »Fahrni hat gesagt, dass du ihn zu dir ins Büro bestellt hast, aber …«

Fahrni!, schoss es Cavalli durch den Kopf. Er hatte die Verabredung vergessen. Verstohlen blickte er auf die Uhr.

»Wir treffen uns in zwanzig Minuten zu einer ausführlichen Sachbearbeiterkonferenz«, erläuterte Meyer. »Karan und Gurtner arbeiten auch am Fall, und Mullis vom Kriminaldienst wurde uns zur Unterstützung zugeteilt. Außerdem kommen noch Sachbearbeiter des WD, der KTA sowie Hug und Hanisch.«

Cavalli fühlte sich einer Sachbearbeiterkonferenz nicht gewachsen. Wenn ihn schon die Darstellung an der Tafel überforderte, wie sollte er den Ausführungen mehrerer Spezialisten folgen? Trotzdem sagte er zu. In seinem Büro wartete Fahrni auf ihn, den er mit einer kurzen Handbewegung entließ. Cavalli schloss die Tür. Das Klicken erinnerte ihn an seine Zellentüre, und er musste sich zwingen, die Tür nicht sofort wieder aufzureißen. Er setzte sich an seinen Schreibtisch, der mit einer feinen Staubschicht bedeckt war. Saß Regina auch im Büro? Oder würde sie noch einige Tage zu Hause bleiben? Er hatte in seiner eigenen Wohnung in Witikon übernachtet, obwohl sich seine Sachen größtenteils bei Regina in Gockhausen befanden. Christopher war aus Lugano zurückgekehrt; zum ersten Mal seit Langem hatte Cavalli ihn in die Arme geschlossen, und Christopher hatte seine Freude erwidert. Der Junge war während der letzten Wochen mindestens zwei Zentimeter gewachsen und überragte Cavalli nun deutlich.

Ein Klopfen riss Cavalli aus den Gedanken, und er merkte, dass er Figuren in den Staub gezeichnet hatte. Rasch verwischte er sie mit seinem Ärmel.

Auf sein »Ja?« hin öffnete Meyer die Tür einen Spalt. »Wir legen los. Bist du so weit?«

Cavalli folgte ihr in die Kripoleitstelle. Elf Augenpaare starrten ihn an.

»Welch eine Überraschung«, bemerkte Hanisch.

Cavalli setzte sich auf seinen angestammten Platz und suchte nach einer sarkastischen Antwort. Es fiel ihm keine ein.

Hug reichte ihm über den Tisch hinweg die Hand. »Wir sind froh, dass die ganze Sache so ... glimpflich abgelaufen ist.«

Cavalli nickte. Die Bewegung löste ein Hämmern in seinem Kopf aus.

»Kommen wir zur Sache«, eröffnete Meyer die Besprechung. »Die wichtigste Frage ist: Haben wir überhaupt einen Fall? Dass Knecht Suizid begangen hat, ist inzwischen unbestritten, auch wenn wir nicht wissen, warum. Racics Tod ist zwar außergewöhnlich, doch die Laboruntersuchungen haben keine Hinweise auf Fremdeinwirkung ans Licht gebracht, oder?«

»Nein«, antwortete ein Kriminaltechniker. »Wir haben alles überprüft und sind genauso weit wie am Anfang.«

»Dann bleibt noch Isabelle Jenny. Ihr Verschwinden ist mehr als verdächtig, aber ihre Spur verliert sich in Georgien, nicht in Zürich. Damit ist das Sache der georgischen Polizei.«

Hanisch stimmte zu. »Knechts Verfahren wird eingestellt, sobald wir den Schlussbericht der Gerichtsmedizin erhalten. Das ist nur noch Formsache. Für Racic ist die allgemeine Staatsanwaltschaft zuständig. So wie ich den Ochs einschätze, wird er auch dieses Verfahren einstellen. Und dass wir uns so intensiv mit Jenny beschäftigt haben, lag einzig daran, dass wir vermuteten, Regina Flints Festnahme habe mit Jennys Verschwinden zu tun. Da Regina aber wieder da ist – und Cavalli auch –«, fügte Hanisch hinzu, »müssen wir die Ermittlungen den Georgiern überlassen. Wir werden sie natürlich unterstützen, doch nur auf ein Rechtshilfeersuchen hin.«

Die Runde schwieg, während Hanisch ihre Sachen zusammenpackte. Mit zackigen Schritten verließ sie die Kripoleitstelle.

Cavalli holte sie vor dem Lift ein und sprach sie darauf an, dass sie Bolay im Spital verhört hatte. »Dazu hattest du ohne meinen Anwalt kein Recht.«

»Das war kein Verhör. Ich habe ihn inoffiziell besucht.«

»Ich will die Gesprächsprotokolle sehen.«

Sie drückte ungeduldig auf den Liftknopf.

»Ich hab gesagt …«, begann Cavalli.

»Ich pflege Krankenbesuche nicht zu protokollieren.«

»Hat mich Bolays Aussage entlastet? Weiß er, wer auf ihn geschossen hat?«

Hanisch musterte ihn. »Glaubst du, ich hätte das nicht sofort der georgischen Polizei gemeldet?«

»Von Arburg und Bolay befinden sich beide in Zürich«, sagte Hug. »Die georgische Polizei ist auf unsere Kooperation angewiesen. Außerdem hat Ruedi Ochsenknecht das Verfahren im Fall Racic noch nicht eingestellt.«

»Die Verhöre macht aber die Staatsanwaltschaft«, bemerkte Meyer.

»Die Zeugenverhöre«, präzisierte Hug. »Wir reden hier von Verdächtigen. Wir wissen, dass von Arburg mehr als einmal gelogen hat.«

Cavalli stand in der Tür und versuchte den Sinn von Hugs Worten zu begreifen. Von Arburg? Fahrni brachte ihn auf den neusten Stand. Als sich Cavalli gesetzt hatte, bat ihn Hug um seine Version der Geschichte.

»Wieso ist sein Hangarplatz in St. Gallen?«, fragte Fahrni. »Hat er dort Freunde oder Familie?«

»Die Plätze sind begehrt«, informierte Gurtner. »Es war der Erste, der frei wurde, als er seine Pilatus kaufte.«

»Was hast du sonst noch über ihn herausgefunden?«, wollte Fahrni wissen.

»Ich will zuerst Cavallis Geschichte hören«, sagte Hug.

Cavalli fasste so knapp wie möglich zusammen, was geschehen war. Als er zur Verhaftung kam, begann er wieder zu schwitzen. Die Kripoleitstelle verschwamm vor seinen Augen, und ein saurer Duft stieg ihm in die Nase. Roch er so?

»Und du hast das Handy wirklich nicht mitgenommen? Vielleicht aus Versehen?«, fragte Fahrni.

Gurtner brachte Fahrni mit einer Handbewegung zum Schweigen. »Der Häuptling leidet an den Folgen einer Schussverletzung, nicht an Demenz.«

Fahrni kratzte sich am Kinn. »Vielleicht ha...«

»Die georgische Polizei hat sich sehr genau über unsere Ermittlungen im Zusammenhang mit der Russenmafia letzten Winter erkundigt«, erklärte Meyer Cavalli. »Offenbar wurde vor einem halben Jahr mit derselben Waffe, mit der nun auf Bolay geschossen wurde, ein georgischer Politiker getötet. Damals vermutete man einen Zusammenhang mit einer Moskauer Mafiagruppe. Der Täter wurde aber nie gefasst. »Anscheinend fürchtete die georgische Polizei, du könntest etwas mit den Russen zu tun haben. Ich hoffe, sie haben dich nicht ... ich meine ...« Sie räusperte sich. »Soll ich dir ein Glas Wasser holen?«

»Russenmafia?«, fragte Cavalli.

»Ich glaube, wir wissen genug für den Moment«, sagte Hug. »Brechen wir hier ab. Meyer, Fahrni, holt von Arburg her. Cavalli, ich will dich unter vier Augen sprechen.«

Cavalli merkte nicht, wie alle den Raum verließen. Er hörte kaum, wie Hug ihn aufforderte, nach Hause zu gehen. Zustimmend nickte Cavalli an den richtigen Stellen, bis Hug kopfschüttelnd in sein Büro zurückkehrte.

Frank Bolay war der Stiefsohn von Pierre-Richard von Arburg, dachte Cavalli. Und der Botschafter hatte diese wichtige Information verschwiegen. Hatte er seine Hilfsbereitschaft bloß vorgetäuscht? Schlimmer noch, hatte er seine Finger bei der Verhaftung im Spiel gehabt? Cavalli fuhr sich mit beiden Händen über die Stoppeln auf seinem Kopf. Das ergab einfach keinen Sinn. Warum wurden sie so plötzlich freigelassen, wenn nicht dank von Arburg? Bolay, dachte er. Bolay war der Schlüssel. Die Frage war nur: der Schlüssel wozu?

Die Autos am Uto-Quai rauschten leise, laut ertönte das Horn des Kursschiffs. Hinter der gepflegten Wiese des Zürichhorns ragten schneebedeckte Berge in die Höhe. So schön war Regina die Schweiz noch nie erschienen. Pierre-Richard von Arburg zeigte auf eine Bank im Schatten, und sie nickte dankbar. Sie konnte nicht fassen, wie müde sie war. Als sie gestern Nachmittag nach Hause gekommen war, war sie gleich ins Bett gefallen. Gegen Mitternacht weckte sie der Hunger, doch sie hatte es kaum bis zur Küche geschafft. Mit einer Packung Zwieback unter dem Arm war sie ins Bett zurückgekrochen und sogleich wieder in einen Schlaf voller Albträume gefallen. Sie rannte Cavalli nach, der sich mit entschlossenen Schritten von ihr entfernte, dann hielten sie plötzlich Hände zurück, die zu keinem Körper gehörten. Handschellen rasteten ein, und Nino grinste ihr ins Gesicht.

Von Arburg zeigte auf einen Getränkestand und fragte, ob sie etwas trinken wolle. Regina hatte ein schlechtes Gewissen, dass sie sich dauernd vom Diplomaten bedienen ließ, doch ihre Erschöpfung war stärker. Sie bejahte und lehnte sich zurück. Von Arburg trug das Jackett seines antrazithfarbenen Anzugs über dem Arm, seine Haltung war so steif wie sein gebügeltes Hemd. Ob er sich je ein T-Shirt überstreifte?, fragte sich Regina, barfuß über die Wiese lief? Zwei Stadtpolizisten auf Inline-Skates rollten an ihr vorbei und verdeckten ihr die Sicht.

»Gläser hat der Verkäufer leider keine«, entschuldigte sich von Arburg, als er mit einer Flasche Cola zurückkam. »Ich möchte Ihnen nicht zu nahetreten, aber … kümmert sich jemand um Sie? Manchmal tendieren wir dazu, emotionale Strapazen zu unterschätzen.«

»Ich war letztes Jahr auf einem Burnout-Seminar der Staatsanwaltschaft. Wir erhielten einige Adressen von Fachleuten und Psychologen. Darunter gibt es bestimmt jemanden, der mir helfen kann.« Regina versuchte zu lächeln. »Ich weiß, dass ich es nicht allein schaffe.«

»Und Ihre Familie?«

»Nicht unbedingt meine bevorzugte Anlaufstelle.« Sie begann stockend, von ihren Eltern zu erzählen. Von Arburg war ein guter Zuhörer. Je mehr Regina sprach, desto mehr kam der Schmerz hoch, den die Kälte ihrer Mutter in ihr auslöste. Gerade jetzt wünschte sie sich ein Nest, in das sie sich nach den traumatischen Erlebnissen hätte zurückziehen können. Von Arburg erteilte keine Ratschläge, er nickte bloß verständnisvoll.

»Entschuldigen Sie, ich rede Ihnen einfach den Kopf voll.«

»Ganz und gar nicht«, widersprach er. »Allein zu sein, wenn man Hilfe braucht, ist furchtbar.«

»Ist das Leben als Botschafter nicht auch sehr einsam?«, fragte Regina.

Von Arburg lächelte wehmütig. »Das kommt auf die Beziehungen innerhalb der Familie an. Freunde und Bekannte lässt man immer wieder zurück, deshalb ist der engste Familienkreis so wichtig.«

Regina sah ihn fragend an.

»Meine Frau ist vor drei Jahren gestorben«, erläuterte er. »Es kam sehr überraschend. Nach einer kurzen, heftigen Krankheit.«

»Das tut mir leid.«

»Sie brachte einen Sohn aus erster Ehe mit in die Beziehung«, fuhr er fort, den Blick auf den See gerichtet. Seine Hand bewegte sich zur Tasche seines Jacketts, doch er zog den Mundspray nicht hervor. »Er ... war ein besonderer Junge.«

»War?«, fragte Regina mitfühlend.

»So habe ich das nicht gemeint.« Von Arburg stand auf und strich seine Hose glatt. »Ich halte Sie auf. Sie haben bestimmt nach Ihrer langen Abwesenheit einiges zu erledigen.«

Auf dem Rückweg versuchte Regina, das Gespräch wieder in Gang zu bringen, von Arburg antwortete zwar höflich, aber distanziert. Als sie beim National ankamen, verabschiedete er sich mit der für ihn typischen Verbeugung. Die Glastür glitt auf, und von Arburg schritt Richtung Rezeption. Zwei bekannte Gestalten durchquerten die Halle. Was suchten Meyer und Fahrni hier?, fragte sich Regina und folgte von Arburg. War etwas mit Cavalli? Starke Hände packten sie an den Armen. Nachdem die Pünktchen vor ihren Augen wieder verschwunden waren, erkannte Regina, dass sie auf einem Sofa lag, sorgenvolle Augen richteten sich auf sie. Fahrni fragte, ob er einen Arzt rufen solle. Als Regina abwinkte, tauschten Meyer und Fahrni einen unsicheren Blick. Von Arburg bot an, ein Taxi für sie zu bestellen. Wieder wehrte Regina ab. Dann hörte sie, wie Meyer von Arburg aufforderte mitzukommen.

»Ich wäre Ihnen dankbar, wenn wir die Sache diskret abwickeln könnten«, bat der Botschafter.

»Unser Wagen steht vor der Tür«, erwiderte Meyer.

Fahrni kniete vor Regina hin. Das Mitgefühl, das sie in seinen Augen sah, löste ein Alarmsignal in ihr aus.

»Du weißt es nicht?«, fragte er.

»Was weiß ich nicht?« Sie blickte von Fahrni zu Meyer, die von Arburg fixierte. Die elegante Erscheinung des Botschafters schien plötzlich zu zerfallen. Seine Schultern waren nicht mehr straff, seine Augenlider wirkten schwer.

»Tobias? Was ist los?«, wollte Regina wissen.

»Pierre-Richard von Arburg ist Frank Bolays Vater.«

»Stiefvater«, präzisierte von Arburg leise. Er verlagerte sein Gewicht, als wolle er auf Regina zugehen, doch Meyers grimmiger Blick hielt ihn davon ab.

Regina biss sich auf die Unterlippe und versuchte, die Information einzuordnen. Sie betrachtete den Mann, der ihr durch diese schwierige Zeit hindurch geholfen hatte. War alles gespielt gewesen? Von Arburgs Fürsorge, sein Interesse an ihr? Sie senkte den Kopf. Meyer machte eine Kopfbewegung Richtung Ausgang. Von Arburg kam ihrer Aufforderung mit schweren Schritten nach. An der Schiebetür schaute er über die Schulter zurück, sein Blick schien Regina um Verzeihung zu bitten.

»Stiefvater?«, flüsterte Regina.

Fahrni strich ihr unbeholfen über die Schulter. »Er kennt auch Isabelle.«

»Nein! Das kann nicht sein!« Unter Regina schien sich der Boden aufzutun, vor ihr nichts als gähnende Leere. Sie hatte das Gefühl, geradewegs hineinzustürzen. Wie konnte von Arburg sie so belügen? Woher nahm er sich das Recht, ihre Lage für seine eigenen Zwecke zu missbrauchen? Plötzlich begriff sie, warum Cavalli keinen Menschen zu nahe an sich heranließ.

Fahrni stützte Regina, doch sie riss sich los. Am Ausgang

blieb sie vor dem zivilen Wagen der Kantonspolizei stehen und starrte auf von Arburg, der kerzengerade auf dem Rücksitz saß. Dann wandte sie sich ab und marschierte Richtung Stadelhofen. Sie sah kaum, wohin sie ging, hinter ihren Tränen verschwamm alles um sie herum. Trotzdem verlangsamte sie ihre Schritte nicht, und als sie mit einem Geschäftsmann zusammenstieß, empfand sie beinahe Genugtuung.

Sie hatte um fünfzehn Uhr einen Termin mit Max Landolt, der mit ihr ihre Arbeitsfähigkeit besprechen wollte. Bis zu diesem Moment hatte sich Regina nicht vorstellen können, einen Fuß in die Staatsanwaltschaft zu setzen, doch plötzlich sehnte sie sich nach der Struktur, die dort herrschte. Prozessabläufe waren genau geregelt, Strafuntersuchungen liefen immer nach demselben Muster ab. Sogar die Farbe, mit der die Akten beschriftet werden mussten, war vorgegeben.

Regina bog in die Falkenstraße ein, und ihr Blick fiel auf das Restaurant Tibits. Sie nahm ein Taschentuch hervor und tupfte sich die Augen. Obwohl sie keinen Appetit verspürte, füllte sie sich einen Teller mit verschiedenen Salaten und zwang sich, alles aufzuessen. Sie würde das alleine schaffen, dachte sie. Sie war weder auf von Arburg noch auf Cavalli angewiesen. Als sich eine Frau an ihren Tisch setzte, senkte Regina rasch den Kopf und schaufelte den Kichererbsensalat in sich hinein. Doch dann wurde ihr bewusst, dass sie sich zu verstecken versuchte. Langsam hob sie den Kopf wieder. Sie würde sich von niemandem einschüchtern lassen. Die Frau ihr gegenüber aß ebenfalls Kichererbsensalat. Ihr Gesichtsausdruck war ernst, die Stirn in Falten gelegt.

Plötzlich sah sie Regina an. »Nach Kichern ist Ihnen wohl auch nicht.« Sie deutete auf ihren Teller.

Regina schüttelte den Kopf.

Die Frau stellte sich als Nora Tabani vor. Ihre blond gefärbten Haare waren kurz geschnitten, der dunkle Haaransatz verlieh ihr etwas Energisches. Sie kamen ins Gespräch. Als Nora Tabani erzählte, sie arbeite als Privatdetektivin, erinnerte sich Regina an Bledar und an ihren Pakt mit Gott. Sie nahm sich vor, den Albaner möglichst bald in der Strafanstalt aufzusuchen. Wenn er wirklich unschuldig war, könnte es nützlich sein, eine Privatdetektivin zu kennen.

Nachdem Regina das Tibits verlassen hatte, glaubte sie, die Kontrolle über ihr Schicksal wieder ein klein wenig zurückgewonnen zu haben. Sie lief an den Schaukästen der Neuen Zürcher Zeitung vorbei, und es fiel ihr eine Überschrift auf: »Schweizer in Georgien freigelassen«. Die Leute gingen vorüber, als handle es sich um eine alltägliche Meldung. Regina musterte die kauenden, lachenden und schwatzenden Gesichter und fragte sich, ob sie je wieder Teil dieser Masse sein würde.

»Frank Bolay ist Ihr Stiefsohn.« Meyers Stimme klang ruhig, aber bestimmt.

Von Arburg sah ihr in die Augen. »Ja.«

»Warum haben Sie uns das verschwiegen?«

»Ich wurde nie danach gefragt.«

»Trotz der Verwandtschaft haben Sie Regina Flints und Bruno Cavallis Interessen im Fall vertreten.«

»Ja.«

»Sahen Sie darin keinen Interessenkonflikt?«

»Nein.«

»Warum nicht?«

»Bruno Cavalli hat nicht auf Frank geschossen.«

»Wussten Sie das?«

»Herr Cavalli hat es ausgesagt.«

»Und Sie glaubten ihm?«

»Was hätte er für ein Motiv gehabt?«

»Sie haben nie mit ihm gesprochen«, bemerkte Meyer hart. »Sie haben nur Regina Flint besucht.«

»Frau Flint hat mit ihrem Freund kommuniziert. Sie hat mir die Information weitergeleitet.«

»Ist es nicht eher so, dass Sie wussten, wer tatsächlich auf Bolay geschossen hat?«

»Ich wusste, dass Frank seit längerer Zeit ein ungutes Gefühl hatte. Er glaubte, beschattet zu werden.«

»Warum?«

Von Arburg zögerte. »Frank ist ein anspruchsvoller Mensch, er hat sich viele Feinde geschaffen.«

»Wie?«

»Er ist ein harter Geschäftsmann, das passt nicht jedem. Außerdem respektiert er die Regeln des gesellschaftlichen Zusammenlebens nicht immer.«

»Erklären Sie mir das.«

»Er … hatte immer wieder Affären, auch mit verheirateten Frauen.«

»Mit Isabelle Jenny?«

Von Arburg verzog keine Miene, doch Meyer sah, wie ein Muskel in seinem Hals zu zucken begann. »Das weiß ich nicht.«

»Warum haben Sie niemandem gegenüber erwähnt, dass Sie mit Bolay verwandt sind?«

»Ich wollte Frau Flint nicht beunruhigen.« Von Arburg nippte an seinem Wasserglas. »Sie war einer enormen Belastung ausgesetzt, wenn sie es gewusst hätte, hätte sie womöglich an meinen Motiven gezweifelt.«

»Warum hat es so lange gedauert, bis Sie sie besucht haben?«

»Die georgische Polizei befürchtete, Frau Flints und Herrn Cavallis Aussagen könnten eine Gefahr für die nationale Sicherheit darstellen.«

Meyer beugte sich nach vorne. »Sie wollten gar nicht, dass Flint und Cavalli freigelassen wurden.«

»Ich habe getan, was in meiner Macht stand.«

»Sie haben Flint angelogen.«

»Nein, ich habe ihr etwas verschwiegen.«

»Genauso wie Sie verschwiegen haben, dass Sie Isabelle Jenny kennen?«

Der Muskel in von Arburgs Hals zuckte heftiger.

»Beantworten Sie die Frage«, sagte Meyer.

»Können Sie ... bitte wiederholen Sie die Frage.«

»Kennen Sie Isabelle Jenny?«

»Flüchtig.«

Meyer lehnte sich zurück, ohne den Blick vom Botschafter abzuwenden. Sie wartete, bis er nervös wurde und von sich aus fortfuhr, doch er machte keine Anstalten dazu. Hätte der Muskel in seinem Hals nicht immer wieder gezuckt, hätte sie ihn für total entspannt gehalten. Fahrnis Finger ruhten auf der Tastatur, bereit, sofort weiterzuschreiben. Die Sekunden zogen sich in die Länge, und Meyer musste sich zwingen zu schweigen, wie sie es von Cavalli gelernt hatte. Allerdings hatte er vermutlich noch nie einen geschliffenen Diplomaten befragt. Nach einigen Minuten gab sie die Hoffnung auf, von Arburg auf diese Weise zu provozieren. Sie beschloss, ihn stattdessen mit einem Zickzackkurs aus dem Gleichgewicht zu werfen. Sie neigte den Kopf kurz nach links und rechts. Fahrni begriff sofort.

»Woher kennen Sie Jenny?«

»Wir sind uns im Zar Franco begegnet. Als Schweizer kommt man rasch ins Gespräch.«

»Im Zar Franco? Eine Entwicklungshelferin in einem Luxushotel?«

»Sie war nicht Gast, ihr Freund arbeitet dort.«

»Name?«

»Irgendetwas Armenisches.«

»Wie vertraut sind Sie mit den Verhältnissen in Georgien?«, fragte Fahrni.

Von Arburg blickte ihn leicht überrascht an. »So gut, wie man es nach drei Jahren sein kann.«

»Sich gegenseitig einen Dienst zu erweisen ist eine tief verwurzelte Tradition.«

»Ist das eine Frage?«

»Haben Sie sich den lokalen Gepflogenheiten angepasst?«

»Ich verstehe Ihre Frage nicht.«

»Wo arbeitet Jennys Freund?«, fragte Meyer.

»In der Küche.«

»Name?«

»Etwas mit N, wenn ich mich richtig erinnere.«

Fahrni setzte wieder ein. »Haben Sie sich an illegalen Geschäften beteiligt?«

»Wie bitte?« Von Arburg schüttelte den Kopf.

»Norbert? Nigel? Neil?«, fragte Meyer.

»Was haben Sie als Botschafter zu bieten? Visen? Kontakte? Informationen?«, fragte Fahrni.

»Nils? Normann?«, fragte Meyer.

»Narek«, antwortete von Arburg. »Jetzt erinnere ich mich wieder: Narek Davityan.«

»Kredite?«, fuhr Fahrni fort. »Teamwork hat Kredite gewährt.«

»Kleinkredite an Bauern«, nickte von Arburg. »Ein Landwirtschaftsprogramm in den Bergen.«

»Was bringt das?«, fragte Meyer. »Entwicklungshilfe ist doch sowieso für die Katz.«

Von Arburg stutzte. »Was hat das damit zu tun?«

»Beantworten Sie die Frage.«

»Welche Frage?«

»Wie stehen Sie zur Entwicklungshilfe?«, fragte Fahrni.

»In einem Land, das Menschenrechte einhält und eine gute Regierungsführung aufweist, sind Entwicklungsgelder sinnvoll.«

»In Afrika hat die Entwicklungshilfe versagt«, erwiderte Meyer.

»Das würde ich nicht behaupten.«

»Warum nicht?«, fragte Meyer.

»Heute sind pessimistische Einschätzungen Trend, aber die Realität sieht anders aus.«

»Wie?«, fragte Fahrni.

»In den letzten fünf Jahren zum Beispiel gab es in Afrika einen starken Anstieg der Einschulungen.« Von Arburg machte eine kurze Pause. »Zudem wird oft Geld als Entwicklungshilfe bezeichnet, das zweckentfremdet wurde.«

»Zweckentfremdet?«, wiederholte Meyer.

»Meinen Sie politisches Schmiergeld?«, fragte Fahrni.

»Warum stellen Sie diese Fragen?«

»Bitte antworten Sie.«

»Das Regime Mobutu in Zaire ist zum Beispiel über dreißig Jahre lang mit Zahlungen aus Industrieländern am Leben erhalten worden, damit der Westen Zugriff auf die Bodenschätze hat. Wenn man das als Hilfe bezeichnet und die Entwicklung eines Landes daran misst, fällt die Bilanz natürlich negativ aus.«

Fahrni blickte zu Meyer. Als sie »konfrontieren« signalisierte, fuhr er fort: »Das klingt schön und recht, aber Tatsache ist, dass in den letzten Jahrzehnten Hunderte von Milliarden Franken nach Schwarzafrika geflossen sind, und Afrika trotzdem der am wenigsten entwickelte Kontinent auf der Welt bleibt.«

Von Arburg blinzelte verwirrt. »Ich verstehe nicht, was Afrika mit Isabelle Jenny zu tun hat.«

»Sagen Sie mir lieber, was Sie mit Isabelle Jenny zu tun haben«, sagte Fahrni.

Von Arburg überhörte die Aufforderung. »Sie dürfen die geografischen und historischen Umstände nicht ausblenden. In Afrika herrschen die härtesten Existenzbedingungen, und der Kontinent wurde Jahrhunderte lang ausgeplündert. Außerdem hat die Kolonialerziehung die Menschen nicht auf die Unabhängigkeit vorbereitet. Plötzlich mussten Unerfahrene die Ämter der Kolonialherren übernehmen, so entstanden Machtcliquen. Kleine Gefälligkeiten …«

»Schmiergeld«, sagte Meyer.

»Hat Isabelle Jenny auch Schmiergeld bezahlt?«, fragte Fahrni.

»… kleine Gefälligkeiten wurden zu gesellschaftlich tolerierten Bereicherungsformen. Natürlich hemmt das die Entwicklung, aber richtige Entwicklungshilfe kann auch hier etwas bewirken.«

»Wie?«, fragte Fahrni.

»Man muss geopolitische Pseudohilfe und echte Entwicklungshilfe auseinanderhalten. Es kann nicht zu viel in Gesundheitssysteme, Wasserversorgung oder Bodenmanagement investiert werden. Doch die Unterstützung muss direkt in die Projekte fließen, nicht über die Regierung.«

»Müsste man nicht eher bei der Wirtschaft ansetzen?«, fragte Fahrni.

»Um die Wirtschaft in Schwung zu bringen, müssen westliche Länder mehr als Entwicklungshilfe leisten«, erwiderte von Arburg. »Der deregulierte internationale Kapitalverkehr stellt ein Risiko für Entwicklungsländer dar. Staaten, die aus Abhängigkeit eine Politik der Liberalisierung verfolgen müssen, haben wenig Erfolg. Diskutiert werden müsste eine Re-Regulierung.«

Meyer stand auf und nickte von Arburg zu. »Ich danke Ihnen für Ihre Zeit. Bitte halten Sie sich für weitere Gespräche zur Verfügung.«

Von Arburg stand überrascht auf. Er blickte von Meyer zu Fahrni, als hätte er etwas Wichtiges verpasst. Nachdem Meyer ihn zum Ausgang begleitet hatte, rannte sie die fünf Stockwerke wieder hoch. Fahrni saß perplex vor dem Bildschirm.

»Ja!«, rief sie, und ihre Faust schnellte in die Höhe.

»Kannst du mir erklären, was diese ganzen Fragen über Entwicklungshilfe sollten?«

»Er ist über beide Ohren in sie verliebt!«

Fahrni verstand kein Wort.

»In Isabelle!« Meyer riss die Fenster auf und setzte sich auf ihren Schreibtisch. »Re-Regulierung? Mehr Geld an Afrika? Dass ich nicht lache! Weißt du, worüber er seine Lizentiatsarbeit geschrieben hat?« Sie wartete nicht auf eine Antwort. »Darüber, dass Entwicklungshilfe den Systemwettbewerb ausschaltet! Sie muss ihm total den Kopf verdreht haben.«

Fahrni schüttelte den Kopf. »Mensch Jasmin, einen Moment lang habe ich gedacht, du bist es, die übergeschnappt ist.«

»Gehst du diesem Narek Davityan nach? Ich versuch herauszufinden, ob sie ihn dazu gebracht hat, Teamwork Geld zu spenden.«

»Vielleicht ist er nur weitsichtiger geworden. Ich meine, vielleicht hat er ein Gewissen entwickelt.«

»Weitsichtig?«

»Er hat nicht ganz Unrecht.«, sagte Fahrni. »Ich glaube, die Medien stellen vieles schlechter dar, als es in Wirklichkeit ist. Hilfswerke lindern viel Leid.«

»Leid, das die lokalen Regierungen kreiert haben«, entgegnete Meyer.

»Ganz so einfach ist es nicht. Was Teamwork in Georgien erreicht hat, ist beachtlich. Ich will damit nur sagen, vielleicht hat sein Meinungsumschwung nichts mit Isabelle zu tun.«

»Das glaube ich nicht«, sagte Meyer.

Bolay schwieg. Zwei Stunden lang saß Cavalli an seinem Bett und versuchte, ihn zum Reden zu bringen. Dabei hatte er manchmal das Gefühl, in einen Spiegel zu schauen. Wenn Bolay mit verzerrtem Gesicht eine bequemere Position einnahm, wusste Cavalli genau, wo es schmerzte. Ebenso, wie schwierig es für Bolay war, sich zu konzentrieren. Wenn er lange genug dran bliebe, dachte Cavalli, würde Bolay einen Fehler machen.

Bolay fielen die Augenlider immer wieder zu, aber er wollte nicht in Cavallis Anwesenheit schlafen. Während Cavalli wartete, versuchte er, die Daten des Falles in seinem Kopf zu strukturieren. Er kam jedoch nicht weit. Seine Gedanken versickerten, bevor er sie zu Ende denken konnte, übrig blieben Fragmente, die meisten mit Fragezeichen versehen. Um wenigstens diese nicht zu verlieren, holte Cavalli einen Notizblock hervor und listete sie auf: Todesursache Racic? Isabelle und Männer? Isabelles Vater? Isabelles Freund?

Immer wieder kam er auf Isabelles Beziehungen zurück. Fahrni hatte die Frage aufgeworfen, ob Isabelle vor etwas davonrannte. Was hinderte eine selbstsichere Frau daran, eine längere Beziehung einzugehen? Cavalli dachte an seine eigenen Affären und versuchte, Parallelen zu ziehen. Es fiel ihm schwer, denn er kannte keine Frau, die sich langfristig mit Affären zufriedengab. Was suchte sie? Bestätigung? Anerkennung? Bewunderung? Vielleicht musste er sich eher fragen, wovor sie Angst hatte. Gab es in ihrem Leben einen Verlust, den sie nicht verkraftet hatte?

»Hast du mit Isabelle geschlafen?«, fragte er Bolay.

Bolay öffnete verschreckt die Augen, und Cavalli sah, dass er eingenickt war. Dann bemerkte er noch etwas: die Scham eines zurückgewiesenen Mannes. »Sie hat dich abblitzen lassen!«

»Ich wollte sie nicht«, presste Bolay hervor.

»Du warst ihr nicht genug.«

Jetzt verzerrte sich Bolays Gesicht nicht nur vor Schmerzen, sondern auch vor Wut.

»Wie oft hast du es versucht?«, fragte Cavalli.

»Wenn du nicht sofort von hier verschwindest, werde ich dafür sorgen, dass ...« Bolay griff sich an die Brust und drehte den Kopf zur Wand.

Cavalli stand auf. Er legte seine Hand auf Bolays Wunde und stellte sich die zerschmetterten Rippen darunter vor. Langsam verstärkte er seinen Druck. Bolay fuchtelte mit der Hand, doch die Glocke über seinem Bett war zu weit weg. Als Cavalli die Panik in Bolays Augen sah, kam er wieder zu sich. Er spürte, wie ihm der Schweiß den Rücken hinunterlief. Ruckartig nahm er seine Hand weg und stolperte auf die Tür zu. Das letzte, was er von Bolay sah, war sein hasserfüllter Blick.

Vor dem Unispital sprang Cavalli in die nächste Tram und ließ sich keuchend auf einen Sitz fallen. Zwei Frauen vor ihm wechselten den Platz, und er fragte sich, was sie sahen, wenn sie ihn anblickten. Er wollte, dass Bolay litt, gestand er sich ein. Der Hotelier war mitschuldig, dass sie so lange inhaftiert gewesen waren. Vor sich sah er den georgischen Polizisten, der ihn befragt hatte. Cavalli schüttelte den Kopf, doch er schaffte es nicht, das Bild abzuschütteln. Neben ihm fragte jemand, ob es ihm nicht gut gehe. Cavalli zuckte zusammen. Es dauerte einen Moment, bis er die Uniform des Tramführers erkannte. Rasch stand er auf und eilte ins Freie. Vor sich sah er einen Brunnen. Mit beiden Händen spritzte er sich kaltes Wasser ins Gesicht. Als er aufsah, fiel ihm die bekannte Häuserfront auf der gegenüberliegenden Straßenseite auf. Er befand sich am Milchbuck. Aus Gewohnheit durchquerte er den Irchelpark, zwischen Studenten hindurch und an Hundebesitzern vorbei. Seine Füße trugen ihn zum IRM, das mit kühlen Räumen und klinischer Sauberkeit lockte.

Hahn schnalzte missbilligend mit der Zunge, als er Cavalli erblickte, und schob ihm seinen Bürostuhl zu. »Normalerweise kommen meine Leichen nicht zu Fuß.«

»Ich bin wegen Racic da«, erklärte Cavalli.

Hahn durchsuchte sein überfülltes Büro. Während er Bücher beiseite schob und Schachteln öffnete, murmelte er leise vor sich hin. Nach langem Wühlen zog er ein Blutdruckmessgerät hervor. Dann griff er nach einem Stethoskop. Er bat Cavalli, sein Hemd auszuziehen. »Ich will sicher sein, dass du mir nicht umkippst.«

»Weißt du überhaupt, wie man lebende Menschen untersucht?«

Hahn hielt als Beweis das Blutdruckmessgerät hoch.

Cavalli erhob sich und schüttelte den Kopf

»Wie vielen Gewaltopfern hast du als Polizist versichert, es treffe sie keine Schuld?«, fragte Hahn. Als ihm Cavalli den Rücken zukehrte, seufzte er. »Weißt du, was mich in meinem Beruf am meisten beschäftigt? Dass ich Opfer ohne ihre Zustimmung untersuchen muss. Damit ist ihre Entwürdigung komplett.«

»Du hilfst, die Täter zu fassen«, widersprach Cavalli.

»Für den Toten auf dem Stahltisch ist es zu spät. Er wird der Gerechtigkeit geopfert, ob er will oder nicht.«

»Du glaubst an Gerechtigkeit?«, fragte Cavalli.

»Ich muss.«

Cavalli fixierte einen Punkt hinter Hahn. »Ich glaube nur noch an Stille. Offene Fragen und ungelöste Fälle sind wie Schreie, die erst verstummen, wenn der Schuldige zur Verantwortung gezogen wird.«

»Und wenn es keinen Schuldigen gibt?«, fragte Hahn. Als Cavalli nicht antwortete, bemerkte er: »Du suchst die Schuld bei dir selbst, nicht wahr?«

»Ich weiß nicht, was sie mit Regina gemacht haben.«

»Hast du sie gefragt?«

Cavalli antwortete nicht.

»Sie braucht deine Unterstützung, nicht deine Schuldgefühle. Ich bin sicher, sie könnte dir auch helfen, wenn du es zuließest. Ihr Polizisten glaubt alle, ihr seid aus Stahl. Ich muss dich enttäuschen: Ihr seid aus Fleisch und Blut, wie alle anderen auch. Glaub mir, ich weiß es.« Er legte seine knochige Hand auf Cavallis Schulter.

»Racic?«, fragte Cavalli.

Mit einem Seufzer holte Hahn seine Unterlagen hervor.

Regina schloss die Tür hinter Hanisch und setzte sich an ihren Schreibtisch. Sie war froh, wieder allein zu sein. Von Arburgs Verrat hatte eine latente Wut in ihr geweckt, die sich nicht mehr legen wollte. Als Hanisch sich über den Mehraufwand beklagte, den sie wegen der Verhaftung in Georgien hatte, war Regina der Kragen geplatzt. Die Erniedrigungen der letzten Wochen fachten ihre Wut zusätzlich an. Deutlich hatte sie Hanisch die Meinung gesagt. Doch nun war ihre Energie verpufft. Etwas ratlos saß sie hinter den Akten auf ihrem Schreibtisch und fragte sich, ob sie ihr altes Leben einfach so wieder aufnehmen konnte. Landolt hatte vorgeschlagen, dass sie die restlichen Tage der Woche zu Hause bliebe, doch Regina wusste von der geplanten Suspendierung, und so kam ihr seine Großzügigkeit genauso unehrlich vor wie von Arburgs Unterstützung. So rasch hätte man sie im Stich gelassen, dachte sie. Plötzlich erinnerte sie sich wieder an Bledar. Auf ein gelbes Post-it schrieb sie den Namen des Albaners in Großbuchstaben und heftete es an ihren Monitor. Sobald man ihr nicht mehr auf die Finger schaute, würde sie ihn aufsuchen. Unmotiviert startete sie ihren PC. Bevor sie das Passwort eingeben konnte, klingelte ihr Handy. Als sie die georgische Vorwahl erkannte, hätte sie es fast fallen lassen. Zögernd meldete sie sich. Am anderen Ende war Lili Tsagareschwili. Regina stieß den Atem aus, den sie angehalten hatte.

»Ich wünschte, Sie hätten Georgien von einer anderen Seite kennengelernt«, sagte Lili Tsagareschwili, »aber … ich verstehe nicht, in was wir da hineingeraten sind. Ich …«

Regina glaubte, Tränen in ihrer Stimme zu hören. »Sie können nichts dafür. Wir befanden uns zur falschen Zeit am falschen Ort.«

»Lewan ist tot«, stieß Lili Tsagareschwili hervor. Weinend

erzählte sie, dass Lewan Kupatadze in Chertwisi im Haus seiner Cousine erschossen worden war.

Regina saß stockstill. Lewan Kupatadze kam aus Chertwisi?

»Er war bei Tanja zu Besuch. Sie ging kurz zu Nachbarn, um Milch zu holen. Als sie zurückkam …«

»Tanja?«

»Tanja Begiaschwili, so heißt seine Cousine. Das arme Mädchen!«

Lili Tsagareschwili erzählte, dass die Polizei aufgrund der benützten Waffe von einem Mafia-Mord ausging. Sie wiederholte immer wieder, dass Teamwork seit der Gründung nie Probleme gehabt habe. Zwar stieß die Arbeit des Hilfswerks nicht überall auf Anklang, doch man lasse die Mitarbeiter gewähren. Nun fragte sie sich, ob Isabelles Verschwinden etwas mit Lewan Kupatadzes Tod zu tun habe. Regina wollte wissen, ob Frank Bolay in die Geschichte verwickelt sein könnte, doch Lili Tsagareschwili wusste keine Antwort. Sie verstand nichts mehr. Die Polizei habe sie um ihre Mithilfe gebeten, erzählte sie, vielleicht fänden sich in Lewan Kupatadzes Arbeitsunterlagen Erklärungen. Laut rätselte sie darüber, ob Lewan Kupatadze mehr zu verbergen hatte als die zu hohen Kredite.

»Vielleicht ist es noch nicht zu spät«, schloss Lili Tsagareschwili. »Für Isabelle.«

Regina glaubte nicht, dass Isabelle noch am Leben war. Nachdem sie aufgelegt hatte, überlegte sie, ob Lewan Kupatadzes Tod eher dafür oder dagegen sprach, dass er etwas mit Isabelles Verschwinden zu tun hatte. Dass er aus Chertwisi stammte, konnte kein Zufall sein. Ihre Vermutung, dass Lewan Kupatadze sie in der Hütte eingesperrt hatte, schien sich zu bestätigen. Er hätte ihr problemlos folgen können. Cavallis Worte kamen ihr in den Sinn: »Das Handy war ein Zeichen, er wollte, dass ich dich finde.« Wenn es also Lewan Kupatadze gewesen war, dann hatte er nur versucht, ihr Angst einzujagen. Hatte er aus demselben Grund »GO HOME« in den Staub des Nivas gezeichnet? Wovor hatte er sich gefürchtet?

Erschöpft legte Regina den Kopf auf den Schreibtisch. Am liebsten hätte sie die neuen Entwicklungen mit Cavalli besprochen, doch er hatte heute genug um die Ohren. Hanisch hatte berichtet, er sei tatsächlich zur Arbeit erschienen und habe keinen guten Eindruck gemacht. Regina dachte an den kurzen Moment des Glücks in Chertwisi zurück. Sie schloss die Augen und stellte sich vor, wie das Mondlicht auf seine dunkle Haut fiel. Sie hörte, wie im Vorzimmer ein Stuhl zurückgeschoben wurde. Sutter meldete, er mache Feierabend. Seine Stimme klang ungewöhnlich sanft. Regina hob halbherzig die Hand. Ehe sie ihn verabschiedete, klingelte erneut ihr Handy. Diesmal war Pierre-Richard von Arburg am Apparat. Er bat sie um ein Treffen. Es sei ihm ein großes Anliegen, ihr etwas zu erklären. Regina fragte sich, wozu das dienen solle. Doch dann rief sie sich zur Ordnung. Nicht ihre persönliche Beziehung zum Diplomaten war wichtig, sondern die laufende Ermittlung. »Wissen Sie etwas über Isabelle?«, fragte sie.

Von Arburg wollte sich dazu am Telefon nicht äußern. Er schlug vor, sie zu einem Drink ins Hotel einzuladen. Regina lehnte ab, bot aber an, ihn in der Stadt zu treffen. Er nannte das Wings am Limmatquai. Nachdem sie die Austaste betätigt hatte, fragte sie sich, ob sie im Begriff war, einen Fehler zu begehen. Wollte von Arburg sein Gewissen erleichtern? Oder ihr weitere Lügengeschichten auftischen? Nach langem Überlegen rief sie Fahrni an und bat ihn, sie zu begleiten. Eine halbe Stunde später bog er mit seinem Opel um die Ecke in die Molkenstraße. Er stieg aus und öffnete die Beifahrertür, um das Zaumzeug, das auf dem Sitz lag, in den Kofferraum zu verstauen. Als er dabei eine Decke zur Seite schob, sprang ihm etwas Farbiges ins Auge. »Eine Likörpraline!« Er nahm die Schokolade in die Hand.

Regina lächelte. »Wie geht es Christina?«

Augenblicklich erlosch Fahrnis Freude. Gedankenversunken steckte er die Schokolade in die Brusttasche seines Hemdes. Regina wollte ihn warnen, dass sie dort schmelzen könnte, doch sein Gesichtsausdruck hielt sie davon ab. Während der Fahrt erzählte er ihr von seinen geplatzten Ferien. Sie stellten den Wagen im Parkhaus Hohe Promenade ab und spazierten durchs Niederdorf an den Limmatquai. Die Cafés waren zum Bersten voll.

»Weißt du, ob von Arburg früher Pilot war?«, fragte Regina. »Bevor er in den diplomatischen Dienst eintrat?«

Fahrni berichtete, von Arburg habe die übliche Laufbahn eingeschlagen: Nach dem Studium in Genf habe er sich um ein diplomatisches Praktikum beworben, einen dreimonatigen Kurs in der Schweiz besucht und sei dann neun Monate in Kairo eingesetzt worden. Anschließend habe er die Prüfung bestanden und sei nach Sofia geschickt worden. Als er heiratete, holte ihn der Bund für vier Jahre nach Bern zurück. Während der folgenden Jahre hatte er einige einfachere Posten inne, da sein Stiefsohn, Frank Bolay, ihn noch begleitet habe. Das EDA nehme Rücksicht auf Kinder, erklärte Fahrni. Nach Tiflis zum Beispiel würden selten Personen mit Kindern entsandt, weil es dort keine internationalen Schulen gebe. Die Botschaften würden nach einem Punktesystem eingeordnet, Tiflis sei die drittschwierigste. Als Maßstab gelte Bern. Schlechtere Lebensbedingungen gäben Minuspunkte. In Tiflis fielen beispielsweise die mangelhafte Stromversorgung und die Wasserprobleme ins Gewicht. Am Schluss der Skala stehe Bagdad.

»Warum fragst du, ob er Pilot war?«

»Weil er uns im Wings treffen will«, erwiderte Regina. »Wenn ich mich recht erinnere, wurde die Bar nach dem Grounding der Swissair von Piloten und Stewardessen gegründet.«

»Von Arburg hat in Nairobi fliegen gelernt. Er nahm dort Privatstunden.«

»Du hast gründlich recherchiert«, stellte Regina fest.

»Das war Gurtner. Er hat jeden Winkel seines Lebens ausgeleuchtet.«

»Hat er irgendwelche dunklen Geheimnisse gefunden?«

»Nur, dass er sich in seinen Ferien vor zwei Jahren einer Prostataoperation unterzog. Kaum ein Verbrechen, auch wenn er niemandem etwas davon erzählte.« Dann berichtete Fahrni von der Befragung. »Er hat einen Gesinnungswandel durchgemacht, aber ich weiß nicht, ob das mit Isabelle zu tun hat.«

»Steht er auf jüngere Frauen?«

»Keine Ahnung. Seit dem Tod seiner Frau ist er keine Beziehungen mehr eingegangen, weder mit alten noch jungen Frauen. Er liest viel, vor allem Klassiker in allen Sprachen: Arabisch, Russisch, Französisch, Englisch und Deutsch. Ich glaube, er spricht sogar Suaheli.«

Sie waren beim Wings angekommen, wo sie sich nach einem freien Tisch umsahen. Draußen war alles besetzt, doch im Inneren der Lounge saßen nur wenige Leute an den niedrigen Tischen. In einer Ecke entdeckten sie von Arburg vor einem vollen Weinglas. Als er Fahrni sah, glaubte Regina, Enttäuschung auf seinem Gesicht zu erkennen.

»Ich habe mir erlaubt, bereits ein Glas Wein zu bestellen. Wozu darf ich Sie einladen? Die Airline-Cocktails sind empfehlenswert.«

»Lieber etwas ohne Alkohol«, erwiderte Regina und bestellte ein Mineralwasser.

Fahrni entschied sich spontan für einen Jetlag, mit Limonen und Gin.

»Sie wollten mich sprechen?«, kam sie undiplomatisch zur Sache.

»Ich möchte Ihnen erklären, weshalb ich Ihnen meine Bekanntschaft mit Isabelle damals nicht offenbarte«, entgegnete von Arburg.

Regina wartete.

»Wir sind uns in Bordschomi begegnet, als ich Frank besuchte. Sie war eine … sehr gewinnende Person. Wir kamen rasch ins Gespräch, und sie erzählte mir von ihrer Arbeit bei Teamwork. Sie lebte für dieses Hilfswerk, das spürte man, wenn sie davon sprach. Sie glühte förmlich, ihre Augen …« Er räusperte sich. »Sie müssen entschuldigen, ich habe mich ein wenig erkältet. Isabelles Begeisterung wirkte ansteckend. Schon bald hatte sie mich davon überzeugt, dass die Zukunft Georgiens von Teamwork abhängt.« Von Arburg lächelte fast liebevoll, dann wurde er ernst. »Ich muss an dieser Stelle erklären, dass Privatgeschäfte in meinem Beruf bewilligungspflichtig sind. Wir repräsentieren die Schweiz im Ausland; es macht sich schlecht, wenn wir uns in einheimische Belange einmischen. Teamwork ist zwar ein Schweizer Hilfswerk, doch die Arbeit wirkt sich auf die georgische Gesellschaft aus. Flüchtlinge, die satt sind, können protestieren, verstehen Sie? Gebildete Bauern stellen Forderungen. Deshalb ist Hilfe nie etwas Isoliertes. Teamwork arbeitet sehr seriös. Bevor es ein Projekt in Angriff nimmt, wird genau untersucht, welche Folgen diese Hilfe hat. Nehmen Sie zum Beispiel die neuen Bewässerungskanäle um Aragya. Topografische Untersuchungen ergaben, dass die alten Kanäle an der Ostseite des Dorfes mit wenig Aufwand instand gesetzt werden konnten. Somit könnten die Bauern mit einfachsten Mitteln ihre Gärten bewässern. Doch die Westseite liegt an einem steinigen Steilhang, dort steht der Aufwand in keinem Verhältnis zum Ertrag. Viele Hilfswerke hätten einfach die Kanäle im Osten repariert, um so einen Erfolg vorzuweisen. Aber was wären die langfristigen Folgen gewesen? Neid und Zerstrittenheit unter den Dorfbewohnern. Solche Überlegungen sind in Krisenregionen enorm wichtig. Teamwork lässt sich nicht von kurzfristigen Erfolgsaussichten blenden. Isabelle war es egal, ob ihre Arbeit marketingkonform war. Sie wollte, dass Hilfe nützt, nicht schadet.« Von Arburg nahm einen Schluck Wein. »Ich habe mich dazu hinreißen lassen, Teamwork zu unterstützen, trotz meines diplomatischen Status. Als Sie und Herr Cavalli mich in Tiflis aufgesucht haben, befürchtete ich, diese Unterstützung könnte ans Licht kommen. Das hätte keine gravierenden Folgen gehabt, wäre jedoch unangenehm gewesen.«

»Wir haben alle Spender überprüft«, bemerkte Fahrni, »Sie waren nicht darunter.«

»Ich habe nicht in meinem Namen gespendet.«

»Sondern?«

Von Arburg zögerte. »Im Namen einer Firma.«

»Wie heißt sie?« Fahrni holte einen Stift hervor.

»Eastern Investments«, antwortete von Arburg und sah zu Regina. »Ich wollte Sie nicht belügen. Ich war der Ansicht, es würde Ihnen nicht weiterhelfen, wenn Sie von meiner Spende wüssten.«

Regina kämpfte mit sich. Von Arburgs Erklärung klang logisch, und sie wünschte sich nichts mehr, als ihm zu glauben. In den letzten Wochen hatte sie sich wie eine Ertrinkende an ihn geklammert, und das hatte mehr als freundschaftliche Gefühle hinterlassen. Er hatte die Rolle eines Vaters eingenommen.

»Was macht Eastern Investments?«, fragte Fahrni.

Von Arburg wandte seinen Blick nicht von Regina ab. »Geld anlegen.«

»Wo?«, bohrte Fahrni.

»Aktien, Fonds, Immobilien, das Übliche.«

»Gehört die Firma Ihnen?«

»Frank Bolay, meinem Stiefsohn.« Von Arburg beugte sich leicht nach vorn. »Frau Flint, Sie können mir glauben, ich habe für Sie getan, was in meiner Macht stand. Als mich die Nachricht Ihrer Verhaftung erreichte, setzte ich alle diplomatischen Hebel in Bewegung. Meine Beziehung zu Frank hat mich in keiner Weise daran gehindert. Ich habe sie Ihnen verschwiegen, weil ich Sie nicht zusätzlich belasten wollte.«

»Wo ist Eastern Investments angesiedelt?«, fragte Fahrni.

»In Lausanne.«

»Warum haben Sie es mir nachher nicht mitgeteilt?«, fragte Regina.

»Ich fand den richtigen Zeitpunkt nie.«

Regina versuchte, sich in seine Lage zu versetzen. Seine Geschichte klang plausibel. Was hätte sich an der Situation geändert, wenn sie von der Verwandtschaft gewusst hätte? Sie wäre tatsächlich verunsichert gewesen, und das hätte ihr die Kraft geraubt, die sie für die Haft gebraucht hatte.

Im Zentrum des Gesprächs standen nun die Aufgaben des Botschafters, dann wollte von Arburg mehr über Reginas Arbeit als Staatsanwältin wissen. Fahrni hörte dem Austausch schweigend zu. Eineinhalb Stunden später fuhr er Regina nach Hause. Als er in Gockhausen den Motor abstellte, rutschte er auf dem Sitz hin und her, als wolle er etwas sagen. Erst als Regina zweimal nachfragte, gestand er, dass er von Arburg nicht glaube. Er sei zu glatt. Regina teilte seine Meinung nicht. Sie stieg aus und bedankte sich bei Fahrni für die Fahrt nach Hause. Der Abendhimmel schimmerte gelblich, und es war außergewöhnlich still. Ein leichter Windzug trug ihr den Geruch von frisch gemähtem Gras zu. Eine Schwalbe flatterte aufgeregt, und Regina spürte die ersten Regentropfen. Rasch steckte sie den Schlüssel ins Schloss. Die Tür war unverschlossen. Sie trat ein, ließ Tasche und Schlüssel an Ort und Stelle fallen und schlug die Tür hinter sich zu. Auf dem überdeckten Sitzplatz fand sie Cavalli, der den Blick in die Ferne gerichtet hatte. Er wandte sich nicht um, als sie sich neben ihn setzte. Schwere Wolken zogen übers Glatttal, die Industriegebäude leuchteten unnatürlich auf. Plötzlich zerschnitt ein greller Blitz den Himmel, und Regina nahm Cavallis Hand. Gemeinsam beobachteten sie das Gewitter, bis es in einen regelmäßigen Sommerregen überging.

22

Eastern Investments gehörte zu den sechzehn Spendern, die Mullis mit einem Fragezeichen versehen hatte. 150 000 Franken hatte von Arburg am 19. April auf das Konto von Teamwork überwiesen. Auf den Bankauszug hatte Philippe Knecht in Großbuchstaben »Verdankung« notiert. Fahrni blätterte in den Unterlagen weiter, um sicherzugehen, dass Eastern Investments nicht nochmals auftauchte. Zwei Stunden später wurde er für seine Hartnäckigkeit belohnt. Eastern Investments war jedoch nicht als Spenderin, sondern als Begünstigte vermerkt. Als Fahrni bemerkte, wie viel Knecht der Firma hatte zukommen lassen, verschluckte er sich an seiner Butterbretzel. Sofort suchte er Meyer und fand sie bei Gurtner, der etwas Unverständliches auf Englisch ins Telefon brüllte.

»Die georgische Polizei«, flüsterte Meyer Fahrni zu. »Es geht um Narek Davityan.«

Gurtner legte auf. »Ich verstehe kein Wort! Am besten, der Häuptling spricht direkt mit Georgien.«

»Vergiss es«, sagte Meyer.

»Was starrst du so?«, fragte Gurtner Fahrni. »Glaubst du, du könntest es besser?«

»Knecht hat von Arburg 1,8 Millionen überwiesen«, platzte Fahrni heraus. »Im Namen von Teamwork.« Als weder Gurtner noch Meyer einen Ton über die Lippen brachten, erklärte Fahrni, wie er die Transaktion unter den Immobiliengeschäften gefunden hatte. »Projekt 50.82a, das sind die Flüchtlinge, die in Tiflis ausgebildet werden.«

»In einem Eliteinternat?«, fragte Gurtner.

»Ich wusste es!«, sagte Meyer. »Aus diesem Diplomaten

tröpfeln die Infos wie seine Pisse vor der Prostataoperation. Ich lass ihn holen, vielleicht lockert es seine Zunge, wenn ein Streifenwagen beim National vorfährt. Ruf Regina an, klär ab, ob sie etwas darüber weiß.«

Fahrni kehrte mit wippenden Schritten ins Büro zurück. Als er darauf wartete, dass sich Regina am Telefon meldete, zupfte er an seinem Hemd. Plötzlich spürte er etwas in seiner Brusttasche und spähte hinein. Die vergessene Likörpraline hatte einen kleinen Flecken an der Innenseite der Tasche hinterlassen. Reginas Combox schaltete sich ein, und Fahrni legte enttäuscht auf. Er hatte die Hand noch am Hörer, als das Telefon klingelte. Am anderen Ende meldete sich Dalia Racic.

»Sie haben gesagt, ich soll anrufen, wenn mir etwas in den Sinn kommt.«

»Ja.«

»Ich weiß nicht, ob es wichtig ist.«

»Machen Sie sich darüber keine Gedanken«, beruhigte sie Fahrni.

»Als ich alte Fotos von Mirjana durchgeblättert habe, sah ich ein Bild von ihr, als sie im Schultheater war. Auf der Bühne steht eine Burg. Plötzlich ist mir eingefallen, dass der nette Mann vom Hotel wie eine Burg heißt.«

Fahrni ließ die Likörpraline fallen. »Von Arburg?«

»Ja!«

Fahrni bedankte sich überschwänglich und legte auf. Er versuchte noch einmal, Regina zu erreichen, diesmal nahm sie den Anruf entgegen. Als sie hörte, was Fahrni zu berichten hatte, war sie einen Moment sprachlos. Dann berichtete sie vom Kaukasus in Tiflis, wo Teamwork Flüchtlinge aus Abchasien und Südossetien ausbildete. »Lili Tsagareschwili hat erwähnt, Verhandlungen über einen Verkauf seien im Gang. Isabelle glaubte, eine Schweizer Firma stecke dahinter, doch Lili Tsagareschwili wusste nichts Genaueres. Ich habe keine Ahnung, ob wir vom gleichen Gebäude reden, aber soviel ich weiß, hat sich Teamwork sonst nicht für Immobilien interessiert. Wann, sagst du, wurde das Geld überwiesen?«

»Am 23. April.«

»Aber dann hätte Isabelle davon gewusst. Sie kam am 26. April in die Schweiz, um ... Tobias! Vielleicht kam sie deshalb in die Schweiz! Sie ging direkt zu Philippe Knecht.«

»Das macht alles keinen Sinn.«

»Und Knecht hat das Geld an von Arburg überwiesen?«, fragte Regina. »Bist du sicher?«

»An Eastern Investments, und gestern Abend hat von Arburg erklärt, er habe seine Spende von dieser Firma aus überwiesen.«

»Er hat auch gesagt, dass Eastern Investments Frank Bolay gehört.«

Fahrni stieß einen Pfiff aus. »Und wie passt Racic hier hinein?«

»Das weiß ich nicht, aber ich bin sicher, dass es einen Zusammenhang gibt. Hör zu, ich habe eine Verabredung mit Isabelles Mutter. Ich habe ihr versprochen, mich zu melden, wenn ich zurück bin. Vielleicht hat Isabelle etwas über das Hotel Kaukasus ...«

»Es ist ein Hotel? Dieses Gebäude, das zum Verkauf steht?«, unterbrach Fahrni.

»Ein ehemaliges ... Bolay! Du denkst, Bolay will daraus wieder ein Hotel machen?«

»Bolay oder von Arburg oder beide. Ich glaube langsam, von Arburg hätte einen Oscar für seine Schauspielkünste verdient.« Er erzählte Regina, ein Streifenwagen befinde sich auf dem Weg zum National.

Regina stellte sich vor, wie peinlich das von Arburg sein würde. Sie brachte die zwei unterschiedlichen Seiten des Diplomaten einfach nicht zusammen. Entweder war er wirklich ein hervorragender Schauspieler, oder sie hatten etwas Wichtiges übersehen. Sie verabschiedete sich von Fahrni und verließ die Arztpraxis. Von Arburgs Lügen trafen sie weniger hart als am Vortag, ihre Gedanken schweiften zum Arzt zurück, dessen Worte viel mehr in ihr ausgelöst hatten.

»Sie haben noch keinen Termin«, rief ihr die Praxisassistentin nach.

»Ich rufe Sie an«, sagte Regina über ihre Schulter. Sie versuchte, sich auf den bevorstehenden Besuch bei Barbara Jenny zu konzentrieren. Es gelang ihr nur ansatzweise, immer wieder hallten die Ratschläge des Arztes in ihrem Kopf wider. Einen Schritt nach dem andern, versuchte sie sich zu beruhigen. Das Wichtigste war, festen Boden unter die Füße zu bekommen. Zuerst musste sie sicher sein, dass sie ihre Arbeit noch bewältigen konnte. Übermorgen hatte sie bereits einen Gerichtstermin, den Landolt zwar Hanisch übertragen hatte, den Regina aber selbst wahrnehmen wollte.

Am Stauffacher stieg Regina in die Linie Vierzehn und sank müde auf einen Sitz. Die Schwindelanfälle hatten zwar nachgelassen, doch schon der zehnminütige Fußmarsch zur Tramhaltestelle gab ihr das Gefühl, als hätte sie eine Bergwanderung hinter sich. Cavalli würde sie an der Endstation abholen, sie hatte ihm nicht erzählen wollen, wo sie war. Sie dachte an den Vorabend zurück, an seine Finger, die ihre Hand erst nach dem Gewitter losgelassen hatten. Seine ganze Körperhaltung hatte Abstand signalisiert, nicht ein einziges

Mal hatte er sie angesehen. Doch sein entschlossener Griff machte ihr Mut. Sie spürte, wie er mit sich kämpfte, und noch schien der Ausgang des Kampfes nicht entschieden. Als die Tram ins Triemli einfuhr, erblickte sie seinen Volvo. Er startete den Motor schon, bevor sie einstieg.

»Mirjana Racic kannte von Arburg«, sagte Regina gleich als erstes.

Erleichtert darüber, dass sie ein sachliches Thema anschlug, hörte Cavalli ihr zu. Er berichtete, er habe Hahn aufgesucht, um mehr über Racic zu erfahren.

»Uwe zerbricht sich den Kopf über die Todesursache. Er hat nach giftigen Substanzen gesucht, alle möglichen Erreger abgeklärt, er findet einfach nichts. Der Magen-Darm-Trakt war so stark zersetzt, dass wichtige Informationen verloren gegangen sind.«

»Dalia Racic hat von Arburg den Herrn mit der Schokolade genannt. Er hinterließ immer Trinkgeld, manchmal auch Süßigkeiten.« Dann erzählte sie von den 1,8 Millionen Franken, die Teamwork von Arburg und Bolay überwiesen hatte. »Erinnerst du dich an das Kaukasus?«

Cavalli grübelte.

»Das Hotel, das wir mit Lili Tsagareschwili angeschaut haben«, erklärte Regina.

»Mmh.« Cavalli erinnerte sich vor allem an die Schlaglöcher in der Straße.

»Vielleicht hat Mirjana etwas gesehen oder gehört, das nicht für ihre Ohren bestimmt war. Allerdings würde es mich erstaunen, wenn sie die Zusammenhänge eines ausländischen Immobiliengeschäfts begriffen hätte. Wir blicken selbst nicht durch.«

»Kannst du dir vorstellen, dass Isabelle vor etwas davongerannt ist?« Er erzählte von Fahrnis Vermutung.

»Wörtlich oder im übertragenen Sinn?«

»Ich frage mich, warum sie sich nicht binden wollte oder konnte. Du kennst ihre Familie besser. Gibt es irgendwelche Geheimnisse?«

»Wenn, dann sind sie gut gehütet. Barbara Jenny ist eine fürsorgliche Mutter, die immer für Isabelle da war. Ihr Vater ist nicht gerade umwerfend, aber immer freundlich und hilfsbereit. Woran denkst du? Sexuelle Übergriffe?«

»Zum Beispiel.«

Regina schüttelte den Kopf. »Das habe ich mir auch überlegt, kann es mir aber einfach nicht vorstellen. Allerdings, das kann man sich nie. Dort, das Haus mit den Rhododendren.«

Barbara Jenny hatte sie kommen hören und stand schon in der Tür, als sie das Gartentor aufstießen. Sie umarmte Regina und reichte Cavalli die Hand. Während sie über die Steinplatten durch den Garten schritten, entschuldigte sich Barbara Jenny ohne Unterbruch dafür, dass sie Regina in die Geschichte hineingezogen hatte. Sie fragte, ob sie ihnen Wasser, Kaffee oder Eistee anbieten dürfe. Beide wählten Tee. Kurz darauf kam Barbara Jenny mit einem Glaskrug zurück. Die Sonne schien auf die feuchten Blätter, die Gartenstühle waren nach dem kurzen Regen aber bereits wieder trocken. Leuchtende Kapuzinerkresse und Goldwolfsmilch säumten den Sitzplatz, in Terrakottatöpfen blühten Begonien und rote Dahlien.

Während Regina über die Suche nach Isabelle berichtete, lehnte sich Cavalli zurück und versuchte, die Fakten so aufzunehmen, als höre er sie zum ersten Mal. Vielleicht ergäbe sich ein neues Bild. Er leerte sein Glas in drei großen Schlucken und nickte, als Barbara Jenny den Krug fragend hochhielt. Im Kühlschrank seiner Großmutter stand über die Sommermonate immer ein Krug mit Zitronenthymiantee, genau wie dieser hier. Im Winter brühte sie eine Mischung aus Ingwer, Brennnesseln und Orangenschalen. Plötzlich fragte er sich, wie es seiner Mutter gehe. Sie war fast zur gleichen Zeit operiert worden wie er. Manchmal schien das Schicksal nur ein ironisches Lächeln für ihn übrig zu haben.

»Sagt Ihnen der Name Pierre-Richard von Arburg etwas?«, fragte Regina.

»Von Arburg?«, wiederholte Barbara Jenny erschrocken.

Cavalli horchte auf.

»Nein, warum?«, fragte Barbara Jenny zurück.

»Isabelle ist mit einem Herrn von Arburg in die Schweiz geflogen, als sie zu Besuch kam. Er ist Schweizer Botschafter in Tiflis.«

»Hat er etwas mit ihrem Verschwinden zu tun?«

»Das wissen wir nicht.«

Cavalli stand auf und schlenderte zum Rand des Sitzplatzes. Der Geruch von feuchter Erde erfüllte seine Nase, dann kam Rosmarin dazu. Als er den Kopf etwas zur Seite drehte, roch er einen Hauch Seifenkraut. Tatsächlich versteckten sich hinter einem Salbeistock die bekannten blassrosa Blätter. Als Kind hatte er die dünnen Rhizome mit Wasser geschüttelt, bis es schäumte.

»War Isabelle ein glückliches Kind?«, fragte er.

»Ich glaube schon«, erwiderte Barbara Jenny leise.

»Wie war ihre Beziehung zu ihrem Vater?«

»Warum?«

Cavalli stellte sich vor sie hin, so dass sein Gesicht im Schatten lag. »Standen sich die beiden nahe?«

Barbara Jenny sah Hilfe suchend zu Regina. »Was würdest du sagen? Du kannst das von außen besser beurteilen.«

»Mich interessiert Ihre Meinung«, beharrte Cavalli.

»Ich glaube ja«, antwortete Barbara Jenny stockend.

»Haben sie oft alleine etwas unternommen?«

»Edi hat immer viel gearbeitet. Wenn er frei hatte, blieb er meistens zu Hause.«

»Und wo waren Sie?«

»Ich? Hier natürlich.«

»Frau Jenny, war etwas außergewöhnlich an der Beziehung zwischen Ihrem Mann und Isabelle?«

»Wie meinen Sie das?«

Cavalli sah zu Regina, die sich sichtlich unwohl fühlte. Sie erklärte, wie ihnen aufgefallen war, dass Isabelle nie längere Beziehungen mit Männern einging.

Barbara Jenny gab ein Geräusch von sich, als würde sie lachen, doch in ihren Augen bildeten sich Tränen. »Ihr denkt, Edi hat sie … missbraucht?«

Cavalli und Regina schwiegen.

»Ganz sicher nicht. Sie stritten ab und zu, vor allem, als Isabelle älter wurde. Aber er hätte ihr nie ein Haar gekrümmt.«

Cavalli fragte, ob er kurz die Toilette benützen dürfe. Barbara Jenny stand auf und wollte ihn hinführen. Rasch versicherte er, den Weg alleine zu finden.

Wie der Garten war auch das Innere des Hauses liebevoll gepflegt. Cavalli steckte den Kopf in alle Zimmer, entdeckte aber nichts, das seine Aufmerksamkeit weckte. Dann trat er kurz ins Bad und betätigte die WC-Spülung. Anschließend öffnete er die Schränke und fand neben den üblichen Toilettenartikeln ein starkes Medikament gegen Migräne, Vitamintabletten und Glaubersalz. Er fragte sich, ob das Glaubersalz zu einer Fastenkur gehöre.

Als Cavalli wieder in den Garten trat, verabschiedete sich

Regina bereits. Er wartete halb verdeckt hinter einem Wunderbaum, der bereits erste Blüten zeigte, bis sich Regina aus Barbara Jennys Umarmung befreit hatte. Als er hörte, dass sie keine vertraulichen Worte austauschten, ging er auf Isabelles Mutter zu und reichte ihr die Hand.

Fahrni legte seine Hand auf die samtigen Nüstern des Pinto Arabers und lauschte dessen Atem. Nach vier Stunden mit von Arburg war er dankbar, Stallluft zu riechen. Der Diplomat kam ihm vor wie polierter Marmor; Fahrni hatte nicht die leiseste Ahnung, ob er sie alle zum Narren hielt, oder ob er tatsächlich nichts wusste. Er hatte nicht bestritten, Mirjana Racic Trinkgeld und Schokolade hinterlassen zu haben, aber das machte er nach eigenen Angaben in jedem Hotel, weil die Zimmermädchen zu selten Dank für ihre ausgezeichnete Arbeit erhielten. An Mirjana Racic konnte er sich nicht speziell erinnern, er sei nie im Zimmer gewesen, wenn sie es hergerichtet habe, behauptete er.

Auch von den 1,8 Millionen Franken wusste er angeblich nichts. Er hatte bereitwillig seine Finanzen offengelegt, ihnen Einblick in seine Konti und in seine Steuererklärung gewährt, doch außer der atemberaubenden Höhe seines geerbten Vermögens war Fahrni nichts ins Auge gestochen. Vielleicht müssten sie den Fokus auf Bolay verlagern, dachte er. Doch zuerst wollte er Viola Knecht mit den neuen Informationen konfrontieren.

Er fand sie in der Box von Philippes Freiberger, wo sie mit rhythmischen Bewegungen Perfections Fell zum Glänzen brachte. Die Stute schüttelte unruhig den Kopf, und Viola murmelte ihr etwas zu. Als Fahrni fragte, ob er störe, schien sie nicht überrascht, ihn zu sehen. Sie wolle gerade mit Bando ausreiten und Perfection mitführen, wisse aber nicht, ob das gut gehe, erklärte sie. Perfection habe zu viel überschüssige Energie. Fahrni bot an, sie zu führen. Zögerlich klemmte sich Viola eine Haarsträhne hinters Ohr. Sie wirkte gelöster als bei Fahrnis letztem Besuch, und er begann langsam zu ahnen, wie sie vor Philippes Tod gewesen war. Sie fragte, wie viel Zeit er habe.

Fahrni breitete die Arme aus. »So viel ich brauche. Das ist das Schöne an meinem Beruf. Ich kann den Papierkram auch am Abend erledigen.« Das stimmte zwar nicht ganz, aber er wollte die Gelegenheit nutzen, die ihm ihre Offenheit bot.

»Haben Sie Lust, Perfection zu reiten?« Sie tätschelte den Hals des Pferdes. »Sie besitzen doch ebenfalls einen Freiberger? Und Sie reiten Western?«

»Wenn Sie damit keine Mühe haben.«

Ein kurzer Schatten huschte über ihr Gesicht, dann sagte sie: »Philippe hätte nicht gewollt, dass Perfection vernachlässigt wird.«

Fahrni holte hohe Schuhe aus dem Kofferraum und befestigte seine Chaps darüber. Nach kurzem Zögern griff er nach seinem Reithelm. Vielleicht war Perfection nicht so gut gelaunt wie Viola Knecht, dachte er. Das Satteln verlief jedoch problemlos, und kurz darauf ritten sie Richtung Wald.

Viola beäugte ihn kritisch aus dem Augenwinkel, bis sie sicher war, dass er gut klar kam. »Sie wirken im Sattel viel sicherer als … entschuldigen Sie …«

Fahrni hörte das nicht zum ersten Mal. Christina hatte sich beim Reiten in ihn verliebt. Sie war von seinem ruhigen, aber bestimmten Umgang mit Pferden beeindruckt gewesen und hatte zuerst nicht wahrhaben wollen, dass er sich auf seinen eigenen Beinen tollpatschiger bewegte. Warum er sich auf einem Pferderücken veränderte, wusste Fahrni selbst nicht. Die Kraft des Tieres schien sich auf ihn zu übertragen und verlieh ihm Sicherheit. Sie ritten schweigend über die Felder Richtung Aathal, bis sie an ein Waldstück gelangten.

Plötzlich bemerkte Viola: »Das klingt vielleicht furchtbar, aber seit Philippe tot ist, habe ich zum ersten Mal das Gefühl, ich müsse ihn nicht teilen. Isabelle ist endlich aus meinem Leben verschwunden.«

»Wir haben sie noch nicht gefunden«, sagte Fahrni.

»Ich werde nicht so tun, als belaste mich das.«

»Sagt Ihnen der Name Pierre-Richard von Arburg etwas?«

»Ein neuer Mann in ihrem Leben?«

»Vielleicht.«

Sie zuckte mit den Schultern.

»Und Eastern Investments?«

»Auch nicht. Philippe hat selten über Teamwork gesprochen. Ich nehme an, Eastern Investments hat mit Isabelle zu tun?«

»Ihr Mann hat vor seinem Tod eine große Summe an die Firma überwiesen. Wir können uns das nicht erklären.«

»Arbeitet Eastern Investments mit Flüchtlingen?«

Ihre Frage elektrisierte Fahrni, und Perfection ging sofort in einen nervösen Trab über. Als er das Pferd wieder unter Kontrolle hatte, fragte er Viola, was sie darüber wisse. Sie erzählte ihm, Philippe habe sich gefreut, in letzter Minute eine Lösung für die Flüchtlinge gefunden zu haben, die ihre Unterkunft verlassen mussten.

»Er wunderte sich zwar darüber, dass Teamwork bereit war, in Immobilien zu investieren, doch anscheinend war es für die Flüchtlinge die einzige Lösung.«

»Wusste Isabelle von der Überweisung?«

»Keine Ahnung. Wir vermieden es, über sie zu sprechen. Ich kann mich erinnern, dass Philippe nervös war, das ist alles. Ich hatte aber den Eindruck, Isabelle habe ihm den Auftrag erteilt. Allerdings hat er das nie gesagt. Ich habe es einfach angenommen, weil er keinen Namen nannte.« Sie sah zu Fahrni. »Philippe hätte sich nie in etwas Illegales verwickeln lassen, das müssen Sie mir glauben! Er machte die ganze Arbeit für Teamwork umsonst, in seiner Freizeit. Es war ihm wichtig, dass er damit Menschen helfen konnte.«

»War es ihm wichtig, Isabelle zu beeindrucken?«, fragte Fahrni vorsichtig. Als er sah, wie Violas Kinn zu zittern begann, hätte er die Frage am liebsten zurückgenommen.

»Ich denke schon«, flüsterte sie.

»Wie weit wäre er dafür gegangen?«

Viola legte ihre Stirn auf Bandos Mähne.

Fahrni spielte die Situation in Gedanken durch. Um sich besser konzentrieren zu können, legte er die Beine auf seinen Schreibtisch, verschränkte die Arme im Nacken und schloss die Augen. Er stellte sich vor, wie Philippe Knecht die Nachricht erhielt, dass die Flüchtlingsunterkunft zum Verkauf stand. Hatte Isabelle angerufen? Oder Lewan Kupatadze? Nein, Kupatadze war für die Bauernprojekte zuständig. Lili Tsagareschwili vielleicht? Sie behauptete zwar, nichts über ein Hotelgeschäft zu wissen, doch vielleicht log sie. Knecht wurde also damit beauftragt, 1,8 Millionen Schweizer Franken auf das Konto von Eastern Investments zu überweisen. Er stand unter Zeitdruck, vertraute aber offenbar dem Auftraggeber. Wenige Tage später stand Isabelle unangekündigt vor seiner Tür. Kurz darauf erhängte er sich. Fahrni spielte mit der Hypothese, dass Isabelle nichts über den geplanten Kauf wusste.

Hatte ein Mitarbeiter sie hintergangen? Philippe Knecht übers Ohr gehauen?

»Fehlt nur die Marlboro im Mundwinkel«, hörte er Meyer witzeln.

Als Fahrni die Augen öffnete, stellte er fest, dass er vergessen hatte, sich nach dem Reiten umzuziehen. Bevor er etwas entgegnen konnte, stand Cavalli in der Tür.

»Wir müssen herausfinden, wem das Hotel jetzt gehört!«, sagte Fahrni aufgeregt. »Das dürfte keine Hexerei sein, oder?« Er erläuterte seine Hypothese.

»Ich muss sowieso mit der georgischen Polizei Kontakt aufnehmen«, sagte Cavalli. »Wegen Narek Davityan. Ich klär das mit dem Kaukasus auch gleich ab.«

»Ist das nicht zu … belastend für dich?«, fragte Meyer vorsichtig.

Cavalli blieb steif vor ihr stehen.

»Wenn man vom Pferd fällt, ist es auch am besten, man steigt gleich wieder auf.« Fahrni kassierte von Cavalli einen vernichtenden Blick. Er sah die Likörpraline auf seinem Schreibtisch und streckte sie Cavalli hin.

Cavalli schüttelte den Kopf und kehrte in sein eigenes Büro zurück, wo er sich müde auf seinen Stuhl fallen ließ. Eigentlich hatte er nach dem Besuch bei Barbara Jenny nicht ins Büro kommen wollen, doch er ertrug es nicht, untätig zu Hause zu sitzen. Zur Ruhe käme er erst, wenn er die Ereignisse in Georgien abschließen konnte. Neben dem Telefon lag ein Zettel mit der Nummer des georgischen Polizisten, der Narek Davityan befragt hatte. Was, wenn es derselbe Beamte war, dem er im Gefängnis gegenübergesessen war? Cavalli konnte sich nicht an seinen Namen erinnern, nur an dunkle Augen und ein kräftiges Kinn. Als er den Hörer in die Hand nahm, bemerkte er, dass seine Handfläche feucht war. Die Stimme, die abnahm, kam Cavalli nicht bekannt vor. Erleichtert stellte er sich vor. Um sicherzugehen, dass er nichts verpasste, nahm er das Gespräch auf, obwohl das verboten war. Eine halbe Stunde später war er froh, so vorsichtig gewesen zu sein. Die Informationen überwältigten ihn. Narek Davityan war nicht nur mit Isabelle befreundet gewesen, der Armenier wusste auch, wer sie am Flughafen in Tiflis abgeholt hatte.

»Ich will das Protokoll deines Gesprächs mit Bolay, und zwar sofort!«, verlangte Regina.

Hanisch sprang auf. »Was fällt dir ein, in diesem …«

»Wenn du es mir nicht sofort gibst, wende ich mich an Landolt!«

»Ich habe Bolay nicht verhört. Das war lediglich ein Besuch. Du weißt genau, dass ich ohne Rechtsver…«

»Du hast nichts protokolliert?«

Zähneknirschend gab Hanisch zu, dass sie sich Stichworte notiert hatte, die jedoch nicht vor Gericht verwertbar seien. Zehn Minuten später marschierte Regina mit Hanischs Notizen zurück in ihr Büro. Als sie an Sutter vorbeikam, zwinkerte er ihr zu. Cavalli wartete immer noch am Telefon.

»Ich habe sie«, erklärte Regina. »Soll ich sie faxen? Verrätst du mir endlich, worum es geht?«

»Ich melde mich, sobald ich sie gelesen habe«, versprach Cavalli.

Zwei Stunden später fragte sich Regina, ob er dabei eingeschlafen sei. Hanisch und Sutter waren gegangen, und sie vernahm nur noch wenige Stimmen aus den anderen Büros. Sie wollte ihr Plädoyer für den folgenden Tag noch einmal durchgehen, doch sie schaffte es nicht mehr. Resigniert fuhr sie ihren Computer herunter. Sie hatte das Licht schon gelöscht, als das Telefon klingelte. Cavalli fragte, ob sie bei ihm vorbeischauen könne. Nur die Erschöpfung in seiner Stimme hielt sie davon ab, abzulehnen. Er stand am Fenster, als sie eintrat, die Hände auf den Fenstersims gestützt, den Blick aufs provisorische Polizeigefängnis gerichtet.

»Ich habe mit der georgischen Polizei telefoniert«, sagte er, ohne sich umzudrehen.

Regina stellte ihre Tasche auf den Stuhl und trat neben ihn. Sie hatte sich immer noch nicht an seinen Bürstenschnitt gewöhnt. Insgeheim hoffte sie, er würde seine Haare wieder lang wachsen lassen. Sie hob ihre Hand, doch er drehte sich weg und ging zu seinem Schreibtisch, wo er nach seinen Notizen griff.

»Ich habe das Gespräch aufgenommen, falls du es hören willst, aber das Wesentliche habe ich zusammengefasst.« Er hielt seine Notizen hoch. »Willst du dich nicht setzen?«

Regina nahm auf dem Besucherstuhl Platz.

»Narek Davityan wurde befragt«, fuhr Cavalli fort, »Isabelles Freund, beziehungsweise Exfreund, wie sich herausgestellt hat. Sie waren gut ein Jahr zusammen. Narek Davityan arbeitet in der Küche des Zar Franco als Hilfskoch. Er soll ein ziemlicher Frauenheld sein. Er habe eine lose Beziehung zu Isabelle gehabt. Nicht, weil er das so wollte, sondern weil sie darauf bestand. Narek Davityan wäre zur Heirat bereit gewesen, doch das kam für sie nicht in Frage. Die Geschichte ging vor zirka vier Monaten zu Ende. Da habe sich Isabelle plötzlich verändert. Sie habe sich von ihren Freunden zurückgezogen, sei oft nachdenklich oder sogar abweisend gewesen und übers Wochenende immer alleine weggegangen. Auf einmal verkehrte sie in Kreisen, die sie früher gemieden hatte: mit Auslandschweizern, der georgischen Oberschicht, Geschäftsleuten. Offiziell Schluss gemacht mit Narek Davityan hat sie nie, deshalb hoffte er, es handle sich nur um eine Phase. Was Narek Davityan am meisten erstaunte, ist, dass sich Isabelle plötzlich mit Frank Bolay sehen ließ. Offenbar war das Zar Franco für sie immer ein rotes Tuch gewesen. Bolay warb lokale Bauern ab, die Teamwork ausgebildet hatte. Im Zar Franco verrichteten sie Hilfsarbeiten, verdienten aber mehr, als wenn sie ihre Felder bewirtschafteten. Außerdem kaufte er im Ausland Gemüse ein, weil ihm die lokalen Sorten zu wenig exklusiv waren. Von Bio-Produkten wollte er schon gar nichts wissen. Was Teamwork erreichte, zerstörte er Schritt für Schritt wieder.« Cavalli rieb sich die Augen. »Vor eineinhalb Monaten nahm Narek Davityan erneut einen Anlauf. Er rief Isabelle an und fragte, ob sie mit ihm einige Tage wegfahren würde. Und jetzt wird es interessant: Sie lehnte mit der Begründung ab, sie fliege am nächsten Tag in die Schweiz. Und zwar wegen einer Familienangelegenheit!«

»Was meinte sie damit?«

»Sie hat es nicht erklärt. Einige Tage später hat er von Tanja Begiaschwili, der Bardame …«

»Lewan Kupatadzes Cousine aus Chertwisi.«

Ein verwirrter Ausdruck huschte über Cavallis Gesicht. Er versuchte ihn zu verbergen, in dem er einen Schluck Wasser nahm.

»Lili Tsagareschwili hat uns erzählt, dass die beiden verwandt sind«, erläuterte Regina.

»Richtig. Was ich sagen wollte … Tanja Begiaschwili berichtete einige Tage später, Isabelle sei aus der Schweiz zurück und Frank Bolay habe sie am Flughafen abgeholt.«

»Bolay? Bist du sicher?«

Cavalli verschränkte die Arme.

»Ich meine, bist du sicher, dass Narek Davityan nicht lügt?«

»Die georgische Polizei ist sich sicher. Sie haben die Geschichte überprüft. In den Notizen, die du mir gefaxt hast, steht kein Wort davon. Bolay behauptet, Isabelle nicht gut zu kennen, obwohl er gegenüber Hanisch zugab, sie im Zar Franco getroffen zu haben. An mehr kann er sich angeblich nicht erinnern. Übrigens auch nicht daran, dass ich auf ihn geschossen haben soll. Er weiß nicht einmal, warum er in Chertwisi war.« Cavalli blätterte in seinen Notizen. »Hier habe ich noch etwas: Lewan Kupatadze war auch dort. In Chertwisi.«

»In dieser Nacht?«, wollte Regina wissen.

»Ja. Nicht nur das, offenbar hasst Lewan Kupatadze Frank Bolay. Erstens, weil er die Arbeit von Teamwork zerstört, und zweitens, weil er seine Cousine belästigt hat.«

»Tanja Begiaschwili?«

Cavalli nickte. »Bolay führt sich in seinem Hotel wie ein König auf beziehungsweise wie ein Zar. Er scheint zu glauben, seine Angestellten gehörten ihm. Besonders die Frauen.«

Regina stoppte ihn mit einer Handbewegung. »Langsam, ich komme nicht mehr mit. Versteh ich das richtig: Lewan Kupatadze steckt hinter dem Anschlag auf Bolay?«

»Die Polizei untersucht diese Möglichkeit, aber Beweise liegen noch keine vor.«

»Dann war es tatsächlich Lewan Kupatadze, der uns, oder dir, den Mord in die Schuhe schieben wollte? Hat er das Handy in deinen Koffer geschmuggelt?«

»Möglicherweise. Der Beamte wollte nicht näher darauf eingehen.«

»Aber was hatte Lewan Kupatadze gegen uns? Schon als er mich nach Agara begleitete, verhielt er sich abweisend. Alles nur wegen dieser Kredite?«

Cavalli studierte seine Notizen. »Narek Davityan behauptet, dass Lewan Kupatadze uns nicht traute. Er wusste, dass wir aus der Schweiz kamen und dass Teamwork wegen der Zertifizierung unter die Lupe genommen wurde.«

»Die Zewo schickt doch keine Polizisten ins Ausland, um die Arbeit von Hilfswerken zu kontrollieren!«

»Lewan Kupatadze glaubte das aber. Und er hatte Angst, dass dabei etwas ans Licht käme.«

»Die hohen Kredite«, bemerkte Regina. »Und deshalb schrieb er ›GO HOME‹ auf unseren Mietwagen und schloss mich in dieser Hütte ein. Aber unsere Sachen im Hotel kann er nicht durchwühlt haben, ich war den ganzen Tag mit ihm zusammen.«

»Vielleicht hatte er mehr zu vertuschen als unsaubere Kredite«, warf Cavalli ein. »Einen Mord zum Beispiel.«

»An Isabelle? Was hätte er für ein Motiv gehabt?«

»Er liebte sie. Narek Davityan sagt, Lewan Kupatadze sei nie über Isabelle hinweggekommen.«

»Vielleicht hat Bolay Isabelle etwas angetan und gab Lewan Kupatadze damit einen weiteren Grund, sich an ihm zu rächen.« Regina kramte eine Packung Darvida hervor. Sie bot Cavalli eines an, doch er lehnte ab. »Lewan Kupatadze hatte keine Skrupel, uns im Gefängnis sitzen zu lassen. Wenn er seine Rache auf Kosten Unschuldiger plante, wer weiß, wozu er sonst fähig war.«

»Lewan Kupatadze nutzte nur die Gelegenheit, zwei Fliegen mit einem Schlag zu treffen. Eine Gelegenheit, die ich ihm bot.«

Regina ging um den Schreibtisch herum und legte ihre Hände auf Cavallis Schultern. Er stand auf und trat wieder ans Fenster.

Plötzlich wurde es Regina zu viel. »Cava, tu mir das bitte nicht an. Wir haben so viel verloren, wir müssen das festhalten, was bleibt.«

»Und das wäre?«

Sie kämpfte mit sich. Sein steifer Rücken ermunterte sie nicht, sich ihm anzuvertrauen. Er schaltete von warm auf kalt wie eine defekte Heizung. Solange er so sehr mit sich selbst beschäftigt war, blieb kein Platz für sie. Stumm nahm sie ihre Tasche und verließ sein Büro.

23

Regina verließ das Bezirksgericht mit gemischten Gefühlen. Das Richterteam folgte in allen Punkten ihrem Antrag, doch nur, weil Regina vor ihren Ferien sorgfältige Arbeit geleistet hatte. Die Verhandlung war im Grunde genommen nur noch eine Formalität. Es fiel nicht ins Gewicht, dass Regina ihr Plädoyer kaum flüssig lesen konnte und dass sie immer wieder abschweifte.

Es war kurz nach zwölf, als sie ihr Handy einschaltete. Sie sah, dass sie einen Anruf von Pierre-Richard von Arburg verpasst hatte. Als sie zurückrief, lud er sie zum Essen ein. Er schlug die Kronenhalle vor, und sie verabredeten sich auf halb ein Uhr. Er saß bereits an einem Tisch, als sie eintrat. Sofort stand er auf und bot ihr einen Stuhl an. Dann erkundigte er sich nach ihrem Wohlbefinden. Regina erzählte ihm von der Verhandlung und gab zu, dass es ihr manchmal seltsam vorkam, ein Plädoyer vorzulesen, obschon die Richter mit ihren Argumenten vertraut waren.

»Manchmal sind Formalitäten wichtig«, sagte von Arburg.

Regina lächelte. »Das kennen Sie als Botschafter sicher. Ich bin gespannt, wie es wird, wenn ich am Obergericht die Anklage vertreten darf. Dort ist es noch offensichtlicher, dass sich die Richter bereits eine Meinung gebildet haben.«

»Eine vorgefasste Meinung ist schwierig zu beeinflussen«, bestätigte von Arburg.

Regina musterte ihn. »Halten Sie als Botschafter immer an Ihrer Meinung fest?«

»Ich versuche, neutral zu sein. Das gehört zu meinen Aufgaben.«

»Können Sie Beruf und Privatleben trennen?«

Von Arburgs Blick schweifte in die Ferne. Ein Kellner nahm ihre Bestellungen auf.

»Sind Sie in Zürich aufgewachsen?«, fragte von Arburg.

»In Uitikon, das ist ganz in der Nähe.«

»Ich erinnere mich, Sie gingen mit Isabelle Jenny zur Schule.« Von Arburg strich seine Serviette glatt. »Wie … waren Sie eng befreundet?«

Regina hatte den Eindruck, die Frage koste ihn Überwindung. Sie schilderte, wie unterschiedlich sie und Isabelle gewesen waren, und gestand ihren Neid. »Darauf bin ich nicht besonders stolz, aber als Teenager war ich nicht der glücklichste Mensch.«

»Und Isabelle? War sie glücklich?«

»Ich weiß es nicht, ich kannte sie zu wenig. Aus meiner Sicht hatte sie alles, was man sich wünschen konnte: Sie war schön, intelligent und beliebt, was will man in dem Alter noch mehr?« Als von Arburg nicht reagierte, fragte sie: »Wie ist sie heute?«

»Kämpferisch. Sie wusste, was sie wollte, und setzte sich unermüdlich dafür ein. Aber auf eine gewinnende Art, sie war …« Er konnte den Satz nicht zu Ende sprechen.

»Sie haben sie geliebt, nicht wahr?«, fragte Regina sanft.

»Nicht so, wie Sie denken. Die Kalbsleber ist vorzüglich, finden Sie nicht?«

»Wann haben Sie Isabelle kennengelernt?«

»An Neujahr. Sie hat ihren Freund im Zar Franco besucht, weil er über die Feiertage arbeiten musste. Frank veranstaltet für die europäischen Gäste jedes Jahr ein Silvesterfest, nach westlichem Kalender. Weil Narek Davityan in der Küche gebraucht wurde, konnte er nicht weg, also blieb Isabelle einige Tage bei ihm.«

»Warum haben Sie sie im April in die Schweiz begleitet?« Regina merkte, dass das Gespräch immer mehr einem Verhör glich.

»Möchten Sie wirklich keinen Wein?«

»Nein, danke.«

»Ich habe immer wieder geschäftlich hier zu tun. Da wir gleichzeitig reisen wollten, bot ich an, sie zu fliegen.«

»Was wollte sie in der Schweiz?«

»Das haben mich Ihre Kollegen von der Kriminalpolizei heute Morgen auch gefragt.«

Regina verstand den Hinweis. »Sie wurden heute erneut befragt?«

»Von Frau Meyer und Herrn Fahrni. Ich habe ihnen erzählt, dass Isabelle ihre Familie besuchen wollte. Darf ich eine Nachspeise für Sie bestellen?«

Regina lehnte ab. Sie versuchte, weitere Fragen zu stellen, doch von Arburg wich geschickt aus. Er bestand darauf, die Rechnung zu begleichen, und verabschiedete sich höflich. Regina sah dem Taxi nach. Obwohl er auf alle Fragen eine passende Antwort gegeben hatte, stimmte etwas nicht. Die Dankbarkeit, die Regina von Arburg gegenüber empfunden hatte, verwandelte sich in eine immer größer werdende Distanz.

Kaum war das Taxi um die Ecke gebogen, rief Regina Fahrni an und erkundigte sich nach der Befragung. Er erzählte ihr, dass von Arburg nicht mehr Licht in die Beziehung von Frank Bolay und Isabelle Jenny gebracht hatte. Fahrni beklagte sich, der Botschafter habe die Fragen so geschickt beantwortet, dass er erst im Nachhinein merkte, dass seine Worte nichts aussagten.

»Dafür verfügt die georgische Staatsanwaltschaft endlich

über die Verbindungsdaten von Isabelles Handy. Wir sollten sie diese Woche noch bekommen.«

»Das hat aber lange gedauert«, stellte Regina fest. »Informierst du mich, wenn sie eintreffen? Ich weiß, Hanisch ist zuständig, aber ich möchte auf dem Laufenden sein.«

»Klar, du erfährst es als Erste. Ich muss los, ich habe eine Verabredung mit den Kollegen der SA 1. Sie haben Neuigkeiten wegen Eastern Investments.«

Regina stieg am Paradeplatz in die Linie Acht und betrachtete aus dem Fenster die Bankangestellten, die an ihre Arbeitsplätze zurückspazierten. Wie von Arburg trugen sie Anzug und Krawatte, aber keiner schien so makellos wie er. Sie überlegte sich, worin der Unterschied lag. Der Diplomat schlüpfte nicht in eine Rolle – er lebte sie. War er deshalb so schwer zu fassen? Regina ließ sich das Tischgespräch durch den Kopf gehen, und plötzlich fiel ihr auf, dass er in der Vergangenheitsform gesprochen hatte, als er Isabelle beschrieb.

Am Helvetiaplatz stieg sie aus und ging auf den Eingang der STA IV zu. Vor der Glastür blieb sie stehen. Silvio Tozzi, der Abteilungsleiter, war aus den Ferien zurückgekehrt, und Regina scheute die Fragen, die er stellen würde. Ihre Erlebnisse in Georgien hatten keinen Platz in der gesitteten Welt der Staatsanwaltschaft. Sie erinnerte sich, wie sie sich diese Welt im Gefängnis herbeigewünscht hatte, doch sie passte nicht mehr nahtlos hinein. Ob sich das wieder ändern würde? Würden die Wochen in Untersuchungshaft irgendwann nur noch eine schlechte Erinnerung sein? Oder hatten sie sie geprägt? Sie sehnte sich danach, mit jemandem darüber zu reden, doch der einzige, der sie verstand, war Cavalli. Und er wollte nicht über ihre Haft sprechen.

»Hier stinkt es schlimmer als auf dem Klo«, schimpfte Sutter plötzlich neben ihr. »Wenn ich den erwische, der hier reinpisst, kann er was erleben.«

»Ist Tozzi zurück?«, fragte Regina, als sie auf den Lift zusteuerten.

»Braungebrannt und etwas schwerer«, antwortete Sutter. »Aber heute nachmittag nimmt er bereits an einer Sitzung teil, du hast also noch etwas Ruhe.«

Regina lächelte ihn dankbar an. Sie hätte nie geglaubt, dass sie sich mit Kevin Sutter arrangieren würde. Als sie neu bei der STA IV angefangen hatte, hatten sie sich täglich gestritten. Regina ertrug Sutters Intoleranz nicht, und ihm ging ihre Genauigkeit auf die Nerven. Doch irgendwie hatten sie einen Weg gefunden. Regina erkannte die Unsicherheit, die sich hinter Sutters Machogebaren verbarg, und er begriff, dass ihre Genauigkeit im Ehrgeiz wurzelte, Untersuchungen erfolgreich abzuschließen.

Während sie in den zweiten Stock fuhren, erzählte er, Cavalli habe am Vormittag Hanisch aufgesucht. »Er wollte einen Haftbefehl für Frank Bolay.«

»Ich nehme an, sie hat abgelehnt.«

»Es liege noch nicht genug gegen ihn vor, hat sie gemeint. Aber ehrlich gesagt, der Typ ist nicht ganz hundert. Bolay, nicht Cavalli«, präzisierte Sutter rasch, als er sah, wie Regina die Stirn in Falten zog.

»Hast du weiter recherchiert?«, fragte sie. Hanisch hatte ihm verboten, sich in die Ermittlung einzumischen.

Sutter brummte etwas vor sich hin.

»Kevin? Was hast du herausgefunden?«

Er schlich an Hanischs geschlossener Tür vorbei in sein eigenes Büro. »Ich habe eine Kollegin von der Hotelfachschule aufgetrieben. Die hat erzählt, Bolay habe sich an einige Frauen in der Klasse herangemacht. Eine wollte ihn wegen Vergewaltigung anzeigen, sorgte sich aber um ihren Ruf.«

»Um ihren Ruf?«, fragte Regina entgeistert.

»Eine Hotelerbin oder so.«

»Hör zu, Kevin«, beschwor ihn Regina. »Das sind ganz wichtige Informationen, und ich bin froh, dass du so gut recherchiert hast. Aber von jetzt an musst du das mir oder Theresa überlassen. Wenn du irgendwelche Vorschriften verletzt, kann es sein, dass die Beweise vor Gericht nicht standhalten und wir Bolay so einen Dienst erweisen.«

Sutter verzog beleidigt das Gesicht. Erst als Regina ihn nochmals lobte, versprach er, sich künftig aus den Ermittlungen herauszuhalten.

Cavalli berichtete, was Sutter herausgefunden hatte. »Warum erhalten wir diese wichtige Information von Reginas Protokollführer?« Er stützte sich mit beiden Händen auf den Besprechungstisch und beugte sich vor. Schweigend ließ er seinen Blick über die Anwesenden gleiten. Nur Fahrni sah ihm in die Augen.

»Ich erwarte mehr von euch!«, rügte Cavalli. »Fahrni, du wolltest uns etwas mitteilen.«

»Knecht hat doch 1,8 Millionen Franken an Eastern Investments überwiesen. Die Firma gehört tatsächlich Frank Bolay, das hat die SA 1 bestätigt. Von Arburg ist aber unterschriftsberechtigt. Eastern Investments hat ein Konto in Lausanne. Von dort aus wurde das Geld am selben Tag auf ein anderes Konto weitergeleitet. Dahinter steckt eine Holdinggesellschaft, zu der unter anderem das Zar Franco gehört. Auch für dieses Konto ist von Arburg unterschriftsberechtigt. Und ratet mal, was mit dem Geld passierte!«

»Wir haben keine Zeit für Ratespiele!«, unterbrach Cavalli.

»Das Geld floss auf das Konto einer georgischen Firma, die mit Immobilien handelt. Und zwar am 26. Mai.« Fahrni strahlte in die Runde.

»Am 26. Mai?«, wiederholte Gurtner. »Da lag Bolay schon im Unispital.«

»Genau!«

Cavalli versuchte zu verstehen, was Fahrni damit sagen wollte. Sein Kopfweh hatte wieder eingesetzt, und er bereute, am Mittag nicht Schluss gemacht zu haben. Irgendwie musste er diese Besprechung nun zu Ende führen. Er hielt Meyer einen Stift hin.

»Fassen wir zusammen. Bambi, fang an.«

»Meiner Meinung nach lief das so: Philippe Knecht erhielt von Eastern Investments die Anweisung, 1,8 Millionen Franken zu überweisen, um das Hotel zu kaufen, in dem diese Flüchtlinge wohnten. Damit würde das Gebäude Teamwork gehören, und die Flüchtlinge dürften bleiben.«

»Das Kaukasus«, sagte Fahrni.

Meyer verdrehte die Augen. »Knecht traute dem Auftraggeber, weil die Firma Eastern Investments von Arburg gehört …«

»Nein, Bolay. Von Arburg ist nur unterschriftsberechtigt«, widersprach Fahrni. »Aber das wusste Knecht nicht.«

»Also traute Knecht der Firma, weil er glaubte, sie gehöre von Arburg. Und von Arburg vertraute er, weil dieser Teamwork eine große Summe gespendet hatte.«

»Und weil Isabelle ihm mitgeteilt hat, von Arburg sei vertrauenswürdig«, ergänzte Gurtner.

»Kann sein, das wissen wir aber nicht«, fuhr Meyer fort. »Also überwies Knecht das Geld. Bolay oder von Arburg – oder beide – müssen Druck gemacht haben, denn Knecht hatte keine Zeit, sorgfältige Abklärungen vorzunehmen. Vielleicht hat man ihn gedrängt, das Geschäft sofort abzuwickeln.« Sie blickte fragend zu Fahrni, der nickte. »Isabelle Jenny wusste aber nichts davon. Das heißt, Bolay und von Arburg haben Knecht reingelegt, um an das Geld heranzukommen. Eastern Investments leitete die 1,8 Millionen sofort weiter an eine andere Firma, eine Holdinggesellschaft, die Bolay gehört, und dieser kaufte dann das Hotel.«

»Von Arburg kaufte es!«, rief Fahrni. »Bolay lag zu dieser Zeit bereits im Spital.«

Meyer stellte die Transaktionen mit verschiedenen Pfeilen auf der Tafel dar.

Langsam begriff Cavalli, wie sich das Ganze zugetragen hatte. »Als Isabelle davon erfuhr, reiste sie sofort in die Schweiz und stellte Knecht zur Rede.«

»Deshalb hat er sich im Estrich erhängt«, schloss Meyer leise. »Aber warum? Das Gebäude gehört nun Teamwork, die Flüchtlinge können bleiben. Darüber hätte sich Knecht freuen müssen.«

Fahnri schüttelte den Kopf. »Das Gebäude gehört Frank Bolay, nicht Teamwork. Und es liegen Pläne vor, die ein Hotel mit Casino vorsehen. Philippe Knecht hat Teamwork ruiniert und Hunderte von Flüchtlingen obdachlos gemacht.«

»Nein!«, sagte Regina, »von Arburg hätte das nie gemacht!«

»Er hat das Geld überwiesen«, hielt ihr Cavalli entgegen.

»Wir übersehen etwas Wichtiges.« Regina verstummte, als ein Airbus Gockhausen überflog. »Warum fliegen sie nun auch abends? Als der Südanflug eingeführt wurde, versprach man uns, wir hätten den Lärm nur von sechs bis sieben Uhr morgens auszuhalten.« Sie wandte sich wieder Cavalli zu. »Weshalb hätte er Teamwork betrügen sollen? Erstens schwärmt er für Isabelle, zweitens hat er selber genug Geld. Er stammt aus einer reichen Industriellenfamilie. Sein Vermögen beträgt beinahe neun Millionen Franken – ohne Immobilien. Außerdem war es von Arburg, der uns auf Eastern Investments aufmerksam gemacht hat.«

Cavalli sah dem nächsten Flugzeug entgegen, das sich bereits näherte. Regina betrachtete seinen Hals und erinnerte sich, wie sie ihn in Chertwisi geküsst hatte. Sie spürte sein unrasiertes Kinn auf ihrer Stirn, seine Hände in ihrem Nacken.

»Wie waren deine Zellengenossen?«, fragte sie unvermittelt.

Cavalli wandte den Blick nicht vom Himmel ab. »Ich war alleine.«

»Die ganze Zeit?«

Nach langem Schweigen fragte er: »Du nicht?«

»Nein, wir waren zu viert.« Sie wickelte eine Haarsträhne um den Finger. »Ich … es waren drei Georgierinnen.« Plötzlich brannten ihr Tränen in den Augen.

Cavalli schwieg.

»Wusstest du, was dir vorgeworfen wurde?«

»Nur von dir.«

»Wurdest du befragt?« Regina sah, wie er sich an seinen Stuhl klammerte, bis seine Knöchel weiß hervortraten. Als er das Thema wechselte, legte sie ihre Stirn auf ihre verschränkten Arme und weinte lautlos. Sein Stuhl kratzte auf den Steinplatten, als er ihn zurückschob. Er ging vor ihr in die Hocke und küsste sie aufs Haar. Erst als sie wieder ruhig atmete, stand er auf. Sie hörte, wie er die Glastür aufzog und in ihrer Wohnung verschwand. Kurz darauf stellte er ihr eine Tasse

Tee hin. Regina hob den Kopf nicht. Sie lauschte den Geräuschen, die seinen Abschied begleiteten: die Tür seines Volvos, die zuschlug, der Motor, der startete. Dann näherte sich eine Boeing und übertönte seine Wegfahrt.

Schweißgebadet schreckte Cavalli auf. Der Boden unter ihm war hart, und es dauerte einen Moment, bis er realisierte, dass er auf seiner Schlafmatte lag. Seit Christopher bei ihm wohnte, gehörte das Schlafzimmer ihm. Cavalli hatte vor, sich ein Bettsofa fürs Wohnzimmer anzuschaffen, doch er kam nie dazu. Da er die meiste Zeit in Reginas Gästebett verbrachte, störten ihn die wenigen Nächte auf der Matte nicht. Mühsam drehte er sich auf die Seite und versuchte weiterzuschlafen. Auch mit geschlossenen Augen spürte er die Wände um sich herum. Von oben drückte die Decke, und obwohl das Fenster offen stand, bekam er fast keine Luft. Aus dem Schlafzimmer hörte er die Geräusche des Fernsehers, also konnte es noch nicht allzu spät sein. Cavalli tastete nach seinem Wecker, der halb zwölf Uhr anzeigte. Noch über fünf Stunden bis Sonnenaufgang. Er schloss die Augen wieder und versuchte, sich zu entspannen. Er musste kurz eingenickt sein, denn die Stimme, die aus dem Fernseher drang, verwandelte sich plötzlich in die Stimme des georgischen Polizisten, mit dem er am Telefon gesprochen hatte. »Vier Monate vor ihrem Verschwinden ging die Geschichte zu Ende«, hörte Cavalli ihn wieder, als er Isabelles Freund Narek Davityan zitierte. »Da hat sie sich verändert.« Cavalli drehte sich auf die andere Seite. »Vor sechs Monaten«, hörte er nun Reginas Stimme, als sie ihm vom Tischgespräch in der Kronenhalle erzählte, »lernte er sie kennen. An Neujahr.« Cavalli setzte sich auf. Er machte Licht und holte die Befragungsprotokolle hervor, die er mit nach Hause genommen hatte. Er traute seiner Erinnerung nicht, vielleicht brachte er Traum und Wirklichkeit durcheinander. Sorgfältig las er Fahrnis Bericht durch. Es lagen bereits neunzig Seiten Gesprächsabschriften vor. Meyer und Fahrni hatten von Arburg gründlich befragt. Endlich fand er die Stelle. Von Arburg erzählte, wie er Isabelle auf der Terrasse des Zar Franco begegnet war und wie sie ins Gespräch gekommen waren.

Seit diesem Tag hatte sich Isabelles Verhalten laut Narek Davityan geändert. Worüber hatten die beiden gesprochen, dass sie sich in den folgenden Wochen von ihren Freunden zurückzog und ihre Beziehung zu Narek Davityan beendete? Was war auf dieser Terrasse vorgefallen? 150 000 Franken spendete von Arburg Teamwork. Kaufte er damit Isabelle? An Schlaf war nicht mehr zu denken. Cavalli stellte sich kurz unter die Dusche, rollte seinen Schlafsack zusammen und sammelte seine Unterlagen ein. Als er in die kühle Nacht hinaustrat, atmete er erleichtert aus. Keine Wände engten ihn ein, keine verschlossene Tür hielt ihn gefangen. Er öffnete alle Fenster seines Volvos und fuhr in die Stadt hinunter.

Pierre-Richard von Arburg setzte seine Unterschrift auf die Überweisung und legte die Füllfeder zur Seite. Ein weiterer Schritt war getan. Langsam näherte er sich seinem Ziel. Er zog das Foto von Isabelle aus seiner Schreibmappe und strich mit dem Finger über ihr Gesicht. Mit jedem Tag wurde die Trauer unerträglicher. Um nicht daran zu ersticken, lehnte er sich zurück und stellte sich vor, was gewesen wäre, wenn er sie früher kennengelernt hätte. In Gedanken spazierte er mit ihr durch die Altstadt von Tiflis, wo sie sich in ein Café setzten und türkischen Kaffee tranken, den die Georgier stolz georgischen

Kaffee nannten. Sie hätten über gemeinsame Erlebnisse gesprochen, Pläne geschmiedet und ihre Sorgen geteilt. Ob sie auch Tennis spielen, die Oper lieben und seine Leidenschaft für klassische Literatur teilen würde?

Er betrachtete ihre strahlenden Augen. Vielleicht hätte diese Lebensfreude ein wenig auf ihn abgefärbt, dachte er. Obwohl er kein unglücklicher Mensch war, fehlte ihm der Enthusiasmus, den Isabelle versprühte. Von Arburg war zufrieden, er hatte viel von dem erreicht, was er sich als junger Mann vorgenommen hatte. Dabei erlitt er auch Rückschläge, vor allem die Beziehung zu seinem Stiefsohn machte ihm zu schaffen. Er hatte versucht, Frank ein guter Vater zu sein, doch der Junge hatte den Tod seines leiblichen Vaters nie verkraftet. Vielleicht hätte er ihm das Leben eines Diplomatensohnes nicht zumuten dürfen. Doch damals waren er und Silvie der Meinung gewesen, Abstand täte Frank gut. Was sich im Nachhinein als Fehler erwies. Frank schaffte es nicht, im Ausland neue Beziehungen aufzubauen, auch nicht unter Auslandschweizern.

Ein Klopfen erinnerte von Arburg an das Sandwich, das er bestellt hatte. Er legte das Foto auf den Tisch und öffnete die Tür. Sein höfliches Lächeln erstarb, als er Cavalli erkannte.

»Sie sind noch auf?« Cavalli drückte sich an von Arburg vorbei und betrat den Raum. »Das trifft sich gut. Ich kann auch nicht schlafen.«

»Entschuldigen Sie, Herr Cavalli, das ist kein günstiger Moment. Ich …«

»Lügen fliegen nie in günstigen Momenten auf«, sagte Cavalli. »Doch daran denkt man nicht, wenn man sie auftischt.«

Von Arburg zog den Gürtel seines Bademantels enger. »Ich

möchte mich kurz umziehen. Darf ich Sie bitten, unten an der Bar auf mich zu warten?«

»Das ist nicht nötig.« Cavalli setzte sich an den Tisch, wo sein Blick sofort auf das Foto von Isabelle fiel. Er ließ sich nichts anmerken.

Von Arburg stand unschlüssig im Raum. Er schien abzuwägen, was schlimmer wäre: Sich im Bad umzuziehen und Cavalli unbeaufsichtigt zu lassen oder ihm weiterhin im Bademantel gegenüberzusitzen. Die dritte Variante, den Portier zu benachrichtigen, zog er offenbar nicht in Betracht. Er setzte sich.

»Wissen Sie, dass Ihr Betrug eine Familie zerstört hat?«, fragte Cavalli.

Von Arburg zuckte zusammen. »Ich … was meinen Sie?«

»Philippe Knecht, der Buchhalter von Teamwork, hat sich das Leben genommen.«

Die Farbe wich aus von Arburgs Gesicht. »D-davon weiß ich nichts.«

»Er hinterlässt zwei Kinder im Alter von sechs und acht Jahren.«

»Das ist furchtbar«, flüsterte von Arburg.

Cavalli nahm das Foto in die Hand. »War sie es wert?«

»Was?«

»Isabelle«, sagte Cavalli. »Ihr wolltet sie beide, Sie und Frank Bolay, egal, was es euch kostete.«

»Ich verstehe nicht, was Sie meinen.«

»Es ging Ihnen nicht um die 1,8 Millionen Franken. Bolay vielleicht, aber Sie brauchen das Geld nicht, genauso wenig wie ein Hotel oder ein Casino. War es Rache? Haben Sie versucht, Isabelles Leben zu ruinieren? Sie wussten, wie wichtig ihr Teamwork war.«

»Nein!«, entgegnete von Arburg mit einer Vehemenz, die Cavalli bei ihm noch nie gehört hatte.

»Haben Sie diesen Tamaz Glonti damit beauftragt, Frank Bolay zu töten? Wir wissen, dass es Bolay war, der Isabelle am Flughafen abgeholt hat.«

»Mein Gott!« Von Arburg griff sich an den Kragen seines Bademantels. »Wofür halten Sie mich?« Plötzlich begannen seine Schultern zu beben, und er schlug die Hände vors Gesicht.

»Kam es Ihnen gelegen, dass man mich verdächtigte?«, bohrte Cavalli weiter.

Wortlos öffnete von Arburg seine Schreibmappe und schob Cavalli die Banküberweisung hin, die er vor einer Stunde ausgefüllt hatte. Cavalli sah den Betrag von 1,8 Millionen Franken und fragte sich, was er zu bedeuten hatte. Die heftigen Emotionen, die das Hotelzimmer erfüllten, verursachten ihm Kopfschmerzen, so dass er nicht in der Lage war, den Sinn des Papiers vor sich zu verstehen. Er presste die Fingerspitzen gegen die Schläfen, doch das Blatt verschwamm vor seinen Augen. Irgendwann sah er eine Hand, die ihm zwei Aspirin reichte, doch er stieß sie weg. Von Arburg fragte, ob er einen Arzt brauche. Cavalli deutete auf das Fenster, und von Arburg öffnete es weit. Kein Laut drang zu ihnen herauf, die ganze Stadt schien zu schlafen.

»Möchten Sie sich hinlegen?«, fragte von Arburg.

Erschöpft blickte Cavalli auf. Er erwartete, Genugtuung in von Arburgs Ausdruck wahrzunehmen, doch er sah nur Mitgefühl. Die Augen des Botschafters waren rot, sein Körper verlor sich im Bademantel. Plötzlich wirkte er auf Cavalli wie ein alter Mann. Ob er auch so aussah?, fragte er sich. Kaputt, eine Hülle, die jeden Moment in sich zusammenzufallen drohte?

»Frank hat das Geschäft in die Wege geleitet«, erklärte von Arburg kaum hörbar. »Er hat mich nicht informiert. Wir … verfolgen unterschiedliche Geschäftsstrategien. Frank weiß, dass ich mit seinen Methoden nicht immer einverstanden bin. Von gewissen Beziehungen, die er unterhält, distanziere ich mich.« Je weiter er sprach, desto kräftiger wurde von Arburgs Stimme. »Er war über meine Spende im Bild und nutzte sie, um das Vertrauen des Buchhalters zu gewinnen. Das Kaukasus befindet sich an einer hervorragenden Lage. Verschiedene Investoren haben ein Auge darauf geworfen, und die Stadt sieht sich aufgrund ihrer finanziellen Lage dazu gezwungen, sich auf Verhandlungen einzulassen. Frank hat die Gelegenheit, die sich bot, gepackt. Er hat das Geld von Teamwork auf ein privates Konto weitergeleitet, doch bevor er es seinen Kontaktpersonen überweisen konnte, ereignete sich der tragische Vorfall in Chertwisi.« Von Arburg hielt inne und tupfte sich mit einem Taschentuch die Stirn ab.

Cavalli wartete schweigend.

»Ich wusste damals nicht, wer Tamaz Glonti engagiert hatte, nur, dass Sie es nicht waren. Hätte ich Ihnen den Kontakt zum Innenministerium rechtzeitig verschafft, hätten mir die Behörden vielleicht geglaubt, weil sie über Ihre Aktivitäten im Bild gewesen wären. So aber lag zu viel gegen Sie vor. Ich … betrachtete es als meine Pflicht, Ihnen zu helfen. Als mich Franks Geschäftskollegen kontaktierten, wusste ich, was zu tun war. Ich bin für seine Konten zeichnungsberechtigt. Man hat mir ein Tauschgeschäft angeboten: meine Unterschrift gegen die Tatwaffe sowie entlastende Fotos.«

Cavalli blinzelte verwirrt. »Sie haben sich mit der Mafia eingelassen?«

Von Arburg senkte den Blick. »Ich konnte den Verkauf

des Kaukasus nicht mehr verhindern, wohl aber, dass Sie und Frau Flint für die Tat eines anderen büßen mussten. Diesen Geschäftskollegen gegenüber erwähnte mein Stiefsohn, er fühle sich beobachtet. Daraufhin wurde er unter Schutz gestellt.«

»Schutz? Die Mafia beschützt ihn?«

»Die Fotos zeigen, dass Frank tatsächlich über mehrere Wochen hinweg beobachtet wurde, und zwar von Tamaz Glonti, einem ehemaligen Paramilitär. Wie sich später herausstellte, glaubte Glonti, er handle im Auftrag von ... Franks Geschäftskollegen. Dem war jedoch nicht so, im Gegenteil. Die Geschäftskollegen meines Stiefsohnes sind – zumindest derzeit – daran interessiert, dass Frank nichts zustößt.«

»Und wer war der Auftraggeber?«

»Das weiß ich nicht.«

Cavalli konnte nicht fassen, was er soeben gehört hatte. Wollte von Arburg damit zu verstehen geben, er habe der georgischen Mafia 1,8 Millionen Franken überwiesen, um ihn und Regina freizukaufen?

»Unglücklicherweise war ich selber nicht liquid genug, um den Betrag aus meinen eigenen Mitteln bereitzustellen. Ich schloss das Geschäft so ab, wie Frank es eingefädelt hatte, doch sobald ich verstand, woher die 1,8 Millionen Franken stammten, war mir klar, dass ich für Teamworks Schaden aufkommen würde.« Er zeigte auf das Blatt, das vor Cavalli lag. »Ich musste zuerst einige Aktienverkäufe ausführen lassen.«

Jetzt verstand Cavalli, was ihm von Arburg mit der Überweisung mitteilen wollte. Tatsächlich war Teamwork als Begünstigte eingetragen.

»Aus Ihrem Privatvermögen?«, fragte Cavalli schockiert.

Von Arburg stand auf und zog den Gürtel seines Bademantels straff. »Habe ich Ihre Fragen beantwortet? Ich wäre Ihnen dankbar, wenn Sie mich für einige Stunden allein lassen könnten.«

Cavalli stand auf und ging zur Tür, immer noch erschüttert über das, was er erfahren hatte. Er drehte sich zu von Arburg um, doch es fielen ihm keine angemessenen Worte ein.

24

Narek Davityan pfiff einen armenischen Schlager, während er Tomaten enthäutete. Zum ersten Mal seit Langem bereute er es nicht, seinen Beruf an den Nagel gehängt zu haben. Architekten gab es in Armenien wie Steine auf den Feldern. Verbissen kämpften sie um die wenigen Aufträge, die der Staat sowie einige Privatleute vergaben. Die schlechte Bezahlung rechtfertigte den Aufwand kaum. Als Narek Davityan erfahren hatte, wie viel ein Hilfskoch im Zar Franco verdiente, setzte er alles daran, die Stelle zu erhalten. Er rechnete, in drei Jahren genug zusammensparen zu können, um in den Westen auszuwandern.

Dass er den Schritt nur wenige Monate später bereute, lag nicht an der eintönigen Arbeit in der Küche, sondern an Frank Bolay. Der Direktor des Zar Franco kontrollierte jeden Handgriff seines Personals und erhob den Anspruch, auch über das Privatleben seiner Angestellten informiert zu werden. Die gedämpfte, nervöse Atmosphäre, die im Hotel vorherrschte, ließ die Stunden in der Küche unendlich lang erscheinen. Niemand traute sich, ein unüberlegtes Wort zu äußern, aus Angst, Bolay könnte plötzlich hinter ihm stehen. Narek Davityan hatte einmal erlebt, wie ein Witz einem Tellerwäscher die Stelle gekostet hatte.

Seit Bolay im Spital lag, war der Küchenalltag farbiger geworden. Narek Davityan hatte in diesen Wochen mehr über seine Arbeitskollegen erfahren als all die Monate zuvor. Sogar Küchenchef Matthieu Junod ließ sich dazu hinreißen, ab und zu einen Spruch zu klopfen. Nur Tanja Begiaschwili bediente die Gäste mit bleichem Gesicht. Als sie einen Stapel leere Teller in die Küche brachte, versuchte Narek Davityan, sie mit einem Witz aufzuheitern, doch er konnte ihr kein Lächeln entlocken. Nachdem der letzte Gast das Restaurant verlassen hatte, stellte sie sich auf die Terrasse und starrte in die dunkle Bordschomischlucht hinunter. Kurz darauf trat Narek Davityan neben sie und zündete sich eine Zigarette an.

»Lewan war ein guter Mann«, sagte Narek Davityan.

Tanja Begiaschwili löste ihren Haarknoten, so dass ihr die dunklen Strähnen ins Gesicht fielen.

»Es tut mir leid, dass du ihn gefunden hast«, fuhr Narek Davityan fort.

»Er war für mich wie ein Bruder«, sagte Tanja Begiaschwili mit kehliger Stimme.

Narek Davityan bot ihr eine Zigarette an, doch sie schüttelte den Kopf. »Du hast Glück gehabt«, sagte er. »Wenn du zu Hause gewesen wärst …«

Tanja Begiaschwili überlegte es sich anders und nahm eine Zigarette. Ihre Hand zitterte, als sie sie zum Mund führte.

»Entschuldigung, ich wollte dir keine Angst einjagen. Es tut mir wirklich leid wegen Lewan.«

Tanja Begiaschwili senkte den Blick und zog gierig an der Zigarette.

»Lewan ist in irgendetwas hineingeraten«, sagte Narek Davityan, »du musst dich nicht …«

»Der Anschlag galt mir!«, stellte Tanja Begiaschwili klar.

Narek Davityan blies hustend den Zigarettenrauch aus. »Wie kommst du auf so eine absurde Idee?«

»Weil Bolay mich aus dem Weg haben will!« Tanja Begiaschwili begann zu weinen, die Zigarette glimmte vergessen zwischen ihren Fingern.

»Dich? Warum, um Himmels Willen?«

Tanja Begiaschwili erzählte ihm von Bolays Avancen.

»Aber das ist doch kein Grund, dich umzubringen!«

»Das ist nicht alles«, sagte sie und schaute über die Schulter. Leise berichtete sie vom Streit zwischen Bolay und von Arburg. »Ich bin sicher, dass er mich hinter dem Vorhang gehört hat! Er glaubt, ich weiß, worum es ging.«

»Und? Weißt du es?«

»Nein! Sie sprachen französisch.«

Narek Davityan nahm ihr die Zigarette aus der Hand und löschte sie. »Wenn dich jemand erschießen wollte, hätte er es schon getan. Du glaubst doch nicht im Ernst, dass man dich mit Lewan verwechseln kann.«

»Der Mann, der verletzt vor seinem Wagen in Chertwisi lag, hatte Dreck am Stecken, das kannst du mir glauben. Ich bin sicher, Bolay hat ihn auf mich angesetzt. Ich flüchtete zu Lewan und entkam so dem Anschlag.«

»Das ist Unsinn. Der Typ, den du gefunden hast, hat auf Bolay geschossen. Das hätte er nicht, wenn Bolay sein Auftraggeber wäre.«

»Das glaube ich nicht.«

»Tanja, die Polizei hat Beweise. Die Tatwaffe zum Beispiel. Hast du den Zeitungsbericht nicht gelesen?«

»Er war es nicht.«

Narek Davityan schnalzte ungeduldig mit der Zunge.

»Du glaubst mir nicht? Ich weiß es aber.« Tanja Begiaschwili schaute nach links und nach rechts, dann sagte sie leise: »Lewan wollte Bolay loswerden.«

»Lewan?«

»Er hat mir versprochen, dass er das Problem lösen würde. Die … er hat mich immer wieder … ich wollte nicht …« Sie begann wieder zu weinen.

»Weil er dich begrabscht hat?«

Tanja Begiaschwili umschlang ihren Körper mit beiden Armen. »Und weil er alles zerstört. Lewans Arbeit, diese ganze Geschichte mit den Bankkrediten …«

»Welchen Bankkrediten?«

Tanja Begiaschwili nahm einen zittrigen Atemzug. »Lewan war doch zuständig für die Kredite an die Bauern. Bolay hat einen Sachbearbeiter bestochen, damit er höhere Kredite ausbezahlt als vereinbart.«

»Warum hätte er das tun sollen?«, fragte Narek Davityan verwirrt.

»Wegen Isabelle.«

Narek Davityan packte sie grob. »Weißt du etwas über Isabelle?« Als sie nicht antwortete, schüttelte er sie. »Sag schon!«

»N-nur, dass Bolay sie gehasst hat … aber das weißt du doch auch.«

»Bolay hat etwas gegen jede Frau, die ihn ablehnt. Aber dass er sie hasste, wusste ich nicht. Er hat sie am Flughafen abgeholt! Sag schon, hat er ihr etwas angetan?«

»Woher soll ich das wissen?«, schrie sie zurück.

»Und Lewan?«

»Lewan hat niemandem etwas angetan … außer Bolay. Und den Schweizern vielleicht, aber die sind selber schuld!«

»Was sagst du? Meinst du die beiden Schweizer, die verhaftet wurden? Was hat Lewan damit zu tun?«

»Er … ich weiß es nicht«, antwortete Tanja Begiaschwili.

Narek Davityan bebte vor Wut. »Sag schon!«

»Er wollte ihnen nur Angst einjagen«, jammerte sie. »Wegen der Kredite. Er wollte seine Stelle nicht verlieren, und für Teamwork war es wichtig, dass alles gut ging. Es läuft ein … Verfahren oder so.«

»Die Zertifizierung?«

»Ja, genau. Lewan wollte nicht, dass das Ganze den Bach heruntergeht. Er hat mir erzählt, dass dieser Stempel …«

»Gütesiegel.«

»… dieses Gütesiegel mehr Spenden bringen würde, und dann hätte er das Programm ausbauen können. Aber Bolay versuchte, seine Arbeit zu zerstören, und dann kamen noch diese Schweizer.«

»Du hast sie nach Chertwisi geschickt, nicht wahr?«

»Sie wollten sowieso nach Wardsia.«

»Und Lewan, der jemanden engagiert hatte, um Bolay zu erschießen, war auch dort. Nach dem Anschlag hat er die Beweise so manipuliert, dass die Schweizer in Verdacht gerieten.« Er klammerte sich an das Geländer, das die Terrasse umgab. »Mein Gott, Tanja, du hast kein Wort gesagt! Weißt du überhaupt, mit wem sich Lewan angelegt hat? Bolay steht unter dem Schutz einiger Männer, die du lieber nicht kennen möchtest. Es dürfte für sie ein Leichtes gewesen sein, den Killer zu finden, der es auf Bolay abgesehen hat. Und Lewan, der hinter dem Ganzen steht, ebenfalls. An dir ist niemand interessiert!« Aufgebracht warf er seine Zigarette zu Boden und stapfte davon.

»Wohin gehst du?«, rief ihm Tanja Begiaschwili nach.

»Zur Polizei!«

Fahrni legte den Hörer langsam auf. Die Geschichte, die Dominik Tschopp dem Bundesamt für Justiz erzählt hatte, erschien ihm glaubwürdig. Fahrni schob seinen Stuhl zurück und ging zur Kripoleitstelle. Dort stellte er sich vor die Tafeln, die Meyer mit allen Daten des Falls gefüllt hatte. Er nahm einen roten Filzstift und begann, die Fragezeichen durchzustreichen, welche durch Narek Davityans zweite Aussage überflüssig geworden waren. Am Schluss blieben nur noch zwei wesentliche Punkte offen: Wo war Isabelle? Und warum starb Mirjana Racic?

Er bemerkte Cavalli nicht, der sich hinter ihn gestellt hatte, bis dieser fragte, was er mache. Da erzählte Fahrni vom Anruf. »Es kommt mir vor wie ein Wirbelsturm. Die Mitte ist Isabelle beziehungsweise ihr Verschwinden. Dort bewegt sich absolut nichts. Rund herum dreht sich alles immer schneller. Wir decken Geschichte um Geschichte auf, Regina und du werdet sogar in den Sturm hineingesogen, doch keine Geschichte führt ins Zentrum. Isabelle bleibt spurlos verschwunden.«

»Nicht spurlos«, widersprach Cavalli. »Einer weiß, wohin die Spur führt.«

Frank Bolay saß auf dem Bettrand, als Cavalli ohne zu klopfen eintrat. Seine kurzen Beine wurden bis über die Knie von einem Spitalnachthemd bedeckt. Wortlos ging Cavalli ums Bett herum, sodass er hinter Bolay stand und seinen entblößten Rücken im Blickfeld hatte. Überrumpelt versuchte Bolay, das Nachthemd hinter sich zuzuziehen, doch es gelang ihm nicht, den Stoff richtig zu fassen. Verärgert befahl er Cavalli, zu gehen. Cavalli setzte sich, ohne seinen Blick vom Hotelier abzuwenden. Bolays Haare waren am Hinterkopf flach gedrückt vom Liegen, seine Augen verkrustet. Ungelenk hob er eine Hand und suchte über sich den Rufknopf. Cavalli stand auf und legte ihn außer Reichweite. Dann holte er einen zweiten Stuhl, setzte sich wieder und legte die Füße hoch. »Ich gehe erst, wenn du mir sagst, wo Isabelle ist.«

»Ich habe ausgesagt, dass ich es nicht weiß!«

Bolay ließ sich aufs Bett zurückfallen und griff nach der

Bettdecke. Cavalli nahm eine bequemere Position ein und verschränkte die Arme. Sein Blick ruhte auf Bolay, der mit den Fingern sein Haar kämmte. Narek Davityan hatte ausgesagt, dass Isabelle seit einigen Monaten in anderen Kreisen verkehrte, zu denen auch Frank Bolay gehörte. Was hatte diese Veränderung ausgelöst? Traf sich Isabelle freiwillig mit dem Hotelier, oder sah sie sich dazu gezwungen? Vielleicht hatte Bolay sie erpresst oder damit gedroht, ihre Arbeit zu sabotieren. Cavalli versuchte, sich Isabelles Leben in Georgien vorzustellen. Wenn sie erpressbar war, dann bestimmt nicht, weil sie sich etwas zuschulden kommen ließ. Dazu schien sie ihm zu integer. Aber sie war abhängig von Behörden, Spendern und sogar von den Menschen, denen sie helfen wollte. Willkür dürfte in ihrem Alltag eine große Rolle gespielt haben.

Warum wählte eine Frau, die in der Schweiz alles hätte haben können, ein Leben voller Unannehmlichkeiten? Kämpfte für die Rechte fremder Menschen? Zuhause warteten ihre Eltern auf Enkelkinder, doch Isabelle kümmerte sich um die Kinder abchasischer und südossetischer Flüchtlinge. Cavalli ging einen Schritt weiter und fragte sich, warum es überhaupt Menschen gab, die sich für andere einsetzen. An Nächstenliebe glaubte er nicht, sogenannte Gutmenschen verfolgten genauso ihre eigenen Ziele. Er musterte Bolay, der mit entrüsteter Miene zu ihm herüberstarrte. Genau wie er übte Isabelle Macht über andere aus. Wollte sie bewundert werden? Genoss sie die Blicke, die sie überall auf sich zog? Die Dankbarkeit, die ihre Hilfe auslöste? Oder versuchte sie, mit ihrer Arbeit ihrem eigenen Leben einen Sinn zu geben?

Seufzend schlug Cavalli die Beine übereinander. Über den Sinn des Lebens nachzudenken führte ihn bloß in eine Sackgasse. Genauso wie das Glück entglitt ihm die Antwort auf die Sinnfrage immer dann, wenn er glaubte, sie greifen zu können. Er konzentrierte sich auf das, was er beherrschte: Fakten logisch ordnen. Er begann damit, dass Bolay Isabelle am Flughafen abgeholt hatte, sofern Tanja Begiaschwili die Wahrheit sagte. Dafür konnte es drei Gründe geben: Bolay wollte Isabelle einen Dienst erweisen, er sah sich dazu verpflichtet, oder er wollte etwas von ihr. Plötzlich kam ihm eine weitere Möglichkeit in den Sinn: Vielleicht versuchte Bolay einer Drittperson zu schaden, zum Beispiel jemanden eifersüchtig zu machen. Narek Davityan? Lewan Kupatadze? Oder sogar von Arburg?

1,8 Millionen Franken hatte von Arburg bezahlt, um ihn und Regina freizukaufen, schoss es Cavalli wieder durch den Kopf. Noch wusste er nicht, was er mit diesem Wissen anfangen sollte. Die Summe war überwältigend. Er wollte niemandem etwas schulden, schon gar nicht etwas, das er nie abzahlen konnte. Was glaubte von Arburg, sich damit erkauft zu haben? Cavallis Kooperation? Erwartete er, dass Cavalli ihn und seinen Stiefsohn entlastete? Die Ermittlungen einstellte? Oder suchte er Dankbarkeit?

Eine Fliege summte am Fenster und prallte immer wieder gegen die Scheibe. Auf einmal sehnte sich Cavalli nach frischer Luft. Das stickige Zimmer war ihm zu intim, Bolays Körper zu nahe. Cavalli atmete nur noch oberflächlich, um seine Lunge nicht mit der von Krankheit und Schmerz geschwängerten Luft zu füllen. Den Blick sehnsüchtig zur Tür gerichtet, suchte er nach einem Weg zu entkommen, ohne das Gesicht zu verlieren. Als ein Arzt eintrat, ergriff er die Chance.

Kurz darauf saß er in seinem Volvo, wo er schon die letzte Nacht verbracht hatte. Es war erst drei Uhr; am liebsten wäre er ins Büro gefahren, um die Akten des Falls gründlich zu studieren. Doch Hug hatte ihm unmissverständlich klargemacht, dass er erst zu fünfzig Prozent arbeitsfähig sei. »Ich will nicht, dass du in einigen Wochen ganz ausfällst, weil du dich überforderst«, hatte er gesagt. Cavalli beobachtete die Fußgänger, die an ihm vorbeigingen, bis ihm in den Sinn kam, dass er Edi Jenny hatte aufsuchen wollen. Erleichtert, ein Ziel vor Augen zu haben, startete er den Motor.

Fahrni zeigte auf das Foto des georgischen Picknicks und fragte Regina, wer der Mann war, der Isabelle sehnsüchtig anblickte. Als sie den Namen Lewan Kupatadze nannte, seufzte er. Er wusste genau, wie Lewan Kupatadze zumute gewesen war.

»Isabelle hat viele Männer unglücklich gemacht«, stellte Regina fest. »Du bist auch nicht immun, wie ich sehe.«

Ertappt sah er auf. »Sie erinnert mich an jemanden.«

»Ich bin so weit. Gehen wir? Danke übrigens, dass du mich abholst.«

Fahrni sammelte die Alben und Tagebücher ein, die er Barbara Jenny zurückbringen wollte. Er hoffte, sie würde das nicht als Hinweis verstehen, dass sie die Suche aufgaben. Während Regina ihre Teetasse spülte, wartete Fahrni im Flur.

»Ist dein Bügeleisen kaputt?«, fragte Hanisch, die gleichzeitig mit ihnen die Staatsanwaltschaft verließ.

Fahrni strich sich über sein ungebügeltes Hemd. Als er mit Regina im Lift stand, fragte er sie, ob er schlimm aussehe.

»Nicht unbedingt gepflegt.«

Fahrni zog seine Stirn in Falten. »Christina hat im Moment keine Zeit, um zu bügeln, und meiner Mutter macht ihr Rheuma zu schaffen.«

»Hat Christina immer noch nicht …«, Regina suchte nach taktvollen Worten, »… genug Zeit für sich gehabt?«

Fahrni schüttelte den Kopf und schloss die Tür seines Opels auf. »Sieht dieser Narek Davityan gut aus?«

»Keine Ahnung, ich habe ihn in Georgien nicht getroffen. Warum?«

»Es interessiert mich, auf welchen Typ Mann Isabelle steht.«

»Abenteuerlich, humorvoll, gut gebaut«, zählte Regina auf.

»Wie passt von Arburg in dieses Bild?«

»Vielleicht gar nicht.«

»Kann er damit umgehen, wenn er etwas nicht bekommt, was er will?«

»Er würde sich bestimmt nicht zu einer impulsiven Handlung hinreißen lassen, wenn du das meinst«, entgegnete Regina. »Aber wie es in seinem Innern aussieht, weiß ich nicht. Wir waren über Mittag im Chinagarten.«

»Du und von Arburg?«, fragte Fahrni.

Regina war überrascht gewesen, dass von Arburg sie schon wieder angerufen hatte. Der Botschafter schien ihre Nähe zu suchen, warum, wusste sie nicht. Er stellte ihr Fragen über ihre Kindheit und Jugend, hörte ihr aufmerksam zu, wenn sie banale Erlebnisse beschrieb. Obwohl Regina wusste, dass sie sich von ihm wegen der laufenden Ermittlung distanzieren müsste, schaffte sie es nicht. Von Arburg war ihr eine größere Stütze als ihre Familie, und gerade jetzt brauchte sie jemanden, der nicht über sie urteilte. Außerdem war von Arburg neben Cavalli der einzige Mensch, der eine Ahnung davon hatte, was sie durchgemacht hatte.

»Hanisch leitet die Ermittlung«, rechtfertigte sich Regina. »Ich darf mich privat mit ihm treffen.«

»Bist du sicher, dass er dich nicht … kaufen wollte?«

»Wegen der 1,8 Millionen?« Regina hatte sich dieselbe Frage gestellt, als Cavalli ihr davon berichtet hatte. Sie war zum Schluss gekommen, dass sich von Arburg für Bolays Handeln verantwortlich fühlte. Er musste das Tauschgeschäft eingegangen sein, weil er Bolays Fehler korrigieren wollte. Vielleicht war es tatsächlich so, wie er sagte: Er glaubte, er hätte Bolay das Leben als Diplomatenkind nicht zumuten dürfen. Oder vielleicht hatte er ein schlechtes Gewissen, weil Bolay die Liebe seiner Mutter mit ihm teilen musste. Er hatte jetzt sogar unbezahlten Urlaub genommen, um in Zürich bleiben zu können, so lange Bolay im Spital lag. Plötzlich ging ihr eine dritte Möglichkeit durch den Kopf: Von Arburg hatte ihr im Chinagarten von seiner Frau erzählt. Nicht viel, doch genug, dass Regina bewusst wurde, wie sehr er sie vermisste. Räumte er ihr zuliebe hinter Bolay auf? Aber wie passte dann Isabelle ins Bild?

»Ich glaube, der Häuptling sieht das anders«, bemerkte Fahrni. »Ich habe ihn heute Morgen gefragt, wie sich das anfühlt, fast eine Million wert zu sein, aber er fand es nicht besonders lustig.«

Regina spielte mit ihrem Fingerring. »Wie geht es … kommt er klar? Im Büro?« Sie wollte Fahrni nicht als Informationsquelle missbrauchen, vor allem, weil Cavalli sein Vorgesetzter war, aber sie konnte sich nicht zurückhalten.

»Ich glaube schon«, erwiderte Fahrni. »Er sagt nicht viel, hört vor allem zu, aber das ist normal, wenn man neu zu einer laufenden Ermittlung hinzukommt. Wir haben bereits über sechzig Personen befragt. Um unseren Wissensstand zu erreichen und die Zusammenhänge zu erkennen, muss er sich durch alle Protokolle kämpfen. Eigentlich führt HP die Ermittlung, nicht er. Als Beteiligter ist er dem Fall nicht einmal zugeteilt, aber Hug lässt ihn gewähren. Es gibt sowieso nicht mehr viel zu machen: Knechts Tod ist eindeutig ein Suizid, und für Isabelle ist die georgische Polizei zuständig, sagt Hanisch. Wir müssen nur noch ausschließen, dass bei Racic Fremdeinwirkung im Spiel war.«

Regina sah das nicht so. »Frank Bolay ist in Zürich, die georgische Polizei ist auf eure Hilfe angewiesen.«

»Sag das Hanisch! Sie sieht in ihm immer noch das Opfer.«

»Er könnte beides sein: Opfer von Lewan Kupatadze, aber gleichzeitig Täter im Fall von Isabelle.«

Die Farbe wich aus Barbara Jennys Gesicht, als Fahrni ihr Isabelles Tagebücher und Fotoalben zurückgab. Rasch versicherte er, dass die Ermittlungen weiterliefen. Sie seien gekommen, um ihr einige Fragen zu stellen. Barbara Jenny führte Regina und Fahrni ins Wohnzimmer. Nachdem sie beiden etwas zu trinken angeboten hatte, setzte sie sich auf den Sofarand. Fahrni sprach sie auf die Veränderung an, die Narek Davityan vor vier Monaten an Isabelle bemerkt hatte.

»Isabelle hat sich immer wieder verändert«, sagte Barbara Jenny vage und begann, Erde unter ihren Fingernägeln herauszukratzen. »Ich habe Ihnen schon erzählt, dass ich wenig über das Leben meiner Tochter in Georgien weiß.«

»Sie haben jeden Sonntag telefoniert. Denken Sie zurück, es müsste um Neujahr herum gewesen sein. Hat Isabelle irgendetwas Besonderes erwähnt?«

»Nein, ganz bestimmt nicht. Daran würde ich mich noch erinnern.«

»Was hat sie an Silvester gemacht?«

»Gemacht?«

»Hat sie von einer Silvesterfeier erzählt?«

»Das ist so lange her«, sagte Barbara Jenny, »ich weiß es nicht. Von Festen hielt sie nie viel, vermutlich hat sie mit einigen Freunden gefeiert.«

»Hat sie um Mitternacht angerufen?«

»Nein, mein Mann und ich bleiben an Silvester nie auf. Für uns ist das eine Nacht wie jede andere.«

»Und das wusste Isabelle?«

»Natürlich.«

»Als sie noch in der Schweiz lebte, hat sie da gefeiert?«

»Ich weiß es nicht, ist das wichtig?«

Fahrni zuckte unverbindlich mit den Schultern.

»Wir versuchen herauszufinden, mit wem Isabelle Silvester verbracht hat«, erklärte Regina. Sie betrachtete die Furchen, die sich an Barbara Jennys Mundwinkel gebildet hatten. Ihren breiten Mund hatte Isabelle von ihrer Mutter geerbt, doch Isabelles Mundwinkel zeigten nach oben, während Barbaras ihr Strenge verliehen.

»Warum reiste Isabelle im April in die Schweiz?«, fragte Fahrni.

»Das haben Sie mich schon einmal gefragt. Ich habe Ihnen gesagt, dass ich es nicht weiß.«

»Isabelle hat erwähnt, sie müsse wegen einer Familienangelegenheit weg.«

»Eine Familienangelegenheit?«

»Ja.«

»Was meinte sie damit?«

»Ich hatte gehofft, dass Sie mir das sagen könnten«, sagte Fahrni.

»Ich habe keine Ahnung.«

»Frau Jenny«, sagte Regina sanft, »interessiert es Sie nicht, woher wir diese Informationen haben?«

Barbara Jenny sah in Reginas Richtung, ohne sie anzuschauen. »Natürlich. Woher?«

»Von Isabelles Freund.«

»Ihrem … Freund?«

»Wussten Sie, dass Isabelle einen Freund hatte?«, fragte Regina.

»N-nein, davon hat sie nichts erzählt.«

Regina wartete.

Barbara Jenny sah von ihr zu Fahrni. »Ich habe Ihnen gesagt, dass Isabelle sehr zurückhaltend war. Sie hat nicht viel von sich preisgegeben.«

»Möchten Sie denn nicht wissen, wer ihr Freund war?«, fragte Regina.

»Doch, natürlich.«

»Er hieß Narek Davityan und ist Armenier. Er arbeitet in Georgien als Hilfskoch.«

»Ach so.« Barbara Jenny rollte die Erdkrumen, die sie unter ihren Nägeln hervorgeholt hatte, zwischen ihren Fingern hin und her und ließ sie sie auf den Teppich bröseln. »Was hat dieser … Nari … Nare …«

»Narek«, sagte Regina.

»… Narek sonst noch gesagt?«

Regina wich der Frage aus. Sie erzählte, dass die georgische Polizei die Befragung noch nicht abgeschlossen habe. Mit hochgezogenen Augenbrauen schaute sie zu Fahrni, der kaum merklich mit den Schultern zuckte. Als sie eine halbe Stunde später in seinem Opel saßen, schüttelte sie den Kopf und fragte sich laut, was Barbara Jenny wohl verschwieg. Fahrni mutmaßte, dass sie eine Auseinandersetzung verdränge, weil sie den Gedanken nicht ertrage, sich im Streit von ihrer Tochter verabschiedet zu haben. Seufzend fragte Fahrni, ob er

Regina zu ihren Eltern fahren solle. Jetzt war es Regina, die seufzte. Den Besuch hinauszuschieben hatte keinen Zweck, also nickte sie. Schließlich war sie deswegen mit Fahrni nach Uitikon gefahren. Fünf Minuten später hielt er vor ihrem Elternhaus. »Du siehst übrigens gut aus«, sagte er zum Abschied. Dann errötete er. »Ich meine, weil … das Gefängnis … im Gegensatz zu …«

Regina wusste genau, was er meinte. Ob es ihre Mutter auch bemerken würde?

»Du scheinst dich rasch erholt zu haben«, begrüßte sie Marlene. »Ich leide seit deiner Verhaftung unter schlaflosen Nächten. Wenn ich mir vorstelle, dass du immer noch im Gefängnis sitzen könntest!«

Regina dachte an die Albträume, die sie Nacht für Nacht heimsuchten, und malte sich aus, wie es wäre, mit ihrer Mutter darüber reden zu können. Plötzlich kam ihr von Arburg in den Sinn. Seine Wärme hatte etwas Schwermütiges, trotzdem zeigte er mehr Fürsorge, als Regina von ihrer Mutter je empfangen hatte.

»Hörst du mir überhaupt zu?«, fragte Marlene.

Regina starrte in das Gesicht ihrer Mutter. »Nein.«

»Wie bitte?«

»Nein, ich höre dir nicht zu.« Regina hob ihre Tasche auf und ging zur Tür.

»Wohin gehst du?«

»Nach Hause.« Regina spürte den Blick ihrer Mutter im Rücken, als sie das Haus verließ. Sie schlug den Weg zur Üetlibergbahn ein, ohne zurückzuschauen. Als sie an der Bahnstation ankam, merkte sie, dass sie den Zug um wenige Minuten verpasst hatte. Sie ließ sich auf eine Bank fallen, den Riemen ihrer Tasche mit beiden Händen umklammernd. In der Ferne hörte sie den Zug aus der Gegenrichtung. Als er in Ringlikon einfuhr, stieg sie kurz entschlossen ein. Fünf Minuten später war sie auf dem Üetliberg.

Als Kind war sie mit ihrem Vater hier ab und zu spazieren gegangen, vor allem dann, wenn Marlene wegen einer Migräne das Bett hütete. Ihr Vater hatte nie viel gesagt, als wäre die Ruhe zu kostbar, um sie mit Worten zu füllen. Regina fragte sich, ob ihr Vater je erwogen hatte, sich von Marlene zu trennen. So weit sie zurückdenken konnte, erduldete er die Vorwürfe seiner Frau schweigend. Bis jetzt hatte Regina für ihn immer Mitleid empfunden, doch auf einmal ärgerte sie sich darüber, dass Walter sich nie für seine Töchter eingesetzt hatte. Er hatte höchstens besänftigend mit der Zunge geschnalzt, im besten Fall seine Frau abgelenkt. Immer war von Regina verlangt worden, Verständnis für ihre Mutter aufzubringen. Marlene litt nicht nur unter Migräne, sie hatte auch Schlafstörungen und chronische Schmerzen. Ihre Familie hatte ihr das Leben möglichst erträglich zu machen.

Regina blickte auf Zürich hinunter. Die Stadt ergoss sich in jeden freien Winkel, nur wenige Hügelspitzen waren unbebaut. Auf der Hardbrücke staute sich der Verkehr, der mitten durch die Stadt zum Autobahnanschluss geführt wurde. Gegenüber sah Regina den Zürichberg und, etwas zurückversetzt, Witikon. Ob Cavalli zu Hause war? Sie dachte daran zurück, wie sie nach ihrer Nacht in der Hütte auf Chertwisi hinuntergeschaut und sich gewünscht hatte, fliegen zu können.

In gewisser Weise waren ihr tatsächlich Flügel gewachsen. Sie hatte nicht nur den beschwerlichen Abstieg geschafft, sondern auch die folgenden Wochen im Gefängnis überstanden, dachte sie stolz. Sie wusste, dass es noch lange dauern würde, bis sie die Angst und die Demütigung verarbeitet hätte. Aber sie war auf dem richtigen Weg. Diese Erkenntnis ermöglichte es ihr, zuversichtlich in die Zukunft zu blicken.

»Eine Familienangelegenheit?«, fragte Edi Jenny. »Was meinte sie damit?«

Cavalli wartete.

»Sind Sie sicher, dass Isabelle das gesagt hat?« Edi Jenny ordnete einige Farbmuster auf seinem Schreibtisch.

Cavalli starrte ihn an.

»Nichts Genaueres?«, fragte Jenny weiter.

Als Cavalli immer noch nicht antwortete, nahm er eine der kleinen Farbdosen in die Hand und polierte den Deckel mit dem Ärmel.

»Stand Ihnen Isabelle wirklich nahe?«, fragte Cavalli.

Edi Jenny stellte die Dose wieder hin und holte tief Luft. Dann überlegte er es sich anders und stieß die Luft aus, ohne die Frage zu beantworten.

»Herr Jenny?«

»Ich … Sie denken, dass Isabelle ihren Entführer kannte?«

»Was denken Sie?«, konterte Cavalli.

»Sie hat nie viel erzählt.«

Cavalli lehnte sich vor und sah ihn erwartungsvoll an.

Edi Jenny breitete die Arme aus. »Ich kann Ihnen nicht helfen! Ich weiß nicht, wer er ist.«

»Wer?«

»Der Entführer.«

»Sie scheinen sicher zu sein, dass es sich um eine Entführung handelt.« Cavalli überlegte sich, ob eine Lösegeldforderung bei Jennys eingegangen war.

»Natürlich nicht. Aber Isabelle kann nicht einfach verschwinden!«

»Wie viel verlangt er?«

»Wer?«

»Der Entführer.«

»Sie meinen … Geld?« Edi Jenny schüttelte den Kopf. »Sie haben mich falsch verstanden. Das hätten wir der Polizei sofort gemeldet!«

»Was geschah mit Isabelle vor vier Monaten?«

»Wie meinen Sie das?«

»Hat sie sich verändert?«

»Woher soll ich das wissen? Sie lebt in Georgien!«

»Was wollten Sie mir eben sagen?«

Edi Jenny senkte den Blick. »Ich habe Ihnen alles mitgeteilt, was ich weiß.«

»Was verschweigen Sie?«

»Ich habe Ihnen …«

»Was verschweigen Sie? Alles, was Sie wissen, könnte uns helfen, Isabelle zu finden.« Cavalli sah, wie Edi Jenny den Bruchteil einer Sekunde innehielt, doch der Moment verstrich so rasch, dass er keine Zeit hatte, nachzuhaken. Er lehnte sich zurück. Edi Jenny tat es ihm gleich. Der Geruch von Schweiß vermischte sich mit dem beißenden Gestank von Lösungsmitteln.

»Danke für Ihre Zeit«, sagte Cavalli plötzlich und stand auf.

Edi Jenny erhob sich überrascht. Als Cavalli das Büro verließ, blickte er zurück. Der selbstgefällige Ausdruck war von Edi Jennys Gesicht verschwunden, stattdessen sah Cavalli Zweifel. Doch Edi Jenny fasste sich sogleich wieder und schob die Brust vor.

Obwohl es bereits sieben Uhr war, hatte sich der Stau auf der Hardbrücke noch nicht aufgelöst. Cavalli folgte der Tramlinie Richtung Innenstadt, in der Hoffnung, der Verkehr am Bellevue sei weniger dicht. Als er am Bezirksgebäude vorbeikam, packte ihn plötzlich der Wunsch, Regina abzuholen. Vermutlich war sie längst gegangen, trotzdem bog er beim Libanesen ab und fuhr zurück Richtung Helvetiaplatz. Vor der Staatsanwaltschaft tippte er ihre Direktnummer ins Handy. Sie nahm nicht ab. Enttäuscht drückte er auf Aus. Die Vorstellung, in seine enge Wohnung zurückzukehren, gefiel Cavalli nicht. Stattdessen fuhr er zum Kasernenareal, wo er seinen Volvo parkte. Hug war bestimmt gegangen, so dass Cavalli nicht Gefahr lief, eine Rüge zu kassieren, wenn er nochmals ins Büro ging. Er überquerte die Zeughausstraße, ohne den Gruß eines Kriminaltechnikers zu erwidern, der ihm entgegenkam. Im Kripo-Gebäude steuerte er automatisch auf die Treppe zu. Bereits im dritten Stock war er so außer Atem, dass er sich gegen die Wand lehnen musste. Als er hörte, wie einige Sachbearbeiter des Wissenschaftlichen Dienstes die Treppe herunterkamen, rappelte er sich auf und nahm die letzten zwei Stockwerke in Angriff. In seinem Büro ließ er sich auf seinen Stuhl fallen und legte den Kopf auf die verschränkten Arme.

Auf seinem Schreibtisch lag immer noch der Ordner mit den Protokollen von Viola Knechts Befragungen. Er war sie erst zur Hälfte durchgegangen und hatte nichts Außergewöhnliches entdeckt. Als er nun weiterzulesen begann, fragte er sich, ob ihm Ungereimtheiten überhaupt auffallen würden, so unkonzentriert, wie er war. Trotzdem kämpfte er sich durch die Unterlagen, bis er vier Seiten später feststellte, dass er das Gelesene gar nicht aufnahm. Frustriert schlug er den

Ordner zu und stand auf. Im Normalfall hätte er sich in den Kraftraum begeben, um seinen Körper in Schwung zu bringen. Sein Arzt hatte ihm jedoch geraten, noch einige Wochen auf das Krafttraining zu verzichten. Stattdessen schlug er ausgedehnte Spaziergänge vor. Cavalli ging im Raum auf und ab, unschlüssig, ob er den Rat befolgen oder auf sein eigenes Gefühl hören sollte. Ohne eine bewusste Entscheidung zu fällen, holte er seine Sportsachen aus der untersten Schublade seines Schreibtischs.

Als seine Finger kurz darauf die Eisenstange umschlossen, wusste er, dass er das Richtige getan hatte. Die vertraute Bewegung vertrieb seine Unzufriedenheit und half ihm zu fokussieren. Er spürte, wie er Muskeln, die seit Monaten vor sich hingeschlummert hatten, wieder zum Leben erweckte. Eine Stunde später zitterte er vor Anstrengung, doch innerlich fühlte er sich entspannt und angenehm leer.

Trotz des lauen Windes, der ihm entgegenschlug, als er über das Kasernenareal schritt, war der Himmel klar. Erste Sterne leuchteten schwach in der Dämmerung, und die untergehende Sonne hatte einer dünnen Mondsichel Platz gemacht. Die Vorstellung, in einem geschlossenen Raum zu schlafen, löste in Cavalli ein beklemmendes Gefühl aus. Er beschloss, die Nacht im Wald zu verbringen. Bevor er seinen Schlafsack holte, schaute er bei Christopher im Restaurant vorbei und ließ sich von ihm eine Pizza servieren. Wenig später lag er auf dem Rücken, die Arme hinter dem Kopf verschränkt, und hörte den Blättern zu, die im Wind raschelten. Er hatte sich vorgenommen, die Gespräche mit Viola Knecht in Gedanken durchzugehen, doch er schlief so schnell ein, dass das Gelesene keine Zeit hatte, sich in sein Bewusstsein zu drängen.

Pierre-Richard von Arburg legte den Kopf in den Nacken und betrachtete die Sterne. Leise gluckste das Wasser des Zürichsees in der Dunkelheit. In Wollishofen, am Ufer gegenüber, brannten vereinzelt Lichter, offenbar war er nicht der Einzige, der nicht schlafen konnte. Er saß auf derselben Bank, die er vor wenigen Tagen mit Regina Flint geteilt hatte.

Es war ihm wichtig, niemandem zur Last zu fallen. Deshalb wollte er seine Geschäfte übersichtlich und klar geregelt hinterlassen. Frank würde wissen, was zu tun war. Genauso Lili Tsagareschwili, die nun vor der Aufgabe stand, Teamwork von Grund auf wieder aufzubauen. Von Arburg hoffte, sein Vermögen würde ihr die nötige wirtschaftliche Grundlage dazu verschaffen. Zweifel hatte er nur in Bezug auf Viola Knecht. Er wollte ihr mit seiner Überweisung nicht suggerieren, dass der Tod ihres Mannes mit Geld abgegolten werden könnte. Doch außer finanziellen Mitteln hatte er nichts, womit er sich entschuldigen konnte.

Eine Ente schnatterte auf dem schwarzen See, doch von Arburg konnte sie in der Dunkelheit nicht sehen. Genauso wenig, wie er hatte sehen können, was seine impulsiven Handlungen auslösen würden. Er hatte Ereignisse in Bewegung gesetzt, die nicht mehr rückgängig zu machen waren. Das erste Mal aus Schwäche und – es fiel ihm schwer, es zuzugeben – aus der sexuellen Erregung heraus. Er hatte gewusst, dass sie verheiratet war, obwohl sie es zu verbergen versucht hatte. Doch der Ehering, den sie abgezogen hatte, hatte einen hellen Strich hinterlassen. Das zweite Mal hatte er zumindest aus Liebe gehandelt. Allerdings minderte das seine Schuld nicht. Nun war es Zeit, die Konsequenzen zu tragen. Eine Ehe konnte noch gerettet werden. Barbara und Edi Jenny würden einander brauchen wie noch nie zuvor.

Hätte sich Frank anders entwickelt, wäre er nicht aus seiner Welt herausgerissen worden? Die Frage hinterließ einen bitteren Nachgeschmack. Von Arburg griff automatisch nach seinem Mundspray. Auf halbem Weg zum Mund hielt er inne. Die Zeiten, in denen er den unangenehmen Geschmack künstlich tilgen konnte, waren vorbei. In seinen letzten Stunden wollte er der bitteren Wahrheit ins Gesicht sehen. Schwerfällig erhob er sich und schritt zum Abfalleimer. Als er den Mundspray hineinfallen ließ, war ihm, als hätte er sich seiner Maske entledigt. Jetzt musste er nur noch eine Aufgabe zu Ende führen. Es war Zeit, Isabelle gehen zu lassen. Schließlich war er mit ihr in die Schweiz geflogen, um sie nach Hause zu bringen.

25

Der Airbus aus Dubai weckte Regina um halb sieben. Langsam drehte sie sich auf die Seite, bei der Bewegung wurde ihr übel. Sie hatte sich vorgenommen, früh loszufahren, um Bledar vor der Arbeit in der Strafanstalt Pöschwies aufzusuchen, doch dazu würde die Zeit nicht mehr reichen, stellte sie fest. Vielleicht fand sie über Mittag Gelegenheit, nach Regensdorf zu fahren.

Irgendwie schaffte sie es, eine Tasse Tee zu trinken, ohne sich zu übergeben. Sie füllte ihre Tasche mit Darvida, einer Banane und Traubenzucker und verließ die Wohnung. Ein anstrengender Tag stand ihr bevor. Die verschobenen Vernehmungen mussten nachgeholt werden, neue füllten bereits ihren Terminkalender. Da die Verdächtigen in Untersuchungshaft saßen, konnte Regina die Pendenzen nicht aufschieben. Unruhig knabberte sie an einem Zwieback.

»Brauchst du eine Mitfahrgelegenheit?«, rief Cavalli aus dem offenen Fenster seines Volvos.

Regina zuckte zusammen. »Folgst du mir schon lange?«

Cavalli lehnte sich zur Beifahrertür und stieß sie auf. »Folgen? Ich versuche, mich bemerkbar zu machen! Nur Hupen wäre lauter gewesen, aber dann wärst du vor Schreck vielleicht vors Auto gesprungen.«

Dankbar stieg Regina ein. Cavallis Aftershave brachte ihren Geruchssinn durcheinander, ihr Körper konnte nicht entscheiden, ob er mit Übelkeit oder Erregung reagieren sollte. Als Cavalli fragte, ob alles in Ordnung sei, dachte Regina, der Moment sei gekommen. Sie holte Luft. »Ich muss dir …« Das Klingeln ihres Handys setzte dem Satz ein vorzeitiges Ende.

Sie überlegte, es einfach weiterklingeln zu lassen, doch als sie von Arburgs Nummer erkannte, nahm sie den Anruf entgegen. Kaum hatte sie ihren Namen genannt, entschuldigte er sich für die Störung.

»Es geht um … Isabelle. Ich brauche Ihre Hilfe.«

»Isabelle?«

»Wäre es Ihnen möglich, mich zu treffen? Zusammen mit Herrn Cavalli?«

»Natürlich«, erwiderte Regina. »Ich könnte heute Abend um sieben in der Stadt sein.«

Von Arburg zögerte. »Ginge es etwas früher? Zum Beispiel … jetzt?«

»Jetzt?«, wiederholte Regina. Cavalli sah sie fragend an. Regina entfernte ihr Handy vom Ohr und leitete von Arburgs Bitte flüsternd weiter. Cavalli nickte entschlossen.

»In Ordnung«, stimmte Regina zu. »Wo sind Sie?«

»In St. Gallen, am Flughafen Altenrhein.«

Regina dachte an ihre Vernehmungen.

»Bitte kommen Sie zu meinem Hangarplatz«, wies von Arburg sie an.

»Wir benötigen mindestens eine Stunde.«

»Ich danke Ihnen von ganzem Herzen«, sagte von Arburg leise.

»Er braucht unsere Hilfe?«, wiederholte Cavalli, nachdem Regina ihre Verspätung im Büro gemeldet hatte.

Regina öffnete das Fenster einen Spalt. »Er klang … seltsam.«

Cavalli sah sie scharf an. »Denkst du, er will ein Geständnis ablegen?«

»Warum in St. Gallen?«

Vor dem Brüttiseller Kreuz verlangsamte Cavalli das Tempo.

Auf der Gegenfahrbahn stauten sich die Fahrzeuge, Richtung Osten floss der Verkehr jedoch problemlos. Die klare Nacht war in einen sommerlichen Morgen übergegangen, und der Tag versprach, heiß zu werden.

»Mir gefällt die Sache nicht«, sagte Cavalli. »Dass er auf dem Flughafen ist, kann nur eines bedeuten: Er will die Schweiz verlassen. Wir hätten ihn in Haft nehmen sollen.«

»Aus welchem Grund?«, fragte Regina. »Du hättest keinen Haftrichter von seiner Schuld überzeugen können.«

Cavalli zog sein Handy hervor.

»Wen rufst du an?«

»Die Kollegen in St. Gallen.«

Mehr brauchte er nicht zu sagen. Regina verstand, was ihm durch den Kopf schoss. Hätten sie vor einem halben Jahr in Zug Verstärkung angefordert, wäre es nicht zum lebensgefährlichen Schusswechsel gekommen. Doch damals hatten sie geglaubt, es erwarte sie eine unbewaffnete Frau mit zwei Kindern auf dem Zugerberg, wovon sich eines in höchster Gefahr befand. Zudem war es im Vorfeld zu Kompetenzstreitigkeiten mit der Zuger Staatsanwaltschaft gekommen. Sie hätten beide eine Rüge kassiert, wenn sie ihren Ausflug gemeldet hätten.

Regina fragte sich, ob von Arburg zu einer Gewalthandlung fähig war. Eine Waffe in der Hand des höflichen Botschafters erschien ihr so absurd wie ein Teddybär mit einem Maschinengewehr. Gleichzeitig wusste sie, dass man einem Menschen nie ansah, wozu er wirklich in der Lage war, vor allem, wenn er sich in die Enge getrieben fühlte.

Cavalli berichtete, zwei Streifenwagen seien unterwegs. Dann erzählte er vom Gespräch mit Edi Jenny. Noch immer hatte er den Eindruck, Isabelles Vater verschweige etwas.

»Barbara Jenny auch!«, sagte Regina. »Ich bin mir sicher,

Isabelles Veränderung vor vier Monaten überraschte sie nicht. Sie wusste, weshalb ihre Tochter in die Schweiz kam.«

»Das wissen wir auch«, entgegnete Cavalli. »Wegen den 1,8 Millionen, die Knecht fälschlicherweise überwies.«

»Das ist nur einer der Gründe. Ich bin überzeugt, diese Familienangelegenheit, wie Narek Davityan es nennt, war genauso wichtig.«

Sie erwogen mögliche Gründe für einen Streit. Cavalli war der Meinung, die Auseinandersetzung habe eine entscheidende Rolle bei Isabelles plötzlicher Abreise gespielt. Vielleicht hatte sich Isabelle anschließend zu einer gefährlichen Handlung hinreißen lassen, und nun fühlten sich ihre Eltern verantwortlich dafür.

»Du hast schon mehrmals mit Edi gesprochen«, sagte Regina. »Was sagt dir dein Gefühl? Wie steht er zu Isabelle?«

»Ich spüre eine gewisse Zurückhaltung, die ich mir nicht erklären kann. Die Hypothese, sie sei missbraucht worden, habe ich noch nicht verworfen. Fahrni war bei Isabelles Kinderarzt, Anzeichen dafür gab es laut diesem nie.«

»Und von Arburg? Wie stand er zu ihr?«

»Von Arburg kann ich nicht fassen. Sein ... Wesen entgleitet mir. Ich kann bei ihm Rolle und Charakter nicht auseinanderhalten.«

»Ob er schon immer so schwermütig war?«

»Isabelle stand auf gleichaltrige Männer, Narek Davityan ist sogar jünger als sie«, sagte Cavalli. »Sie ließ sich nie mit älteren Männern ein, von Arburg wäre der erste.«

»Aber vielleicht war es das, was sie wirklich suchte.«

»Dann wären sie jetzt ein glückliches Paar. Aber Isabelle ist verschwunden und von Arburg niedergeschlagen. Möglicherweise ist dein Gentleman doch kein Lamm.«

»Von Arburg würde nie jemandem schaden!«

»Im Affekt?«

»Nein.«

Cavalli kniff die Augen zusammen. »Warum verteidigst du ihn?«

»Weil er es nicht war.«

»Gefällt er dir?«

»Was hat das damit zu tun?«

»Du beantwortest meine Frage nicht.«

»Ich bewundere ihn. Er bleibt seinen Grundsätzen treu, auch wenn ihn das Schicksal noch so herausfordert.«

»Woher willst du das wissen?«

»Aus unseren Gesprächen«, entgegnete ihm Regina. »Wir haben viel Zeit zusammen verbracht. Ich will nicht behaupten, dass ich ihn kenne, aber er hat nicht ein einziges Mal etwas gesagt oder getan, das jemandem schaden könnte.«

»Gefällt er dir?«, beharrte Cavalli.

Regina seufzte laut. »Du willst wissen, ob ich ihn anziehend finde? Ja, irgendwie schon, aber nicht wie … dich. Das ist es doch, was du hören willst? Oder interessiert dich das nicht mehr? Vielleicht bereust du, dass du …«

»Regina!«

»… in Chertwisi so offen …«

»Das hat nichts mit dir zu tun«, sagte er mit belegter Stimme.

»Was? Dass du mich ignorierst?«

Cavalli starrte auf die Straße. »Ich brauche Zeit. Die letzten Wochen, nein Monate … ich schaff das alles nicht gleichzeitig.« Mit zwei Fingern lockerte er den Sicherheitsgurt über seiner Brust. »Es ist mir zu eng.«

»Eine Beziehung ist dazu da, sich in solchen Situationen

gegenseitig zu stützen«, sagte Regina. Sie hatte gar nicht bemerkt, dass sie zu weinen begonnen hatte.

»Ich brauche meine Energie, um bei der Arbeit Fuß zu fassen.«

»Ich will dir keine Energie nehmen, sondern geben.«

»Ich schaff das nur alleine.« Cavalli umschloss das Lenkrad fester.

Am Flughafen St. Gallen-Altenrhein warteten zwei Streifenwagen vor dem Terminal. Ein drahtiger Mittdreißiger stellte sich als Urs Tanner vor. Er berichtete, dass eine PC-12 mit dem Kennzeichen HB-SFK vor vierzig Minuten abgeflogen war.

»Von Arburg?«, fragte Cavalli.

Tanner nickte. »Wir haben den Flugplan überprüft. Er hat eine direkte Route über das Schwarze Meer nach Georgien eingetragen. Offenbar muss eine PC-12 nicht zwischenlanden, der Treibstoff reicht bis nach Tiflis. Das ist aber noch nicht alles: Der Fluglotse hat mitgeteilt, dass der Pilot den Transponder ausgeschaltet hat.«

Regina hatte nur mit halbem Ohr zugehört. »Was ist ein Transponder?«

»Für jeden Flug bekommt der Pilot einen sogenannten Transponder Code zugeteilt«, erklärte Tanner. »Der Fluglotse erkennt ihn so auf seinem Radar und kann Höhe, Geschwindigkeit und Route überwachen. Den Transponder auszuschalten ist illegal. Dieser von Arburg will offenbar keine Anweisungen erhalten. Er nimmt auch keinen Funkkontakt auf.«

»Seid ihr sicher, dass es sich um unseren Mann handelt?«, fragte Cavalli.

»Die Pilatus ist auf Pierre-Richard von Arburg registriert«, erwiderte Tanner. »Und er hat auch diesen Namen eingetragen.«

»Könnte jemand an seiner Stelle geflogen sein?«, fragte Regina.

Bevor Tanner antwortete, schlug Cavalli vor, den Treffpunkt im Hangar aufzusuchen. »Er wird uns nicht grundlos dorthin bestellt haben.«

»Vielleicht hat er es sich im letzten Moment anders überlegt«, bemerkte Tanner.

»Dann hätte er angerufen«, entgegnete Regina. »Er wusste, dass wir extra aus Zürich herfahren.«

Tanner sah sie zweifelnd an. Er hielt einen Schlüssel hoch. »Hangar C4. Gehen wir.«

Regina folgte den Polizisten mit einigen Metern Abstand. Sie erinnerte sich daran, wie sie vor zweieinhalb Wochen hier gelandet waren. Siebzehnmal hatte sie seither in ihrem Bett geschlafen, rechnete sie aus, doch immer noch glaubte sie, im Gefängnis zu sein, wenn sie nachts aufwachte. Wann würde sie aufhören, in die Dunkelheit hineinzulauschen, um herauszufinden, ob Nino wach war oder schlief? Was hörte Cavalli, wenn er aus seinen Träumen hochschreckte? Sie betrachtete seinen Rücken vor sich und stellte fest, dass sein Gang holprig war. Früher hatte er sich wie eine Raubkatze bewegt, all seine Glieder im Einklang miteinander. Jetzt zögerte er einen Sekundenbruchteil, bevor er zu einem neuen Schritt ansetzte.

Tanner blieb vor einer Schiebetür stehen. Er wies seine Kollegen an, in Stellung zu gehen. Regina wartete neben Cavalli, der seine Waffe ebenfalls zog. Tanner drehte den Schlüssel im Schloss und schob die Tür so auf, dass nur sein Arm vor der schmalen Öffnung erschien. Dann rief er in den Hangar hinein. Als niemand reagierte, stieß er mit dem Fuß die Tür weiter auf und wagte es, durch den Spalt zu schauen. Kurz darauf verschwand er mit erhobener Waffe im Hangar. Seine Kollegen und Cavalli folgten ihm.

»Was ist das?«, hörte Regina Tanners erstaunte Stimme. Sie trat ebenfalls in den Hangar und sah, dass sich dort, wo von Arburgs Pilatus gestanden hatte, ein etwa zwei Meter langer und neunzig Zentimeter breiter Kunststoffbehälter befand. Schlagartig wurde ihr klar, worum es sich handelte. Langsam bewegte sie sich darauf zu, Tanners Warnung, es könnte sich um eine Bombe handeln, nahm sie gar nicht wahr.

»Halt!« Regina spürte Tanners Hand auf ihrem Arm. »Wir wissen nicht, womit wir es zu tun haben.«

Regina schüttelte seine Hand ab und ging neben dem Behälter auf die Knie. Sie legte ihre Handflächen auf den grauen Kunststoff, ohne daran zu denken, dass sie dadurch mögliche Spuren zerstörte.

»Regina!« Jetzt war es Cavalli, der sie vom Behälter wegziehen wollte. »Er ist verschlossen.« Er zeigte auf ein Schloss.

»Nein, von Arburg hätte uns keine unnötigen Umstände gemacht.« Langsam hob sie den Deckel und hielt die Luft an. Der erwartete Gestank blieb aus. Stattdessen starrte sie auf eine bräunliche Masse, aus der lange, waldhonigfarbene Haarsträhnen hervorschauten.

»Großer Gott!«, rief einer der Streifenpolizisten hinter ihr.

Isabelles Gesicht war von der Masse bedeckt. Plötzlich wusste Regina, worum es sich dabei handelte. »Er hat sie in Salz eingelegt«, flüsterte sie, »damit der Leichnam nicht verfault.«

Cavalli war neben ihr in die Hocke gegangen und starrte fasziniert in den Sarg. Auch er roch kaum etwas. Er streifte sich Latexhandschuhe über und strich mit einem Finger ein wenig von der Salzmasse zur Seite, bis ein Stück mumifizierte Haut zum Vorschein kam.

Die St. Galler Polizisten traten nun ebenfalls an den Behälter heran. Cavalli erklärte in wenigen Worten, wie sie nach Isabelle gesucht hatten.

»Seid ihr sicher, dass sie es ist?«, fragte Tanner.

»Ganz sicher«, sagte Regina.

»Und wie kam sie hierher?«

Regina und Cavalli tauschten einen Blick aus. Beide dachten sie dasselbe.

»Von Arburg flog sie in die Schweiz«, antwortete Cavalli. »Vor zweieinhalb Wochen.«

Regina presste ihre Faust gegen den Mund. Sie erinnerte sich daran, wie der Diplomat nach der Landung zum Hangar zurückgekehrt und eine knappe Stunde später mit verweinten Augen zurückgekommen war. Jetzt verstand sie auch seine Nervosität.

»Das ist ja nicht zu fassen!«, sagte Tanner. »Der Mann muss Nerven wie Drahtseile haben.« Er wandte sich an seinen Kollegen. »Gib eine Meldung an die Einsatzzentrale durch. Die Kollegen vom Kapitalverbrechen sollen übernehmen.«

Cavalli zog sein Handy hervor. »Ich informiere die georgischen Behörden. Er wird frühestens in vier Stunden in Tiflis landen.«

Regina kniete immer noch neben Isabelle. Sie war versucht, das Salz ganz von ihrem Gesicht wegzuwischen, doch das musste sie den Rechtsmedizinern überlassen. Bilder von Isabelle gingen ihr durch den Kopf, und sie konnte verstehen, dass sich von Arburg in sie verliebt hatte. Regina war jedoch nach wie vor davon überzeugt, dass er nicht in der Lage war, jemandem zu schaden. Pierre-Richard von Arburg war nicht für Isabelles Tod verantwortlich, das stand für sie fest. Langsam stand sie auf und verließ den Hangar. Auf der Startbahn hob eine Glasair Richtung Osten ab. Reginas Blick folgte dem Kleinflugzeug, bis es hinter den Bergen verschwand. Die Sonne wärmte ihr Gesicht, und sie schloss die Augen. Sie stellte sich den endlos blauen Himmel vor, den von Arburg in diesem Moment vor sich sah, und faltete die Hände. Sie war nicht religiös, doch jetzt wünschte sie sich, dass von Arburg irgendwo in diesem Blau seinen inneren Frieden fände.

Cavalli war zum ersten Mal am St. Galler Institut für Rechtsmedizin. Der Gegensatz zum IRM Zürich hätte nicht größer sein können. Die Büros waren in einem engen Wohnhaus untergebracht, die Sektionstische standen in altmodischen, schlecht durchlüfteten Räumen. Der Tod fand mitten im Leben statt.

Alle anwesenden Ärzte hatten sich um den Kunststoffbehälter versammelt, um den außergewöhnlichen Fall mit eigenen Augen zu sehen. Löffel um Löffel entfernte der Chefarzt das feuchte, braune Salz. Peter Hauri war ein gut gelaunter Appenzeller mit breiter Nase und dichten Locken. Immer wieder drückte er mit dem Zeigefinger auf die mumifizierte Haut und staunte, wie gut sie erhalten war.

»Ich frage mich, wie er auf die Idee gekommen ist«, sagte Hauri.

»Von den Ägyptern?«, mutmaßte Cavalli. »Von Arburg interessiert sich für antike Literatur.«

»Die Ägypter haben ihre Leichen künstlich einbalsamiert«, erklärte Hauri. »Die Fäulnis wurde verhindert, indem die Weichteile mit Substanzen wie Harz oder Holzessig getränkt wurden. In diesem Fall hat das Salz die Flüssigkeit aufgesogen, die durch die Zersetzung des Gewebes entstand. Einsalzen gilt als eine der ältesten Einbalsamierungstechniken. Sie soll aus Tibet stammen. In China hat man das feuchte Salz sogar als Heilmittel verkauft.«

Ein Assistenzarzt rümpfte die Nase. »Ich bin froh, dass die Medizin seither Fortschritte gemacht hat.«

»Die Chinesen haben ihren Toten zusätzlich reinigende Substanzen in den Mund eingeführt«, fuhr Hauri fort. »Kampfer und Safran zum Beispiel. Dann strichen sie den Körper einige Monate lang mit Salzwasser ein. So brauchten sie die inneren Organe nicht wie die Ägypter herauszunehmen.«

Langsam kam Isabelle unter dem Salz zum Vorschein. Cavalli fiel auf, wie liebevoll von Arburg sie eingebettet hatte. Ihre Augen waren geschlossen, genauso ihr Mund. Hände und Beine hatte er übereinander geschlagen, als hätte er sie vor etwas schützen wollen. Einzig die Haarsträhnen, die nicht unter dem Salz begraben lagen, passten nicht ins Bild. Vielleicht brauchte von Arburg eine sichtbare Erinnerung an Isabelle, dachte Cavalli. Er ertappte sich dabei, wie er sich Reginas Haarsträhnen auf dem Salz vorstellte.

»Können Sie etwas über die Todesursache sagen?«

Hauri schüttelte den Kopf. »Nicht anhand ihres Äußeren. Bis das ganze Salz entfernt ist, dauert es noch rund eine Stunde. Wenn Sie möchten, können Sie sich so lange in die Cafeteria des Spitals setzen. Ich lasse Sie rufen.«

Cavalli verneinte. Während er den Ärzten bei der Arbeit zusah, ging er Isabelles letzte Schritte durch. Jetzt verstand er von Arburgs Widerwillen, die georgischen Behörden einzuschalten. Er war nie daran interessiert gewesen, den Fall zu klären. Trotzdem hatte er sich dafür eingesetzt, dass sie freikamen. Das rechnete ihm Cavalli hoch an. Die 1,8 Millionen Franken erschienen ihm ebenfalls in einem neuen Licht: Von Arburg hatte nicht bloß Bolays Betrug wiedergutmachen, er hatte auch seine eigene Schuld sühnen wollen – wenn er für Isabelles Tod verantwortlich war. Stutzig machte Cavalli, dass von Arburg einen Tag später als Isabelle nach Georgien zurückgeflogen war. In Tiflis abgeholt hatte sie Frank Bolay. Wohin die beiden gegangen waren, wusste bis jetzt niemand. Cavalli machte sich in Gedanken eine Notiz, jeden einzelnen Angestellten im Zar Franco befragen zu lassen. Ob die georgische Polizei dafür Verständnis aufbrächte? Cavalli sah den Polizisten vor sich, der ihn verhört hatte.

»Gleich haben wir es«, sagte Hauri mit einem sorgenvollen Seitenblick zu Cavalli. Zehn Minuten später legte er seinen Löffel beiseite und schlug vor, vor der Leichenöffnung eine Pause einzulegen.

»Das waren Sie, nicht wahr?«, fragte Hauri, als sie beide vor einer Tasse Kaffee saßen. »Der Schweizer Polizist, der in Georgien verhaftet wurde.«

Cavalli nickte kurz.

»Waren die Haftbed…«

»Wissen Sie bereits, wie sich die Mumifizierung auf die inneren Organe ausgewirkt hat?«, fragte Cavalli.

Hauri schlug einen sachlichen Ton an. »Ich hatte noch nie einen solchen Fall, aber theoretisch müssten die Organe gut konserviert sein.«

»Also ist die Chance groß, dass Sie Fremdeinwirkung feststellen können?«

»Ich würde sagen, ja. Wenn nicht, liegt es vermutlich nicht an der Zersetzung der Organe. Wissen Sie schon, wann die Eltern eintreffen?«

Regina hatte die Aufgabe übernommen, Barbara und Edi Jenny zu informieren. Cavalli sah auf die Uhr. »Frau Flint müsste jetzt in Uitikon sein. Ich gehe davon aus, dass die Jennys etwa in einer Stunde losfahren.«

Hauri stand auf. »Machen wir weiter. Die Angehörigen haben lange genug gewartet.«

Regina war froh, dass sie Fahrni gebeten hatte mitzukommen. Edi Jenny saß hilflos neben seiner verzweifelten Frau, hob ab und zu seine Hand, um sie gleich wieder fallen zu lassen, wie ein Werkzeug, dessen Funktion er nicht kannte. Er stellte unaufhörlich Fragen, als könnte er Isabelles Tod anhand der Einzelheiten einen Sinn abgewinnen. Aus Fahrnis normalerweise geröteten Wangen war jegliche Farbe gewichen. Regina legte ihre Arme schützend um ihren Körper, um sich so ein bisschen von der Trauer abzuschirmen. Zum vierten Mal erklärte sie, dass die Untersuchung noch im Gang sei und sie deshalb die Todesursache nicht kenne. Noch immer verstand sie nicht, warum von Arburg die Leiche in die Schweiz geflogen hatte. Sie in Georgien verschwinden zu lassen, wäre um einiges einfacher gewesen. Wozu hatte er das Risiko auf sich genommen? Was, wenn die Zöllner eine Kontrolle durchgeführt hätten? Ihn jemand beim Ein- oder Ausladen beobachtet hätte? Bolay könnte sicher viele der Fragen beantworten, doch er behauptete nach wie vor, sich an nichts zu erinnern.

»Wurde sie … hat man sie«, Edi Jenny räusperte sich, »… ermordet?«

Tief aus Barbara Jennys Kehle stieg ein Laut, der Regina erschauern ließ.

»Wer war es? Wer würde ihr etwas antun? Es kam keine Lösegeldforderung«, fuhr Edi Jenny fort.

»Warum glauben Sie, dass es sich um eine Entführung handelte?«, fragte Regina.

»Was sonst?« Edi Jenny rieb mit beiden Händen die kahle Stelle an seinem Kopf, »was sonst?« Abrupt stand er auf und fischte seinen Autoschlüssel aus der Hosentasche. Vergebens versuchte Regina, ihn davon abzubringen, selbst nach St. Gallen zu fahren. Er steuerte auf die Haustür zu, doch Barbara Jenny kam seiner Aufforderung nicht nach, ihm zu folgen. Wie erstarrt saß sie auf dem Sofa.

»Wer ist ihr Hausarzt?«, fragte Regina.

»Doktor Friedli.«

Manfred Friedli, murmelte Regina bei sich. Sie dachte an die vielen Impfungen zurück, die er ihr gespritzt hatte. Nachdem sie seine Nummer in Erfahrung gebracht hatte, bat sie ihn vorbeizukommen. Er willigte sofort ein, als er hörte, was geschehen war. Regina und Fahrni warteten schweigend im Wohnzimmer, bis es an der Tür klingelte. Doktor Friedli erfasste die Situation sofort, und sie verabschiedeten sich dankbar. An der frischen Luft atmete Regina tief durch.

»Als ich bei der Polizei anfing, zuckten meine Eltern jedes Mal zusammen, wenn das Telefon klingelte«, sagte Fahrni.

Sie stiegen in seinen Wagen, doch er startete den Motor nicht.

»Hast du auf dem Zugerberg daran gedacht, dass du sterben könntest?«, fragte er Regina.

Sie lehnte den Kopf gegen die Nackenstütze. »Erst im Nachhinein. Ich hatte solche Angst, dass Efimow die Kinder töten würde, dass ich gar nicht richtig begriff, dass ich auch in Gefahr war.« Sie kurbelte die Fensterscheibe herunter. Ein Anruf riss sie aus den Gedanken.

»Regina? Wo bist du?«, fragte Hanisch.

»Wir waren soeben bei Jennys. Ich bin in einer halben Stunde im Büro.«

»Von Arburgs Flugzeug ist vom Radar verschwunden. Ganz sicher ist sich der Kontrollturm nicht, da er den Transponder ausgeschaltet hat. Aber in Tiflis ist er nicht gelandet.«

»Abgestürzt …?«, flüsterte Regina.

Fahrni sah fragend herüber.

»Vermutlich. Das Signal verschwand über dem Schwarzen Meer.«

»Nein, das darf nicht … nein!«

»Kannst du dich an seine genauen Worte erinnern, als er dich heute Morgen anrief? Du warst die Letzte, mit der er gesprochen hat.«

»Er … hat sich nur bedankt«, antwortete Regina. »Es war Absicht, nicht wahr? Er hatte nie vor, in Tiflis zu landen.«

»Er hat nicht getankt, bevor er startete. Aber vielleicht hat er es in der Aufregung auch vergessen.«

Von Arburg hätte nie vergessen zu tanken, dachte Regina. Sie legte den Kopf aufs Armaturenbrett und schloss die Augen. Vor sich sah sie das ernste Gesicht des Botschafters, als er sie im Untersuchungsgefängnis besucht hatte. Dann zog ein anderes Bild vor ihrem inneren Auge vorbei: wie er an ihren Lippen hing, als sie seine Fragen über ihre Jugend beantwortete. Auf seine stille, verständnisvolle Art hatte er ihr das Gefühl gegeben, dass ihre Erlebnisse bedeutungsvoll waren. Er interessierte sich für alles, was sie zu erzählen hatte. Plötzlich begriff Regina. Es war Isabelle gewesen, an der er interessiert war. Indem er Regina Fragen über ihre Schulzeit stellte, hoffte er, mehr über Isabelle zu erfahren. Sie spürte eine unsichere Hand auf ihrem Rücken. Fahrni betrachtete sie besorgt. Regina wischte sich mit dem Handrücken die Tränen weg. Sie fühlte sich dem Leben nicht mehr gewachsen, irgendwann war sie zur Seite gespült worden und fand den Weg zurück in den Strom nicht mehr.

»Ich kenne das«, sagte Fahrni. »Wir sehen immer nur die traurigen Seiten des Lebens.«

Regina versuchte zu lächeln. »Vor vier Monaten hat Isabelle von Arburg kennen gelernt.«

Fahrni verstand nicht.

»Hat Narek Davityan nicht gesagt, sie habe sich vor vier Monaten zu verändern begonnen?«

Cavalli verließ das IRM gegen sieben. Edi Jenny ging schweigend neben ihm her. Seine Frau war nicht in der Lage gewesen, nach St. Gallen zu kommen.

»Ich verstehe das nicht«, sagte Edi Jenny. »Warum weiß man nicht, woran sie gestorben ist?«

Cavalli erklärte ihm noch einmal, dass Isabelle an einer Atemlähmung gestorben sei, der Rechtsmediziner jedoch nicht habe erkennen können, wie es dazu gekommen war. Er erwähnte nicht, dass er kürzlich eine fast identische Diagnose gelesen hatte: Uwe Hahns Bericht über Mirjana Racic. Hauri hatte versprochen, sofort mit Hahn Kontakt aufzunehmen.

»Die Blut- und Urinuntersuchungen helfen vielleicht weiter.«

»Aber weiß man wirklich nicht, ob sie ... Isabelle war gesund! Warum hätte sie ... eine Erbkrankheit vielleicht? Würde es weiterhelfen, wenn man ...« Edi Jenny richtete seinen Blick zu Boden.

»Haben Sie Erbkrankheiten in der Familie?«, fragte Cavalli.

Jenny sah nicht auf. Er zog die Schultern hoch und vergrub die Hände in den Hosentaschen. Cavalli hatte das Gefühl, dass er noch etwas sagen wollte, doch er wandte sich ab und stieg in seinen Wagen. Als Edi Jenny um die Ecke gebogen war, rief er Regina an.

»Ja, ich kenne den Hausarzt der Jennys«, sagte sie.

»Wie genau nimmt er es mit der Schweigepflicht?«

»Keine Ahnung. Ich rufe ihn an. Wie lautet der Befund des IRM? Woran ist Isabelle gestorben?«

»Atemlähmung«, sagte Cavalli bedeutungsvoll.

»Racic! Oder heißt das einfach, dass man nichts Genaues weiß?«

»Isabelles Körper ist dank dem Salz viel besser erhalten. Hauri will ihre Überreste nun auf verschiedene giftige Substanzen testen.«

»Das gleicht doch der sprichwörtlichen Suche nach der Nadel im Heuhaufen«, erwiderte Regina. »Aber wenn sie beide an der Folge einer Vergiftung gestorben sind, dann heißt das …«

»Dass von Arburg mit großer Wahrscheinlichkeit der Täter ist, ja. Er ist der einzige, von dem wir wissen, dass er zu beiden Kontakt hatte. Bolay hat ein hieb- und stichfestes Alibi. Er war nicht in der Schweiz, als Racic starb.«

»Isabelle ging es noch gut, als sie nach Tiflis zurückflog«, wehrte sich Regina für den Botschafter. »Außerdem reiste er erst einen Tag später ab.«

Cavalli schwieg.

»Ich weiß, er könnte sie auch in Georgien vergiftet haben. Aber warum? Er liebte sie, Cava!«

»Das wird er uns vermutlich nicht mehr sagen können«, sagte Cavalli.

»Nein.« Regina brauchte einen Moment, um sich wieder

zu fassen. »Die georgischen Behörden haben sich gemeldet. Sie haben Isabelles Handy überprüft …«

»So schnell?«

»Vielleicht ist ihnen unsere Verhaftung unangenehm.«

Cavalli sagte nichts.

»Es liegt ihnen viel daran, kooperativ zu sein«, fuhr Regina fort. »Bist du noch dran?«

»Und? Was haben sie gesagt?«

»Isabelle hat ihre Eltern angerufen«, sagte Regina, »und zwar mehrmals. Am Tag vor ihrer überraschenden Reise in die Schweiz sprach sie fast eine Stunde lang mit Edi oder Barbara Jenny.«

»Die Familienangelegenheit. Wir müssen Kontakt zum Hausarzt aufnehmen. Gehst du heute noch bei ihm vorbei?«

»Ich bin schon zu Hause. Aber ich ruf ihn an und vereinbare einen Termin für morgen.«

»Ich kann in einer halben Stunde bei dir sein. Ich fahr dich nach Uitikon.«

»Es ist halb acht!«

»Der Arzt geht kaum so früh ins Bett.«

Regina blieb hart. »Morgen.«

Cavalli brach die Verbindung verärgert ab. Im Westen brauten sich dunkle Wolken am Himmel zusammen. Eine Unruhe ergriff ihn, und er drückte aufs Gaspedal. Er legte eine Jazz-CD ein, doch Garbareks Saxophon beruhigte ihn nicht. Als er zur Ausfahrt Dübendorf kam, beschloss er, statt nach Hause noch einmal ins Büro zu fahren, um die Unterlagen über Racic zu studieren. Kurz nach dem Milchbucktunnel fielen die ersten Regentropfen.

Im Büro von Meyer und Fahrni brannte noch Licht. Cavalli stieß die Tür auf. Vor dem Bildschirm saß Fahrni.

»Was machst du da?«, fragte Cavalli überrascht.

»Einen Bericht für Hanisch schreiben.«

»Setzt sie dich unter Druck?«

»Christina hat Spätdienst. Ich wollte sie sowieso abholen, das geht gut auf.«

»Hanisch ist nicht deine Vorgesetzte«, mahnte Cavalli.

»Ich weiß, aber morgen komme ich nicht dazu, den Bericht zu schreiben, der Tag ist schon voll mit Terminen. Ich mache es Jennys zuliebe.« Er streckte sich. »Und du? Was treibt dich um diese Zeit ins Büro?«

Cavalli erzählte, dass er die Unterlagen über Racic studieren wollte, und Fahrni holte sie ihm. Als sich Fahrni wieder setzte, nahm er die Likörpraline in die Hand, die immer noch auf seinem Schreibtisch lag, und streckte es Cavalli hin.

»Ich trinke keinen Alkohol«, sagte Cavalli.

Fahrni wusste nicht, ob das als Witz gemeint war. Er zuckte mit den Schultern und ließ die Schokolade in seine Brusttasche fallen. Cavalli hatte den Ordner bereits aufgeschlagen und zu lesen begonnen. Er murmelte etwas zum Abschied und verschwand in sein eigenes Büro. Über eine Stunde lang las er konzentriert, erleichtert darüber, dass er nicht abschweifte. Als seine Konzentration schließlich doch nachließ, machte er einen Abstecher zum Kraftraum. Während er Gewichte stemmte, stellte er sich von Arburg im Cockpit vor. Wie mochte es sein, bei einem Flugzeugabsturz zu sterben? Hatte von Arburg den Tod geplant, oder wurde ihm das Leben plötzlich zu viel? Nein, dachte Cavalli, von Arburg hatte darauf hingearbeitet. Er hatte seine Geschäfte abgeschlossen, seine Schulden beglichen und Abschied genommen. Cavalli fragte sich, wie Bolay auf den Tod seines Stiefvaters reagierte.

Er nahm sich vor, sich den Hotelier am nächsten Tag noch einmal vorzuknöpfen.

Mit einem zufriedenen Seufzer legte Cavalli die Hanteln zurück und machte einige Dehnübungen. Es tat ihm gut zu arbeiten. Das Denken war zwar anstrengend, aber befriedigend. Die Leere füllte sich langsam. Bald würde er das Joggen wieder aufnehmen, doch zuvor wollte er seine Kondition am Ellipsentrainer aufbauen. Aus der Garderobe holte er die Unterlagen des Hotels National und legte sie auf die Halterung. Er blätterte zur Liste der Gegenstände, die der Personalmanager in Racics Garderobenkasten gefunden hatte, und staunte über die Sorgfalt des Mannes. Er hatte alles einzeln aufgelistet und sogar notiert, in welchem Zustand es sich befand: ein halbvolles Duschmittel der Marke Bio-Balance, ein Nivea-Deodorant, eine Glückspost, eine fast volle Schachtel Tampons, zwei hellblaue Unterhosen, eine braune Banane und eine Likörpraline. Cavalli stutzte. Hatte Fahrni nicht behauptet, Racics Lebensmittel seien auf giftige Substanzen geprüft worden? Warum wurden die Likörpraline und die Banane nicht untersucht? Der Laborbericht hatte nichts davon enthalten. Cavalli blätterte zu Fahrnis Rapport. Nirgends waren eine Praline oder eine Banane erwähnt. Anschließend suchte er die Protokolle der Gespräche mit Dalia Racic hervor. Als er zur Stelle kam, wo sie den »Herrn mit der Schokolade« beschrieb, kam ihm das Gespräch mit Regina in den Sinn. Sie hatte erzählt, von Arburg habe dem Zimmerpersonal Schokolade und Trinkgeld hinterlassen. Welche Sorte Schokolade?

Cavalli sprang vom Ellipsentrainer. Rasch duschte er, klemmte Turnsachen und Ordner unter den Arm und machte sich auf die Suche nach Fahrni. Schon im Flur sah Cavalli jedoch, dass in keinem der Büros Licht brannte. Enttäuscht legte er den Ordner auf Fahrnis Schreibtisch und wählte Dalia Racics Nummer.

»Sie haben einen Herrn mit Schokolade erwähnt, ist das richtig?«

»Ja, der Mann mit dem Burg-Namen.«

»Von Arburg«, sagte Cavalli. »Können Sie wiederholen, was Mirjana über ihn erzählt hat?«

»Das habe ich alles gesagt, letztes Mal. Ist es ein Fehler?«

Er versicherte ihr, sie habe nichts Falsches gesagt.

»Herr Arburg ließ letztes Mal kein Trinkgeld da. Nur Schokolade. Mirjana war enttäuscht, sie gibt sich immer besonders Mühe bei Herrn Arburg.«

»Was genau hat er ihr hingelegt?«

»Pralinen, mit Alkohol drin.«

»Sind Sie sicher?«

»Mirjana hat das gesagt, weil sie das wenig fand. Drei Pralinen.«

Cavalli bedankte sich und legte auf. Er wusste, dass er soeben etwas Entscheidendes erfahren hatte, doch sein Kopf weigerte sich, die Informationen zusammenzusetzen. Verärgert starrte er auf Fahrnis Pult. Eine leere Packung Schokoladenwaffeln lag neben einer zerknüllten Papiertüte mit der Aufschrift der St. Jakobs Bäckerei. Plötzlich passten die Teile zusammen.

Der Regen prasselte auf das Dach des Opels, während Fahrni vor dem Personalausgang auf Christina wartete. Sein Magen knurrte, und er wünschte sich, er hätte ein Sandwich eingepackt. Als er sich unter dem Arm kratzte, spürte er in der Tasche seines Hemdes die Likörpraline. Erleichtert stellte er fest, dass die Schokolade noch nicht geschmolzen war. Er beschloss, der Gefahr vorzubeugen, indem er die Praline ein für allemal entsorgte. Summend packte er sie aus und steckte sie in den Mund. Erwartungsvoll biss er hinein, doch nur wenig Alkohol spritzte heraus. Vermutlich war ein Großteil schon ausgelaufen.

Auf der anderen Seite der Straße ging die Tür des Personalausgangs auf. Zwei Personen schlenderten Arm in Arm heraus. Ein Arzt, vermutete Fahrni, als er die lockere Eleganz des Mannes wahrnahm. Dann blickte er zur Frau, die ihren Kopf in den Nacken legte, damit der Mann sie besser küssen konnte. Irgendwo schlug eine Autotür zu, und Fahrni schloss die Augen. Als er sie wieder öffnete, küsste Christina den Fremden immer noch.

Fahrni nahm sein Handy nicht ab. Cavalli versuchte es bei Meyer, die sofort ans Telefon ging.

»Woher hat Fahrni die Likörpraline, die auf seinem Pult lag?«, fragte er.

Überrumpelt schwieg Meyer.

»Bist du noch dran?«, fragte Cavalli unwirsch.

»Lass mich nachdenken. Er hatte sie in seiner Brusttasche. Ich glaube, sie schmolz dort ein wenig, da legte er sie auf seinen Schreibtisch. Jeder andere hätte sie weggeworfen, aber du kennst ihn ja.«

»Und wie kam sie in seine Brusttasche?«, wollte Cavalli wissen.

»Warum? Was ist damit?«

Cavalli erzählte ihr von Mirjana Racics Sachen. »In Fahrnis Bericht steht nichts von einer Likörpraline!«

»Willst du damit sagen, dass er Beweismittel klaut?«, fragte Meyer.

»Kann es sein, dass er nicht weiß, woher die Likörpraline stammt? Wer hat Racics Sachen abgeholt?«

»Das war Fahrni«, erwiderte Meyer. »Aber … da gab es einen kleinen Zwischenfall.«

»Was? Sag schon!«

Meyer murmelte etwas.

»Bambi!«

»Er … wir haben die Schachtel vergessen. In seinem Kofferraum«, gab sie zu. »Racics Sachen kamen erst mit Verspätung ins Labor.«

»Könnte etwas aus der Schachtel verloren gegangen sein?«

»Ja«, sagte sie kleinlaut. »Die Schachtel war im Kofferraum umgekippt.«

»Klär sofort ab, ob sich der Personalmanager an die Likörpraline erinnern kann. Hol ihn aus dem Bett, wenn nötig. Und dann will ich wissen, wie groß diese Packungen sind.«

Erneut versuchte Cavalli, Fahrni zu erreichen, doch er nahm weder zu Hause noch auf seinem Handy ab. Zum Schluss wählte er die Nummer seines Pagers.

Fahrni merkte nicht, wie er durch die Stadt fuhr. Statt Ampeln sah er Christinas Ausdruck, als sie den Unbekannten anlachte. Nach dem Kuss hatten sie sich umarmt, wobei der Arzt seine Hand auf ihr Gesäß gelegt hatte. Ohne Fahrni zu bemerken, schritten sie anschließend zwei Meter neben ihm vorbei zu einem dunklen Sportwagen. Fahrni vergaß, auf die Marke zu achten.

Glücklicherweise herrschte nicht viel Verkehr, sodass er ohne Zwischenfälle beim Stall ankam. Dort legte er seine Wange auf Lisas samtige Nüstern. Er hatte die Zeichen nicht wahrhaben wollen, stellte er fest. So, wie Christina diesen Mann angeblickt hatte, hatte sie Fahrni seit Langem nicht mehr angesehen. Ihm wurde klar, dass sie nicht Zeit für sich brauchte, sondern Zeit, sich zu organisieren. Suchte sie eine neue Wohnung? Hatte sie vor, mit dem Arzt zusammenzuziehen? Vielleicht war er verheiratet, schoss es ihm durch den Kopf.

Lisa wieherte leise, und Fahrni strich ihr über den Hals. Aus dem Stall nebenan ertönte regelmäßiges Kauen. Lisa stieß ihn mit der Nase und hob unruhig ein Vorderbein. Fahrni holte einen Striegel und begann, den Staub aus ihrem Fell zu bürsten. Trotz des Regens holte er Zaumzeug und Sattel. Eine Pelerine hatte er nicht dabei, dann würde er eben nass.

Vom Kinderspital erfuhr Cavalli, dass Christina die Station vor vierzig Minuten verlassen hatte. Fahrni hatte immer noch nicht zurückgerufen. Cavalli fragte sich, wohin die beiden um diese Zeit noch gefahren sein könnten. Er rief nochmals Meyer an.

»Der Personalmanager erinnert sich an eine Likörpraline in Racics Garderobenkasten«, antwortete sie. »Außerdem war da noch eine leere Packung, die er wegwarf. Er habe nicht wissen können, dass es sich um ein Verbrechen handelt. Es war eine Viererpackung.«

Cavalli erzählte ihr von seinem Verdacht.

»Vergiftet? Die Likörpraline?«

»Der einzige Berührungspunkt zwischen Isabelle Jenny und Mirjana Racic ist von Arburg. Beide starben, nachdem sie mit ihm zusammen waren.«

»Isabelle nicht, sie flog nach Tiflis zurück.«

»Er auch. Aber darüber reden wir später, wir müssen Fahrni finden!«

»Verdammt, warum habe ich das nicht ...«

»Bambi! Denk mit! Fahrni wollte Christina von der Arbeit abholen. Das ist nun eine Stunde her, doch zu Hause nimmt niemand ab. Könnten sie irgendwohin gefahren sein?«

»Um diese Zeit kaum«, sagte Meyer atemlos.

»Fahr nach Affoltern und schau nach, ob er dort ist.«

»Karan weiß vielleicht etwas. Seine Tochter liegt auf Christinas Station. Wenn er heute Abend dort war, könnte er mit Christina gesprochen haben.«

»Ich geh dem nach. Ruf mich an, wenn du in Affoltern bist.« Cavalli legte auf und wählte Karans Nummer, der sofort abnahm. Als Cavalli ihm seine Frage stellte, zögerte Karan.

»Wir haben keine Zeit!«

»Christina hat ein Verhältnis mit einem Oberarzt«, sagte Karan. »Ich glaube, Tobias ist der Einzige, der nichts davon weiß. Er heißt Gujer, Robert Gujer. Ich bin mir ziemlich sicher, dass Christina sich heute nach der Arbeit mit ihm getroffen hat.«

»Sieh zu, dass du diesen Arzt erreichst«, befahl Cavalli. »Wir müssen wissen, wie lange er mit Christina zusammen war und ob sie Fahrni gesehen haben.«

»Wenn Tobias hinter das Verhältnis der beiden gekommen ist, könnte er bei seinen Eltern sein.«

»Wo wohnen sie?«

»Irgendwo im Säuliamt.«

Cavalli legte auf und suchte die Nummer von Fahrnis Eltern heraus, doch auch sie wussten nicht, wo er war. Wohin würde Fahrni gehen, wenn er von Christinas Verhältnis mit dem Arzt erfuhr? Cavalli versetzte sich in Fahrnis Lage. Hatte er wirklich nichts gemerkt? Fahrni war zwar naiv, doch es entging ihm wenig. Cavalli stellte sich ans Fenster. Die Gestalt, welche die nasse Scheibe reflektierte, erschreckte ihn. Nach seiner Verletzung hatte er sich angewöhnt, die Schultern nach vorne zu ziehen, als könnte er dadurch seine Lunge schonen. Da er gleichzeitig nicht mehr trainiert hatte, wirkte er um Jahre älter.

Er beschloss, Fahrnis Büro auf Hinweise zu durchsuchen, doch bevor er dazu kam, meldete sich Meyer.

»Es ist niemand da!«

Cavalli leitete Karans Informationen weiter.

»Verdammte Scheiße … Diese Zicke! Wie kann sie ihn bloß so belügen?«

»Was würde Fahrni in dieser Situation tun? Gehen wir vom Schlimmsten aus: dass er die beiden zusammen gesehen hat.«

»Er würde zu seiner Mutter oder zu seinem Pferd fahren«, erwiderte Meyer prompt.

»Wo liegt der Stall?«

»Zwischen Uitikon und Sellenbüren.« Meyer beschrieb ihm den Weg.

»Ich treffe dich in zwanzig Minuten dort.«

Der Regen lief Fahrni ins Gesicht, doch er bemerkte die Nässe kaum. Er fühlte sich wie unter einer Glasglocke, abgeschirmt von der Realität. Lisa spürte seine Stimmung. Schwerfällig schritt sie über den nassen Waldweg, ein Ohr nach vorne gerichtet, eines nach hinten. Immer wieder sah Fahrni Christinas Blick vor sich, und er fragte sich, warum er dieses Strahlen nicht in ihr auszulösen vermochte. Noch nie hatte ihn eine Frau so angeblickt, außer seiner Mutter. Lag es an seinem Äußeren? War er zu weich? Cavalli zog trotz seiner Verletzung bewundernde Blicke auf sich. Die Mauer, die er um sich herum errichtet hatte, schien seine Anziehungskraft noch zu verstärken. Isabelle, schoss es Fahrni durch den Kopf, sie hatte diese gleiche unwiderstehliche Aura gehabt. Doch wer ihr zu nahe kam, litt unter ihr, genauso wie die Frauen unter Cavalli. Den Arzt zählte Fahrni zur selben Kategorie. Er würde Christina unglücklich machen, davon war Fahrni überzeugt.

Der Waldweg verzweigte sich, doch Fahrni ließ die Zügel schlaff hängen. Er war nicht in der Lage, eine Entscheidung zu treffen. Lisa zögerte, dann bog sie nach rechts ab, in einen breiten, mit Kies bestreuten Weg. Der Wald lichtete sich ein wenig, zwischen den Baumkronen sah Fahrni den schwarzen Himmel. Und jetzt?, fragte er sich. Würde sie ausziehen? Oder ihn bitten, ihr die Wohnung zu überlassen? Er könnte so tun, als sei nichts geschehen. Vielleicht würde sie das Interesse am Arzt verlieren, und sie könnten weitermachen wie bisher. Aber wollte er das? Die Alternative war, allein zu sein, und diese Vorstellung gefiel ihm genauso wenig.

Cavalli erkannte Fahrnis Opel sofort, als er in den Parkplatz einbog. Er schaltete das Blaulicht aus und sprang aus dem Wagen. Gleichzeitig ging ein Licht im Wohnhaus neben dem Stall an. Die Tür des Opels war unverschlossen, das Fenster einen Spalt offen. Cavalli rutschte auf den Fahrersitz und stellte sich vor, wie Fahrni dagesessen hatte. Auf dem Beifahrersitz lagen ein leerer Sandwichbeutel und ein Buch über Wanderreiten. Cavalli hob den Beutel auf, doch darunter lag nichts. Anschließend lehnte er sich zum Handschuhfach hinüber, dabei fiel sein Blick auf ein glänzendes Stück Papier am Boden. Schon bevor er es aufhob, erkannte er die silberne Farbe und fluchte leise vor sich hin. Aus der Hosentasche zog er einen Asservierungsbeutel, im Handschuhfach fand er Latexhandschuhe. Kaum hatte er das Pralinenpapierchen in den Beutel fallen lassen, klingelte sein Handy.

»Ich habe sie gefunden«, sagte Karan ohne Umschweife. »Im Hotel Zum wilden Ritter im Seefeld. Ein Glück, dass der Arzt auf seinem Handy immer erreichbar sein muss. Er ist übrigens verheiratet.«

»Fahrni hat die Likörpraline gegessen«, sagte Cavalli, während er mit dem Telefon am Ohr zum Stall lief. Aus dem Wohnhaus rannte ihm ein Mann mit zerzausten Haaren entgegen. »Einen Moment.« Er zeigte dem Mann seinen Polizeiausweis und erklärte, dass er Fahrni suchte. Daraufhin folgte er ihm in den Stall, bis er vor einer leeren Box stand. Er informierte Karan, der sicher war, dass Fahrni von Christinas Verhältnis erfahren hatte, da er sonst kaum um diese Zeit ausgeritten wäre.

»Wenn sich in der Praline tatsächlich Gift befindet, zählt jede Sekunde. Bring Christina her!«, befahl Cavalli.

»Sie ist hier bei mir im Auto.«

In der Ferne hörte Cavalli Meyers Ducati und drückte auf Aus. Er fragte den Besitzer des Stalls, der sich als Mike Brühlmann vorstellte, welchen Weg Fahrni normalerweise einschlug. Brühlmann schüttelte den Kopf. Sie hörten schwere Schritte, als Meyer auf den Stall zurannte. Bevor sie fragen konnte, ob sie Fahrni gefunden hätten, zeigte Cavalli auf die leere Box.

Im Wohnzimmer breitete Brühlmann eine Landkarte des Säuliamts auf dem Tisch aus. Inzwischen war seine Frau aufgewacht, sie wollte sich ebenfalls an der Suche beteiligen.

»Reiten Sie?«, fragte Brühlmann Cavalli und Meyer.

Beide verneinten.

»Ich bin mit dem Motorrad hier«, sagte Meyer, »ich kann die kleineren Wege absuchen.«

»Weck Bettina, sie soll uns helfen. Rahel ebenfalls«, bat

Brühlmann seine Frau. Er erklärte, dass Bettina bei ihnen in der Lehre war und Rahel ein Praktikum absolvierte. Mit einem Leuchtstift fuhr er vier unterschiedlichen Waldwegen nach und teilte sie den Suchenden zu. Ohne weitere Worte verließen sie das Wohnhaus und begannen, die Pferde zu satteln. Cavalli schrieb Fahrni eine Notiz, die er an der Tür von Lisas Box befestigte. Als er hörte, dass Karan und Christina eintrafen, lief er ihnen entgegen und riss die Fahrertür auf. Er reichte Karan die asservierte Pralinenverpackung und bat ihn, sie sofort ins Labor zu bringen. Karan nickte und fuhr los, nachdem Christina ausgestiegen war. Cavalli betrachtete Fahrnis Freundin schweigend. Ihre Augen waren geschwollen, ihre Wangen gerötet. Sie senkte den Blick. Er zeigte auf seinen Volvo und befahl ihr einzusteigen. Sie kam seiner Aufforderung schweigend nach.

Nachdem er losgefahren war, sagte sie stockend: »Lisa bevorzugt breite Wege. Wir sollten zuerst die Hauptwege absuchen.«

Cavalli zeigte ihr die Karte und erklärte, wo die Reiter und Meyer nach Fahrni suchten. Bald erreichte er die Verzweigung, die Brühlmann ihm gezeigt hatte, und bog von der Hauptstraße ab. Vor ihm erstreckte sich der Wald wie ein riesiges Labyrinth.

»Ich … ich wollte ihm nicht weh tun«, flüsterte Christina.

»Das geht mich nichts an«, sagte Cavalli.

Christina biss sich auf die Unterlippe und nickte.

Fahrni wusste nicht, wo er sich befand, doch Lisa schien den Weg zu kennen. Er hörte ihrem Atem zu und legte seine Stirn auf ihren Hals. Die Wärme, die sie abstrahlte, besänftigte ihn. Seine Gedanken hatten sich zu Ende gedreht, er fühlte sich, als habe er seit Tagen nicht geschlafen. Eine leichte Übelkeit erinnerte ihn daran, dass er nichts zu Abend gegessen hatte. Vielleicht war auch eine Grippe im Anmarsch. Mit einem Seufzer versuchte er, den Kopf zu heben, um sich zu orientieren, doch er fand kaum die Kraft dazu. Er musste eingenickt sein, denn der Regen hatte irgendwann aufgehört. Lisa trottete gutmütig weiter, obwohl ihm die Zügel entglitten waren. Das Sattelhorn drückte ihm in den schmerzenden Magen.

In der Ferne vernahm er ein Motorrad. Er stellte sich vor, wie es wäre, wenn Meyer auftauchte und Lisa in den Stall zurückführte, wo er sich ins Stroh legen könnte. Seine Glieder fühlten sich inzwischen so schwer an, dass er tief in den Steigbügeln hing. Lisa müsste nur erschrecken, und schon läge er auf dem Waldboden, wie damals, als er im Pfadfinderlager einen Abhang hinuntergefallen war. Er hatte gar nicht mitfahren wollen, hatte aber wie befohlen seinen Rucksack geschultert und sich von seinen Eltern verabschiedet. Das Heimweh überfiel ihn schon, bevor er sich ins Zugabteil setzte. Weg, weg, der Zug trug ihn fort, und er winkte. Rutschte den Abhang hinunter, blieb liegen und winkte seinen Eltern zu. Doch sie sahen ihn nicht, nur die Blätter der Bäume winkten zurück, silbrig glänzend im Wind. Zitternd, ängstlich, weit weg. Gleich über ihm und doch unerreichbar. Er war alleine.

Lisa schnaubte leise, und Fahrni erwachte mit einem Ruck. Er spürte keine Bewegung mehr unter sich und fragte sich, warum Lisa stehen geblieben war. Er versuchte, seine Unterschenkel gegen ihren Bauch zu drücken, doch sie regte sich nicht. Wo waren die Zügel, fragte er sich plötzlich. Eben noch hatte er sie in der Hand gehalten.

Das Hinterrad der Ducati schlingerte auf dem glitschigen Pfad, und Meyer lehnte sich so weit auf die rechte Seite, bis ihr Gewicht das Motorrad stabilisierte. Immer wieder nahm sie die Füße zu Hilfe, um nicht hinzufallen. Mit einem Mountainbike wäre sie schneller gewesen. Alle paar Minuten stellte sie den Motor ab und horchte in die Stille hinein, in der Hoffnung, Huftritte auszumachen. Doch sie hörte nur den Regen, der auf die Blätter prasselte, und ab und zu Cavallis Volvo in der Ferne. Während sie nach Fahrni Ausschau hielt, überschüttete sie sich mit Vorwürfen. Wie hatte sie bloß übersehen können, dass die Likörpraline aus Racics Garderobenkasten stammte? Dass Fehler passierten, war normal. Sie konnte nachvollziehen, dass die Schachtel in Fahrnis Kofferraum umgekippt war, und auch, dass er die Praline nicht gesehen hatte. Doch gerade weil Fehler zur Arbeit gehörten, hätte sie seine Informationen überprüfen müssen. Dazu waren die Unterlagen da, die ganze Regale in ihrem Büro füllten. Ermitteln war nichts anderes, als Berichte lesen, Informationen vergleichen und auf ihre Richtigkeit überprüfen. Cavalli hatte die Ungereimtheit auf Anhieb entdeckt.

Auf einmal riss die Wolkendecke auf und ließ spärliches Mondlicht hindurch. Meyer sah, dass der Weg vor ihr menschenleer war. Sie drehte das Gas auf und flitzte über die nasse Erde. Erst bei der nächsten Kurve verlangsamte sie ihr Tempo und spähte hoffnungsvoll nach links und rechts. Fahrni war nirgends zu sehen. Plötzlich spürte sie eine Wut auf Christina in sich aufsteigen. Dass Christina sich in einen anderen Mann verliebte, war für Fahrni schlimm genug, dass sie aber nicht die Größe hatte, dies zuzugeben, war unentschuldbar. Sie hätte Fahrni Wochen von Unsicherheit ersparen können. Fluchend beschleunigte Meyer wieder, obwohl sie auf eine

Kurve zufuhr. Plötzlich tauchte ein tiefes Loch vor ihr auf. Sie riss den Lenker nach rechts und stemmte ihren Absatz in den Boden. Es gelang ihr knapp, auszuweichen. Sogleich beschleunigte sie wieder.

Christinas Anwesenheit irritierte ihn. Cavalli hatte Mühe, sich auf die Suche nach Fahrni zu konzentrieren. Ihre Angespanntheit lenkte ihn ab, und er musste sich zwingen, sie zu ignorieren, was Kopfschmerzen nach sich zog. Gleichzeitig merkte er, wie seine Kräfte nachließen. Zwar hatte er die letzten Nächte im Wald besser geschlafen als zuvor in seiner geschlossenen Wohnung, doch die Energie, die er jeweils am Morgen verspürte, reichte kaum bis zum Mittag. Er fühlte sich wie ein Pneu mit einem Loch. Kurze Zeit hatte ihm sein erhöhter Adrenalinspiegel einen Energieschub versetzt, doch jetzt begann ihn die Angst, er könnte zu spät kommen, zu lähmen. Wenn er wüsste, welches Gift von Arburg benutzt hatte, könnte er die Gefahr besser einschätzen. Doch Gifte nachzuweisen war sogar schwierig, wenn man wusste, wonach man suchte.

Warum Racic?, fragte sich Cavalli zum wiederholten Mal. Hatte sie etwas mitbekommen, das nicht für ihre Ohren bestimmt war? Wollte von Arburg seine Beziehung zu Isabelle geheim halten, und Racic hatte die beiden zusammen gesehen? Oder hatte sie beobachtet, wie von Arburg Isabelle vergiftete? Wenn Isabelle überhaupt an einer Vergiftung gestorben war, dachte Cavalli und schalt sich in Gedanken für seine voreiligen Schlüsse. Nur weil alles passte, hieß es nicht, dass es sich so zugetragen hatte. Wenn sie Fahrni fänden, wüssten sie mehr.

»Wisst ihr, um welches Gift es sich handelt?«, fragte Christina leise.

Cavalli ignorierte die Frage, und Christina schniefte. Das Geräusch kratzte an seinen blank liegenden Nerven. Als er es nicht mehr aushielt, stellte er den Motor ab und stieg aus. Mit raschen Schritten entfernte er sich vom Wagen. Der Geruch von feuchten Blättern legte sich wie Balsam auf seine Sinne. Er verließ den Weg und folgte einem Luftzug, der ihm das bittere Aroma von Tannennadeln zuspielte. Innerhalb von Minuten waren seine Schuhe durchnässt, am liebsten hätte er sie ausgezogen, um im weichen Boden zu versinken. Vor ihm glänzte Farn im Mondlicht, zwischen den Wedeln leuchteten einzelne Spinnweben auf. Cavalli sog die Frische ein. Ab und zu hörte er Meyers Ducati, doch Hufschläge konnte er keine ausmachen. Bald kam er zu einem Weg, der parallel zur Straße verlief, die er soeben entlanggefahren war. Hier legte sich ein würziges, warmes Aroma über den Geruch des Waldes. Aufgeregt folgte Cavalli dem Duft, überzeugt, dass nur ein Tier diese Ausdünstung verströmen konnte. Nach hundert Metern sah er einen Schatten am Wegrand. Als er zu rennen begann, bewegte sich der Schatten und nahm die Umrisse eines Pferdes an. Cavalli sah, dass die Zügelenden auf dem Boden lagen. Vorsichtig näherte er sich dem Pferd, das keine Anzeichen von Nervosität zeigte.

Fahrnis Arme hingen an Lisas Hals herunter, sein Gesicht war zur Hälfte von ihrer Mähne bedeckt. Cavalli hielt seine Hand vor Fahrnis Mund und atmete auf, als er einen feinen Luftzug spürte.

»Tobias? Hörst du mich?«

Fahrni stöhnte kaum hörbar und versuchte, sich aufzusetzen. »Mir ist schlecht.«

»Halt dich fest«, sagte Cavalli und nahm die Zügel in die Hand. Er hoffte, dass sich Lisa nicht dagegen wehren würde, von ihm geführt zu werden. Er hatte keine Erfahrung mit Pferden, doch er wusste, dass die meisten Tiere auf Unsicherheit reagierten. Wenn Fahrni bereits übel war, durften sie keine Zeit verlieren. Lisa schien die Dringlichkeit zu spüren und folgte ihm bereitwillig. Während er das Pferd führte, informierte Cavalli Meyer. Kurz darauf hörte er, wie ihre Ducati röhrte. Als er beim Volvo ankam, rannte sie ihm schon entgegen.

»Wie geht es ihm?«, rief sie und wandte sich gleich an Fahrni. »Tobias, hast du Schmerzen?«

Christina war aus dem Volvo gestiegen und eilte ebenfalls auf sie zu. Sie legte eine Hand auf Fahrnis Stirn. Meyer schob sie unsanft zur Seite. Zusammen mit Cavalli hob sie Fahrni vom Pferd, das nervös die Ohren nach hinten legte. Dann trugen sie ihn zum Volvo und legten ihn auf den Rücksitz. Sein Atem kam in kurzen, heftigen Stößen, und seine Stirn war schweißnass.

»Ruf das Triemlispital an«, wies Cavalli sie an, »wir sind in zehn Minuten dort.«

Meyer nickte und holte ihr Handy hervor.

»Ich möchte mitfahren!«, rief Christina, als Cavalli die Tür zuschlug.

»Kümmere dich ums Pferd«, sagte Meyer. »Und informier die anderen.«

»Da wir nicht wissen, um welches Gift es sich handelt, können wir nur abwarten und hoffen«, sagte der Arzt. »Magen und Darm haben wir ausgepumpt, doch wie viel von der Substanz sein Körper aufgenommen hat, ist schwer abzuschätzen.«

»Er hatte die Praline längere Zeit in seiner Tasche«, sagte Meyer. »Dort schmolz sie ein wenig, vielleicht ist ein Teil des Giftes ausgelaufen.«

»Wenn es in die Flüssigkeit gespritzt wurde, wäre das möglich.«

Cavalli kam zurück und berichtete, Karan habe keine Neuigkeiten.

»Verdammt, warum nicht? Das sind doch Spezialisten im Labor!«

»Es gibt so viele Giftstoffe, ohne Anhaltspunkt muss man die Schokolade auf jeden einzelnen hin überprüfen«, erklärte der Arzt.

»Und der einzige, der uns weiterhelfen kann, ist abgehauen!«, schimpfte Meyer. »Oder hat seinem Scheißleben ein verdientes Ende gesetzt!«

Cavalli sah sie an. »Es gibt noch jemanden, der uns helfen kann.«

Frank Bolay schrie auf, als Cavalli ihn wachrüttelte. Mit einer Hand hielt ihm Cavalli den Mund zu und drückte ihn ins Kissen.

»Jetzt hör mir gut zu«, zischte Cavalli. »Dein Stiefvater hat zwei Menschen umgebracht, und ein dritter liegt vielleicht im Sterben. Wenn du nicht sofort auspackst, wirst du der vierte sein!«

Bolay versuchte, den Kopf zu schütteln.

»Ich habe keine Zeit für Spielchen!« Cavalli nahm eine Taschenlampe hervor und leuchtete damit Bolay ins Gesicht. Erst jetzt sah er, dass die Augen des Hoteliers fast zugeschwollen waren, als hätte er vor dem Einschlafen geweint. Langsam nahm er die Hand von Bolays Mund.

»Ich werde dich anzeigen!«

»Das wird deine kleinste Sorge sein«, sagte Cavalli. »Schon bald wirst du in einem georgischen Gefängnis sitzen.«

»Ich weiß nichts von einem Mord!«

»Ich rede nicht von den Morden, sondern von Tanja Begiaschwili.«

»Tanja ...«

»Sie hat Anzeige erstattet«, log Cavalli.

»Tanja?«

»Du hast sie monatelang belästigt, bist ihr sogar nach Chertwisi gefolgt.«

»Dieses Miststück!« Bolay versuchte, sich aufzusetzen. »Sie lügt!«

»Dann erzähl mir doch mal, was du in Chertwisi gesucht hast.«

»Dich!«

»Mich?«, fragte Cavalli überrascht. »Warum?«

»Weil ich wissen wollte, ob du ... meinem Vater schon auf der Spur warst. Aus demselben Grund habe ich eure Sachen durchsucht.«

»Wonach?«

»Das habe ich dir gerade gesagt! Ich wollte wissen, ob ihr gegen meinen Vater Beweise in der Hand hattet.«

»Beweise wofür?«

Bolay befeuchtete seine Lippen. »Für diese ... Morde.«

»An wem?«

»Die Morde, die du soeben erwähnt hast.«

»Ich habe keine Morde erwähnt.«

»Du hast gesagt, mein Stiefvater habe zwei Menschen umgebracht.«

Cavalli wartete. Er nahm Bolay die Geschichte nicht ab.

»Seit wann weißt du, dass Isabelle tot ist?«, fragte Cavalli.

Kaum merklich bildeten sich zwei Fältchen über Bolays Oberlippe, so, als würde er die Lippen zusammenpressen wollen, sich aber dazu zwingen, entspannt zu bleiben. Ohne Taschenlampe hätte Cavalli die Veränderung gar nicht wahrgenommen. Sein Instinkt sagte ihm, dass Bolay etwas mit Isabelles Tod zu tun hatte, doch er konnte sich nicht erklären, was. Wenn es einen Zusammenhang zwischen dem Tod von Isabelle Jenny und Mirjana Racic gab, konnte Bolay nicht der Täter sein. Wohl aber ein Komplize, dachte Cavalli.

»Dein Stiefvater hat sich das Leben genommen«, sagte Cavalli unwirsch. Er war nicht auf Bolays Reaktion gefasst. Seine Augen wurden feucht, und er versuchte wegzusehen. Cavalli presste ihn immer noch mit einer Hand ins Kissen, doch jetzt lockerte er seinen Griff. Bolay drehte sich auf die Seite, den Blick zur Wand gerichtet. Auf einmal wirkte er wie ein Kind, das sich in einer Menschenmenge von seiner Mutter losreißt und plötzlich feststellt, dass es auf sich alleine gestellt ist.

»Hat man ihn gefunden?«, presste Bolay hervor.

Cavalli ging ums Bett herum, damit er Bolays Gesicht wieder im Blickfeld hatte. »Ein Polizist liegt auf der Intensivstation, weil dein Stiefvater ihn vergiftet hat.«

»Vergiftet? Mein Vater soll jemanden vergiftet haben?« Plötzlich hielt er inne. Innerhalb von Sekunden wich die Farbe aus seinem Gesicht.

Cavalli packte ihn an beiden Schultern. »Red mit mir! Welches Gift hat er benützt?«

»Ich … ich weiß es nicht«, stammelte Bolay. »Das kann nicht sein! Mein Vater würde nie … schon gar nicht … vergiftet? Wurde Isabelle vergiftet?«

»Was weißt du darüber?« Cavalli bohrte seine Finger in Bolays Schulter, doch dieser schien den Schmerz kaum zu spüren.

»Ich … es ging ihr schlecht, als ich sie vom Flughafen abholte. Sie hatte Magenschmerzen, und ihr war übel.« Bolay zitterte.

»Was hatte sie gegessen?«

»Ich weiß es nicht. Ich dachte …«

»Erzähl weiter!«

»Er hat mir vorgeworfen, ich hätte sie getötet. Kannst du dir das vorstellen? Getötet!« Bolays Gesicht verzog sich zu einer hässlichen Grimasse. »Die ganze Zeit hat er mich beschuldigt, dabei hatte er sie selbst umgebracht! Er mochte mich nie, schon als Kind nicht. Aber ich war der Preis, den er für meine Mutter bezahlen musste.«

»Von Arburg?«, fragte Cavalli leise.

»Ich war ihm nicht fein genug.« Bolay sah auf, doch er schien durch Cavalli hindurchzublicken. »Warum wollte er mir einen Mord anhängen? Er hätte mich einfacher loswerden können.«

»Du denkst, dein Stiefvater hat Isabelle getötet und versucht, dir den Mord in die Schuhe zu schieben?«, fragte Cavalli.

»Zuerst dachte ich, er wolle mir helfen.«

»Eines nach dem anderen«, sagte Cavalli und schaltete das Licht ein. Die Taschenlampe legte er zur Seite. »Du hast Isabelle am Flughafen abgeholt, und ihr war schlecht. Und dann? Wo seid ihr hingefahren?«

»Sie wollte über Ostern einige Tage in die Berge fahren. Doch sie fühlte sich nicht gut. Ich fuhr sie trotzdem zur Hütte – in der Nähe des Nationalparks – und lud sie dort ab. Eigentlich wollte sie unterwegs einkaufen, da sie vorhatte, einige Tage zu bleiben und Tageswanderungen zu unternehmen. Aber es ging ihr so schlecht, da versprach ich ihr, den

Proviant später vorbeizubringen.« Bolays Stimme wurde immer leiser, und Cavalli musste sich vorlehnen, um ihn zu verstehen. »Mir ist etwas dazwischengekommen. Ich konnte erst am folgenden Tag hinauffahren. Als ich ankam, lag sie … war sie …«

»Tot?«

Bolay zitterte. »Es stank so fürchterlich! Aber ich kann nichts dafür! Ich wusste nicht, dass sie so krank war! Woher auch?«

»Hat sie niemanden um Hilfe gerufen?«

»Sie hatte keinen Empfang.«

Cavalli stellte sich Isabelles letzte Stunden vor, und es schauderte ihn. An einer Vergiftung zu sterben war ein qualvoller Tod. Da ihre Leiche relativ gut erhalten war, musste Bolay sie kurz nach ihrem Tod gefunden haben. Somit kämpfte sie vermutlich fast vierundzwanzig Stunden um ihr Leben, alleine in einer georgischen Berghütte.

»Wann bist du zurückgefahren?«, fragte er.

»Nach der Arbeitskontrolle, gegen sieben Uhr.« In einem Anflug von Trotz fügte Bolay hinzu: »Es hat meistens Notvorräte in den Hütten.«

»Notvorräte? War es nicht eher so, dass du sie absichtlich hungern ließest? Du hast sie über einen Tag warten lassen!« Cavalli lehnte sich vor. »Was hat sie dir angetan?«

Bolay schwieg.

»Oder war es dein Vater«, Cavalli zeichnete Anführungs- und Schlusszeichen in die Luft, »an dem du dich rächen wolltest? Warst du eifersüchtig, weil sie ihn geliebt hat, und nicht dich?«

»Natürlich nicht!«

»Und dann, als du sie tot aufgefunden hast, hast du Papa zu

Hilfe gerufen? Und von Arburg kam sofort herbeigeeilt, um dir einmal mehr aus der Scheiße zu helfen?« Cavalli sah Bolay an, dass es sich genau so zugetragen hatte. »Wer hatte die Idee mit dem Salz?«

»Mein Vater«, flüsterte Bolay.

Cavalli lehnte sich zurück und spielte den Film vor seinem inneren Auge ab. Von Arburg hatte die Gelegenheit und vermutlich das Wissen, um Isabelle zu vergiften. Doch warum hätte er das tun sollen? Bolay hingegen hatte zwar ein Motiv, befand sich jedoch in Georgien, als Isabelle in Zürich oder auf dem Flug nach Tiflis das Gift eingenommen hatte. Außer sie kam gesund in Georgien an. Vielleicht hatte Bolay ihr sehr wohl Nahrungsmittel gebracht und noch etwas beigemischt. Das hieße jedoch, dass kein Zusammenhang mit Mirjana Racics Tod bestand. Woher kamen in diesem Fall die vergifteten Likörpralinen? Und warum hatte von Arburg seinen Stiefsohn gedeckt? Frustriert verschränkte Cavalli die Arme. Entweder passten die Fakten nicht zusammen, oder es fehlte noch ein Puzzleteil. Die dritte Möglichkeit, dass er die Fähigkeit verloren hatte, komplizierte Rätsel zu lösen, zog Cavalli gar nicht erst in Betracht.

26

Die Kripoleitstelle füllte sich nur langsam. Mathias Hug hatte beschlossen, die Sitzungsleitung zu übernehmen. Zusammen mit Meyer betrat er den Raum. Gurtner, Mullis und Karan blickten ihnen mit einer Mischung aus Hoffnung und Angst entgegen. Meyer zog mit einem Fuß ihren Stuhl nach hinten und ließ sich darauf fallen.

»Sein Zustand ist stabil, was immer das heißen mag. Das Problem ist, dass die Ärzte immer noch nicht wissen, um welches Gift es sich handelt. Deshalb ist der Krankheitsverlauf nicht vorherzusehen.«

»Hoffentlich sieht er am Schluss nicht aus wie dieser ukrainische Politiker«, sagte Gurtner. »Der mit den Narben im Gesicht.«

»Ist er wach?«, fragte Mullis.

»Um fünf hat er angefangen zu jammern«, sagte Meyer. »Das ist immerhin ein gutes Zeichen. Davor hatte er keinen Wank gemacht.«

»Warst du die ganze Nacht dort?«, fragte Karan.

Meyer nickte.

»Und Christina?«

»Die Zicke habe ich nach Hause geschickt. Ihr Weinen ging mir auf die Nerven.«

»Sie kann nichts dafür, dass Fahrni Beweismittel isst«, sagte Gurtner.

Hahns lange Gestalt füllte den Türrahmen aus, hinter ihm folgte ein weißhaariger Endfünfziger, den niemand kannte.

»Gerhard Benke vom Toxikologischen Institut«, stellte Hahn ihn vor.

Kurz darauf betrat Cavalli mit einem Becher Kaffee in der Hand den Raum, und das Gespräch verstummte. Schweigend setzte er sich an den Besprechungstisch.

»Und?«, fragte Meyer, als Cavalli keine Anstalten machte, über Bolay zu berichten.

»Kommt Hanisch auch?«, fragte Cavalli.

Vom Flur her erklang das Klappern von Absätzen, und Meyer rümpfte die Nase.

»Regina bestand darauf, mitzukommen«, sagte Hanisch als Begrüßung.

»Guten Morgen«, sagte Regina.

Hanisch setzte sich neben Cavalli, der sich nicht zu ihr umdrehte.

Hug zog die Tür hinter sich zu und schritt betont langsam zum Kopfende des Tisches. »Ich habe soeben einen Anruf aus Bern erhalten. Heute früh hat ein Fischer vor der russischen Schwarzmeerküste Trümmer eines Flugzeugs gefunden.«

Regina schlug die Hand vor den Mund.

Hug nickte. »Die Immatrikulation lässt eine eindeutige Identifizierung zu.«

»Selbstmord?«, frage Gurtner.

»Alles deutet darauf hin«, bestätigte Hug.

»Dann ist der Fall klar.« Hanisch stand auf und begann, ihre Sachen einzupacken.

»Nichts ist klar«, sagte Cavalli und berichtete von seinem Gespräch mit Bolay.

»Von Arburg hat Isabelle geliebt, sie ihn nicht, also vergiftete er sie und beging anschließend Selbstmord«, fasste Hanisch zusammen. »Solche Geschichten gab es schon in der Antike.«

»Von Arburg hat Isabelle nicht vergiftet«, sagte Regina.

Hanisch seufzte. »Könnte es sein, dass ihr beide nicht ganz neutral seid? Immerhin hat der Mann euch für 1,8 Millionen Franken freigekauft.«

»Wenn von Arburg Isabelle geliebt hat, hätte er sie gehen lassen und ihr alles Gute für die Zukunft gewünscht«, sagte Regina.

»Du warst in einer ausweglosen Situation«, widersprach Hanisch. »Von Arburg war wochenlang der Einzige, der sich um dich gekümmert hat. Logischerweise kommt er dir als Retter vor. Aber …«

»Regina hat Recht«, sagte Cavalli. »Von Arburg hat kein Motiv. Mein Instinkt …«

»Dein Instinkt?«, fiel ihm Hanisch ins Wort. »Schau dich einmal an! Du bist ein Wrack!«

»Verdammt, mir reichts!« Meyer zeigte auf Hanisch. »Fahrni schwebt in Lebensgefahr, und du hast nichts Besseres zu tun, als gegen uns zu arbeiten!«

Hug hob beruhigend seine Hände. »Hört …«

»Ich versuche nur, realistisch zu sein«, sagte Hanisch, bevor sie sich wieder setzte.

Hahn räusperte sich. »Um Art und Menge eines Giftes festzustellen, ist es erforderlich, die Substanzen zuerst aus dem Untersuchungsmaterial zu isolieren und dann anzureichern. Danach müssen zur qualitativen und quantitativen Bestimmung der Gifte geeignete Analyseverfahren und Geräte eingesetzt werden. Um Substanzengemische aufzutrennen, kommen chromatografische Verfahren zur Anwendung. Die Zusammensetzung der Stoffe hingegen wird durch spektroskopische Methoden ermittelt.« Hahn nahm einen Schluck Wasser.

Gurtner fasste sich als erster. »Wovon redest du?«

Hahn blickte ihn ruhig an. »Vom Giftstoffnachweis in biologischem Probenmaterial, der sogenannten toxikologischen Analytik.« Er wandte sich an Benke. »Herr Kollege, ich übergebe Ihnen das Wort.«

Benke rieb sich die Hände. »Wie die genauen Verfahren aussehen, ist für Sie nicht relevant.« Er bemerkte Hahns enttäuschten Blick nicht. »Es genügt zu sagen, dass wir ein Gift im Körper nachweisen müssen, um eine Vergiftung zuverlässig festzustellen. Gelingt dieser Nachweis nicht, heißt dies aber nicht, dass wir eine Vergiftung ausschließen dürfen. Es können auch andere Faktoren im Spiel sein, beispielsweise eine zu geringe Konzentration im Körper oder dass das Gift bereits abgebaut oder ausgeschieden wurde. Im vorliegenden Fall befinden wir uns jedoch in einer günstigen Situation: Uns liegen nicht nur unterschiedliche Proben vor, sondern auch die Verpackung des vergifteten Lebensmittels und ein überlebendes Opfer. Sie müssen wissen, dass Gifte im Körper nach dem Tod Veränderungen unterliegen. Das ist auf die körpereigenen Enzyme und die Fäulnisvorgänge zurückzuführen.«

»Dass die Likörpraline vergiftet war, ist erst eine Vermutung«, warf Cavalli ein. »Beweise liegen keine vor.«

»Richtig«, sagte Benke. »Trotzdem deutet vieles darauf hin, dass Ihre These stimmt. Wir haben mit den Kollegen in St. Gallen Kontakt aufgenommen und uns bezüglich des Giftnachweises abgesprochen. Da viele Substanzen letztlich nur bei einer gezielten Suche nachweisbar sind, macht es Sinn, die Untersuchungen untereinander abzusprechen.«

Meyer rutschte ungeduldig auf ihrem Stuhl hin und her. »Womit wurde Fahrni nun vergiftet?«

»Ich kann Ihnen bisher nur sagen, welche Giftstoffe wir ausschließen dürfen«, sagte Benke. »Wir sind weitgehend davon überzeugt, dass es sich nicht um ein typisches anorganisches Gift handelt.«

»Wie zum Beispiel Cyanwasserstoffsäure«, erklärte Hahn.

Benke nickte. »HCN können wir ausschließen, KCN und NaCN ebenfalls. Das sind Blausäure, Zyankali und Natriumcyanid. Das im Organismus freigesetzte Cyanidion blockiert die Zellatmung. Dadurch wird die Sauerstoffverwertung im Gewebe gestört, man spricht von einer inneren Erstickung. Die Vergiftungserscheinungen treten innerhalb von wenigen Sekunden auf. Die Analyse des Mageninhalts ihres Kollegen hat ergeben, dass er die Schokolade gegen zweiundzwanzig Uhr eingenommen haben muss. Er fühlte sich anschließend jedoch noch in der Lage zu reiten, wir können also davon ausgehen, dass die Symptome erst später auftraten.«

Cavalli hörte aufmerksam zu. Sein Unterbewusstsein versuchte ihm irgendetwas mitzuteilen, doch er konnte den Zusammenhang nicht herstellen. »Wie lange dauert es, bis Sie alle möglichen Gifte ausgeschlossen haben?«

»Alle Giftstoffe werden wir nicht ausschließen können«, erwiderte Benke. »Ich möchte Ihnen nur erklären, wo wir jetzt stehen. Der Giftnachweis im organischen Material ist eine Möglichkeit, die Substanz festzustellen. Genauso wichtig ist, die Gewohnheiten der Hauptverdächtigen zu ermitteln. Hatten diese Personen besondere Kontakte? Zugang zu gewissen Giftstoffen? Was machen sie beruflich?«

»Sie haben gesagt, die gängigen anorganischen Gifte können wir ausschließen«, sagte Hug.

»Mit großer Wahrscheinlichkeit«, korrigierte Hahn.

»Nur Blausäure und Zyankali, oder gibt es noch weitere?«, fragte Hug.

»Entschuldigen Sie, ich bin abgeschweift«, sagte Benke.

»Ausschließen können wir auch Kohlenmonoxid, Schwefelwasserstoff – beide werden eingeatmet –, Metallgifte wie Arsen, Thallium, Blei oder Quecksilber, dann Nitrate und Nitrite …«

»Was ist das?«, fragte Mullis.

»Düngemittel zum Beispiel«, erklärte Benke. »Auch in der Farbstoffindustrie kommt Nitritpökelsalz zum Einsatz. Deshalb ist es wichtig, das Umfeld des Verdächtigen zu kennen.«

»Was können wir nicht ausschließen?«, fragte Gurtner sarkastisch.

»Pflanzliche Gifte«, antwortete Benke.

»Aconitin, Ergotamin, Coniin, Colchicin, Strychnin, Curare, Atropin …« Hahn holte Luft.

Rasch sagte Benke: »Das sind alles Pflanzenalkaloide – Eisenhut, Mutterkorn, gefleckter Schierling, Herbstzeitlose und so weiter. Uns sind bisher sechstausend bekannt. Nikotin ist übrigens auch ein sehr giftiges Alkaloid und bei einer oralen Aufnahme tödlich. Der Tod tritt durch Atemlähmung oder Herzversagen ein.«

»Wie bei Racic und Jenny«, stellte Karan fest.

»Eine weitere Gruppe sind die Glykoside, das sind Verbindungen aus einem Zucker und einer weiteren Komponente. Sie sind jedoch sehr bitter.«

»Merkt man das im Alkohol?«, fragte Cavalli.

»Möglicherweise«, sagte Benke.

Hug räusperte sich. »Können Sie uns sagen, wonach wir Ausschau halten müssen?«

»Ich empfehle Ihnen abzuklären, was Ihr Verdächtiger über Pflanzen weiß. Interessiert er sich für Naturheilstoffe? Ist er ein begeisterter Gärtner? Oder unterhält er Kontakte zu Personen, die sich auf diesem Gebiet auskennen? Es genügt nicht zu wissen, welche Pflanzen giftig sind. Einen Giftstoff daraus herzustellen ist je nachdem ein komplizierter Prozess. Dazu werden verschiedene Produkte benötigt. In unserem Fall war eine hohe Konzentration des Giftes erforderlich, da eine Likörpraline nur beschränkt Platz bietet.«

»Hatte unser Diplomat einen grünen Daumen?«, fragte Gurtner.

Regina schüttelte den Kopf.

»Aber Beziehungen?«, fragte Hug. »Cavalli? Wie schätzt du ihn ein?«

Cavalli sah überrumpelt auf. Plötzlich wusste er, woran er sich zu erinnern versuchte. »Was hat der Geschäftsmann über Isabelle erzählt? Dass sie nichts aß?«

»Welcher Geschäftsmann?«, fragte Meyer.

»Es steht im Protokoll!«, sagte Cavalli barsch.

»In welchem?«, fragte Karan. »Ich hole den Ordner.«

»Fahrni hat die Flugpassagiere befragt«, erklärte Cavalli mit einem strengen Blick zu Meyer. »Einer hat etwas über Isabelle gesagt.«

Karan stand auf und kam kurz darauf mit dem Protokoll in der Hand zurück. Er las vor, was Fahrni geschrieben hatte: »Sie sei zugeknöpft und unnahbar, habe nichts gelesen und nichts gegessen, nur Wasser getrunken.«

»Möglicherweise war ihr bereits übel«, sagte Cavalli. Er wandte sich an Meyer. »Klär ab, ob er sicher ist, dass sie nichts gegessen hat. Auch keine Likörpraline. Befrag den Geschäftsmann noch einmal, eventuell erinnert er sich plötzlich doch daran. Das Reinigungspersonal am Flughafen auch. Vielleicht hat jemand eine Schokoladenverpackung entsorgt. Wenn wir ausschließen können, dass Isabelle das Gift auf dem Flug einnahm, sind wir einen Schritt weiter.«

Hahn nickte.

»Karan, Mullis, findet heraus, ob Bolay Zugang zu Giftstoffen hat«, sagte Cavalli. »Gurtner, nimm von Arburg unter die Lupe.«

Hug stand auf und bedankte sich bei Hahn und Benke. Als alle die Kripoleitstelle verlassen hatten, wandte er sich an Cavalli. »Gute Arbeit«, lobte er. »Wie fühlst du dich?«

Cavalli verengte die Augen misstrauisch.

»Ich möchte dir die Leitung der Ermittlungen übertragen.« Hug legte Cavalli eine Hand auf die Schulter. »Es ist nicht mehr nötig, dass sich Thalmann selbst darum kümmert. Aber Jasmin hat noch zu wenig Erfahrung, um einen Fall dieser Komplexität zu führen. Sie wird dir zur Seite stehen. Ich weiß, dass du erst zu fünfzig Prozent arbeitsfähig bist.«

»Ist sie schon informiert?«

»Ich habe vor der Sitzung mit ihr gesprochen.«

»Du bist also auch der Meinung, dass der Fall mit von Arburgs Tod nicht abgeschlossen ist.«

Hugs Gesicht nahm einen ungewöhnlich harten Zug an. »Natürlich ermitteln wir weiter! Die Anweisung kommt von ganz oben. Der Befehl, dir die Leitung zu übertragen, übrigens auch. Es sieht aus, als verzeihe dir der Kadi deine Eskapaden im Kaukasus.«

Cavalli hörte nicht nur den Vertrauensbeweis, sondern auch die Drohung, die in den Worten mitschwang. Seine Vorgesetzten würden seine Reise in den Kaukasus vergessen, wenn er nun die geforderte Leistung erbrachte. Er spürte, wie seine Kopfhaut zu kribbeln begann. Nachdem Hug die Kripoleitstelle verlassen hatte, stellte sich Cavalli vor die Tafeln mit Meyers Notizen. Sie hatte keine schlechte Arbeit geleistet, doch einige Zusammenhänge zu spät oder gar nicht erkannt.

Zudem fehlte ihr das Wissen, das Cavalli aus Georgien mitbrachte.

Hinter sich spürte er einen leichten Luftzug, der ihm Reginas Duft entgegentrug. Er drehte sich nicht um, als sie sich neben ihn stellte.

»Ich habe mit Christina telefoniert«, sagte sie.

Cavalli sagte nichts.

»Sie gibt sich die Schuld an allem.«

»Mit der Schuld ist es so eine Sache«, murmelte Cavalli.

»Was meinst du?«

Er zeigte auf die Tafel. »Wer trägt die Schuld? Nehmen wir an, Bolay hat Isabelle vergiftet. Aus welchem Grund? Weil Isabelle seinen Stiefvater, den er übrigens plötzlich Vater nennt, geliebt hat? Statt ihn? Oder weil er von Arburg für sich wollte? Wer trägt die Schuld an Bolays menschlichen Defiziten?«

Regina glaubte, nicht richtig zu hören. »Verteidigst du Bolay?«

»Warum hat ihn von Arburg gedeckt? Schuld ist etwas Heimtückisches.«

»Bolay hat versucht, Isabelle zu ruinieren«, sagte Regina, mehr zu sich als zu Cavalli. »Er hat dafür gesorgt, dass Teamwork seine Glaubwürdigkeit verliert und damit Isabelles Lebenswerk zerstört.«

»Und trotzdem hat von Arburg ihm geholfen.«

»Glaubst du, Bolay war es?«

»Jetzt, ja. Gestern nacht, als ich ihm zuhörte, nein.« Cavalli seufzte. »Wann hast du den Termin bei Doktor Friedli?«

»Ich muss in fünf Minuten los.«

»Ich komme mit.«

Regina fragte nicht, warum. Sie folgte Cavalli durch den leeren Flur des KV. Aus einzelnen Büros drangen Gesprächsfetzen, doch die Stimmen klangen gedämpft. Dass es schon wieder Fahrni getroffen hatte, löste Betroffenheit aus. Regina erinnerte sich daran, wie sie ihn einmal gefragt hatte, warum er den Beruf des Polizisten gewählt hatte, und er von den Uniformen geschwärmt hatte.

»Die Rücksichtslosigkeit, mit der der Täter vorging, passt zu Bolay«, sagte Cavalli, als sie im Volvo saßen. »Ihm traue ich es zu, eine ganze Packung Likörpralinen zu vergiften, um sicherzugehen, dass eines sein Ziel erreicht.«

»Etwas verstehe ich nicht«, sagte Regina. »Warum hat er nicht von Arburg vergiftet? Er war es, der ihm Isabelle weggeschnappt hat.«

»Vielleicht ist der Versuch fehlgeschlagen. Denkbar wäre, dass eine der Pralinen von Arburg galt, er sie aber aus irgendeinem Grund nicht aß.«

»Sondern für das Zimmermädchen stehen ließ! Cava, so muss es gewesen sein! Mirjanas Mutter hat ausgesagt, dass von Arburg jedes Mal Trinkgeld und Schokolade hinterließ. Mirjana muss geglaubt haben, die Likörpraline sei für sie hingelegt worden.« Plötzlich hielt sie inne. »Aber wie kam sie dorthin? Bolay war in Georgien.«

Ratlos schüttelte Cavalli den Kopf.

Manfred Friedli erwartete sie in seiner Praxis. Er ging mit ausgestreckten Armen auf Regina zu und ergriff ihre Hände. Trotz des Ernstes der Situation schmunzelte Regina, als sie sah, dass seine Kleidung immer noch genauso wenig zusammenpasste wie vor zwanzig Jahren.

»Regina Flint. Schön dich … Sie zu sehen. Ich habe Sie kürzlich gar nicht richtig begrüßt.«

»Sagen Sie ruhig Regina zu mir.«

Er lächelte traurig. »Wer hätte gedacht, dass wir uns unter diesen Umständen wiedersehen. Mein Gott, Isabelle Jenny … und Sie haben auch einiges durchgemacht, wie ich gehört habe.« Er wandte sich mitleidig an Cavalli. »Sind Sie der Polizist, der mit Regina zusammen verhaftet wurde?«

»Wir sind hier, um Ihnen einige Fragen zu stellen«, sagte Cavalli.

Regina gab ihm ein Zeichen, höflich zu sein, doch er ignorierte sie. Verärgert wandte sie sich an Friedli. Wenn sie den Arzt dazu bringen wollten, seine Schweigepflicht zu brechen, mussten sie mehr Feingefühl an den Tag legen.

»Wir waren beide in Haft«, sagte Regina. »Es war eine sehr schwierige Zeit. Sie können sich vorstellen, dass die Zustände in georgischen Gefängnissen nicht mit jenen in Schweizer Anstalten vergleichbar sind.« Sie spürte förmlich, wie Cavalli innerlich zusammenzuckte. »Aber Gott sei Dank haben wir es überstanden. Leider haben wir dort nicht herausgefunden, was Isabelle zugestoßen ist. Deshalb sind wir hier.«

Friedli führte sie zu zwei Besucherstühlen und setzte sich hinter seinen Schreibtisch. An der Wand hing immer noch das Bild eines vergrößerten Gehörgangs. Als Kind hatte es Regina einfach zur Kenntnis genommen, doch jetzt fragte sie sich, warum ein Hausarzt das Bild eines Ohrs aufhängte. In groben Zügen leitete sie die Resultate des IRM St. Gallens weiter.

»Um die genaue Todesursache festzustellen, ist das IRM auf weitere Informationen angewiesen«, sagte Regina. »Aus verschiedenen Gründen ist das Thema Erbkrankheiten aufgetaucht.«

»Erbkrankheiten?«, fragte Friedli und nahm einen Kugelschreiber in die Hand.

»Ja«, sagte Regina, ohne auf die Einzelheiten einzugehen.

Friedli malte kleine Kreise auf einen Notizblock.

»Doktor Friedli?«, sagte Regina sanft. »Sind Ihnen irgendwelche Erbkrankheiten der Jennys bekannt?«

»Ich verstehe nicht, was das damit zu tun hat.«

»Sie wissen, wie schwierig es ist, Gift nachzuweisen. Die Rechtsmediziner tappen im Dunkeln. Je besser sie über Isabelles Krankengeschichte informiert sind, desto schneller kommen sie voran. Wir versuchen, Isabelles Mörder zu fassen.«

»Sind Sie sicher, dass es Mord war?«

»Nahezu.«

Während Friedli mit sich rang, füllte sich sein Notizblock mit immer mehr Kreisen. Regina schielte zu Cavalli, der vor sich hinstarrte.

Endlich kam Friedli zu einer Entscheidung. »Ich bitte Sie um etwas Geduld. Sobald ich kann, melde ich mich bei Ihnen.« Er stand auf. »Es war schön, Sie wiederzusehen, Regina. Passen Sie gut auf sich auf. Sie haben keinen einfachen Weg gewählt. Wann … ist es so weit?«

Regina schoss die Röte ins Gesicht. Ungeschickt fummelte sie an ihrer Handtasche herum, bis sie endlich den Verschluss aufbrachte. Sie holte eine Visitenkarte hervor und reichte sie Friedli.

Auf der Fahrt zurück in die Stadt schwieg Cavalli beharrlich. Beim Triemlispital stellte er den Blinker und bog in den Besucherparkplatz ein. Als er den Motor ausschaltete, nahm Regina seine Hand.

»Cava? Ich muss dir etwas sagen.«

Er zog seine Hand zurück. »Wenn ich etwas gefragt werde, will ich nicht, dass du für mich antwortest.«

»Was meinst du?«

»Ich habe Friedlis Frage absichtlich ignoriert!«

»Das war nicht so gemeint, ich wollte einfach nicht unhöflich sein.«

»Das ist kein Grund, mein Privatleben vor ihm auszubreiten.«

»Das war doch nichts Privates.«

»Woher weißt du, was für mich privat ist?«

»Du hast Recht«, sagte Regina. »Woher soll ich das wissen? Woher soll ich überhaupt etwas wissen, wenn du nie mit mir sprichst. Ich habe in Georgien auch gelitten! Drei Wochen lang haben mich meine Zellgenossinnen gequält, entschuldige, zwei Wochen und fünf Tage, mir ...«

»Hör auf!« Cavalli klammerte sich ans Lenkrad.

»... mein Essen weggenommen, Urin und Kot auf meine Pritsche geschmiert, mich gedemütigt! Außerdem ...«

Cavalli stieß die Wagentür auf und sprang hinaus.

»Außerdem bin ich schwanger!«, rief Regina ihm nach.

Cavalli blieb stehen. Reginas Stimme glühte auf seinem Trommelfell. Langsam drehte er sich um, setzte sich wieder und starrte durch die Windschutzscheibe. Ein Spatz landete auf der Motorhaube, hüpfte auf und ab und flog wieder davon. Cavalli sah ihm nach.

»Cava?«

Allmählich ließ die Taubheit nach. Cavallis Handflächen wurden feucht, seine Rückenmuskeln begannen zu schmerzen. Er betrachtete Regina, als sehe er sie zum ersten Mal. Ihr Blick ruhte fordernd auf ihm. In ihren Augen erkannte er den Schmerz, den seine Reaktion in ihr auslöste. Gleichzeitig strahlte ihre Haltung Trotz aus. Schwanger? Regina? War sie im Gefängnis vergewaltigt worden? Oder hatte er ...

Er nahm kaum wahr, wie Regina aus dem Volvo stieg und die Tür hinter sich zuschlug. Irgendwann musste er losgefahren sein, denn vor ihm tauchte das Kasernenareal auf. Aus Gewohnheit parkte er und schlug den Weg zur Zeughausstraße ein, ohne zu wissen, was er im Büro tun wollte. Vor dem Eingang zum Kripo-Gebäude blieb er jedoch stehen, unfähig, die Glastür aufzustoßen. Mit gesenktem Kopf wandte er sich ab und lief zur Sihl. Der Holzsteg knarrte unter seinen Füßen, und er dachte daran, wie oft er über Mittag diesen Weg gegangen war, um Iris zu besuchen. Das letzte Treffen lag fast ein Jahr zurück. Aus den gelegentlichen Schäferstündchen waren Erwartungen an ihn entstanden, die er nicht zu erfüllen gedachte.

Sein Spaziergang fand ein abruptes Ende, als er sich vor der verschlossenen Tür der Männerbadeanstalt wiederfand. Auf einem Hügel gegenüber lockte der alte botanische Garten, eine grüne Oase mitten in Zürich. Cavalli war seit Jahren nicht mehr die verschlungenen Wege entlangspaziert. Als er nun durch das Tor trat, hörte er Insekten sirren, und der Autolärm rückte in den Hintergrund. Auf einer Wiese schwatzten Mütter, während ihre Kinder spielten. Cavalli dachte daran zurück, wie Christophers Geburt seine Beziehung zu Constanze verändert hatte. Zwischen zwei selbstständigen Erwachsenen war ein Abhängigkeitsverhältnis entstanden, das Absprachen, Verpflichtungen und gegenseitige Unterstützung verlangte. Wusste Regina, was sie erwartete? Von einem Tag auf den andern fremdbestimmt zu sein, war mehr als ein Sprung ins kalte Wasser. Als Christopher zur Welt kam, wurde Cavalli direkt in die Antarktis geschleudert. In wenigen Monaten würde sein Sohn volljährig – und er Vater eines Säuglings?

Eines der kleinen Kinder steckte sich eine Blume in den Mund, und seine Mutter sprang auf. Rasch stieg Cavalli die Steintreppen hoch, die auf den Hügel führten, vorbei an Sträuchern, deren Namen er nicht kannte. Er nahm sich keine Zeit, die Schilder zu studieren, sondern steuerte auf die Terrasse zuoberst im botanischen Garten zu, die den mittelalterlichen Kräutergarten beherbergte und eine wunderbare Aussicht auf Zürich bot. Dort ließ er sich auf eine Gartenbank fallen und wischte sich den Schweiß von Stirn und Nacken.

Was erwartete Regina von ihm? Er hätte sie fragen sollen, ob er der Vater sei. Doch er wusste, dass er die Antwort nicht hören wollte, egal, wie sie ausfiel. Die bloße Vorstellung, ein fremder Mann könnte sich an ihr vergangen haben, ließ ihn vor Wut beben. Wenn er sich damit beruhigte, dass das Kind von ihm stammte, erdrückte ihn die Last. Er sehnte sich danach, endlich unabhängig zu sein, niemandem etwas zu schulden. Weitere achtzehn Jahre die Verantwortung für einen Menschen zu tragen, war unvorstellbar. Hatte sich seine Mutter auch so gefühlt, als sie erfuhr, dass sie schwanger war?

Die Fragen drehten sich in seinem Kopf, bis nichts anderes mehr Platz hatte. Wäre er in der Lage gewesen, hätte er seine Joggingschuhe geschnürt und wäre gerannt, bis er nur noch aus Körper bestand. Stattdessen sprang er auf und tauchte in den Kräutergarten ein, der mit herben, süßen und exotischen Düften lockte.

So konnte sie Fahrni nicht besuchen, dachte Regina. Ihr Herz schlug ihr bis zum Hals, und sie zitterte immer noch. Sie ging auf die Cafeteria zu und holte sich einen Kamillentee. Als sie nach einem freien Platz Ausschau hielt, entdeckte sie Christina in einer Ecke.

»Darf ich mich zu dir setzen?«, fragte sie.

Christina nickte, ohne Regina in die Augen zu sehen.

»Wie geht es ihm?«

»Unverändert. Aber das ist ein gutes Zeichen. Es ist kein Gift mehr in seinen Blutkreislauf übergegangen.«

»Ist er wach?«

Christina nickte. »Jasmin Meyer ist bei ihm.«

»Mach dir keine Vorwürfe, du kannst nichts dafür.«

Christina versuchte, die Tränen zurückzuhalten.

»Liebst du ... den andern?«, fragte Regina, froh darüber, sich nicht mit ihren eigenen Sorgen beschäftigen zu müssen.

»Ich glaube schon«, flüsterte Christina. »Aber er ist verheiratet. Zwar behauptet er, er wolle sich scheiden lassen, aber so naiv bin ich nicht. Ich habe gehofft, es gehe vorbei. Jedes Mal, wenn ich ihn traf, sagte ich mir, es sei das letzte Mal.«

»Und Tobias?«

Christina senkte den Blick, und Regina begriff, dass Fahrni nicht die gleichen Gefühle in ihr auslöste wie der Arzt. Traurig drehte Regina an ihrem Fingerring. Nachdem sie ihren Tee ausgetrunken hatte, stand sie auf.

Christina regte sich nicht. »Ich warte, bis Jasmin weg ist.«

Meyer saß auf dem Bettrand und strich abwesend über Fahrnis Hand. Als sie Regina erblickte, stand sie auf. Regina trat ans Bett. Fahrnis Augen lagen tief in den Höhlen und glänzten fiebrig. Von beiden Seiten des Bettes führten Schläuche zu seinem Körper.

»So, Fresssack, ich muss los«, sagte Meyer zu ihm. Sie warf sich die Lederjacke über die Schultern und boxte ihn sanft in den Oberarm. Dann gab sie Regina ein Zeichen, ihr zu folgen. Im Flur berichtete sie, dass Viola Knecht angerufen hatte.

»Von Arburg hat ihr eine halbe Million überwiesen! Sie wollte wissen, was sie tun sollte.«

»Was?«, stieß Regina hervor.

»Er hat ihr einen Brief geschrieben, in dem er sich entschuldigt und ihr verspricht, dass Philippes Name nicht durch den Dreck gezogen wird. Ich hab dann bei der Zewo angerufen und erfahren, dass von Arburg die Schuld für die fehlerhafte Überweisung auf sich genommen hat.«

»Aber er wusste nicht einmal etwas davon!«

Meyer zuckte mit den Schultern. »Offenbar hatte er ein schlechtes Gewissen, sonst hätte er Bolay nicht bis zum Letzten gedeckt.«

»Von Arburg hatte nichts mit dem Betrug zu tun und schon gar niemanden getötet.«

Meyer zog ihre Lederjacke an. »Ich wollte es dir nur sagen.«

Regina ging zurück ins Zimmer. Fahrni war inzwischen eingeschlafen. Sie setzte sich auf einen Besucherstuhl und überlegte, warum von Arburg bis über seinen Tod hinaus Bolay unterstützte. Hatte er Schuldgefühle? Angst? Was konnte ihm Bolay jetzt noch antun? Seinen Ruf schädigen, dachte Regina. Aber womit? Von Arburgs Beziehung zu Isabelle war nichts Besonderes, auch wenn die beiden eine ganze Generation trennte. Hatte er sich dafür geschämt? Und Bolays Schweigen erkauft?

Fahrni knirschte im Schlaf mit den Zähnen, und Regina nahm eine bequemere Position ein. Die Nachmittagssonne wärmte ihre Seite, und sie wurde schläfrig. Eigentlich hatte sie sich den Nachmittag freigehalten, um ein Plädoyer zu schreiben, doch sie konnte sich nicht auf ihre Arbeit konzentrieren. Sie hatte damit gerechnet, dass sich Cavalli nicht aufs Kind freute, doch das Entsetzen, das sie in seinem Blick gesehen hatte, verletzte sie zutiefst. Insgeheim hatte sie gehofft, er könne sich mit dem Gedanken, noch einmal Vater zu werden, abfinden.

Wie so oft in den letzten Wochen überfiel sie die Angst vor der Zukunft. Sie wusste nicht, wie sie sich organisieren wollte, nur, dass eine Abtreibung nicht in Frage kam. Zwar hatte sie sich nie Kinder gewünscht, doch als ihr der Arzt im Unispital erklärt hatte, sie sei schwanger, hatte sie ein Glücksgefühl verspürt. Ihr Leben, so wie sie es bisher gekannt hatte, war im Gefängnis zu Ende gegangen. Ihre Betrachtungsweise hatte sich verändert, ihre Prioritäten hatten sich verschoben. Der Beruf bedeutete ihr zwar immer noch viel, doch die Machtspielchen zwischen ehrgeizigen Kollegen, die Stunden, die sie mit unnötiger Büroarbeit vertrödelte, hatte sie satt. Sie wollte sich dem widmen, was ihr wichtig war. Bledar!, kam es ihr in den Sinn. Sie hatte ihn immer noch nicht in der Strafanstalt aufgesucht. Gähnend rappelte sie sich auf und machte sich auf den Weg.

Cavalli riss ein pelziges Salbeiblatt ab und rieb es zwischen den Fingern. Als Kind hatte er den trockenen Geschmack gehasst, deshalb hatte er es immer zu verbergen versucht, wenn er Halsschmerzen hatte. Der Kräutergarten seiner Großmutter war dem im botanischen Garten nicht unähnlich gewesen, doch während dieser zu wissenschaftlichen Zwecken einen Einblick in das Heilpflanzenwissen des 16. Jahrhunderts bot, setzte seine Großmutter die Kräuter in ihrem Garten tatsächlich ein. Damit sparte sie sich die Kosten für teure Medikamente. Beim Gedanken an Geld seufzte Cavalli. In wenigen Wochen würde Christopher seine Kochlehre beginnen und endlich etwas zu seinem Lebensunterhalt beitragen. Cavalli hatte vorgehabt, sich dann eine gute Kameraausrüstung zu leisten. Daraus würde nichts, wenn er erneut Vater würde. Und dass seine Mutter in absehbarer Zeit wieder arbeiten würde, war auch nicht zu erwarten. Die Brustoperation hatte ihrer Karriere wohl endgültig ein Ende gesetzt. Wütend riss er das Salbeiblatt in kleine Stücke. Er wollte ihren Lebensunterhalt nicht finanzieren, aber da seine Großmutter die Hälfte von Cavallis monatlicher Unterstützung ihrer Tochter weiterleitete, blieb ihm nichts anderes übrig, als genug für beide zu zahlen. Er konnte nicht mitansehen, wie seine Großmutter auf jeglichen Komfort verzichtete. Allein die Heizung hatte letztes Jahr über sechstausend Dollar verschlungen, da sie komplett hatte renoviert werden müssen.

Cavalli ließ sich auf der niedrigen Steinmauer nieder, welche die einzelnen Anbauflächen im Kräutergarten voneinander abtrennte. Die sternförmigen Blätter eines Wunderbaums spendeten angenehmen Schatten. Er betrachtete die gummiartigen Stacheln, die aus den roten Blüten hervortraten, und fragte sich, ob man im Mittelalter die Wirkung unbekannter Kräuter an Menschen oder Tieren getestet hatte. Sein Blick fiel auf ein Schild mit einem Zitat des Botanikers Hieronymus Bock: »Sie bewegt heftig den Magen und ganzen Leib. Ich hab keine Lust zu solcher Purgation«. Die Heiler schienen nicht zimperlich gewesen zu sein. Dann sah Cavalli den lateinischen Namen des Wunderbaums. Er starrte auf die Beschriftung, als könnte sie sich jeden Moment vor seinen Augen auflösen. Der Gedanke, der dabei entstand, war so absurd, dass Cavalli den Kopf schüttelte. Eine Wespe setzte sich auf seinen Arm, und er schaute zu, wie ihre Flügel vibrierten. Vorsichtig tastete er sich an den Gedanken heran, unsicher, ob ihm seine Wahrnehmung einen Streich spielte. Wenn er nach einer Erklärung suchte, müsste er die Idee gleich verwerfen. Wenn er sie aber einfach stehen ließ, erschien sie ihm plausibel.

Zufrieden stieg Regina in die S-Bahn ein. Bledars Geschichte klang zwar weit hergeholt, doch sie hatte ihm bis zum Schluss zugehört und versprochen, seine Angaben zu überprüfen. Der Drogendealer behauptete, Reginas ehemaliger Vorgesetzter Karl Hofer hätte ihm Heroin untergeschoben. Als Grund nannte Bledar, dass er beobachtet hatte, wie der Staatsanwalt minderjährige Prostituierte aufsuchte und Hofer seither damit erpresste. Dass Hofer auf Minderjährige stand, erschien Regina durchaus möglich. Dass er aber Heroin in Bledars Wohnung versteckt hatte, um ihn hinter Gitter zu bringen, klang nach einer verzweifelten Lüge des Albaners. Trotzdem wollte sie sicher sein, dass Bledar nicht eine Strafe für eine Tat verbüßte, die er nicht begangen hatte.

Kurz nachdem die S-Bahn losfuhr, klingelte ihr Handy. Als sie Cavallis Nummer sah, begann ihr Herz wieder heftig zu klopfen. Sie meldete sich zurückhaltend.

»Ich muss dich sprechen«, sagte Cavalli. »Sofort. Wo bist du?«

»Unterwegs. Ich komme in einer Viertelstunde am HB an.«

»Ich warte beim Ausgang Landesmuseum auf dich.«

Regina drückte auf Aus. Cavalli klang aufgeregt, fast als freue er sich auf das Kind. Oder projizierte sie ihre eigenen Wünsche in sein Verhalten? Die S-Bahn fuhr in Zürich-Affoltern ein, und es kam Regina wie eine Ewigkeit vor, bis sie wieder anfuhr. Unruhig schlug sie ein Bein über das andere, um kurz darauf wieder eine neue Position einzunehmen. Sie hätte es ihm schonender beibringen sollen, dachte sie. Doch immer wieder war die Gelegenheit verstrichen, und dann war es einfach aus ihr herausgeplatzt. Natürlich brauchte er Zeit, um sich mit dem Gedanken anzufreunden.

Regina kämpfte sich durch die Menschenmenge auf dem Bahnsteig zur Rolltreppe und fuhr zur Einkaufspassage hoch. Cavalli stand mit verschränkten Armen neben dem Ausgang. Regina schmunzelte, als sie beobachtete, wie eine Gruppe Jugendlicher einen Bogen um ihn machte. Man sah ihm den Polizisten auch ohne Uniform an. Atemlos begrüßte sie ihn.

»Gehen wir in den Park?«, fragte Cavalli mit einer Kopfbewegung Richtung Landesmuseum.

Sie folgte ihm schweigend.

Am Ufer der Limmat setzte sich Cavalli und sah ihr in die Augen. »Ich war heute nachmittag im botanischen Garten. Mir ist vieles durch den Kopf gegangen, und dabei ist mir eine Idee gekommen, die auf den ersten Blick völlig absurd klingen mag, die ich dir aber trotzdem unterbreiten möchte.«

Regina nickte hoffnungsvoll.

»Hör mir einfach zu«, fuhr er fort. »Deine erste Reaktion wird Ablehnung sein, aber versuche, die Fakten neutral zu betrachten.«

Ein unbehagliches Gefühl beschlich Regina, doch sie nickte erneut.

Cavalli erzählte vom mittelalterlichen Kräutergarten. »Ich bin kein Kräuterspezialist, doch die gängigsten Pflanzen sind mir bekannt. Plötzlich fiel mir auf, dass ich unter einem Wunderbaum saß. Sagt dir das etwas?«

Regina begriff, dass er sie nicht hergebeten hatte, um über das Kind zu sprechen, und konnte ihre Enttäuschung kaum verbergen. Sie schüttelte den Kopf.

»Der lateinische Name lautet: Ricinus communis. Du kennst bestimmt die Geschichte des so genannten Regenschirmattentats auf den bulgarischen Schriftsteller Georgi Markov. 1978 hat ein Agent des damaligen bulgarischen Geheimdienstes Markov wie zufällig mit der Spitze eines Regenschirms verletzt. Diese war jedoch präpariert gewesen. Der Agent hat Markov ein winziges Platinkügelchen injiziert, und darin befand sich das Gift Rizin. Markov starb drei Tage später. Man kam auf Rizin, weil es nur wenige Giftstoffe gibt, die in so geringer Menge tödlich wirken.«

»Und jetzt glaubst du, Isabelle wurde mit Rizin vergiftet?«, fragte Regina.

»Eine Likörpraline bietet nicht viel Platz. Außerdem ist Rizin geschmacklos. Allerdings weiß ich nicht, wie schwierig es ist, das Gift aus der Pflanze zu extrahieren. Ich habe Hahn angerufen und ihn gefragt, ob man die Leichen schon auf Rizinspuren untersucht hat. Hörst du mir zu?«

»Natürlich.«

»Auf Rizin ist bis jetzt noch niemand gekommen, weder das IRM noch Benke. Aber Hahn wird die Untersuchung durchführen lassen, denn die Krankheitssymptome passen.«

»Die Krankheitssymptome passen auf die meisten Gifte«, wandte Regina ein. »Warum soll es ausgerechnet Rizin sein? Glaubst du, dass dich das Schicksal zum Wunderbaum geführt hat?«

Cavalli schwieg.

Regina stand auf. »War das alles?«

»Nein«, sagte Cavalli und wartete, bis sie sich wieder setzte. »Jetzt komme ich zum wichtigen Punkt.« Er hielt inne, bis er ihre volle Aufmerksamkeit hatte. »Ich habe kürzlich einen Wunderbaum gesehen, in einem anderen Kräutergarten.«

»Wo?«

»Bei Barbara Jenny.«

Regina öffnete den Mund, doch es kam kein Ton heraus.

»Versuche, nicht zu urteilen«, sagte Cavalli. »Hör mir einfach nur zu. Erstens: Barbara Jenny ist Hobbygärtnerin. Erinnerst du dich daran, was Benke gesagt hat? Wir sollen abklären, ob sich unser Verdächtiger mit Pflanzen auskennt. Er hat sogar ausdrücklich den Beruf des Gärtners erwähnt ...«

Regina konnte sich ein sarkastisches Lachen nicht verkneifen. »Der Gärtner ist nur in Krimis der Mörder!«

»Zweitens«, fuhr Cavalli unbeirrt fort, »weiß Barbara Jenny, wie man Gift herstellt. Sie ist von Beruf Laborantin!«

»Woher weißt du das?«

»Es steht in Fahrnis Protokoll. Sie hat zwar ihren Beruf an den Nagel gehängt, als Isabelle geboren wurde, aber bestimmt nicht alles vergessen. Und drittens hatte sie Kontakt mit Isabelle, bevor sie nach Georgien abreiste.«

»Du hast das Wichtigste vergessen«, wandte Regina ein. »Das Motiv. Du glaubst doch nicht im Ernst, sie würde ihre eigene Tochter vergiften?«

»Ich sage ja, es klingt absurd. Aber wenn man das Motiv außer Acht lässt, deutet einiges auf Barbara Jenny hin. Genug jedenfalls, um der Sache nachzugehen.«

Regina schüttelte den Kopf. »Ich werde einer trauernden Mutter nicht mit diesem Verdacht gegenübertreten. Vielleicht kannst du dir das nicht vorstellen, aber normalen Eltern ist ihr Kind das Wichtigste der Welt. Barbara Jenny hat Isabelle vergöttert.«

»Wir müssen sie nicht gleich damit konfrontieren, aber ...«

»Du bist wirklich krank!« Regina packte ihre Tasche.

»Regina!«, rief Cavalli ihr nach, doch sie schaute nicht zurück. Enttäuscht schloss er die Augen. Sie hätte wenigstens mit ihm über mögliche Motive spekulieren können. Vielleicht hatte sie Recht, dachte er, vielleicht war er tatsächlich krank. Er könnte Meyer fragen, was sie von seiner Hypothese hielt, doch die Angst, sich lächerlich zu machen, hielt ihn zurück. Er wollte nicht riskieren, dass seine Kollegen beim KV den Respekt vor ihm verloren. Schwerfällig erhob er sich von der Sitzbank und legte sich unter einen Baum. Schon nach wenigen Minuten war er eingeschlafen.

27

Regina erkundigte sich am Samstagmorgen als erstes nach Fahrnis Gesundheitszustand. Christina erzählte, dass die Spätfolgen zwar noch nicht abzusehen seien, die Wirkung des Giftes aber nachgelassen habe. Erleichtert legte Regina auf und holte die Zeitung aus dem Briefkasten. Sie hatte seit Wochen keinen Pinsel mehr in der Hand gehalten, vielleicht würde sie sich heute in ein neues Bild vertiefen. Erfahrungsgemäß würde ihre Übelkeit noch bis gegen zehn Uhr andauern. Sie kochte sich einen Tee und kroch zurück ins Bett.

Die Neue Zürcher Zeitung berichtete über Unruhen im Kaukasus, doch Regina verlor beim Lesen den Faden. Sie legte ihre Hand auf ihren flachen Bauch und versuchte sich vorzustellen, wer plötzlich ihren Körper mit ihr teilte. Erneut überkam sie die Angst, ihre Haft könnte sich schädlich auf den Fötus ausgewirkt haben. Der Arzt konnte nicht ausschließen, dass der Stress und die schlechte Ernährung Folgen für das ungeborene Kind hatten, doch Fehlentwicklungen hatte er keine festgestellt. Regina hoffte, dass das Kind Cavallis Konstitution geerbt hatte.

Als sie an Cavalli dachte, bekam sie ein schlechtes Gewissen. Sie hätte seine These bezüglich Barbara Jenny nicht gleich abschmettern sollen. Eigentlich hatte sie ihn dafür bestrafen wollen, dass er sich nicht auf das Kind freute. Doch jetzt, wo sie darüber geschlafen hatte, merkte sie, dass sie Beruf und Privatleben trennen musste, wenn sie weiterhin mit ihm zusammenarbeiten wollte. Schaffte sie das nicht, würden ihre Fälle darunter leiden. Außerdem konnte Cavalli die Nachricht, dass er erneut Vater wurde, nicht so rasch verarbeiten.

Im Gegensatz zu ihm hatte sie bereits drei Wochen Zeit gehabt, sich damit auseinanderzusetzen.

War sie bereits seit drei Wochen wieder in der Schweiz?, fragte sie sich überrascht. Es kam ihr vor wie gestern, als der Säntis unter ihnen aufgetaucht war und von Arburg zur Landung angesetzt hatte. Mit einem traurigen Seufzer blickte sie aus dem Fenster. Leichter Dunst hing über dem Glatttal und kündigte einen heißen Tag an. Von Arburgs höfliches Nicken kam ihr in den Sinn, und sie fragte sich, ob er Anzug und Krawatte getragen hatte, als er dem Tod entgegenflog. Einmal mehr wunderte sich Regina darüber, wie weit er gegangen war, um seinen Stiefsohn zu decken. Hatte er tatsächlich geglaubt, Bolay habe Isabelle getötet? Und trotzdem geholfen, die Leiche wegzuschaffen? Regina lachte ungläubig auf, als sie daran dachte, dass Cavalli und sie nur wenige Meter neben Isabelle gesessen hatten, als sie in die Schweiz geflogen waren.

Langsam schlürfte Regina ihren Tee. Sie nahm die Zeitung wieder in die Hand und blätterte zum Kulturteil. Sie könnte ins Kino gehen, vielleicht hatte ihre Schwester einen freien Abend. Bald wären Kinobesuche Luxus, sie sollte die Zeit bis zur Geburt voll ausschöpfen. Als sie die Kurzbeschreibungen las, klingelte ihr Handy. Sie wusste, ohne auf das Display zu schauen, dass es Cavalli war.

»Es ist Rizin«, sagte er.

»Rizin?«, fragte Regina. »Bist du sicher?«

»Hahn hat soeben angerufen. Er will uns in einer Stunde treffen.«

»Hahn arbeitet am Wochenende? Er sagt doch immer, die Toten können warten, seine Töchter hingegen nicht.«

»Fahrni lebt noch.«

Regina biss sich auf die Unterlippe. Sie hatte gar nicht mehr daran gedacht, dass es auch für Fahrni wichtig war, das Gift zu bestimmen. Nachdem sie aufgelegt hatte, brühte sie sich eine zweite Tasse Tee auf und stellte sich unter die Dusche. Als Cavalli in die Straße einbog, stand sie schon in der Tür. Trotzdem parkierte er und stieg aus. Regina fielen die braunen Flecken an seinem Hemd auf. Aus dem Gästezimmer, wo sich die meisten seiner Kleider befanden, holte er ein frisches T-Shirt. Unschlüssig hielt er das schmutzige Hemd in der Hand, entschied sich dann, es mitzunehmen, statt es hier zu waschen. Regina fragte sich, ob er langsam wieder nach Witikon zurückzog.

»Bist du gestürzt?«, fragte Regina und zeigte auf das Hemd.

»Ich war im Wald.«

Sie runzelte die Stirn. Als ihre Beziehung vor sieben Jahren zu Ende gegangen war und sie sich immer häufiger gestritten hatten, hatte er oft im Wald übernachtet. Regina deutete das als schlechtes Zeichen.

»Was könnte Barbara Jenny für ein Motiv haben?«, fragte Regina

Cavalli entspannte sich. »Das habe ich mich die halbe Nacht gefragt. Die Jennys verstecken irgendetwas, sowohl Barbara als auch Edi. Gut möglich, dass Isabelles Tod damit zusammenhängt. Sie hat ihre Eltern mehrmals angerufen, bevor sie Tiflis verließ. Warum? Worüber muss eine Frau unbedingt mit ihren Eltern sprechen?«

»Über ein … Kind vielleicht?«, sagte Regina vorsichtig.

»Das habe ich zuerst auch gedacht. Aber das IRM St. Gallen sagt, sie sei nicht schwanger gewesen.«

»Ein Mann?«

»Vielleicht war die Beziehung zu von Arburg ernst«, sagte Cavalli.

»Du meinst, sie hatten vor zu heiraten?«

»Ich spekuliere einfach vor mich hin.«

»Was hätten die Jennys gegen eine Heirat?«

»Vielleicht störten sie sich am Altersunterschied.«

»Das ist doch kein Grund, Isabelle umzubringen! Dann schon eher von Arburg.«

Cavalli hob eine Augenbraue und wartete.

»Von Arburg … Cava!«

Langsam nickte er. »Genau.«

»Du denkst … von Arburg war das Ziel, aber aus irgendeinem Grund landete die Likörpraline bei Isabelle?« Regina schlug die Hand vor den Mund.

»In der Packung befanden sich vier Pralinen. Soviel wir wissen, hat Mirjana Racic zwei davon gegessen, Fahrni eine. Der Geschäftsmann, der auf dem Flug neben Isabelle saß, kann sich zwar nicht daran erinnern, dass Isabelle etwas gegessen hat. Das Reinigungspersonal weiß auch nichts von einem Schokoladenpapierchen. Trotzdem denke ich, dass sie mindestens eine vergiftete Praline aß.«

»Und gedacht waren sie alle für von Arburg«, flüsterte Regina. »Wenn es so war, dann müssen wir den Kreis der Verdächtigen ausweiten.«

Hahn erwartete sie im Labor, wo er mit einem Chemiker diskutierte.

»Man geht davon aus, dass ein einziges Rizinmolekül reicht, um eine Zelle zu zerstören«, beantwortete der Chemiker eine Frage Hahns, »das Gift wirkt hoch selektiv. Wenn die Proteinsynthese unterbrochen ist, versagen die angegriffenen

Organe, und der Betroffene lebt noch einige Stunden oder sogar Tage.«

»Was ist Rizin genau?«, fragte Regina.

»Ein Ribosomen-Inhibitor«, antwortete Hahn.

»Es stört den Aufbau und die Funktion der Ribosomen und führt so zur Unterbrechung der eben erwähnten Proteinsynthese«, erklärte der Chemiker.

»Ich nehme an, das führt zum Tod«, sagte Regina.

Hahn sah sie erstaunt an. »Natürlich! Wir könnten ohne Ribosomen nicht leben! Sie sind …«

»Auf Zellebene«, ergänzte der Chemiker.

»… die Chemiefabriken unserer Zellen. In den Zellkernen wird unser genetischer Code in einen Proteincode übersetzt, und dieser bewirkt in den Ribosomen die Bildung von Eiweißen. Das sind die Proteine.«

»Warum dauert es dann sogar Tage, bis der Tod eintritt?«, wollte Cavalli wissen.

»Das Protein besteht aus einer A- und einer B-Kette, es gibt dabei also ein Effektomer und ein Haptomer«, erklärte Hahn. »Die Reaktion, die zum Zelltod führt, findet im Effektomer statt, das Haptomer ist fürs Andocken an die Zellmembran zuständig. Die zwei Ketten sind über eine Disulfidbrücke verbunden, das ist höchst interessant. Wenn sie nämlich gespalten sind, sind sie nicht wirksam und unnütz wie zwei einzelne Flügel eines Vogels, die …«

Der Chemiker räusperte sich. »Ich glaube, die Kollegen interessieren sich für die Reaktion der …«

»Wann die Symptome auftreten, hängt davon ab, wie lange es dauert, bis das Haptomer an die erste Zelle andockt. Das wiederum steht in Zusammenhang mit der Nahrung, die der Betroffene zu sich genommen hat, vor allem mit der Menge und der Beschaffenheit. Die Verdauung spielt ebenfalls eine wichtige Rolle, denn nicht jeder Mensch verwertet Nahrung gleich. Dort, wo die Haptomere andocken, sterben die Zellen. Das führt beispielsweise an der Schleimhaut des Verdauungstrakts zu Löchern und folglich zu Blutungen.«

»Gibt es ein Gegengift?«, fragte Cavalli.

Der Chemiker schüttelte den Kopf. »Wenn ein Ribosom zerstört ist, macht es niemand mehr funktionsfähig. Man kann nur noch retten, was zu retten ist, also das nicht aufgenommene Gift aus dem Körper entfernen. Ihr Kollege hatte Glück, ein Großteil des Rizins befand sich noch in seinem Magen, der sofort ausgespült wurde. Ihre rasche Reaktion hat ihm das Leben gerettet.«

»Gehen wir in mein Büro?«, fragte Hahn. »Dann erkläre ich euch, was ihr über Rizin wissen müsst, um nach der Person zu suchen, die das Gift hergestellt hat.«

Als sie sich um seinen Besprechungstisch versammelt hatten, erklärte Hahn, dass sich das toxische Protein im Samen von Rizinuspflanzen befindet, die zur Gewinnung von Rizinusöl verwendet werden. »Bereits 0,25 Milligramm Rizin wirken tödlich. Aus diesem Grund wurde Rizin immer wieder als biologische Waffe eingesetzt. Anscheinend fand man auch in verlassenen al-Qaida-Häusern in Kabul Herstellungsanleitungen für Rizin.«

»Und das Öl?«, fragte Regina. »Ist das nicht giftig?«

»Nein, Rizin ist nicht fettlöslich«, sagte Hahn.

»Also gewinnt man das Gift aus den Rückständen?«, fragte Cavalli.

»Rizin wird heute in der Krebsforschung eingesetzt«, wich Hahn aus. »Wenn es gelingen würde, die Moleküle zu steuern, könnte man selektiv Krebszellen zerstören.«

»Aber wie stellt man es her?«, fragte Cavalli erneut.

»1962 wurde es als Atemgiftkampfstoff patentiert. Als Pulver …«

»Uwe!«, unterbrach Cavalli. »Die Likörpralinen enthielten kein Pulver, sondern eine hohe Konzentration flüssiges Gift. Wie schwierig ist es, dieses Gift aus den Pflanzensamen zu gewinnen?«

Hahn seufzte. »Leider ist es kinderleicht.«

Cavalli lehnte sich ungeduldig vor. »Ja?«

»Am einfachsten geht es mit Essigsäure oder Ethanol, weiter braucht man Amoniumsulfat oder Natriumsulfat. Sucht im Haushalt der verdächtigen Person auch nach einem Filter.«

Cavalli und Regina tauschten einen Blick aus. Normalerweise war Hahn nicht zu bremsen, wenn er etwas erklärte. Beide verstanden nicht, warum er plötzlich so zurückhaltend war.

»Essigsäure kann normaler Essig sein, richtig?«, fragte Cavalli, während er sich Notizen machte.

»Oder Putzessig.«

»Aber wie geht man genau vor?«, fragte Regina. »Braucht man besondere Geräte? Müsste man beispielsweise Laborantin sein?«

»Nicht unbedingt, aber eine Laborantin käme leichter an die Informationen heran.« Hahn zögerte. »Unter Wissenschaftlern gibt es einen Ehrencodex. Gewisse Informationen sind nicht für die Öffentlichkeit bestimmt.«

Cavalli sah ihn ungläubig an.

»Rizin herzustellen ist so einfach, dass es besser ist, ihr wisst nicht zu viel darüber.«

»Es geht um einen Mord, nein, zwei Morde! Und Fahrni liegt im Spital!«, sagte Regina.

»Was ihr wissen müsst, um den Täter zu finden, erzähle ich euch.«

»Wir sind nicht die Öffentlichkeit«, wehrte sich Cavalli. »Glaubst du, wir würden eine Anleitung im Internet veröffentlichen?«

Hahn war es sichtlich unwohl. »Darum geht es nicht. Das ist einfach eine Abmachung unter Wissenschaftlern.«

Cavalli stand auf. »Wenn du so gut wärst, kurz aufzuzählen, nach welchen Gegenständen wir suchen müssen, werden wir dich nicht länger belästigen.«

»Bruno«, seufzte Hahn, »das ist nicht persö...«

»Essig, ein Filter, Ethanol oder Natriumsulfat, richtig?«, zählte Cavalli auf. »Sonst noch etwas?«

»Ein Mörser vielleicht, oder eine Mühle«, sagte Hahn. »Und eine Spritze, um das Rizin in die Likörpralinen zu injizieren.«

»Herzlichen Dank.« Cavalli wandte sich an Regina. »Gehen wir?«

Sie folgte ihm schweigend, genauso verwirrt über Hahns Verhalten wie Cavalli. Kaum hatten sie das IRM verlassen, tippte Cavalli Hauris Nummer ein. Regina brauchte die Stimme des St. Galler Mediziners nicht zu hören, um zu merken, dass auch das IRM St. Gallen keine Informationen preisgab.

Der Dunst hatte sich inzwischen aufgelöst, und die Sonne brannte auf den Irchelpark herunter. Regina beobachtete zwei Knaben, die mit selbst gebastelten Angelruten am künstlichen See standen und darauf warteten, dass ein Fisch anbiss. Plötzlich bekam sie Lust auf Felchenfilet.

»Hast du Hunger?«, fragte sie.

Cavalli schüttelte den Kopf.

Enttäuscht schob Regina die Hoffnung an ein gemeinsames Mittagessen beiseite und fischte eine Packung Darvida aus ihrer Tasche. Schweigend standen sie in der prallen Sonne, bis Cavalli vorschlug, zum Waldrand hinaufzuspazieren. Beide konnten sich nicht dazu aufraffen, zu Jennys zu fahren, um ihnen beizubringen, dass ihre Tochter mit Rizin vergiftet worden war. Schon nach kurzer Zeit setzten sie sich auf eine Bank am Wegrand, zu energielos, um den Aufstieg in Angriff zu nehmen. Regina betrachtete Cavallis Profil. Sie verspürte Lust, ihm über die kurzen Haare zu fahren, doch die Distanz zwischen ihnen ließ die Geste nicht zu.

Wehmütig dachte sie an den Morgen zurück, an dem er sie aus der Berghütte befreit hatte. In diesem Moment waren sie eins gewesen, vereint durch ihre Angst und die anschließende Erleichterung. Ganze vierundzwanzig Stunden hatte das Gefühl angehalten. Sie legte die Hand auf ihren Bauch. Erst jetzt wurde ihr bewusst, welche Rolle der Zeitpunkt ihrer Verhaftung gespielt hatte. Cavalli war genau dann angegriffen worden, als er sich geöffnet hatte. Wie wäre es weitergegangen, wenn keine Polizisten vor der Tür gestanden wären? Würden sie jetzt zusammen über ihre Zukunft als Eltern diskutieren?

»Gibt es irgendwelche Berührungspunkte zwischen von Arburg und den Jennys? Außer Isabelle?«, fragte Cavalli.

»Glaubst du immer noch, Barbara Jenny hat das Rizin hergestellt?«

»Es passt.«

»Nur, weil sie Laborantin ist und in ihrem Garten ein Wunderbaum steht? Oder hast du auch noch einen Mörser gesehen? Oder Natriumsulfat?«

»Wie sieht das aus?«

»Das war nicht ernst gemeint.«

»Ist Natriumsulfat nicht ein Salz?«

»Ich glaube schon.«

Cavalli erzählte Regina, dass er im Badezimmerschrank der Jennys Glaubersalz gefunden hatte.

»Du hast die Schränke durchwühlt?«

Cavalli zuckte mit den Schultern. »Natürlich, was denn sonst?«

Bevor Regina etwas sagen konnte, hatte Cavalli Hahns Nummer getippt. Dass er den Mediziner vor wenigen Minuten zum Teufel gewünscht hatte, schien nicht mehr wichtig. Dann grinste er triumphierend.

»Mit Glaubersalz kann man Rizin herstellen!«

»Jede Menge Leute haben Glaubersalz im Badezimmer«, wandte Regina ein.

»Du auch?«

»Nein, aber das heißt nichts.«

»Nenn mir eine einzige Person.«

Regina kam niemand in den Sinn.

Vor dem Haus von Barbara und Edi Jenny stand ein dunkelblauer Honda, den Regina kürzlich gesehen hatte. Doktor Friedli, schoss es ihr durch den Kopf. Das Auto war vor seiner Praxis gestanden. Tatsächlich kam der Arzt zur Tür, als Regina auf die Klingel drückte. Er schien jedoch nicht erfreut, sie zu sehen. Unsicher bat er sie, einen Moment zu warten, und verschwand im Haus. Kurz darauf erschien Edi. Isabelles Vater schien um Jahre gealtert zu sein, seit Regina ihn das letzte Mal gesehen hatte.

»Ja?«, fragte er, ohne die Tür ganz aufzumachen.

»Entschuldigen Sie die Störung, Herr Jenny«, sagte Regina. »Wir würden Ihnen gern einige Fragen stellen.«

Edi Jenny sah kurz über die Schulter, dann öffnete er die

Tür. Er erklärte, dass seine Frau schlafe. Manfred Friedli stand im Flur und beobachtete sie. Edi Jenny nahm schwerfällig auf dem Sofa Platz. Regina setzte sich ihm gegenüber und faltete die Hände. Aus dem Augenwinkel sah sie, dass sich Cavalli neben Friedli gestellt hatte.

»Es sind noch einige Fragen aufgetaucht«, begann Regina.

Edi Jenny starrte auf seine Hände. »Ich wollte es ja sagen, aber …«

Regina versuchte, sich ihre Überraschung nicht anmerken zu lassen. Als Edi Jenny keine Anstalten machte, weiterzusprechen, sagte sie: »Es ist nie zu spät.«

Mit einem Seitenblick zu Friedli murmelte Edi Jenny etwas Unverständliches.

»Wie bitte?«

»Ich hatte das Geschäft gerade übernommen, und wir wussten noch gar nicht, ob wir Kinder wollten«, sagte Jenny. »Ich dachte mir, wir könnten adoptieren, wenn es wichtig wäre.«

Regina lehnte sich vor. »Ist Isabelle adoptiert?«

»Nein, nein«, winkte Jenny ab, »ich versuche nur … ich weiß nicht …« Er sah zu Friedli, der aufmunternd nickte. »Ich hätte es ihr sagen müssen, doch der richtige Moment war nie da.«

»Was sagen müssen?«, fragte Regina.

Plötzlich hörten sie von der Wohnzimmertür her einen erstickten Schrei. Barbara Jenny lehnte sich gegen die Wand, die Faust auf den Mund gepresst. Sie trug ein unförmiges Nachthemd, das schief zugeknöpft war. »Du hast es gewusst?«, fragte sie heiser.

Friedli sprang auf und griff ihr unter den Arm. Vorsichtig führte er sie zum Sofa.

»Du hast es die ganze Zeit gewusst?«, fragte Barbara Jenny ihren Mann erneut.

Regina traute sich kaum einzuatmen. Auch Cavalli bewegte sich nicht.

»Ihnen hätte ich es auch sagen müssen«, sagte Edi zu Regina. »Vielleicht litt Isabelle unter einer Erbkrankheit. Haben Sie nicht so etwas angedeutet?«

»Das IRM hat bis heute nicht gewusst, woran Ihre Tochter gestorben ist«, erklärte Regina. »Deshalb haben wir Ihnen Fragen über Isabelles Krankheitsgeschichte gestellt. Doch nun sind die Ärzte einen Schritt weiter.«

Barbara und Edi Jenny sahen sie mit einer Mischung aus Angst und Hoffnung an.

»Man hat Spuren eines Giftes in ihrem Körper gefunden«, sagte Regina sanft. »Sie starb an einer Rizinvergiftung.«

Auf Barbara Jennys Reaktion waren sie nicht gefasst. Sie packte mit beiden Händen ihre Haare und begann, sie auszureißen. Ihre Schreie gellten durchs Wohnzimmer.

»Barbara!« Friedli rannte zu ihr. »Helfen Sie mir!«, forderte er Cavalli auf.

Cavalli hielt Barbara Jenny von hinten fest, so dass ihr Friedli eine Beruhigungsspritze geben konnte. Erst als sie sich zu entspannen begann, lockerte er seinen Griff. Edi Jenny schaute mit aufgerissenen Augen zu, unfähig, sich zu bewegen. Langsam gingen Barbara Jennys Schreie in Schluchzer über, und sie vergrub ihr Gesicht an Cavallis Schulter. Cavalli ließ sie gewähren, doch Regina sah seiner steifen Haltung an, dass er versuchte, sich gegen die heftige Trauer abzuschirmen.

»Was hätten Sie uns sagen müssen?«, drängte Regina. Als er nicht reagierte, rief sie: »Herr Jenny!«

»Ich kann keine Kinder haben«, stotterte er.

Regina runzelte die Stirn. »Aber Sie haben gesagt, Isabelle sei nicht adoptiert.«

Edi Jenny machte sich umständlich an seinem Kragen zu schaffen, während Barbara Jenny stöhnend in Cavallis Armen hin und her schaukelte. Friedli versuchte, sie von Cavalli zu lösen, doch sie krallte sich an seinem T-Shirt fest. Ihre Schreie wurden immer lauter, als hätte ihr Friedli kein Beruhigungs-, sondern ein Aufputschmittel gespritzt. Der Arzt packte mit zitternden Händen eine weitere Spritze aus.

»Sie wollte Edi damit konfrontieren«, jammerte Barbara Jenny. »Sie wollte alles zerstören!«

»Wer? Isabelle?«, fragte Cavalli.

»Sie wollte unsere Familie zerstören! Ich konnte es ihr kaum ausreden. Und dann kam er.« Plötzlich stieß sich Barbara Jenny von Cavalli weg. Sie stand torkelnd auf und stürzte sich auf ihren Mann. »Du hast es gewusst! Du hast es die ganze Zeit gewusst?«

»Wer kam?«, fragte Cavalli.

»Was gewusst?«, rief Regina.

»I-ich kann keine … habe zu wenig Samenzellen«, brachte Edi Jenny hervor. Der Schweiß rann ihm die Schläfen herunter.

»Ein hormonelles Problem der Bauchspeicheldrüse«, erklärte Friedli.

»Ich wollte es nicht verschweigen«, sagte Edi Jenny zu Barbara. »Es gab einfach nie eine günstige Gelegenheit, es dir zu sagen.«

Barbara wandte sich von ihm ab und ließ sich auf den Boden fallen.

»War es das, worüber ihr gestritten habt?«, fragte Edi Jenny seine Frau. »Hat Isabelle es herausgefunden?«

Regina sah Cavalli fragend an. Seinem Ausdruck entnahm sie, dass er auch nicht verstand, was sich vor ihren Augen abspielte. Hatte Barbara Jenny ihrem Mann achtunddreißig Jahre lang vorgelogen, er sei Isabelles Vater? Und er hatte die Tatsache verschwiegen, dass er gar kein Kind zeugen konnte?

»Aber … wer ist Isabelles Vater?«, fragte Regina perplex.

»Pierre-Richard von Arburg«, flüsterte Barbara Jenny. »Er liebt Likörpralinen.«

28

Die Kripoleitstelle war fast leer. Mullis hatte einen Auftrag der Spezialabteilung eins gefasst, Karan hatte den Montagmorgen frei genommen, um seine Tochter aus dem Spital abzuholen. Fahrni würde noch mehrere Wochen ausfallen. Regina hatte vorgehabt, an der Abschlussbesprechung teilzunehmen, doch eine verschobene Einvernahme und ein anschließender Arzttermin verunmöglichten es ihr. Hanisch sah nicht ein, warum sie Zeit in einen geklärten Fall investieren sollte. Barbara Jenny hatte gestanden, damit war die Sache für sie abgeschlossen. Alles Weitere würde sie von ihrem Büro aus erledigen.

Heinz Gurtner und Jasmin Meyer teilten die Brötchen unter sich auf.

Als sich Mathias Hug zu ihnen setzte, ergriff Cavalli das Wort. »Barbara Jenny hat einen Nervenzusammenbruch erlitten.«

»Kein Wunder«, sagte Meyer. »Hatte sie wirklich keine Ahnung?«

»Dass sie Isabelle statt von Arburg vergiftet hatte? Nein. Sie ging davon aus, dass von Arburg die Likörpralinen weggeworfen hatte. Isabelle mochte Schokolade mit Alkohol nicht. Dass sie trotzdem davon aß, lag vermutlich an ihrem aufgewühlten Zustand.«

»Seit wann wusste sie, dass von Arburg ihr Vater war?«, fragte Gurtner.

»Laut Bolay ging von Arburg am Neujahrsfest im Zar Franco ein Licht auf. Dort ist er Isabelle zufällig über den Weg gelaufen. Sie kamen ins Gespräch, und irgendwann machte es bei von Arburg Klick. Vermutlich, als er ihr Geburtsdatum erfuhr. Gewissheit hatte er, als Isabelle erzählte, sie sei farbenblind. Wie von Arburg auch. Farbenblindheit wird vererbt.«

»Scheiße«, sagte Gurtner. »So ein Pech für Jenny.«

»Lügen kommen immer irgendwann ans Licht«, sagte Meyer.

»Dann pass gut auf, dein Sizilianer ist vermutlich auch nicht zimperlich«, sagte Gurtner.

Meyer wandte sich an Cavalli. »Und Isabelle? Hat sie es auch dann gemerkt? Wie kam sie überhaupt darauf? Ich meine, sie hatte ja keine Ahnung, dass Edi Jenny nicht ihr leiblicher Vater war. Ich würde meinen eigenen Vater nicht einmal erkennen, wenn er mir auf die Füße treten würde, und immerhin habe ich ihn als Kleinkind ab und zu gesehen.«

»Ich weiß nur, was Bolay mir gestern erzählt hat«, erklärte Cavalli. »Und wie weit wir seiner Aussage glauben können, ist fraglich. Er behauptet, Isabelle habe sich zu von Arburg hingezogen gefühlt – nicht sexuell, freundschaftlich. Von Arburg musste mit jemandem darüber reden, deshalb wandte er sich an Bolay.«

»Ausgerechnet!«, entfuhr es Meyer.

»Von Arburg hat Bolay erzählt, dass er Barbara Jenny beim Ski fahren kennengelernt hatte. Sie besuchte eine Freundin, die in einem Gstaader Hotel arbeitete. Von Arburg war dort Gast. Barbara Jenny musste schon verheiratet gewesen sein, trotzdem schlief sie mit ihm. Aber wie gesagt, das ist Bolays Version«, mahnte Cavalli. »Jedenfalls hat Bolay einige Zeit wie versprochen den Mund gehalten, aber dann wollte er ›den Lügen nicht länger Vorschub leisten‹ – das sind auch seine Worte. Er verriet Isabelle, dass von Arburg ihr leiblicher Vater war. Meiner Meinung nach war Bolay eifersüchtig, weil von Arburg seiner Tochter mehr Aufmerksamkeit schenkte als ihm. Bolay hoffte, dass die Wahrheit etwas auslöste, das Isabelle aus seinem Leben vertrieb.«

»Das ist ihm gründlich gelungen!«, sagte Gurtner.

»Allerdings«, stimmte Cavalli zu. »Isabelle konfrontierte ihre Mutter sofort mit der Wahrheit, und Barbara Jenny packte die Angst, sie könnte sowohl Isabelle als auch ihren Mann verlieren. Sie bat Isabelle, Edi Jenny nichts zu verraten.«

»Um den Schein der heilen Familienwelt zu wahren«, sagte Meyer sarkastisch.

»Von Arburg versuchte zu schlichten, aber was genau zwischen ihm und Isabelle ablief, werden wir nie erfahren. Es muss ihm gelungen sein, sie von ihrem Vorhaben abzuhalten, denn Isabelle reiste nach Georgien zurück, ohne Edi Jenny etwas verraten zu haben. Die Tatsache, dass sie einen Linienflug nahm, deutet darauf hin, dass sie wütend auf von Arburg war. So wie ich den Botschafter kenne, wollte er die Sache etwas langsamer angehen als Isabelle und dafür sorgen, dass niemand zu Schaden kam.«

»Dafür war es etwas spät«, sagte Meyer. »Das hätte er sich überlegen müssen, bevor er eine verheiratete Frau schwängerte.«

Cavalli zog eine Augenbraue hoch, erstaunt über ihre üble Laune. »Barbara Jenny ist nicht in der Lage auszusagen. Edi Jenny behauptet, sie habe sich Kinder gewünscht, doch das Thema Adoption nie angesprochen. Vielleicht suchte sie sich einfach einen gut aussehenden Samenspender, als es mit ihrem Mann nie klappte.«

»Den sie aus dem Weg zu räumen versuchte, als sie fürchtete, er könnte mit der Wahrheit herausrücken«, sagte Meyer. »Und das nur, damit Edi Jenny nichts erfuhr!« Sie schüttelte den Kopf. »Und dabei wusste er es die ganze Zeit.«

»Und was war zwischen von Arburg und Bolay?«, fragte Gurtner. »Hat Bolay nicht gesagt, sein Stiefvater habe ihn des Mordes beschuldigt?«

»Auch hier haben wir nur Bolays Version«, sagte Cavalli. »Anscheinend bat von Arburg ihn, Isabelle am Flughafen abzuholen, nachdem sie überstürzt abgereist war. Bolay sagt, Isabelle sei übel gewesen, doch er habe sich nichts dabei gedacht. Dass sie starb, hat ihn erschüttert. Er holte von Arburg zu Hilfe, der seinerseits glaubte, Bolay habe Isabelle getötet.«

»Und trotzdem half er ihm?«, fragte Gurtner. »Das nehme ich Bolay nicht ab, auch wenn der Botschafter allem Anschein nach sauberer als Meister Proper war.«

»Von Arburg erkaufte sich damit vermutlich Bolays Schweigen«, sagte Cavalli und rieb sich die Augen. »So, wie ich ihn einschätze, wollte er Barbara Jennys Ehe nicht zerstören. Isabelle wäre dadurch nicht mehr lebendig geworden. Dadurch, dass er Bolay aus der Patsche half, konnte er sichergehen, dass dieser niemandem verriet, wer Isabelle wirklich war.«

Eine nachdenkliche Stimmung breitete sich im Raum aus.

Schließlich brach Hug das Schweigen. »Was ist mit deiner Verhaftung? Und dem Tod dieses Bauern in Georgien?«

Cavalli schloss die Augen. »Mit Isabelles Verschwinden hatte das alles nichts zu tun. Lewan Kupatadze wollte sich an Bolay rächen, weil er Teamwork zerstörte und seine Cousine belästigte. Bolays Hass galt Isabelle, nicht dem Hilfswerk. Dann sah Lewan Kupatadze, dass er Regina und mich im gleichen Zug aus dem Weg schaffen konnte, und er nutzte die Gelegenheit. Das war alles.« Er dachte an die Menschenleben, die Bolays Eifersucht und sein Geltungsdrang gekostet hatten. Doch weit tragischer erschienen ihm die Folgen von Barbara und Edi Jennys Lügen. Sie hatten Isabelle getötet.

»Du hast gute Arbeit geleistet«, lobte Hug. Dann wandte er sich an Meyer und fragte, wie es Fahrni ging.

Meyer zupfte an einem Brötchen herum, ohne zu merken, wie die Krümel auf ihre Unterlagen fielen. Die Vorwürfe, mit welchen sie sich überhäufte, verliehen dem Brot einen bitteren Beigeschmack. Wären die Informationen im Team besser geflossen, hätten sie schon zu Beginn einen Zusammenhang zwischen von Arburg und Mirjana Racic hergestellt. Außerdem hätte das Beweismaterial nie in Fahrnis Kofferraum vergessen gehen dürfen. Erst mit Cavallis Rückkehr war Bewegung in die Ermittlung gekommen, und das, obwohl er erst zu fünfzig Prozent arbeitsfähig war.

»Jasmin?«, sagte Hug.

»Es geht so«, brummte sie. »Hackbraten und Kartoffelbrei wird er in nächster Zeit nicht essen.«

Gurtner starrte auf die Tafel, die immer noch mit Notizen übersät war. »Warum hat er die Leiche in die Schweiz geschmuggelt?«

»Er hat sie geliebt«, sagte Cavalli schlicht. Ganze vier Monate hatte von Arburg Zeit gehabt, seine Tochter kennenzulernen, dann wurde sie ihm genommen. Sein einziges leibliches Kind. Cavalli fragte sich, ob sich der Botschafter vor achtunddreißig Jahren darüber gefreut hätte, Vater zu werden. Hatte Barbara Jenny ihn vor einer Hiobsbotschaft verschont oder ihn um einen wichtigen Teil seines Lebens betrogen? Vermutlich hätte von Arburg Mühe mit den Umständen gehabt, unter denen das Kind geboren wurde, sich jedoch über Isabelle gefreut.

»Hat er sich deshalb umgebracht?«, bohrte Gurtner weiter.

Cavalli fuhr sich mit beiden Händen übers Gesicht. »Regina glaubt, er wollte nicht aussagen, weil er damit Bolays Leben sowie Barbara und Edi Jennys Ehe zerstört hätte. Von Arburg hielt Bolay ja für Isabelles Mörder. Vermutlich hoffte er, so alle Geheimnisse mit ins Grab zu nehmen. Vielleicht plagten ihn auch Schuldgefühle. Das werden wir nie erfahren.«

Gurtner schwieg.

Und Edi Jenny, fragte sich Cavalli? Hätte er sich Isabelle gegenüber anders benommen, wenn er der leibliche Vater gewesen wäre? Wie war er damit umgegangen, dass er nicht wusste, wer sie gezeugt hatte? Plötzlich merkte Cavalli, dass er selbst Gewissheit brauchte. Er hatte genug von Geheimnissen. Ein Blick auf die Uhr zeigte ihm, dass es Viertel vor elf war. »Ich muss los«, sagte er zur Überraschung seiner Kollegen. »Ich nehme den Nachmittag frei.«

»Du arbeitest sowieso halbtags«, sagte Hug trocken.

Cavalli hörte ihn nicht mehr. Er eilte in sein Büro und tippte den Namen des Arztes, den Regina erwähnt hatte, in die Internetsuchmaschine ein. Auf dem Bildschirm erschien die vollständige Adresse. Die Badenerstraße lag ganz in der Nähe. Zehn Minuten später stieß er die Tür zur Praxis auf und trat vorsichtig ein. Das Parkett knarrte, und eine junge Frau am Empfang lächelte ihn an.

»Hat Regina Flint um elf einen Termin bei Ihnen?«, fragte Cavalli, erstaunt darüber, wie unsicher er sich plötzlich fühlte.

Die Praxisassistentin zeigte auf eine angelehnte Tür. Regina blätterte in einer Zeitschrift, als Cavalli den Warteraum betrat. Er setzte sich neben sie, und sie murmelte eine Begrüßung ohne aufzusehen. Eine dünne Vene schimmerte bläulich durch die weiße Haut an ihrem Hals. Cavalli konnte sich nicht vorstellen, wie ihr Körper einem Kind Platz bot. Plötzlich hob sie den Kopf, als hätte sie seinen Blick gespürt. Auf ihrem Gesicht zeichnete sich zuerst Freude, dann Zweifel ab.

»Was ist passiert?«, fragte sie.

»Nichts.«

»Was machst du hier?«

Er versuchte, nonchalant mit den Schultern zu zucken, doch es gelang ihm nicht richtig. Die Tür zum Warteraum ging auf, und ein junger Mann in weißem Kittel und Turnschuhen streckte den Kopf herein. Als er Regina rief, stand sie auf.

»Ich warte hier«, sagte Cavalli.

Regina klappte die Zeitschrift zu und reichte sie Cavalli. Nachdem sie mit dem Arzt ins Untersuchungszimmer verschwunden war, sah sich Cavalli den Titel an. Es war keine Elternzeitschrift, sondern die neuste Ausgabe von *Kriminalistik*.

Worterklärungen

Auskunftsperson Zwischenfigur zwischen Beschuldigtem und Zeugen ohne Aussage- und Wahrheitspflicht
Austritt Ende des Arbeitsverhältnisses
Bellevue am Abfluss des Zürichsees in die Limmat gelegener Verkehrsknotenpunkt
Bezirksanwaltschaft Untereinheit der Staatsanwaltschaft
Bezirksgebäude Hauptgebäude des Bezirksgerichts
Brandtouroffizier diensthabender Offizier
Combox Anrufbeantworter eines Mobiltelefons
Darvida Vollkorngebäck
diplomatischer Stage Ausbildung für den diplomatischen Dienst in der Schweiz
Estrich Dachboden
Glacé Eiscreme
Grounding allgemein: Flugverbot, hier: Bezug auf das Grounding der Swissair am 2. Oktober 2001 und ihren damit verbundenen Bankrott
Kasernenareal im Stadtviertel Außersihl gelegenes Areal, auf dem eine Kasernenanlage steht, in der sich u. a. der Sitz der Kantonspolizei befindet
Kreis vier Stadtteil von Zürich
Lizentiat erster akademischer Grad an nicht naturwissenschaftlichen Fakultäten der Schweizer Hochschule
Matura Prüfung bzw. Schulabschluss zur Erlangung der Hochschulreife
Obergericht zweite judikative Instanz auf Kantonsebene
Ovomaltine Instant-Malzgetränk
Pager Funkmeldeempfänger
Pendenz unerledigte Aufgabe
PET-Flasche Getränkeflaschen aus Polyethylenterephtalat (PET)
Pikett Bereitschaftsdienst
Pneu Reifen
Pöschwies Strafanstalt für volljährige Männer in Regensdorf
Rapport dienstlicher Bericht
Rega Schweizerische Rettungsflugwacht

Säntis mit einer Höhe von 2502 Metern der höchste Berg im Alpstein (Ostschweiz)
Säuliamt umgangssprachlich für die Region Knonaueramt im Südwesten des Kantons Zürich
Seefeld Zürcher Stadtteil im Kreis acht
Spital Krankenhaus
Stadelhofen wichtiger S-Bahnhof in Seenähe
Stange Bier im Offenausschank
Stoos Ferienort im Schweizer Kanton Schwyz
Triemli Tramendstation im Zürcher Stadtteil Wiedikon
Üetliberg Hausberg von Zürich mit einer Höhe von 869 Metern
Verdankung Ausdruck des Dankes
zügeln die Wohnung wechseln, umziehen
Zürichberg einer der Zürcher Hausberge mit einer Höhe von 676 Metern; bekannt als reiches Wohnviertel

Abkürzungen

AGT Außergewöhnlicher Todesfall
EDA Eidgenössisches Departement für auswärtige Angelegenheiten
ETH Eidgenössische Technische Hochschule
FCZ Fußballclub Zürich
HB Hauptbahnhof
HCN Cyanwasserstoff (Blausäure)
Interpol International Criminal Police Organization
IRM Institut für Rechtsmedizin
Kapo Kantonspolizei
KCN Kaliumcyanid (das Kaliumsalz der Blausäure)
KD Kriminalistischer Dienst
KTA Kriminaltechnische Abteilung
KV Kapitalverbrechen
NaCN Natriumcyanid (das Natriumsalz der Blausäure)
ZEWO Schweizerische Zertifizierungsstelle für gemeinnützige, Spenden sammelnde Organisationen

Petra Ivanov

Petra Ivanov wurde 1967 in Zürich geboren. Sie verbrachte ihre Kindheit in New York, wo sie dank Mark Twain, Louisa May Alcott und Julie Campbell die Freude am Lesen und Schreiben entdeckte. Nach dem Studium an der Dolmetscherschule Zürich arbeitete sie vorerst als freie Übersetzerin und Sprachlehrerin, später als Journalistin in verschiedenen Redaktionen.

Auf Deutsch zu schreiben, begann sie während ihrer Tätigkeit bei HEKS, dem Hilfswerk der Evangelischen Kirchen Schweiz. Als Redakteurin gehörte es zu ihren Aufgaben, über Projekte im In- und Ausland sowie über verschiedene Kampagnen zu informieren. Sie stellte fest, dass sie mit Geschichten Menschen auf andere Art und Weise erreichen konnte als durch journalistische Beiträge. Kurzerhand verpackte sie die Themen, die ihr am Herzen lagen, in Spannungsromane.

2005 veröffentlichte sie ihren ersten Kriminalroman *Fremde Hände,* der Beginn einer Reihe mit dem Ermittler-Duo Regina Flint und Bruno Cavalli. 2011 startete sie mit *Tatverdacht* eine neue Reihe mit der privaten Ermittlerin Jasmin Meyer und dem Anwalt Pal Palushi. Ihre Kurzgeschichten erschienen in Zeitungen, Zeitschriften und Anthologien, in Buchform seit 2007 zudem mehrere Bände von Regio-Krimis. *Reset* (2009) war das erste von mehreren Jugendbüchern, Spannungsromane für Jugendliche ab 12 Jahren. Petra Ivanov hat zahlreiche Auszeichnungen erhalten, u. a. zweimal den Zürcher Krimipreis (2010 und 2022).

Ausführliche Informationen zur Autorin und zu ihren Büchern finden Sie auf Petra Ivanovs Homepage: *www.petraivanov.ch*

Petra Ivanov im Unionsverlag

FLINT & CAVALLI ERMITTELN

Erster Funke Flint und Cavalli – Wie alles begann
Fremde Hände Flint und Cavalli ermitteln im Rotlichtmilieu
Tote Träume Flint und Cavalli ermitteln gegen die Brandstifter
Kalte Schüsse Flint und Cavalli ermitteln gegen die russische Mafia
Stille Lügen Flint und Cavalli ermitteln in Georgien
Tiefe Narben Flint und Cavalli ermitteln gegen einen Insider
Leere Gräber Flint und Cavalli ermitteln in Argentinien
Heiße Eisen Flint und Cavalli ermitteln in besten Kreisen
Alte Feinde Flint und Cavalli ermitteln im Reservat
Stumme Schreie Flint und Cavalli ermitteln hinter verschlossenen Türen
Das Geständnis Ein Regina-Flint-Kurzkrimi

MEYER & PALUSHI ERMITTELN

Tatverdacht Meyer und Palushi ermitteln in Kosovo
Hafturlaub Meyer und Palushi ermitteln gegeneinander
Täuschung Meyer und Palushi ermitteln in Thailand
Entführung Meyer und Palushi ermitteln zwischen den Fronten

Geballte Wut

Sebastians Leben ist eine einzige Abwärtsspirale. Jetzt sitzt er im Gerichtssaal und denkt zurück.

Schockfrost (gemeinsam mit Mitra Devi)

Die alleinerziehende Psychiaterin Sarah Marten hat ihr Leben im Griff. Doch dann stürzt sie die Treppe hinunter, leidet unter Sehstörungen und Gedächtnislücken. Ihr 15-jähriger Sohn verschwindet. Ein Wettlauf gegen die Zeit beginnt.

Ein Fall für Nora Tabani

»Mitra Devi gehört zweifelsohne zu den besten in diesem Genre. Ihre Kunst, den Spannungsbogen bis zum Ende der Geschichte zu steigern, beherrscht sie meisterhaft!« *Jeanette Houillon, Schiller Buchhandlung*

Filmriss
Seelensplitter
Das Kainszeichen
Der Blutsfeind

Schockfrost (gemeinsam mit Petra Ivanov)

Die alleinerziehende Psychiaterin Sarah Marten hat ihr Leben im Griff. Doch dann stürzt sie die Treppe hinunter, leidet unter Sehstörungen und Gedächtnislücken. Ihr 15-jähriger Sohn verschwindet. Ein Wettlauf gegen die Zeit beginnt. Die Crime-Queens Petra Ivanov und Mitra Devi haben gemeinsam einen Psychothriller geschrieben, der unter die Haut geht.

Kleiner Mord zwischendurch

Rabenschwarze Kurzkrimis zum Gruseln, Schmunzeln und Verschlingen. Die Heldinnen und Helden sind voller starker Gefühle und zahlen jede Niedertracht zurück. Mit psychologischer Raffinesse lässt Mitra Devi ihre Protagonisten mit den Mordwaffen spielen – gnadenlos, angenehm unheimlich und mit einem Schuss gefährlicher Nonchalance.

Petra Ivanov *Delete*
Roman für Jugendliche
13 × 21 cm, 232 Seiten, brosch., sFr. 28.– / € 19.–
ISBN 978-3-85882-551-3
Appenzeller Verlag, CH–9103 Schwellbrunn

»Meine Knie werden weich. Plötzlich stürzen Bilder auf mich ein: Schlagzeilen über vermisste Kinder; rot-weißes Absperrband, wenn eine Leiche gefunden wird. Fotos von verhafteten Kidnappern mit schwarzen Balken über den Augen. Alles um mich herum dreht sich. Die Lichter sehen aus wie Spiralen. Ich lehne mich gegen die Wand, um das Gleichgewicht nicht zu verlieren. Jemand packt mich am Arm. Adoda!, schießt es mir durch den Kopf. Panik erfasst mich.«

Lily ist weg. Und Chris ist schuld daran. Er muss seine Schwester finden – bevor sein Vater davon erfährt. Zählen kann er nur noch auf seine Freunde Leo, Nic und Julie.

Delete ist die Fortsetzung der Jugendromane *Reset* und *Escape* von Petra Ivanov.